WIR
DIE SÜSSEN SCHLAMPEN
ZORAN DRVENKAR

ZORAN DRVENKAR

WIR

DIE SÜSSEN

SCHLAMPEN

BELTZ
& Gelberg

Dieses Buch ist erhältlich als:
ISBN 978-3-407-75604-6 Print
ISBN 978-3-407-76250-4 E-Book (EPUB)

© 2022 Zoran Drvenkar (www.drvenkar.de)
© 2022 Beltz & Gelberg
in der Verlagsgruppe Beltz · Weinheim Basel
Werderstraße 10, 69469 Weinheim
Alle Rechte vorbehalten
Die Verlagsgruppe Beltz behält sich die Nutzung ihrer Inhalte für Text und Data Mining im Sinne von § 44b UrhG ausdrücklich vor.
Lektorat: Matthea Dörrich
Umschlaggestaltung: © UNIMAK, Hamburg
Bildnachweis: © iStock.com/suteishi
Herstellung: Elisabeth Werner
Satz und Layout: Corinna Bernburg
Druck und Bindung: Beltz Grafische Betriebe, Bad Langensalza
Beltz Grafische Betriebe ist ein klimaneutrales Unternehmen
(ID 15985-2104-100).
Printed in Germany
1 2 3 4 5 26 25 24 23 22

Weitere Informationen zu unseren Autor_innen und Titeln finden Sie unter: www.beltz.de

*für Gregor,
ich schreibe für dich weiter*

ERSTER TEIL

»Kein Licht, kein Schatten, kein ich.«

Taja

STINKE

Weißt du, was Liebe ist?

Liebe ist, wenn dir einer im schönsten Moment die Beine wegtritt und dich dann auffängt.

Liebe ist, wenn sich alle um dich herum drehen und nur du stehst still.

Und Liebe ist auch, wenn du mitten im Sturm aus dem Haus rennst und voll in einen Blitz hinein.

Das ist Liebe.

Alles andere ist Schmus und kitschige Stories, in denen sich einer in den anderen verknallt, und dann heiraten sie und werden zusammen alt und sterben Hand in Hand an einem weißen Strand, während es Sternschnuppen regnet und der Mond ein Auge zukneift, weil er von all dem Gedöns einen Zuckerschock abbekommen hat.

Wer will denn das?

Denn das ist Kitsch, denn das ist so echt wie ein Handschuh ohne Mittelfinger.

Wahre Liebe ist ganz anders.

Wahre Liebe stinkt nicht nach Rosen, Gummibärchen oder Zuckerwatte. Wahre Liebe stinkt nach Erde und Regen, sie ist faul und träge und trocknet sich nach dem Duschen nicht ab. Sie liest Horrorromane und isst Spaghetti mit den Fingern, dass die Soße nur so rumspritzt.

So macht es die wahre Liebe.

Merk dir das.

Und sie funktioniert nicht, wenn du dich selbst nicht liebst.

Ich wiederhol das nochmal, falls du es eben überlesen haben solltest: Wahre Liebe funktioniert nicht, wenn du dich selbst nicht liebst.

Nur darum erzähl ich dir das alles, damit du später nicht herumflennst und dich wunderst, was du falsch gemacht hast.
Liebe dich selbst oder vergiss es.
Punkt.
Ende.
Aus.
Schreib es in dein Tagebuch, ritz es in dein Handy oder mitten auf deinen Arm, und wenn du ganz besonders dämlich bist, lass es dir auf den Hintern tätowieren. Aber was du auch tust, am Ende des Tages geht es nur darum, was du dir selbst wert bist, was du vom Leben willst und was du bereit bist zu tun, um es dir zu holen.
Wer stillsteht, der ist bald nicht mehr.
Stell dir einen Hai vor.
Der steht auch nie still.
Und genau darin liegt gerade mein Problem.
Wer auch immer ich bin, das bin nicht wirklich ich, die da stillsteht. Also schau jetzt mal schnell weg. Geh zum Friseur, kauf dir was Schickes oder flitz bei Rot über eine Ampel. Mach, was du willst, aber schau jetzt woandershin, denn wer auch immer ich gerade bin, das bin nicht ich, die da stillsteht und der gleich die Fresse poliert wird.

Sie sind zu viert und alles Tussis vom Gymnasium, ich bin allein und eine Tussi von der Realschule, die ihre Klappe nicht halten kann. Sie sind mir an der Bushaltestelle quergekommen, als ich versucht habe, den Bus zu erwischen. Der Fahrer hat mich garantiert kommen sehen und dachte sich: *Nee, die nehm ich nicht mit.* Ich hätte mich wahrscheinlich selbst nicht mitgenommen, denn ich renne in dem Minirock wie ein bekloppter Roboter, dem der Saft ausgegangen ist. Vielleicht mögen Busfahrer keine Roboter, ich weiß es nicht, ich weiß nur, dass ich es gerade noch so geschafft habe, mit der Hand gegen die hintere Bustür zu klatschen, als die Karre auch schon davondüste. Es ist der letzte Schultag meines Lebens und da stehe ich also und atme schwer und beschließe, nie wieder den Bus zu nehmen oder mir einen Rock von Rute zu leihen.

Lange Beine, kleiner Arsch und Wespentaille.
Das bin nicht ich, das ist Rute pur.
Das komplette Gegenteil von mir.
Natürlich wollte sie mir den Rock nicht leihen.
Sie sagte: »Der ist dir zu klein.«
Ich sagte: »Ist mir egal, gib schon her.«
Und jetzt habe ich den Salat.

»Schicker Rock.«
»Gibt es den auch in deiner Größe?«
»Auf dem Strich gibt es doch alles.«
»Glaubst du, die ist vom Strich?«
»Nee, die ist aus der Realschule.«
»Ich dachte, das wäre der Strich.«
»Hahahaha.«
»Hehehehe.«
»Hihihihi.«

Ich drehe mich um und da stehen diese vier Tussis aus dem Gymnasium und halten ihre Handys hoch und fotografieren mich.

»Du rennst wie eine Krücke ohne Beine«, sagt die eine.
»Du rennst wie ein Rollstuhlfahrer ohne Räder«, sagt eine andere.
»Wie originell«, sage ich.
Sie kichern und lassen gebleichte Zähne aufblitzen, sie halten die Handys von sich weg und stellen sich in Pose und fotografieren sich schnell mal selbst, damit sie einen Beweis dafür

haben, dass es sie wirklich gibt. Meine Hände sind Fäuste, selbst meine Zehen ziehen sich zusammen und werden zu Minifäusten.

»Nimm doch das nächste Mal den Bus«, rät mir die eine.

»Dann musst du nicht so rennen«, sagt eine andere.

»Aber das war doch ihr Bus«, sagt das hellste Licht von ihnen.

Sie gackern, als ob sie gleich von der Stange fallen würden, und heben schon wieder die Handys. Es klickt und klackt und ich wünschte, ich könnte Karate.

»Und wer hat euch ausgeschissen?«, frage ich.

Sie verstummen.

»Ausge*was*?!«, fragen sie im Chor.

»Ausgeschissen«, wiederhole ich. »Ausgekackt. Aus der Muschi abgeseilt. Aus dem Klo gekratzt. Aus dem Pariser gepresst. Ohne Briefmarken verschickt.«

Nach den Briefmarken ist Schluss, mehr fällt mir nicht ein. Ich bin nicht wirklich in Form und noch immer ganz außer Atem von meinem Sprint, da fährt mein Kopf immer nur auf halber Pulle. Die Tussis betrachten mich, als hätte ich Griechisch mit türkischem Akzent gesprochen. Also sage ich mal was in klarem Deutsch:

»Lasst mich mal Luft schnappen, dann gibt es eins auf die Fresse.«

Wahrscheinlich hätte ich mir das sparen können. Vier gegen einen ist eine miese Rechnung, egal, wie man es dreht und wendet. Das ist nur gut, wenn ich meine Mädchen an meiner Seite habe, aber niemals solo. In diesem Moment bin ich so solo wie ein abgerissener Daumen und wende mich ab und denke: *Ignorieren ist die beste Taktik, wenn es um---*

Der Schlag trifft mich am Hinterkopf, sodass sich meine Zunge zusammenrollt wie ein Rollmops, der vom Haken will. Ich glaube es nicht! Eine von den Tussis hat mir doch ernsthaft ihr Handy auf die Birne gedonnert. Ich fasse mir an den Hinterkopf und erwarte, dass mir Blut über die Finger spritzt. Da ist nur meine Frisur und die ist durcheinander.

Ich weiß nicht, was schlimmer ist.

Ich drehe mich um.

Die Tussis grinsen und heben ihre Handys.

Apple zwinkert mir zu und lacht mich aus.

»Wer war das?!«, frage ich und klinge wie eine Zehnjährige, der ein Dackel ans Bein gepinkelt hat.

»Wer war was?«, fragen die Tussis zurück.

Die Tasche rutscht mir von der Schulter und landet mit einem dumpfen Laut auf dem Boden. Ich bereue es, mir gestern die Nägel lackiert zu haben, das wird ja wieder schön scheiße aussehen, wenn ich hier fertig bin.

»Mit dir fange ich an«, sage ich und wähle die Größte von den vieren, denn die Größten muss man gleich am Anfang in die Knie zwingen, dann folgt der Rest wie eine Reihe von Dominosteinen. Das ist eine Regel, sagt Schnappi zumindest und sie muss es ja wissen, denn sie ist die Kleinste von uns.

Dummerweise hat keine von diesen Tussis von dieser Regel gehört.

Zehn Minuten später verpasse ich den Bus zum zweiten Mal.

Eine halbe Stunde später bin ich zu Hause und pfeffer den Rock in die Ecke. Mit dem Ding will ich jetzt wirklich nicht im Kino aufschlagen. Cordhose mit Gürtel und dazu Plateauschuhe, das fühlt sich schon besser an. Ich steck mir das Haar hoch und schenk mir im Spiegel ein dickes Lächeln.

»Isabell, wo willst du jetzt schon wieder hin?«, fragt meine Tante.

»Ich heiße nicht Isabell«, sage ich und flitze wieder los.

Stinke ist von meinem Bruder. Der Name ist um Längen besser als Isabell. Als wäre ich aus Spanien ausgewandert. Nicht normal. So wie die eine aus der 9c, die mit den Zöpfen. Wie

Hippie, nur dabei auf Techno. Kante. Warum auch immer Kante. Als ob bei der was nicht stimmen würde. Da bin und bleibe ich lieber Stinke. Der Name klebt an mir, obwohl mein Bruder seit vier Jahren von der Schule abgegangen ist. Ich dachte, danach wäre Ruhe, dem war aber nicht so, alle nannten mich weiterhin Stinke, also habe ich mich daran gewöhnt, wie man sich an einen Splitter gewöhnt, der unter der Haut steckt und nicht rauskommen will.

Stinke geht doch, oder?

Da weiß jeder, dass man sich lieber nicht mit mir anlegt. Es kommt auch keiner auf den blöden Gedanken von wegen Klo und so. Wie sollten sie auch. Ich dufte. Parfum ist mein Schutz gegen die Außenwelt. Schutz vor Typen wie Eric, der sich vor mir umdreht und mir einen Blick zuwirft, als wäre ich von oben bis unten nackt.

Ich sitze in der letzten Reihe zwischen Rute und Schnappi und habe keine Ahnung, warum ich mich so beeilt habe. Das ganze Kino riecht nach altem Popcorn, die Werbung ist öder als öde und dann glotzt mich auch noch Eric an. Ich mache die Augen zu, denn diesen Penner will ich jetzt wirklich nicht ansehen. Arsch ohne Haare. Klar meine ich nicht seinen Arsch, sondern die blöde Glatze. Als wäre er auf dem Weg zur Front, schiebt den Coolen und rasiert sich einmal in der Woche die Birne, dabei hat er nur Stoppeln am Kinn, für eine Zicke wird es nie reichen. Da muss er wohl mehr Kaffee trinken. Sagt zumindest meine Tante. Tante Sissi. *Trink zu viel Kaffee und dir wächst ein Bart.* Hormone und so. Schönen Dank, das ist ja genau das, was ich nicht brauche. Haare überall. Da hilft nur noch Epolotion oder wie auch immer das heißt. Schnappi kann es bestimmt buchstabieren, Schnappi ist ja immer auf dem Laufenden, wie eine Radiostation ohne Werbung, die alle Nachrichten sammelt und an uns weitergibt.

»Das mit den Haaren geht ruckizucki«, hat sie gesagt. »Da geht eine heiße Nadel rein, hier«, zeigte sie und bohrte auf ihrem Arm herum. »Da rein in die Hautpore, kapiert? Oder ihr macht es mit Wachs, aber heiße Nadel hält länger, ist ja logisch, nicht? Geht also da rein, wo das Haar ist, und dann verbrennt es dir die Wurzeln und es zischt und tut höllisch weh.«

»Autsch!«, rief ausgerechnet Rute, blond, fast durchscheinend und kein sichtbares Haar am Bein.

»Hab dich nicht so«, sagte ich darauf und wollte von Schnappi wissen, wie lange das hält.

»'n paar Monate.«

»'n *paar* Monate?!«

»Was dachtest du denn?«

Ein Jahr, hatte ich gedacht, aber ist wohl nicht.

»Und quanta costa?«

Schnappi hat die Augen verdreht.

»Mädchen, ich weiß doch nicht, was das kostet. Gehört mir der Laden, oder was? Geh doch selber fragen.«

Also Epolotion ist nicht, da habe ich mich informiert. Das kostet tierisch und tut tierisch weh. Zweimal tierisch zu viel. Außerdem gefällt mir das Rasieren. Es dauert zwar, aber meine Beine stehen drauf, die machen das ohne Probleme mit und meine Haut prickelt danach, als würde eine Ameisenarmee drüber wegmarschieren. Ich kann ja Indi machen lassen. Wie in so einer Romanze wird es sein – Indi auf dem Wannenrand sitzend, meinen Fuß in der einen, in der anderen Hand den Rasierer und völlig heiß drauf, mir die Zehen zu lutschen. *Aber Indi,* werde ich sagen, *erst rasieren, dann lutschen.* Und Indi wird antworten: *Na klar.* Und dann wird er mir die Beine rasieren und mich dabei mit seinen Blicken völlig nervös machen, während ich da in der Wanne schlummere und vom Schampus nippe, ganz mulmig und schummrig und---

»He, bist du noch wach, oder was?«, will Rute wissen.

»Klar, Mensch.«

»Dann nimm deine Birne von meiner Schulter.«
»Okay, okay.«
»Sabbermaul.«
Ich wische mir übers Kinn. Kein Sabber, blöde Zicke.
»Selber Sabbermaul«, sage ich und kneife die Augen zusammen, um die Leinwand besser zu erkennen.
Scheißkino. Scheißplatz. Scheißfilm.
Du kannst dir sicher denken, wie ich mich gerade fühle, oder?
Da habe ich am letzten Schultag meines Lebens den Bus verpasst, mich mit vier Gören vom Gymnasium geprügelt und bin wie eine Blöde durch die Gegend gerannt, nur um pünktlich ins Kino zu kommen, um dann von meiner besten Freundin angepfiffen zu werden. Was ist denn hier los? Da stimmt doch was nicht! Und wer will denn schon hinten sitzen, da erkennt man ja kaum was. Scheißaugen und Scheißkinotag.
»Scheißfilm«, murmel ich.
Rute stößt mich mit dem Ellenbogen an.
»Zicke!«
Nessi beugt sich vor und reicht mir ihre Cola. Zumindest eine, die an mich denkt. Ich trinke und lasse die Eiswürfel schön laut klimpern. Eric dreht sich schon wieder um und gibt mir den Blick.
»Nazi, oder was?«, frage ich.
»Lesbe«, zischt er und dreht sich weg.
»Kannst du mal ruhig sein«, bittet mich Schnappi und dabei trommeln ihre Füße auf den Boden, dass man es vier Reihen nach unten spüren kann. Immer, wenn es spannend wird, verwandelt sich Schnappi in Speedy Gonzales.
Eine Asiatin auf Speed, denke ich und sage:
»Zappel.«
»Na, hast du mal wieder gute Laune?«
»Schnauze, Rute.«

Ich sehe sie von der Seite an.

»Was ist das? Hast du da einen Knutschfleck?«

Rute legt schnell die Hand auf ihren Hals und sagt, ich wär wohl blind.

»Süße, du nervst echt«, flüstert mir Schnappi zu.

»Geh doch pinkeln oder so«, schlägt Rute vor.

»Genau das mache ich auch«, sage ich.

Und genau das mache ich auch.

Nur raus hier.

Raus.

Die Tür zum Kinosaal fällt hinter mir zu, ich atme erleichtert durch. Was für eine fiese Luft da drin. Als hätten alle gleichzeitig gefurzt und dann rumgewedelt. Ich fummel meine Zigaretten aus der Jacke und klopfe mir eine raus.

»Och, komm.«

Ich hämmer das Feuerzeug auf meinen Handballen. Der Feuerstein malmt wie ein Opa, dem sein Gebiss nicht passt. Kein Funken kommt. Na prima, und was jetzt? Ich kann ja schlecht reingehen und nach Feuer fragen, die lynchen mich. Toll. Kippe an der Lippe und Asche in der Tasche. Jetzt denk aber mal nach, Stinke. An der Kasse werden sie bestimmt Feuer haben. Ich will mich eben auf den Weg machen, als dieser Typ von unten die Treppe hochkommt. Er war wohl auf dem Klo, hat eh nichts verpasst.

»Hast du mal Feuer?«

Er zückt gleich so einen Flammenwerfer aus Gold.

»Gehörte meinem Großvater«, erklärt er mir, als hätte er das Ding geerbt, als müsste er es mir erklären, als hätte ich gefragt. Der hat das Feuerzeug bestimmt geklaut, als sein Großvater kurz mal wegsah, wetten? Typ so groß wie ein Basketballer und viel älter als ich. Glaub mir, der hätte dir gefallen. Anfang zwanzig. Gibt mir Feuer und lächelt. Nett.

»Danke.«

»Keine Lust auf den Film?«, fragt er.

»Nö, öde.«

»Dann spar ich ihn mir auch.«

»Wie? Du gehst nicht rein?«

»Wieso sollte ich, wenn der Film öde ist?«

Wieder sein Lächeln, ich weiß nicht, ob er mich verarscht oder nicht, aber ich lächle zurück, denn es ist allemal besser, als alleine hier rumzustehen.

»Wie wäre es stattdessen mit einem Eis?«, fragt er.

Ich verrate ihm, dass ich auf eine Freundin warte, denn so leicht bin ich nun auch nicht zu haben. Der Typ sieht sich um, will wohl schauen, ob es nicht ein Traum ist, dass ich ihm über den Weg gelaufen bin. *Nee, du träumst nicht,* will ich sagen, da zwinkert er mir zu. Er zwinkert wirklich.

»Wir könnten draußen auf deine Freundin warten und dabei ein Eis essen. Meine Einladung natürlich. Aber nur, wenn du willst«, schiebt er hinterher, mit einem dicken Fragezeichen am Ende. Eigentlich echt freundlich, aber ich lass ihn mal lieber noch eine Minute zappeln. Freundlich ist ja nur die halbe Miete. Ich bin ja nicht naiv.

Trau keinem Fremden, der dir was Süßes anbietet, hat meine Tante mir eingepaukt, und wer ohne Eltern aufwächst, der hört eben auf seine Tante.

»Hm«, mache ich und strecke meine Brust ein wenig raus und checke den Typen von unten nach oben – Doc Martens an den Füßen, Jeans, schwarzes T-Shirt, Lederarmband am Handgelenk, die Haare zum Zopf geflochten wie ein Indianer. Und wenn mich mein Riecher nicht täuscht, hat der Typ genauso viel Parfum hinter den Ohren wie ich. Riecht lecker. So was nennt man ein Qualitätsmerkmal. Als er einen Blick auf seine Uhr wirft, sehe ich schon wieder Gold. Könnte wetten, wenn der lacht, geht die Sonne auf.

»Der Film geht noch eine Stunde«, sagt er, »also, was meinst du?«
Fragen über Fragen. Ich habe eine Frage an mich selbst: *Mensch, Stinke, jetzt hab dich nicht so, du blöde Zicke, der geht dir schon nicht an die Wäsche, und wenn, da hast du doch schon Schlimmeres erlebt, oder?*
»Ein Eis wäre schon okay«, sage ich und spüre, wie mein Herz laut losflattert.

Bevor wir das Foyer verlassen, kauft er Eis von dem Fritzen, der hinter der Popcornmaschine hockt und aussieht, als hätte man eine Woche lang vergessen, ihn zu gießen. Klar nehme ich das teuerste Eis, ich will mich ja nicht lumpen lassen. Der Typ sagt »Prima« und ich lache und er lacht mit mir, dann stehen wir draußen und knabbern an unserem Eis und sehen uns immer wieder kurz an. Voller Flirtblick, fast wie ein Schleier vor meinen Augen. Es war also doch kein so schlechter Einfall, den Kinosaal zu verlassen. Dazu sieht der Typ aus einem bestimmten Winkel aus wie Alberto. Alberto war kein Italiener, das habe ich mir nur gewünscht. Alberto hieß in Wirklichkeit Albert, aber was ist denn das bitte schön für ein Name? Das war einer, oh Mann, der hat mich so richtig kirre gemacht. Stand voll auf die Stinke. Wollte mich fressen, hat er gesagt. »Isch fresch disch.« Scheißlispeln, aber komisch, wenn man darüber lachen konnte. Und quatschen wollte ich ja so oder so nicht mit ihm. Der hat mich abgeknutscht und an meinen Lippen genuckelt, als wären sie ein rosafarbenes Wassereis. Und einmal schob er mir an der Bushaltestelle seine Pfoten hinten in die Jeans, schob sie unter meinen Slip und grabbelte mir am Hintern. Das ist kein Witz, der grabbelte und grabbelte. »Was machst'n da?«, wollte ich wissen und er drückte mich enger an sich, jetzt beide Hände unterm Slip und schwer atmend, drückte mich *Ah-ah-ah* an sich, dass ich seinen Ständer

STINKE 19

spüren konnte. »Bin Arschfetischist«, raunte er mir ins Ohr. Ganz die Coole war ich da auch nicht mehr und habe gemurmelt: »Was du nicht sagst.« Ich hatte keine Ahnung, was ein Arschfetischist war, mir blieb auch nicht viel Zeit, um darüber nachzudenken, denn Alberto drückte und knetete mir die Backen, dass ich dachte, der reißt mich gleich entzwei. So weit kam es dann doch nicht, denn plötzlich wurde Alberto ganz still und hörte auf zu atmen und kam gegen meinen Bauch gedrückt *Ah-ah-ahh!* mit einem Seufzer, und das alles an der Bushaltestelle an einem schönen Tag im Mai.

»... noch nie gesehen. Ich bin im Wedding aufgewachsen, mein Halbbruder lebt in Bielefeld.«

Der Typ redet und redet und lächelt mich an und ich denke: *Wie lange quasselt der eigentlich schon?* Ich lächle zurück und lecke mir etwas Eis vom Handgelenk und frage mich, ob er vielleicht auch ein Arschfetischist ist.

»Also siehst du deinen Halbbruder nicht so oft?«, nehme ich das Ende seines Satzes auf.

»Richtig.«

»Cool.«

»Und du?«

»Was ich?«

»Gehst du noch zur Schule?«

Ich zeige ihm mein Handgelenk. Ein kleines Tattoo prangt an der Stelle, an der immer der Puls gemessen wird. Ein Wort, nicht mehr.

»*Vorbei?*«, fragt er.

»Richtig, vorbei.«

»Abitur?«

»Nee.«

Ich verdrehe die Augen und lache, also wirklich, als ob eine wie ich nach Abitur aussehen würde. Schwachsinn. Der stellt ja Fragen. Achtung, da kommt schon die nächste.

»Und was hast du vor?«

»Mal sehen. Vielleicht mache ich einen Beautysalon auf. So was. Und du?«

»Ich versuche noch immer in meinem Leben anzukommen.«

Komische Antwort, denke ich und tue, als würde ich die Filmplakate studieren. Der Typ soll mich mal in Ruhe betrachten. Vielleicht hat er keine Freundin, wäre doch was für mich. Aber Typen wie der haben garantiert eine Freundin. Eine von den Glatten, die nie aufs Klo müssen und am Morgen wie Blumen aus dem Mund duften. So eine passt zu ihm, denn er ist viel zu nett für diese Welt – redet nett, riecht nett und scheint Kohle zu haben. Vielleicht pumpt er mir einen Zehner, dann müssten wir uns wiedersehen, damit ich ihm das Geld zurückgebe. Keine schlechte Idee, aber Indi würde durchdrehen.

Ich spüre, dass er mich betrachtet.

Zum Glück trage ich diesen dämlichen Minirock nicht mehr. Ich sah ja aus wie Biene Maja mit Verstopfung. Sein Blick wandert von meinen Plateauschuhen nach oben zu meiner durchgewetzten Cordhose mit Schlag, schmale Taille, Bluse unter der Samtjacke, lange Pause an meinen Brüsten, klar bleibt er da mit dem Blick länger hängen, was soll es, er hat ja für das Eis bezahlt. Vielleicht bemerkt er, dass ich ein wenig wie Kristen Bell mit roten Haaren aussehe, aber garantiert hat er *Veronica Mars* nicht gesehen.

»Wie alt bist du?«, fragt er. Augen auf meinem Mund. Pause.

»Siebzehn«, lüge ich ein Jahr dazu. »Und selber?«

»Zu alt.«

»Komm schon.«

»Wie wäre es mit vierundzwanzig?«

»Definitiv zu alt«, sage ich und lache.

Er lacht auch, holt Luft, setzt an:

»Hättest du Lust---«

»He, he, he, was läuft denn hier?!«

Indi ist aufgetaucht, direkt hinter mir, und er sieht genauso beschissen aus wie gestern Abend. Verfilzte Rastalocken, die ihm bis zur Schulter hängen wie ein zerfranster Wischmopp, Augen auf Halbmast, der Gestank von Räucherstäbchen und Dope, Hemd halb in, halb aus der Hose, barfuß in Sandalen, die Zehen dunkel vom Straßenstaub. Er legt mir den Arm um die Hüfte, sodass seine Fingerspitzen die Unterseite meiner Brust berühren, und fragt den Typen:

»Wer bist du denn?«

Der Typ sieht mich an, als hätte ich ihm die Frage gestellt, dann antwortet er:

»Neil.«

»Ey, 'n Franzose«, sagt Indi.

»Nein«, sagt Neil und lacht, ohne den Blick von mir zu nehmen.

»Neu hier?«, fragt Indi weiter.

»Was ist denn das?«, schalte ich mich endlich ein. »Ein Verhör, oder was?«

Indi drückt mich enger an sich und wundert sich bestimmt, was seine Schnecke plötzlich hat. Nix mehr mit Schnecke, ich habe große Lust, ihm mit meinen Hacken auf die nackten Zehen zu treten.

»He, wollte nur mal fragen«, spricht Indi weiter. »Interesse und so, kapiert? Hab den Typen noch nie hier gesehen, schadet doch nicht, zu wissen, wo die Leute herkommen. Europa und so.«

»Neil ist in Neukölln aufgewachsen«, sage ich. »Richtig?«

Ich hebe die Augenbrauen, als ich das sage. Neil soll sehen, dass ich ihm zugehört habe. Habe ich, aber nicht gut genug.

»Richtig«, sagt Neil, um mich nicht zu blamieren, dann wendet er sich an Indi: »Und du? Wer bist du?«

»Wer *ich* bin, Mann?«

Indi lacht und streicht sich eine verfilzte Haarsträhne hinter die Ohren.

»Du musst echt neu sein, Mann, ich bin Conan der Barbier, Alter, was hast du denn gedacht, wer ich bin?«

Indi gackert, Neil lacht mit, während ich versuche, den Mund nicht zu verziehen. *Jetzt nur nicht grinsen,* denke ich und befreie mich aus Indis Arm.

»Was denn?«, fragt er. »Gibt's Ärger?«

»Nee, aber lass mich mal los.«

»Empfindlich heute, was?«

Indi hebt die Hände, als hätte er sich an mir verbrannt. Er tritt einen Schritt zurück und grinst Neil an. Neil grinst nicht zurück. Gut so. Indi schaut sich um.

»Wo sind denn die anderen?«

»Im Kino, wo sollen sie sonst sein.«

»Was?! Hat der Film schon angefangen?«

»Seit einer halben Stunde, du Idiot.«

»Oh Mann, und was mache ich jetzt?«

Geh nach Hause, denke ich, als Neil mich fragt, wie ich heiße.

»Stinke.«

»Was?«

»Stinke«, meldet sich Indi und schlingt erneut den Arm um mich. »Das hier ist meine Süße, die Stinke.«

Er drückt mir einen saftigen Kuss auf die Wange, sogar aus dem Mund riecht er nach Räucherstäbchen. Ich schiebe ihn weg von mir.

»Komischer Name«, sagt Neil.

Ich winke ab.

»Ist wegen dem Parfum. Riech mal.«

Er beugt sich vor, schnuppert an meinem Handgelenk.

»Riecht gut.«

»Deins auch.«

Wir sehen uns an.

»Und weil ich miese Laune habe«, gebe ich zu. »Fast immer.«

»Eine echte Stinke also.«

»Aber wie.«

»Ey, ich bin auch noch da«, sagt Indi.

Neil ignoriert ihn und fragt, ob ich heute noch was vorhabe. Ich zucke mit den Schultern, als wäre nichts angesagt, als hätte ich nicht vor, mit meiner Clique eine Weile vor dem Pizzastand herumzuhängen, als wollten wir danach nicht auf dem Spielplatz herumsitzen und quatschen und einen rauchen wie nach jedem bescheuerten Kinonachmittag.

»Wieso fragst du?«, frage ich zurück.

Neil beugt sich vor, seine Lippen berühren kurz mein Ohr, er flüstert:

»Ich brauche dich.«

Nicht mehr und nicht weniger.

Ich brauche dich.

»Gut«, antworte ich viel zu schnell, als könnte jedes kleine Zögern meine Worte nichtig machen.

»Gut was?«, fragt Indi.

»Wir drehen noch eine Runde«, erkläre ich.

»Was?! Und ich? Was mache ich?«

»Warte auf die Clique«, gebe ich ihm den Tipp und wende mich ab und gehe ein paar Meter vor und hoffe, dass Neil nicht in die andere Richtung spaziert. Macht er nicht. An der Ecke bleibe ich stehen und schaue über die Kreuzung, als wüsste ich ganz genau, was ich tue.

»Da vorne.«

Neil zeigt auf einen Jaguar, grau und schick.

»Wow, wo hast du den her?«

»Meinem Vater geklaut«, sagt Neil und schließt die Tür für mich auf.

RUTE

Es waren einmal fünf Mädchen und ich war eine davon.
So oder ähnlich könnte das Märchen beginnen.
Eine davon.
Genau so fühle ich mich, auf dem Rücken liegend und über mir die moosgrüne Zimmerdecke, die ich an einem Nachmittag mit meinen Mädchen zusammen gestrichen habe, als mir das Zitronengelb auf die Nerven ging und ich eine Veränderung brauchte. Ich wohne in einem Altbau am Savignyplatz und das Hochbett steht zwei Meter über dem Boden. Seitdem das Gelb weg ist, ist es jeden Morgen so, als würde ich in einem Wald erwachen. Jetzt erinnert mich das Grün an das Meer, das ich gesehen habe, als meine Eltern mit mir durch die Bahamas gereist sind. Natürlich musste ich tauchen und dort im Wasser wäre es dann beinahe passiert. Für einen Moment habe ich mich in der Tiefe verloren. Ich war ein Teil des Wassers und wusste nicht, wo sich oben und unten befand. Es war das aufregendste Erlebnis, dass ich je gehabt hatte, und ich frage mich seitdem, was gewesen wäre, wenn ich mich falsch entschieden hätte und weiter hinabgetaucht wäre.
Wie verliert man sich?
Verschwindet man oder wird man ein Teil der Tiefe?
Jetzt liege ich auf meinem Hochbett und die moosgrüne Zimmerdecke ist zum Greifen nahe, ich muss nur den Arm ausstrecken. Auch wenn ich mir sicher bin, dass man nicht einfach so verloren gehen kann, bin ich mir nicht sicher, was da eigentlich zwischen meinen Beinen geschieht. Wissen ist nicht alles.
Ist es seine Zunge? Ist es sein Finger?
Ich schaue runter, sein Kopf bewegt sich, es sollte also seine

Zunge sein, die ich da spüre. Er lässt sich aber auch ganz schön Zeit. Ich bereue es sehr, dass es so weit gekommen ist. Warum habe ich mich nur so gehen lassen.
Er hat so nett gefragt.
Das ist alles?
Das ist alles.
Ich ziehe leicht an seinen Ohren, denn Haare sind da nicht. Eric schaut auf. Seine Lippen glänzen. Er sieht mich fragend an und ich wünschte mir, er würde ein anderes Gesicht machen.
»Was tust du da?«, will ich wissen.
»Wie fühlt es sich denn an?«, fragt er zurück und grinst und verschwindet wieder zwischen meinen Beinen.
Ich seufze und wünschte, es wäre sein Finger und nicht seine blöde Zunge, dann würde ich garantiert mehr spüren. Es gibt Jungen, die können nicht küssen. Sie tauschen literweise Spucke aus und wollen dich dabei auch noch vor Leidenschaft keuchen hören. Ich will so geküsst werden, dass meine Lichter flackern. Flackern sollen sie und nicht ausgehen. Jungs sollten von Mädchen lernen. Einmal hat mich Nessi geküsst. Es war letztes Silvester, wir haben betrunken bei Taja im Zimmer rumgesessen und plötzlich war knutschen angesagt und mein Mund landete auf Nessis und es wurde der heißeste Zungenkuss, den bis heute kein Junge toppen konnte.
Eric kann definitiv nicht küssen und es nervt mich, dass ich es ihm nicht schon am ersten Tag gesagt habe. Zwei Wochen läuft das jetzt schon mit uns und er knutscht noch immer wie ein Frosch mit Liebeskummer. Taja hat mich vorgewarnt und das habe ich jetzt davon – einen Typen mit Glatze, der nicht küssen kann und zwischen meinen Beinen herummacht, als würde er mit seiner Zunge ein Rubbellos bearbeiten.
Meine Gedanken schweifen ab.
Ich wünschte, Taja wäre jetzt da, dann wäre alles anders.
Süße, wo bist du nur?

Ich zähle die Bücher im Regal, spanne den Bauch an und bewundere meinen Bauchnabel mit dem kleinen Ring. Ich frage mich, welche Pizza ich nach dem Kino bestellen werde und ob der Film wirklich so schräg sein wird, wie alle behaupten. Dann ratter ich das Alphabet rückwärts runter und bei F habe ich genug und ziehe Eric an beiden Ohren zu mir hoch. Irgendwann ist genug einfach genug. Ich küsse ihn und er macht wieder einen auf Frosch, aber das ist besser als dieses Herumgefummel. Ich schmecke mich auf seiner Zunge und das erregt mich und es ist wie ein Kreis, der sich schließt. Erics Bein rutscht zwischen meine Schenkel, der Druck ist gut, ich presse zurück, mein Unterkörper zuckt und es geht so schnell, dass ich seinen Nacken umklammere, um mich nicht völlig zu verlieren. Sein Mund landet auf meinem Hals, ich will ihn warnen, dass er tot ist, sollte er mir einen Knutschfleck machen, aber ich kann ihn nicht mehr warnen, denn meine Lichter brennen durch, kein Flackern mehr, einfach nur Licht aus, während der Orgasmus durch mich hindurchgleitet wie ein glühendes Messer durch einen Block Butter, ohne ein einziges Mal festzustecken. Und es hat nichts mit Eric zu tun.

»Ja«, sage ich leise.

Eric bekommt davon nichts mit, er ist zu erregt, um irgendwas mitzubekommen. Er knetet meine Brüste und atmet in mein Ohr. Ich lasse seinen Nacken los und sinke zurück. Das Messer ist verschwunden, ich bin jetzt nur noch schmelzende Butter und da ist die Hitze zwischen meinen Beinen und die Sanftheit meines Ichs in meinem Kopf.

Es wäre perfekt, wenn ich jetzt alleine wäre.

»Oh Gott!«

Eric seufzt laut, als ich ihn in die Hand nehme. Er zuckt, er drückt sich fester an mich. Mit Lust und der unterschwelligen Panik, zu schnell zu kommen. Ich sehe über seine Schulter auf die Uhr.

Wir haben noch zehn Minuten.

Meine Hand öffnet seinen Reißverschluss. Ich bin träge und faul und würde viel lieber ein Nickerchen machen, meine Bewegungen sind wie unter Wasser. Eric zittert. Ich rolle ihn auf den Rücken. Er ist so willenlos, ich könnte jetzt alles mit ihm anstellen. Seine Boxershorts sind an zwei Stellen feucht. Ich berühre ihn durch den Stoff hindurch und er verkrampft sich. Eric hat mal gesagt, mein Gesicht wäre zu viel für ihn, und ich habe mir vorgestellt, wie er sich befriedigt und dabei unser Klassenfoto anstarrt. Jetzt sind seine Augen weit aufgerissen, beinahe schon erschrocken sieht er mich an.

Das ist keine Liebe, denke ich, *das ist was anderes.*

Ich schiebe seine Shorts runter, ohne den Blickkontakt abzubrechen. Ich rieche seinen Schwanz, bevor ich ihn sehe. Der Geruch, die Erwartung.

»Augen zu«, sage ich.

Eric schließt die Augen so hastig, als würde sein Leben davon abhängen. Ich beuge mich runter und küsse seine Eichel, lecke darüber. Er glüht, er schmeckt ein wenig bitter. Ich habe darauf bestanden, dass er sich vorher wäscht. Sanft nehme ich ihn in den Mund und spüre ihn zucken und wachsen und lasse ihn wieder aus dem Mund fallen. Er kommt in hektischen Zuckungen, es fließt aus ihm heraus, auf meine Hand, meinen Bauch, das Laken. Dazu wimmert er.

Süß, denke ich und lege einen Finger auf seinen bebenden Schwanz und kann seinen Herzschlag spüren.

Das Zucken nimmt ab, das Fieber ist vorbei.

Ich schaue auf.

Eric starrt an die Zimmerdecke, er kann mir nicht in die Augen sehen, es ist keine Minute vergangen.

Eric wartet im Flur, während ich mir vor dem Spiegel die Lippen nachziehe. Wie ich wohl in vierzehn Jahren aussehen werde? Ich habe zwar nicht wirklich vor, dreißig zu werden, ich hatte aber auch nie vor, mit sechzehn von einem Frosch geleckt zu werden. Mein Blick im Spiegel ist skeptisch. In der rechten unteren Ecke sehe ich ein schwarzes Herz und frage mich, wieso die Zeit so rasend schnell vergehen muss. Das Herz hat Taja vor drei Jahren mit Edding gemalt, als meine Mädchen hier übernachtet haben.

Für ewig, steht unter dem Herzen.

Ich weiß nicht, wer sich das ausgedacht hat.

Nichts ist für ewig, alles hat ein Haltbarkeitsdatum.

Und ich werde irgendwann dreißig.

Ich bin keine Schönheit. Ich würde nie auf ein Foto von mir starren und mich dabei befriedigen. Ich bin das, was zwischen Schönheit und Langeweile liegt. Ganz ehrlich, ich mache mich hier nicht schlechter, als ich bin. Aber ich hasse es, dass heutzutage jede durchschnittliche Nuss denkt, sie wäre ein Star. Daran sind nur Madonna und Lady Gaga schuld. Langweilige Fressen mit nichts dahinter. Ich bin nicht wirklich besser, aber ich versuche auch nicht krampfhaft, besser zu sein.

Meine Augen sind grau wie ein See nach dem Regen, mein Haar ist glatt und so hell, dass es fast weiß ist. Ich erinnere viele Leute an irgendjemanden, aber niemand kann sagen, an wen genau. Wenn es meine Freundinnen nicht geben würde, wäre ich unsichtbar.

Wir Mädchen sind uns in vielen Dingen ähnlich und genau das hat uns zusammengeführt. Was uns aber grundsätzlich unterscheidet, das ist der Hunger. Stinke nennt es Geilheit, aber ich mag das Wort nicht. Keines meiner Mädchen ahnt, was für ein Hunger in mir brennt und dass dieser Hunger nicht einmal endet, wenn ich satt bin. Er verlangt immer nach meiner Aufmerksamkeit. Selbst nachts lässt er mich aus dem Schlaf schrecken.

Mehr und mehr, zischt er.
Mehr Musik, mehr Gequatsche, mehr Zeit, mehr Sex.
Und ganz besonders mehr Leben.
Mein Zimmer hat vierzehn Quadratmeter.
Mehr nicht.
Ich giere nach mehr.

Meine Mädchen wissen nichts von meinen Plänen. Sie denken, wir werden die nächsten hundert Jahre gemeinsam durch Berlin ziehen, alles miteinander teilen und uns nie trennen. Ich habe da keine Illusionen, ich bin keine Träumerin wie Nessi und auch keine Fatalistin wie Stinke. Ich sehe mein Leben ganz realistisch, deswegen weiß ich auch, dass ich mit meinem Gesicht allein nicht weit kommen werde, für den Rest muss mein Verstand sorgen. Und Verstand habe ich genug.

Ich *will* was erreichen.

Das Tattoo auf meinem Handgelenk ist kaum noch zu erkennen, obwohl es erst einen Monat alt ist. Nadel, Tinte und eine Flasche Wodka. Die Schrift ist winzig klein. *Vorbei.* Unser Abschied von der Schule. Heute ist der letzte Tag. Für alle, nur nicht für mich. Wüssten meine Mädchen, dass ich das Tattoo jeden Abend mit Seife und einer Bürste bearbeite, würden sie mir das nie verzeihen. Und wüssten sie, dass ich nach dem Sommer auf die gymnasiale Oberstufe gehe, würden sie garantiert durchdrehen. Wir alle haben Pläne: Stinke mit ihrem Beautysalon, als wäre das die Sahne von der Sahne, irgendwelchen Rentnerinnen die Falten zu polieren. Schnappi will einfach nur weg von ihrer verrückten Mutter, die schon seit Ewigkeiten plant, Schnappi nach Vietnam zu verschicken, damit sie dort einen passenden Mann findet, der sie einmal in der Woche verdrischt und ihr ganzes Geld verpulvert. Schnappi in Vietnam, das ist so wie ich bei Aldi hinter der Kasse. Nee, Schnappi muss einfach raus in die Welt. Sie weiß zwar nicht, was sie will, sie weiß aber, was sie alles nicht will. Nessi hat den schrägsten Plan von uns allen: Die Süße will auf dem Land wohnen. Egal wo. Sie ist unser ganz privater Öko und träumt von einer Kommune, in der wir jeden Tag zusammen kochen und reden und so zufrieden sind, dass sich die Außenwelt auflöst. Die Künstlerin unter uns ist Taja. Sie hat das musikalische Talent von ihrem Vater geerbt und will im Herbst durch Europa tingeln, um auf den Straßen zu musizieren, was ich dämlicher finde, als einen Beautysalon zu eröffnen. Wer mag schon diese Leute, die an der Ecke herumlungern und vor sich hin klimpern? Oder noch viel schlimmer, wer will schon in der U-Bahn sitzen und dann kommt so ein Stimmungsmacher herein?

Ich wünsche mir, ich könnte von jedem meiner Mädchen einen Teil stehlen – Stinkes Wut und Empörung über die Ungerechtigkeit dieser Welt; Schnappis atemlose Energie, die Windräder in Bewegung setzen kann; Nessis Wärme und Fürsorge und dieses unsichtbare Band, das sie immer zwischen uns spinnt und ohne das wir einfach in alle Richtungen verschwinden würden; und ganz besonders hätte ich jetzt gerne etwas von Taja, weil sie schon so lange verschwunden ist, und da ist es egal, was für einen Teil ich abbekomme, da nehme ich alles. Das Leuchten in ihren Augen, als würde sich ein Gewitter nähern, ihre Skrupellosigkeit, die sie machen lässt, was sie will, weil sie sich für unzerstörbar hält. Oder ihre große Lust auf Abenteuer, als wäre das Leben immer gefährlich und nicht bloß eine öde Ansammlung von Schultagen. Taja sieht mehr als wir. Wenn sie mit uns losstürmt, öffnet sich die Welt und beugt das Knie vor unserer gemeinsamen Kraft.

Süße, wo bist du nur?

Wir haben Taja das letzte Mal vor einer Woche gesehen, seitdem herrscht Funkstille und das ist in den vier Jahren, die wir uns kennen, bisher nicht ein Mal vorgekommen. Keine Rückrufe, keine Antworten auf unsere SMS, nichts. Stinke ist am

Wochenende sogar nach Zehlendorf runtergefahren, aber niemand hat auf ihr Klingeln geöffnet. Schnappi meinte, Taja könnte vielleicht mit ihrem Vater unterwegs sein, wie sie es letztes Jahr zu Weihnachten getan hat, Sachen gepackt und uns eine Postkarte geschickt, auf der stand, dass die Cocktails spottbillig sind.

Alles ist möglich, es ändert aber nichts daran, dass uns Taja sehr fehlt.

Ich checke hundert Mal am Tag mein Handy, weil ich keine Nachricht von ihr verpassen will. Ich wünsche mir, wir hätten uns gestritten, dann würde es einen Grund geben. Aber in die Leere zu starren und niemand starrt zurück, das ist wirklich Kacke.

»Ich wünschte, du wärst hier«, sage ich leise zu meinem Spiegelbild und berühre das schwarze Herz in der rechten Ecke und denke mir, dass es wirklich an der Zeit ist, dass ich in die Gänge komme. Ich werfe mir einen letzten Blick zu, bevor ich zu Eric gehe, der schon ungeduldig im Flur auf mich wartet.

Das Popcorn schmeckt nach Pappe. Der Fritze hinter der Popcornmaschine sagt, dafür kann er nichts, was wegmuss, muss weg. Er verspricht, mir beim nächsten Mal eine frische Portion zu machen. Ich frage ihn, welches nächste Mal er meint. Da wird er rot und Eric lacht und stößt mich mit der Schulter an, sodass ich die Hälfte von meinem Popcorn über die Theke verteile.

»Der will dich«, sagt er.

»Dann soll er sich hinten anstellen«, sage ich.

Eric setzt sich im Kinosaal zu den Jungs, ich gehe in die letzte Reihe und quetsche mich rein, denn natürlich sind wir zu spät und die Werbung läuft längst und alle stöhnen und machen Sprüche. Dann sitze ich endlich und Schnappi stellt fest: »Du bist zu spät.« Worauf ich sage, dass ich das auch schon bemerkt hätte, nur Nessi hält den Mund, sitzt da und sieht aus, als ob sie am liebsten woanders wäre.

»Und Stinke?«, frage ich.

»Die ist heute unsichtbar«, sagt Schnappi und klopft auf den freien Sitz zwischen uns. »Wenn sie nicht in fünf Minuten auftaucht, sitze ich neben dir. Hast du von Taja gehört?«

»Nee, du?«

»Kein Wort.«

Die Trailer laufen an und natürlich kommt genau da Stinke in den Saal gerannt und alle stöhnen laut auf, während sich Stinke durch die Reihe quetscht und jedem auf die Füße tritt. Kaum hat sie sich zwischen Schnappi und mich gesetzt, kaum ist wieder Ruhe eingekehrt, hustet Schnappis Handy laut los, was immer witzig klingt, denn Schnappi hat sich das Husten ihres Cousins als Klingelton draufgespielt hat, aber witzig ist es nur, wenn man nicht im Kino sitzt. Also stöhnen wieder alle und Schnappi sagt »Sorry, sorry« und schaltet ihr Handy aus und die Trailer wollen gar nicht mehr aufhören. Endlich beginnt der Film und wir sehen ein Schiff im Hafen und alle feiern, dass mir das Gähnen kommt.

»Sind wir im falschen Film?«, fragt Stinke.

»Sieht so aus«, sage ich.

»Sei doch mal still«, zischt Schnappi.

Stinke rutscht im Sitz ein Stück runter und sagt, dass sie den Kinotag hasst.

»Wieso kommst du dann mit?«, frage ich.

»Wieso nicht?«

Ich trinke von meiner Sprite, Schnappi beugt sich rüber, nimmt sich von meinem Popcorn und spuckt es sofort aus.

»Ist das Deko, oder was?!«

Stinke prustet los, auch ich kann mich nicht halten, die Sprite schießt aus meiner Nase und tropft eiskalt zwischen meine Brüste.

Na, vielen Dank.

Auf der Leinwand ist gute Stimmung. Die Leute freuen sich auf die Bootsfahrt, sie tragen Uniformen und sehen aus, wie man sich alle Amerikaner an einem Sonntagnachmittag vorstellt. Eric dreht sich um und zwinkert mir zu, Stinke fragt ihn, ob er ein Foto machen will, Schnappi wirft ihm Popcorn an den Hinterkopf und ich sage, das Popcorn ist wirklich eklig, als alles explodiert und uns die Herzen bis in die Schlüpfer runterrutschen. Flammen und noch mal Flammen, die ganze Leinwand steht in Flammen, eine Explosion jagt die nächste, dass uns der Mund aufklappt und wir nichts mehr sagen können, denn es gibt keine Fragen mehr – wir sind hundertprozentig im richtigen Film.

NESSI

Sie stehen auf und gehen raus. Sie schalten ihre Handys ein, reden vor sich hin und lassen ihren Müll liegen. Sie rufen sich Sprüche zu, gähnen und greifen einander an die Hintern und haben längst vergessen, in welchem Film sie gerade waren. Sie sind so oberflächlich wie eine Pfütze am Straßenrand und schauen auf ihre Handys, als wären es Navigationsgeräte, ohne die sie nicht wüssten, wo sie nach dem Film hingehen sollen. Sie haben zu viel, und weil sie zu viel haben, wollen sie mehr und mehr, denn sie kennen es nicht anders. Sie sind gierig, sie sind nie satt und nie wirklich hungrig, weil sie pausenlos gefüttert werden, bevor auch nur der kleinste Hunger in ihnen aufkommen kann.

Ich wünschte, ich würde nicht dazugehören. Sie sind so weit von mir entfernt, dass ich laut nach ihnen rufen könnte und sie würden mich nicht hören. Meine Stimme, ja, die Worte, nein. Und erst als sie alle raus sind, kehrt Ruhe ein, als würde der Kinosaal tief einatmen und die Luft anhalten. Nur das Murmeln aus dem Foyer ist noch zu hören, dann schließt sich die Tür von selbst und es ist still. Der Saal atmet seufzend aus, die Welt ist ausgeknipst und die Welt bin ich und ich wünschte, ich wäre jemand anderes. Ich weiß, wie pathetisch das klingt, aber es ist mir egal. Ich schaue auf mein Handgelenk, das Tattoo schimmert matt.

Vorbei.

Ich kann die Augen nicht von diesen sechs Buchstaben nehmen.

»Entschuldige, ich würde dich ja gerne hier sitzen lassen, aber das geht nicht, ich bekomme Ärger.«

Sie steht am Ende der Sitzreihe und ist so alt wie ich. Kurzes

Haar und eine runde Brille. Sie hört bestimmt Beethoven und sticht in der Adventszeit mit ihrer Familie Kekse aus. Ich möchte fragen, ob sie nicht manchmal einfach losschreien will. Ich möchte auch an ihrer Haut riechen und ihr sagen, dass sie garantiert so echt ist wie ich, und ob sie denn weiß, was bei mir falsch läuft. Auch wenn es verrückt klingt, genau das möchte ich sie fragen.

»Entschuldige«, wiederholt sie und wir sehen uns an und ich kann mich nicht rühren. Ich bin auf dem Sitz festgeschraubt, sosehr ich mir auch Mühe gebe, ich komme nicht einen Millimeter von der Stelle weg. Vielleicht sieht sie das oder vielleicht kennt sie das Gefühl, denn sie lässt mich allein. Respekt. Sie verlässt den Kinosaal, die Tür schnappt wieder zu und da ist erneut diese Stille. Einen Moment lang noch bleibt meine Welt ausgeknipst. Ich lege den Kopf nach hinten und beschließe, ich werde auf keinen Fall heulen.

Und dann heule ich doch.

Alles an mir sitzt schief. Es ist egal, wie ich mich hinstelle, alles rutscht weg. Das T-Shirt, die Jeans, mein Haar, die Ohrringe, selbst mein Mund ist verrutscht. Krümel von Mascara sprenkeln meine Wangen. Ich sehe aus, als hätte Picasso einen miesen Tag gehabt. Ein Pickel lauert neben meinem linken Nasenflügel und ich weiß, wenn ich ihn jetzt bearbeite, wird er zu einem Krisengebiet. Ich lecke mir die Fingerspitze an und tupfe die Mascarakrümel weg.

Es könnte schlimmer sein, denke ich, als hinter mir die Spülung rauscht und eine der Klotüren auffliegt.

»Scheißtage!«

Schnappi pfeffert ein in Klopapier gewickeltes Tampon in den Müll, dann stellt sie sich zu mir an das Waschbecken, hält die Hände unter das Wasser und begegnet meinem Blick im Spiegel.

Was für Augen, denke ich.

Schnappis Mutter heißt San und ist aus Vietnam, der Vater heißt Edgar und ist U-Bahn-Fahrer in Berlin. Er hat Schnappis Mutter im Urlaub kennengelernt. Schnappi besteht auf dieser Version. Sie will nicht, dass irgendjemand denkt, ihr Vater hätte ihre Mutter aus einem Katalog bestellt.

»Hast du den Film kapiert?«, fragt sie und seift ihre Hände ein und wundert sich dann laut, ob irgendjemand auf dieser Welt den Film kapiert hat. Ich mag nicht nur ihre Augen, ich mag ihr ganzes Wesen, ganz besonders, dass sie so unberechenbar ist. Es wäre ideal, wenn sie weniger reden würde.

»Was war das überhaupt für ein Killer?«, will sie wissen. »Ich meine, der hat doch schon mal Jesus gespielt, oder? Kann denn jemand Jesus spielen und plötzlich ein Killer sein? Nee, ich denke nicht. Erinnerst du dich? Jesus hat sein Kreuz rumgeschleppt und wurde dann zwei Stunden lang nur gefoltert? Ich meine, da wollte uns jemand mächtig Schuldgefühle machen, oder?«

Schnappi kann reden, als würde es kein Morgen geben. Wenn ich lange genug den Mund halte, beginnt sie automatisch wieder von vorne, als wäre jede Unterhaltung ein Kreis, der sich schließen muss.

»... kannst dir ja denken, dass ich da nicht mitmache. Wir feiern unsere eigene Party, hörst du? Vielleicht kommt ja Gero, den könnte ich ja mit 'nem Löffel vernaschen. Guck mal hier. Ich glaube, meine Haare sind müde. Schau mal, vielleicht sollte ich sie färben. Ich glaube, ich werde alt. Wenn ich irgendwann wie meine Mutter aussehe, dann hack mir den Kopf ab, versprich mir das? Da hat man doch keine Ruhe, wenn man alt ist. Also, was ist jetzt, kommst du mit auf den Spielplatz oder nicht? Danach ein kleiner Abstecher in die Bar am Savigny, denn wenn wir nicht feiern, wer feiert dann? Oder willst du wegen Taja nicht? Kann ich verstehen, ich vermisse sie auch, wer Taja nicht vermisst, der hat keinen Puls, aber du weißt ja, wie die Süße ist. Die macht garantiert selbst irgendwo Party und kommt dann wieder mit einem Sonnenbrand auf der Nase und fragt, wo wir denn die ganze Zeit über waren. So macht sie das immer, und weil sie das immer so macht, sollte wirklich keine von uns die Luft anhalten. Warte, ich mach dir das mal weg.«

Sie öffnet ihren Rucksack, der aussieht wie ein verpennter Pandabär, und holt einen Abdeckstift hervor. Ich denke an Taja und an die Nachrichten, die ich ihr hinterlassen habe.

»Stillhalten.«

Schnappi ist einen halben Kopf kleiner als ich und muss sich auf die Zehenspitzen stellen. Sie tupft auf meinem Pickel herum, steckt den Abdeckstift wieder weg und sagt, das wäre jetzt perfekt.

Ich schaue in den Spiegel.

Perfekt.

Schnappi hakt sich bei mir unter und dirigiert mich aus der Toilette und die Treppe hoch und raus aus dem Kino, wie nur sie es kann. Dieses Mädchen wäre ein großartiger Bodyguard. Sie gibt einem immer das Gefühl, dass sie weiß, was sie tut. Vor dem Kino ist kein Mensch mehr, nur vor dem Café Bleibtreu sitzen ein paar Leute herum und nebenan vor dem Ali Baba stehen sie Schlange, um eine Minipizza zu ergattern. Sechs Uhr abends in Berlin und der Sommer könnte nicht langweiliger sein.

»Also hast du den Film jetzt kapiert oder hast du nicht?«, hakt Schnappi nach. »Denn ich habe nichts kapiert, also wirklich nichts, Hand aufs Herz.«

Sie lacht und drückt sich die Hand absichtlich auf die falsche Seite, dann bricht sie mitten im Lachen ab und sieht mich an, sieht mich endlich richtig an und sagt:

»Mensch, Nessi, mach mal nicht solche Augen.«

Ich will ihr erklären, dass ich keine anderen Augen machen kann. Ich weiß nicht, was sie von mir hören will, denn ich erinner mich an den Film, als wäre ich die letzten zwei Stunden blind und taub gewesen. Alles, was auf mich zukommt, fließt um mich herum und verschwindet spurlos. Aber dann setzt mein Denkapparat plötzlich wieder ein. Endlich. Und ich begreife, dass es hier die ganze Zeit nicht um den Film geht. Schnappis Sprache ist eine Geheimsprache. Sie sagt das eine und meint das andere. Sie stellt mir schon die ganze Zeit dieselbe Frage und will einfach nur wissen, was mit mir los ist und warum ich schweige, während sie sich den Mund fusselig redet. Und natürlich hat sie recht, es geht hier nur um mich und langsam sollte ich ihr eine Antwort geben, aber ich kriege keine zustande, also mache ich eine Frage daraus und sage schwach und leise:

»Und was ist, wenn ich schwanger bin?«

SCHNAPPI

Besser eine große Klappe als große Titten, das ist schon immer mein Motto gewesen. Aber das sage ich jetzt mal lieber nicht, denn das macht wenig Sinn, auch wenn es der erste Gedanke ist, der mir in den Kopf geschossen ist. Nee, Nessi muss was anderes hören. So was wie:

»So ein Blödsinn, du bist doch nicht schwanger!«

»Wieso nicht?«

»Du wirst nicht mal so eben schwanger.«

»Aber---«

»Hast du schon einen Test gemacht?«

»Nein.«

»Ohne Test bist du nicht schwanger, okay?«

Gegen meine Logik kann Nessi nichts sagen, also schleppe ich sie die Bleibtreustraße hoch zur Kant und dann direkt in die erste Apotheke rein, um ihr so einen Schwangerschaftstest zu spendieren, als würde ich sie mal eben zu einem Döner einladen. Nur dass so ein Test echt teuer ist.

»Was? Wieso ist denn der so teuer?«

Die Apothekerin zuckt mit den Schultern, als fände sie nicht, dass das teuer ist. Wir lesen uns die Gebrauchsanweisung durch und ich flüstere Nessi zu, dass die Tante hinter der Theke eine von denen ist, die nie schwanger werden, deswegen kostet der Test hier auch ein Vermögen. Rache und so. Und dann wende ich mich wieder an die Apothekerin und sage mit einem zuckersüßen Lächeln:

»8 Euro? Sind Sie sich da sicher, dass das Ding 8 Euro kostet?!«

Ich liebe es, den Leuten auf die Nerven zu gehen. Sie sollen wissen, mit wem sie sich hier anlegen. Also jetzt mal wirklich. 8 Euro für einen Pinkelstreifen, wo gibt es denn so was? Die

Apothekerin zieht die Packung noch einmal durch den Scanner. Der Preis stimmt.

Ich starre sie an, bis sie sagt:

»Wir hätten noch die Zweierpackung, die kostet dann 10,95.«

»Na, das nenn ich doch ein Schnäppchen«, sage ich und mache Kulleraugen und sehe Nessi an. »Brauchen wir zwei?«

»Zwei wären gut.«

»Wir nehmen das Schnäppchen«, sage ich zur Apothekerin und lächle sie an, als hätte ich sie durch einen brillanten Trick hereingelegt.

Von der Apotheke aus geht es in das nächstbeste Café. Bevor der Kellner sich rühren kann, rufe ich ihm zu, dass wir nur pullern müssten. Typen mögen das Wort *pullern* überhaupt nicht. Auf dem Klo quetschen wir uns in eine Kabine. Nessi ist blass, ihr geht das alles zu schnell.

»Hol mal Luft, Mädchen.«

Nessi atmet tief durch.

Die Teststäbchen sind in Folie eingepackt, ich halte sie der Süßen vor die Nase.

»Da pinkelst du jetzt drauf und dann wir wissen Bescheid, denn solange wir nicht Bescheid wissen, bist du auch nicht schwanger. Das ist wie Mathematik.«

Sie sieht mich an, als hätte ich Vietnamesisch gesprochen. Es ist ein merkwürdiger Moment, in dem ich mich das erste Mal frage, warum sie sich eigentlich Sorgen macht. In meinen Augen ist Nessi die geborene Mutter. Wir anderen Mädchen sind entweder zu dürr oder zu jung oder zu blöd, um überhaupt auf die Idee zu kommen, Mutter zu sein. Nessi dagegen hat genau die richtige Form. Außerdem wirkt sie wie jemand, der alles meistern kann, wenn er will. Und sie hört gut zu.

»Wieso ist das wie Mathematik?«, hakt sie nach.

»Was?«

»Du hast gesagt, das ist wie Mathematik.«

»Wenn du lange darüber nachdenkst, macht das schon Sinn«, antworte ich. »Aber jetzt denkst du nicht darüber nach, sondern konzentrierst dich und pinkelst hier drauf. Aber pinkel dir bloß nicht auf die Pfoten, denn das ist echt ekelig. Auch wenn manche sagen, dass Urintherapie was Tolles ist, kann ich mir nicht vorstellen, wie ich mir mit meiner eigenen Pisse das Gesicht wasche, das ist dann---«

»Schnappi!«

Ich hebe entschuldigend die Hände.

»Ich bin schon still.«

Nessi reißt an der Verpackung und bekommt sie nicht auf. Ich nehme sie ihr weg, beiße mit den Zähnen daran herum und pule das Teststäbchen aus der Folie. Ich befreie auch gleich das zweite Stäbchen, damit es nachher schneller geht. Jetzt hoffe ich nur, dass Nessi pinkeln kann, denn ohne …

»Geht doch«, sage ich.

Nessi schüttelt das Teststäbchen ab und schaut es an.

»Wie lange?«

»Drei Minuten.«

Ich reiche ihr das zweite Stäbchen.

»Doppelt hält besser«, sage ich.

Danach lehnen wir an der Kabinenwand und jede von uns hat eines der Teststäbchen in der Hand. Ich denke was, aber Nessi muss nicht hören, was ich denke: Letztes Jahr habe ich meine Mutter im Bad erwischt. Sie saß auf dem Wannenrand und knabberte an einem Fingernagel. Ihre Haut war beinahe durchscheinend und erinnerte mich an die Quallen, die ich mal an der Ostsee gesehen habe. Meine Mutter hielt den Schwangerschaftstest, genau wie Nessi ihn jetzt hält – senkrecht nach oben, als wäre es wichtig, dass das Stäbchen senkrecht nach oben gehalten wird. Ich wusste, dass meine Mutter kein Kind mehr wollte. Sie ist Mitte dreißig, sie hat genug mit mir zu tun. Wir haben danach nie darüber gesprochen, aber mir ist klar, dass sie abgetrieben haben muss. Seitdem frage ich mich, ob es ein Bruder oder eine Schwester geworden wäre. Ich hätte nichts gegen einen Bruder gehabt.

»Guck mal«, sagt Nessi leise.

Ich gucke, dann sehe ich auf das Stäbchen in meiner Hand, dann wieder auf Nessis.

Doppelt hält eindeutig besser.

»Ich heul jetzt nicht«, sagt Nessi und heult los.

STINKE

Weißt du, was Geilheit ist?

Geilheit ist, wenn dir die Welt und ihre Wunder nie genug werden.

Du willst mehr sehen, mehr hören, mehr fühlen.

Du willst das Jetzt.

Wie klingt das für dich? Gefällt dir der Gedanke?

Mir auch.

Ich kann mich völlig darin verlieren, ich kann in diesen Zustand abtauchen und mich darin auflösen wie ein Aspirin im Wasser. Wir alle leben diese Geilheit. Meine Mädchen und ich. Nicht nur sind wir verfressen, wir sind auch vollkommen besessen davon, nichts zu verpassen. Rute ist die Königin dieser Geilheit. So was hast du noch nicht erlebt, so was wirst du nie wieder erleben. Da sie aber das Wort nicht mag, spricht sie immer von ihrem Hunger.

Du denkst jetzt bestimmt, ich rede hier nur von Sex und so. Da täuschst du dich, denn diese Geilheit ist mehr. Sie geht über Futtern und Filme schauen und Musik hören und aus dem Fenster brüllen und hier mal was klauen und da mal einen Jungen vernaschen und hier mal doof und da mal genial sein hinaus. Sie ist alles, was ist, und alles, was du haben willst. Oder um es in Rutes Worten zu sagen: »Es ist der pure nackte Hunger.«

Ich weiß nicht, was nach diesem Rausch kommen wird oder wie lange wir dieses Tempo durchhalten werden. Irgendwann hat jeder Reifen einen Platten oder der Akku ist alle. Zu viel von allem macht müde, sagt man ja, und ich habe es erlebt. Tage, wo ich abstumpfe, weil mir alles zu viel ist. Auch dir wird das passieren. Eines Tages stehst du da und selbst der Gedanke an mehr wird dich würgen lassen. Niemand kommt daran vorbei, das gehört zum Leben dazu. Und weißt du, was dann passiert? Du wirst an dir zweifeln. Ob du dies und das wirklich willst, ob es gut für dich ist, ob es nicht anders geht. Vielleicht machst du einen auf vegan, vielleicht hottest du mit Greenpeace durch den Dschungel und rettest Palmen oder wirst ganz fies und holst dir eine Jahreskarte für Hertha BSC. Alles ist möglich. Denkst du. Aber denk das mal nicht, denn die Wahrheit ist, du hast keine Wahl. Du bist nicht die Herrin deines Lebens, du bist Hormone und Emotionen und Drama, du bist Geilheit und Wahnsinn, und manchmal sitzt du in einem Kino und stirbst vor Langweile, und manchmal sitzt du in einem Jaguar und hast das Gefühl, dass dein Hintern über die Straße schleift.

Mal ehrlich, es ist ganz schön irre, so tief zu sitzen.

Ich lasse das Fenster runter und könnte den Leuten die Kniescheiben kraulen. Der Jaguar schnurrt, Neil und ich reden wenig, auch das ist ein gutes Gefühl, einfach nur rumzufahren, ohne dass viel gequatscht werden muss, sich ohne Worte verstehen und treiben lassen mit leerem Kopf und einer Kippe zwischen den Lippen. Luxus pur.

»Hungrig?«, fragt Neil.

Nee, bin ich nicht, auch nicht durstig, bin einfach zufrieden wie schon lange nicht mehr. Mein Herz flattert noch immer, als hätte mir jemand einen von diesen Kolibris in die Brust gesperrt. *Flatterflatter.* Ich schiele zu Neil rüber und denke nicht nach, ich tue es einfach und lege meine Hand auf seinen Oberschenkel. Neil zeigt keine Reaktion, sieht mich nicht an, macht keinen Spruch, fährt weiter, Hände am Lenkrad, Wind im Gesicht. Ich muss einfach fragen.

»Wo geht es hin?«

»Was?!«

Ich rufe es ihm zu.

»Tanzen«, antwortet Neil.

»Gut«, sage ich und lasse meine Hand auf seinem Oberschenkel liegen.

Der Türsteher will mich nicht reinlassen, Neil zückt ein paar Scheine, der Türsteher will mich noch immer nicht reinlassen, Neil zieht ihn zur Seite. Er ist zwar genauso groß, dafür aber nur halb so breit. Er redet mit gesenkter Stimme. Sehr souverän. Danach sieht mich der Türsteher an, reibt sich die Stirn, als hätte er einen Schlag abbekommen, und winkt mich rein. Kein Problem mehr. Er lächelt mich sogar an. Der Sack könnte bei mir nicht einmal landen, wenn er der letzte Kerl auf der Welt wäre.

»Was hast du ihm gesagt?«, frage ich.

Neil macht aus Daumen und Zeigefinger eine Pistole und hält sie mir an die Schläfe.

»Ich habe ihm gedroht.«

Wir schieben uns durch die Menge, die flackernden Lichter blenden, die Leute rempeln. Obwohl keiner rauchen darf, riecht es nach Zigaretten und Dope. In der Luft schwebt künstlicher Nebel und der Duft von Limetten ist überall. Es ist kurz nach sieben und der Club ist nur halb gefüllt, doch das interessiert hier keinen, denn in zwei Stunden steppt hier der Bär und dann werden sich alle daran erinnern, wie schön leer es um sieben war.

An der Bar wird ein Platz frei. Wir lehnen uns gegen die Theke, schreien einander ins Ohr und lachen laut. Über der Bar hängt ein Spiegel, mindestens zehn Meter lang, und für einen schrecklich langen Moment entdecke ich mich nicht. Meine Handflächen werden klamm. Ich sehe Neil, ich sehe die Leute drum herum, Licht und Rauch und Nebel, aber ich selbst bin nicht da.

Wie ein Vampir. Unsichtbar.

Dann bemerke ich die hochgesteckten roten Haare und den Schmollmund. Ich begegne meinem eigenen Blick und frage mich, ob ich wirklich so klein und unscheinbar bin, wie der Spiegel es mir weismachen will.

So habe ich mich noch nie gesehen.

»Du bischt eine Sekschbeschtie«, hat Alberto immer gesagt.

Aber der hat viel gesagt.

»Gefällt es dir?«, ruft Neil mir zu und ich gebe ein blödes »Yeah« von mir, obwohl die Musik nicht mein Ding ist, dennoch wippe ich mit dem Oberkörper, als würde ich den ganzen Tag nichts anderes außer Soul hören, fehlt nur noch, dass ich mitträllere. Bevor es so weit kommen kann, reicht Neil mir ein Bier mit einem Schnitzer Limette im Flaschenhals und wir stoßen an und dann ist das Bier auch schon alle und wir tanzen und berühren einander und es ist alles so, wie es sein sollte, und dann noch ein wenig besser. Ich rieche Neil zwischen all den Gerüchen – sein Parfum, seinen Schweiß – und er riecht gut, er riecht so gut, dass ich mich an ihn drücke, und er lächelt und schließt die Arme um mich und sagt in mein Ohr:

»Klo?«

Ich wünsche mir, dass wir weitertanzen. Es ist das Jetzt, das Jetzt sollte genau so bleiben, dennoch greife ich nach seiner Hand und folge ihm zu den Klos. Meine Geilheit ist auf Halbmast. Genau das meinte ich vorhin. Es gibt Hunger und es gibt Hunger. Das Leben ist besser als jeder Sex. Aber wenn der Sex an die Tür klopft, dann machst du eben auf. Ich spüre, dass ich zu viel denke. Mir fehlen die besonderen kleinen Momente. Ich will stehen bleiben und sagen, dass es zu schnell geht.

Er hat mich nicht mal geküsst.

Er hat mich kaum berührt.

Er hat---

Hör auf zu denken, Stinke, ermahne ich mich selbst und halte mir die Hand vor den Mund und hoffe, dass mein Atem nicht schlecht riecht, ich hoffe auch, dass meine Schminke nicht vom Schweiß verwischt ist, und versuche mich zu erinnern, welchen Slip ich trage.

Bitte, nicht den roten mit den blauen Blümchen drauf, bitte nicht ...

Neil betritt das Männerklo und schiebt sich an ein paar Typen vorbei. Er klappert die Türen ab, findet eine freie Kabine und zieht mich hinter sich her. Tür zu und abgeschlossen.

Gefangen.

Die Musik ist nur noch ein Gemurmel, das Schwarzlicht lässt Neils Zähne leuchten und seine Augäpfel schimmern wie ein Magnesiumfeuer, das ich in einer Chemiestunde gesehen habe. Kalt und fremd. Das nervöse Zittern verlässt mich in kleinen Wellen, der Kolibri sinkt müde in meiner Brust zu Boden. Ich habe auf dem Weg hierher an Klasse verloren, ich bin ängstlich und scheu und fühle mich überhaupt nicht, wie ich mich gefühlt habe, als ich zu Neil in den Wagen stieg. Ich bin eine ausgestreckte Hand. Nackt und empfindlich. Es wäre schön, wenn ich die Stimme in meinem Kopf abstellen könnte, aber nee, nichts da, sie plappert und plappert und macht einen auf Schnappi und sagt: *Wenn er dich jetzt knutscht, machst du alles mit, hörst du? Anders geht es nicht. Du baust keinen Scheiß, Stinke, du machst alles mit, denn der Typ wird schon wissen, was er tut. Er wird dich---*

»Ich habe da ein Problem«, unterbricht Neil meine Gedanken.

»Okay«, sage ich viel zu hastig und versuche zu lächeln wie jemand, der Probleme jeder Art mit links meistert.

Und dann erzählt mir Neil von diesem Mädchen, vielleicht habe ich sie ja schon gesehen? Auf der anderen Seite der Tanzfläche, an einem der Tische, wo ein paar Leute zusammensitzen und feiern? Ob sie mir aufgefallen ist? Nein? Ist auch nicht wichtig, auf jeden Fall ist Neil wegen ihr in diesen

Club gefahren und weiß nicht, was er jetzt tun soll. Er braucht Hilfe. Hilfe von mir.

»Von mir?«

»Ja, von dir.«

»Warum von mir?«

Er schließt die Augen, als könnte er das Klo mit seinen Schmierereien nicht mehr ertragen. Als er mich wieder ansieht, habe ich das Gefühl, er ist eben erst erwacht. Sein Blick ist fast schon peinlich für jemanden, der acht Jahre älter ist als ich. Als würde er gleich losheulen. *Nee, lass mal,* denke ich und bereue es, mitgegangen zu sein. Tussiprobleme sollen die Typen bitte schön selber lösen. Hat er mich deswegen angequatscht? Sehe ich aus wie eine verdammte Kummertante?

»Sehe ich aus wie eine verdammte Kummertante?« frage ich.

»Nein, du siehst echt aus«, antwortet Neil und lehnt sich gegen die Klotür und schließt wieder die Augen, als wäre es ihm ein Rätsel, dass jemand wie ich so echt aussehen kann.

Ihr Name ist Marlies. Neil hat sie auf einer Party kennengelernt. Eine Nacht lang hatten sie Spaß, dann verlor er sie aus den Augen. *Arrividerci.* Marlies verschwand aus seinem Leben und war weg. Und Neil fing an zu brennen, genau so hat er es gesagt.

»Ich fing an zu brennen.«

Er brachte es nicht über sich, ihr eine Nachricht zu schreiben oder kurz durchzurufen. Er wollte es sein lassen. Wirklich. Und dann bekam er eine Einladung. Marlies feierte ihren Geburtstag. Hier im Club. Garantiert bekamen hundert Leute diese Einladung, aber das juckte Neil nicht. Marlies weiß nicht, dass er hier ist. Neil weiß nicht, was er tun soll. Und ich sitze dazwischen und komme mir vor, als wäre ich noch im Kino, letzte Reihe, das Bild unscharf, die Leute zu laut und der Film eine dröge Mischung aus Beziehungskrise und Sexkomödie.

Mal sehen, wer als Erster lacht, denke ich, als wir wieder an der Bar stehen.

Neil hat zwei neue Bierflaschen organisiert und fragt, was ich von Marlies halte.

»Sieh sie dir mal an«, bittet er mich.

Ich schaue hinüber. Marlies ist natürlich eine von den Glatten, wie auch sonst. Glattes Haar und glattes Gesicht, und wenn sie lacht, sind sogar ihre Zähne poliert. Ein wenig erinnert sie mich in ihrem Leuchten an Taja, nur dass Taja mehr Ecken und Kanten hat und das macht sie besonders schön. Aber ich will jetzt nicht an Taja denken. Neil wartet auf eine Antwort. Was will er denn hören? Seine Marlies sieht toll aus und ich wünsche mir, dass sie mal so eben ihre Tage bekommt und sich doof anstellt. Aber Mädchen wie Marlies stellen sich nie doof an und ihre Tage kriegen sie nur, wenn keiner hinsieht.

»Wie wirkt sie auf dich?«

Ich verdrehe die Augen. Was stimmt bei dem Typen nicht?

»Sieh sie dir doch selber an«, sage ich.

Neil schüttelt den Kopf, nein, das kann er nicht.

»Wovor hast du denn Schiss?«

Er antwortet nicht, er starrt in den Spiegel über der Bar. Er kann nicht, er will nicht zu Marlies rübersehen.

»Das ist doch nur eine Tussi von vielen, die erinnert sich bestimmt an dich«, mache ich weiter. »Du bist doch keine sechzehn mehr, was kackst du so rum?«

Neil dreht die Flasche in seinen Händen, dann hebt er die Schultern und steht da wie ein Idiot mit hochgezogenen Schultern und einer Bierflasche in der Hand. Ich muss ihn einfach fragen:

»Biste verliebt, oder was?«

Die Schultern kommen herunter, sein Blick schneidet Kratzer in den Spiegel über der Bar.

Volltreffer.

Ich lache, es ist nicht nett, aber ich lache.
Alles wegen ein bisschen verliebt?, denke ich.
»Warst du denn noch nie verliebt?«, fragt er zurück.
Ich lache noch ein wenig mehr.
»Blödsinn.«
»Blödsinn was?«
»Na, verlieben. Ist doch Blödsinn. Liebe ist, wenn dir einer im schönsten Moment die Beine wegtritt und dich dann auffängt. Wer will denn so was?«
»Mir würde es gefallen, aufgefangen zu werden.«
»Ja, aber erst tritt man dir die Beine weg.«
Er lächelt.
»Da hast du einen Punkt«, sagt er.
»Außerdem musst du dich selber lieben, um jeden anderen zu lieben. Verstehst du? Liebe funktioniert nicht, wenn du dich selbst nicht liebst. Das weiß doch jeder.«
»Also liebst du dich nicht selbst?«
»Was hat denn das mit mir zu tun?«
»Ich frag ja nur.«
»Alter, hörst du mir überhaupt zu?«
»Ich höre zu.«
Wir sehen uns an, ich kann meine Klappe nicht halten.
»Natürlich liebe ich mich. Sieh mich doch mal an ...«
Ich zeige an mir herab,
»... wer das nicht liebt, der ist doch bekloppt. Aber hier geht's nicht um mich, hier geht es nur um dich.«
Neil schaut auf sein Bier hinab.
»Da ist eine Leere in mir«, sagt er, »die schmerzt höllisch.«
»Siehst du, deswegen verliebe ich mich nicht. Ich kann mir auch gut selber weh tun und mich kneifen.«
»Das ist nicht dasselbe.«
»Du weißt nicht, wie ich kneife.«
Neil weicht zurück, als ich nach seinem Arm greife. Als Rache

nehme ich ihm sein Bier weg und trinke einen langen Schluck, obwohl meine Flasche noch halbvoll ist. Was für ein Spielverderber!

»Also hattest du noch nie einen Freund«, sagt er.
»Willst du eine Liste?«
»Und kein einziges Mal verliebt?!«
»Kein einziges Mal.«
»Ich glaube es nicht.«

Neil sieht mir voll in die Augen. Scheinwerfer pur. Ich merke, wie mir vor Schreck etwas Bier aus dem Mundwinkel läuft, und setze die Flasche schnell wieder ab.

»Ich würde mich sofort in dich verlieben«, sagt er.
»Was auch sonst«, sage ich und lache nervös.
»Nein, ich meine das ernst, Stinke.«

Ich höre auf zu lachen.

»Wenn Marlies nicht wäre«, spricht er weiter, »wäre ich schon in dich verknallt, so bin ich drauf.«

Ich huste. Das ist ja wie in einem Psychothriller. Jetzt muss ich nur noch rübergehen und diese Marlies in einer Wanne ertränken, dann habe ich einen neuen Freund, der auch noch in mich verliebt ist.

»Gut, ich kümmer mich um sie«, sage ich und gehe rüber zu Marlies.

Während ich mich durch die tanzende Menge schiebe, geht mir der eine Satz von Neil nicht aus dem Kopf. *Du siehst echt aus.* Es könnte auch eine Beleidigung gewesen sein. Was meinte er damit? Und warum hat er ausgerechnet mich herausgepickt?

Weil ich alleine im Kino rumstand, weil sonst niemand in der Nähe war, weil …

Alles Quatsch. Es gibt keinen Zufall, alles passiert, wie es passieren soll, und wenn es passiert, dann passiert es eben.

Sagt Schnappi zumindest. Also wieso zweifel ich mich jetzt an? Hast du vielleicht darauf eine Antwort? Kannst du meine Unsicherheit verstehen?

»Hi.«

Ich bleibe vor Marlies stehen, schiebe mir die Hände in die hinteren Hosentaschen und drücke das Becken raus. Sie lächelt mich an, sie ist Anfang zwanzig, sie passt gut zu Neil. Marlies beugt sich vor und ich beuge mich auch vor, als würden wir uns gleich umarmen, dann sage ich ihr meinen Namen ins Ohr, meinen echten Namen.

»Mit zwei L«, erkläre ich und sie reicht mir ihre Hand.

Finger kühl wie Marmor, grüne Sprenkel auf den Pupillen.

Scheiße, sieht die gut aus.

»Kennst du den da vorne? Der an der Bar steht?«

Marlies sieht an mir vorbei. Neil kehrt uns noch immer den Rücken zu. Ich bin mir sicher, er beobachtet uns in dem Spiegel über der Bar.

»Er ist der Typ, der wegschaut. Der mit dem Zopf. Das ist mein Freund. Du hast ihn auf einer Party getroffen. Er wollte, dass ich dich sehe. Verstehst du? Damit ich Bescheid weiß. Er ist voll durch den Wind. Er weiß nicht, wen er will. Dich oder mich. Willst du ihn?«

»Wen?«

Marlies ist verwirrt, ich kann an ihrer gerunzelten Stirn sehen, dass sie keinen blassen Schimmer hat, von wem ich da spreche.

»Neil.«

»Neil?«

»Ja, Neil.«

»Nie gehört.«

»Oh.«

»Ist er süß?«

»Sehr.«

»Sorry.«
»Sorry was?«
»Dass er durch den Wind ist, aber ich erinnere mich nicht an ihn.«
Ich nicke, als ob ich das verstehen würde.
»Da wird er aber ganz schön fertig sein«, sage ich und kehre zu Neil zurück.

»Und?«
Er fragt, ohne sich umzudrehen, Augen noch immer auf dem Spiegel. Er hat uns definitiv die ganze Zeit beobachtet und dabei das Etikett von der Bierflasche abgepult. Feigling durch und durch. Aber das ist okay, auch Feiglinge müssen sein. Sein Zopf ist über die eine Schulter verrutscht, ich kann sehen, dass er ein daumengroßes Tattoo auf dem Nacken hat. Es ist ein Kompass – der Norden ist unten, der Süden oben. Wir wollen alle auf dem richtigen Kurs sein. Ich drücke meine Lippen an Neils Ohr und sage:
»Sie will mit dir sprechen.«
Dann wende ich mich ab und lasse ihn an der Bar stehen.

Und da bin ich jetzt, es ist noch früh, der Abend hat eben erst begonnen und ich kann meine Clique bestimmt auf dem Spielplatz abpassen. Wenn ich meinen Mädchen von Neil und dem Club erzähle, werden sie vor Neid grün werden und mir kein Wort glauben. Es fühlt sich an, als wäre ein ganzer Tag vergangen, als hätte jemand die Minuten mit Neil gepackt und gezerrt und in die Länge gezogen.

Er hätte mich zumindest küssen können, denke ich und stelle mir vor, wie das wohl gewesen wäre. Seine Lippen, meine Lippen und dann los. Nichts zu machen, ich habe keine Fantasie, sobald es ernst wird, ist die Leinwand blank. Ich seufze. In meinem Mund ist der Geschmack von Bier und Limetten und lässt mich an Strand und Meer denken, sodass ich glaube, das Rauschen von Wellen zu hören, aber einen simplen Kuss kann ich mir nicht vorstellen.

Mist auch.

Ich schaue in den Himmel. Sterne über Berlin sind immer ein Wunder. Schnappi hat uns mal erklärt, warum das so ist. Sie sagte, wegen all der Lichter können wir die Nacht nicht wirklich sehen. Reflexion und so. Die Zicke weiß es immer besser. Dennoch wünsche ich mir, sie wäre jetzt da. Sie und Rute und Nessi. Und Taja. Natürlich auch Taja. Sie wüsste sofort, was ich bei Neil falsch gemacht habe.

Die Sehnsucht kriecht hervor und ich beiße mir auf die Unterlippe.

Taja, wo bist du?

Ihre Abwesenheit ist wie ein Loch in meiner Brust, durch das der Wind pfeift, und da ist immer eine kalte Stelle, egal, was ich tue, ich bekomme diese Stelle nicht warm. Eine Woche ist vergangen und ich kann mich kaum an ihr Gesicht erinnern. Am Samstag bin ich vorbeigefahren. Die Villa war dunkel und verlassen, niemand hat auf mein Klingeln reagiert.

Was, wenn sie für immer weg ist?

»Was tust du da oben?«

Ich schaue nach rechts. Neil steht neben dem Jaguar.

»Sterne suchen«, sage ich und rutsche vom Autodach.

Neil reibt sich mit beiden Händen übers Gesicht.

»Hast du geheult?«, frage ich.

Er nimmt die Hände runter. Er hat nicht geheult. Er ist nur total fertig.

»Sie erinnert sich nicht an mich«, sagt er. »Sie meint, sie war so betrunken, dass sie nicht einmal weiß, bei wem die Party stattgefunden hat.«

Ich warte ab, ob mehr kommt, es kommt nicht mehr. Natürlich kann ich es nicht lassen und frage:

»Und? Noch immer verliebt?«

Er hebt mal wieder die Schultern und lässt sie sinken, was alles heißen kann, dann öffnet er mir die Beifahrertür und ich steige ein. Er geht um den Wagen herum. Ich schnalle mich an, er schnallt sich an und startet den Motor und fährt los. Ich spüre, dass es nichts mehr zu sagen gibt, checke mein Gesicht im Rückspiegel, lächle mir selbst zu und falte zufrieden meine Hände im Schoß.

Sie hocken auf dem Spielplatz wie eine Gruppe satter Krähen, um sie herum liegen Pizzakartons, Cola- und Bierdosen. Meine Clique eben. Neil will sie nicht kennenlernen, er steigt nicht einmal aus, sondern kritzelt mir seine Handynummer auf das Kinoticket. Dazu schenkt er mir ein müdes Lächeln und sagt:
»Für alle Fälle.«
Wahrscheinlich spürt er nicht einmal meinen Kuss, dafür spüre ich den dünnen Schweißfilm auf seiner Wange und stelle mir vor, wie er jetzt weiter durch die Nacht fährt, alleine. Eines weiß ich mit Sicherheit: Marlies wird er schnell vergessen, mich aber nicht.

NEIL

Stinke wird im Rückspiegel kleiner und kleiner. Ich will wegschauen, kann aber die Augen nicht von ihr nehmen. Was ist nur los mit mir? Die Ampel schaltet auf Rot. Ich bremse und warte. Ich verstelle den Spiegel und begegne meinem eigenen Blick. Für einen Moment sehe ich mich als Teenager. Meine Versuche, immer alles richtig zu machen. Die Verliebtheiten, die Sehnsüchte, das Versagen. Ich habe das Gefühl, nicht älter geworden zu sein.

Die Ampel schaltet um. Ich stelle den Spiegel wieder in die richtige Position und schüttel den Kopf. Ich bin kein Teenager mehr und sollte aufhören, mich wie einer zu verhalten. Ich verstehe das, dennoch liegt der Nachgeschmack der Enttäuschung herb in meinem Mund. Marlies hat sich nicht an mich erinnert. An nichts. Als wäre die eine Nacht nie gewesen. Als wäre ich vergessbar.

Warum geht mir das so nahe?

Vater sitzt am Fenster, als ich den Jaguar zwei Stunden später einparke. Er sieht mich nur an und ich kann die Trauer wie eine Welle spüren, die über mich hinweggleitet und sich in der Dunkelheit verliert. Es ist nichts Persönliches.

Ich steige aus, er wartet im Flur auf mich.

»Und?«, fragt er.

»Wunderbar«, sage ich.

»Keine Probleme mit der Schaltung?«

»Keine Probleme mehr.«

»Ich dachte, dass er beim Rückwärtseinparken leicht geruckelt hat.«

»Nein, da war nichts.«

»Sehr gut. Möchtest du noch was trinken?«
»Ich muss um sechs raus.«
»Nur ein Glas?«
»Ein anderes Mal.«

Ich gehe an meinem Vater vorbei und nehme die Treppe nach oben. Ich habe mich noch nicht an seinen Anblick gewöhnt, obwohl es zwei Jahre her ist, seitdem er im Rollstuhl sitzt. Ich spüre seine Blicke in meinem Rücken. Da ist die Enttäuschung und Wut. Er spricht oft davon, dass er nicht mehr will, dass es ihm reicht. »Ich bin nicht mehr«, sagt er und ich weiß, was er meint.

Mein Vater wurde im Dienst angeschossen. Sein Kollege und er waren dabei, über eine Mauer zu steigen, als das Feuer auf sie eröffnet wurde. Sie hatten keine Chance, in Deckung zu gehen. Sie mussten über die Mauer, es gab kein Zurück. Mein Vater hat die Arme nach oben gestreckt, um seinem Kollegen hochzuhelfen, dabei verschob sich seine Schutzweste und legte einen schmalen Streifen Haut frei. Es war reines Pech. Die Kugel bohrte sich in den unteren Teil seines Rückens und kappte das Rückenmark, seitdem ist mein Vater von der Hüfte abwärts gelähmt. Nach der Operation sagte der Arzt, mein Vater hätte Glück gehabt, es hätte schlimmer sein können. Es waren die falschen Worte. Am selben Tag hat mein Vater um einen neuen Arzt gebeten. Seitdem er aus der Klinik raus ist, wird er ganztags hier im Haus von einer Krankenschwester betreut.

Ich weiß, mein Vater ist einsam. Wann immer er mich am Abend zu einem Glas einlädt, weiche ich ihm aus. Zwei Mal haben wir zusammen getrunken, zwei Mal brach er in Tränen aus und wollte nicht mehr leben. Es gibt nichts Schlimmeres für ein Kind, als seinen Vater weinen zu sehen. Ich bin vierundzwanzig und werde in seinen Augen immer ein Kind bleiben.

Sein Kind. Ich habe damit keine Probleme; mein einziges Problem ist, meinen Vater weinen und um einen schnellen Tod bitten zu sehen.

Ich wohne im oberen Stockwerk des Hauses, in den Räumen, in denen meine Mutter ihr Atelier hatte. Es kriselte schon seit einer Weile zwischen meinen Eltern und nach dem Unfall nutzte meine Mutter die Chance. Sie hielt die Depression meines Vaters nicht mehr aus und suchte sich eine Wohnung. Ich nahm es ihr nicht übel. Mein Vater hatte kein Interesse mehr am Leben und meine Mutter wollte mehr als nur die Einsamkeit eines Mannes ertragen, der ohne Hoffnung war. Einmal in der Woche ruft sie an. Meine Eltern verstehen sich auf den Abstand hin viel besser. Vielleicht kommen sie wieder zusammen, vielleicht auch nicht. Auf jeden Fall bleibe ich bei meinem Vater, weil ich das Kind bin und weil ich mich um ihn kümmern will.

Außerdem bin ich gerne in diesem Haus.

Nach zehn Minuten halte ich es nicht mehr aus und gehe die Treppe wieder runter. Ich trete kurz nach draußen und bereite alles vor. Als ich in das Wohnzimmer komme, sitzt mein Vater vor seiner Plattensammlung. Er ist ein Jazzfan, der sich die Fernsehserie *Bosch* nur ansieht, weil der Hauptcharakter dieselbe Musik hört wie er. An der Handlung selbst hat er kein Interesse.

»Vater?«

Er schaut auf. Da ist so viel Schmerz in seinem Blick, dass ich ihn umarmen will. Ich möchte ihm sagen, alles wird gut, obwohl ich weiß, dass nichts mehr für ihn gut wird. Er ist siebenundvierzig und sieht aus, als wäre er sechzig. Ich will ihn nicht anlügen und halte die Klappe.

»Ja?«

»Komm.«

Ich hebe ihn aus dem Rollstuhl und trage ihn zum Jaguar. Ich bin vorbereitet. Die Tür steht schon offen, der Beifahrersitz ist nach hinten geschoben. Der Wagen war lange vor dem Unfall das Schmuckstück meines Vaters gewesen. Auch wenn er ihn selbst nicht mehr fahren kann, kümmert er sich um alle Reparaturen, bespricht die Probleme mit der Werkstatt und drängt mich, dem Wagen so oft wie möglich Auslauf zu geben. Er sagt wirklich *Auslauf,* als würde es sich um ein ungestümes Pferd handeln.

Mein Vater sitzt da, als wäre er zu Besuch in einem Traum. Er wirkt hölzern und misstrauisch. Die letzten Male, als ich vorschlug, dass wir zusammen eine Fahrt machen sollten, hat er sich dagegen gewehrt. Er sagte, er will nicht gesehen oder herumgetragen werden. Jetzt ist es kurz nach zehn und die Stadt summt an diesem Dienstagabend ihre ganz eigene Melodie der Isolation. Niemand wird uns sehen.

Ich weiß, dass es für meinen Vater nichts Besseres gibt, als an einem Sommerabend mit offenem Verdeck durch Berlin zu fahren. Ich starte den Player. *Stardust* von John Coltrane füllt das Wageninnere. Ein zweiter Knopfdruck und das Verdeck gleitet auf. Die Musik fließt in die Dunkelheit. Mein Vater sieht mich nicht an. Ich kann spüren, es ist eine gute Nacht für ihn.

»Hattest du ein Mädchen im Wagen?«, fragt er.

»Riechst du sie?«

»Riechst du sie nicht?«

»Ich habe mich daran gewöhnt.«

»Junge, der ganze Wagen stinkt nach ihr.«

Ich will es nicht sagen, ich sage es.

»Sie heißt Stinke.«

Mein Vater lacht.

»Sehr passend. Ist sie ein Junkie?«

»Wieso sollte ich einen Junkie im Auto haben?«
»Riech doch mal.«
»Das ist *Rising Sun* von Shiseido«, sage ich.
Mein Vater sieht mich überrascht an.
»Ich kannte mal eine, die hat dasselbe Parfum«, erkläre ich.
»Marlies?«
Jetzt bin ich es, der ihn überrascht ansieht.
»Du erinnerst dich?!«
»Ich höre immer zu, wenn du mir was erzählst. Sie hat Biologie studiert, nicht wahr?«
»Richtig, Marlies. Eine Nacht und dann nichts mehr.«
»Vielleicht ist es besser so.«
»Ja, vielleicht.«
Wir hören dem Tenorsaxophon zu, wir lassen die Lichter vorbeiziehen.
»Danke für die Musik«, sagt mein Vater.
»Gern geschehen«, sage ich.

Langsam gewöhne ich mich daran, ziellos durch Berlin zu fahren. Vielleicht sollte ich es als Taxifahrer versuchen, doch da ist die Bezahlung noch mieser. Ich bemerke, wie ich Ausschau halte. Ich bemerke, wie ich den Leuten hinterhersehe und an Stinke denke. Als ich wie rein zufällig am Stuttgarter Platz vorbeifahre und einen Blick auf den verlassenen Spielplatz werfe, weiß ich, dass ich ein Problem habe. Mir geht dieses Mädchen nicht aus dem Kopf. Ich werde das Gefühl nicht los, dass ich zu ihr geführt wurde. Es gibt so viele Kinos in Berlin und ich lande in diesem einen.

Eigentlich wollte ich an diesem Nachmittag zum Savignyplatz, um bei den 12 Aposteln eine Pizza zu essen. Während meiner Schulzeit hat mich meine Mutter dort immer zum Mittag getroffen. Es ist lange her und seitdem war ich nicht mehr in der

Gegend, dementsprechend stand ich recht fassungslos vor dem verlassenen Gebäude – das Restaurant hatte seit drei Jahren geschlossen.

Ich lief um die Ecke und aß stattdessen in der Bleibtreustraße eine Lasagne. Auf dem Weg zum Auto fiel mir dann das Kino auf der gegenüberliegenden Straßenseite auf. Ich kam zu spät, der Film lief schon seit einer Viertelstunde, doch das kümmerte mich nicht. Mir fehlte Ablenkung. Ich kaufte eine Karte und ging kurz nach unten, um mir auf der Toilette die Hände zu waschen, und als ich wieder hochkam, stand sie da und bearbeitete ihr Feuerzeug. Sie war leuchtend und klar und ein wenig verrückt, das konnte ich gleich sehen. Als würde zu viel Energie durch sie hindurchfließen und es bald einen Kurzschluss geben. Es war die gute Art von verrückt.

Und dann war da ihr Geruch.

Natürlich dachte ich sofort an Marlies und die SMS, die ich letzte Woche von ihr bekommen hatte. Sie war unpersönlich gewesen und ging an alle Kontakte raus, die in ihrem Handy gespeichert waren. Marlies wollte ihren Geburtstag in einem Club feiern und ich hatte nicht vor, dorthin zu gehen. Dann traf ich auf Stinke und etwas an ihrer Art hat mich berührt und führte zu der Idee, den Club doch noch aufzusuchen.

Von Stinke geht eine angenehme Nähe aus, als wüsste sie alles über einen und es wäre okay, genau so zu sein, wie man war. Ich dachte, mit einer wie Stinke im Rücken wäre ich stark und mutig, um mich Marlies zu stellen.

Ich war es nicht wirklich.

Und jetzt begann ich Marlies zu vergessen und mir ging Stinke nicht mehr aus dem Kopf. Ich hoffe sehr, dass sie sich nicht bei mir meldet. Ich bin mir nicht einmal sicher, ob sie wirklich siebzehn ist. Wie konnte ich nur so idiotisch gewesen sein, ihr meine Nummer aufzuschreiben? Was habe ich mir dabei gedacht? Selbst wenn ich in Emotionssachen ein Teenager bin, kann ich nicht mit einem Teenager anbandeln. Ich bin sehr froh, dass mein Vater nicht nachgehakt hat, warum ein Mädchen namens Stinke in seinem Jaguar gesessen hat.

»Hot Dogs?«, frage ich.

Mein Vater nickt.

Wir halten am Nollendorfplatz. Ich hebe Vater aus dem Wagen und setze ihn auf eine Bank. Wir trinken Eistee und essen Hot Dogs. Mein Vater erinnert sich an die Gegend und erzählt von seiner Zeit im Streifendienst. Vom Wittenbergplatz bis zur Courbièrestraße bis zum Winterfeldtplatz und dann hoch bis zum Ende der Eisenacher. Wie die Afrikaner versucht hatten, die Gegend einzunehmen. Von dem verrückten Portugiesen, der Ohren sammelte. Wie die Russen sich den Albanern in den Weg gestellt hatten. Mein Vater läuft warm. Es ist ein gutes Gefühl, mit ihm durch seine Erinnerung zu reisen. Dann will er aufstehen, um das Papier von seinem Hot Dog wegzuwerfen. Ich sehe den Versuch – das leichte Vorbeugen, das vergebliche Heben der Hüften, dann sackt er wieder zurück und das Begreifen holt ihn ein und er weiß, was ist und was nicht ist, und wird mit einem Wimpernschlag wieder sechzig Jahre alt und querschnittsgelähmt.

»Lass uns nach Hause fahren«, sagt er.

SCHNAPPI

Nessi will nicht nach Hause.
Sie will die anderen sehen.
Sie will keine Veränderung.
Sie will, dass alles so bleibt, wie es ist.
Unwahr, unschwanger.
»Bist du dir sicher?«, frage ich.
»Ganz sicher.«
»Ich kann dich nach Hause fahren.«
»Nee, lass mal.«
Sie zögert, sie sieht mich an.
»Erzähl's keinem«, sagt sie.
»Wie sollte ich«, weiche ich ihrer Bitte aus, was recht clever ist, denn ich weiß echt nicht, ob ich den Mund halten kann. Geheimnisse sind für mich schon immer kniffelig gewesen. Sie existieren nur, um geteilt zu werden.

Zwei Minuten auf dem Spielplatz und ich weiß, ich habe einen dicken Fehler gemacht. Ich hätte Nessi nach Hause bringen sollen. Sie ist nicht wirklich anwesend, sie ist wie ein Zombie, der stupide in die Gegend glotzt und mir jeden Moment an die Kehle geht, wenn ich nicht gut aufpassse.
»Lecker, was?«
»Mhm.«
Nessi lässt die Hälfte ihrer Pizza liegen und leert ein ganzes Bier, danach nimmt sie einen Zug vom Joint und hält den Atem an, bis der Rauch in ihr verschwunden ist und nur heiße Luft herauskommt.
Nicht gut, gar nicht gut.
Ich wünsche mir, die Jungs würden verschwinden, denn dann

könnten wir Mädchen in Ruhe reden. Die Jungs sind Indi, Eric und Jasper. Sie könnten auch Karl, Tommi und Frank heißen. Es macht keinen Unterschied. Vor einem Jahr machte es noch einen großen Unterschied. Irgendwas hat sich verändert. Als würde mit dem Ende der Schule auch unser Interesse an Jungen verlöschen. Rute bildet natürlich die einzige Ausnahme. Sie flirtet mit allen drei Jungs gleichzeitig und ich könnte wetten, dass sie mit Eric was am Laufen hat. Irgendwoher muss dieser Knutschfleck ja kommen. Ich rutsche näher zu Nessi heran und muss an Taja denken und fühle mich allein. Alleine sind wir Pfeifen, nur gemeinsam sind wir stark. Erst verschwindet Taja und dann Stinke. Blutsschwestern sollten einander nicht im Stich lassen. Das würde ich am liebsten Nessi zuflüstern, aber sie würde sofort denken, dass sie es ist, die mich im Stich gelassen hat, also halte ich mal lieber die Klappe.

Es piept zweimal. Nessi fischt ihr Handy aus der Jacke.

Lass es nicht Henrik sein, denke ich, *lass es jeden anderen sein, nur nicht Henrik.*

Ich kenne ja eine Menge Idioten, aber Henrik steht auf meiner Liste ganz oben. Niemand sollte von einem wie dem geschwängert werden. Ich weiß, wovon ich spreche. Henrik und ich haben einmal miteinander geknutscht, kurz darauf hat er mich wie einen gammeligen Apfel fallen gelassen, weil ich nicht mit ihm schlafen wollte. Henrik ist wie ein Werbespot im Fernsehen, den jeder witzig findet und sofort vergisst, weil es so viele andere Werbespots gibt, die genauso witzig sind.

Rute zeigt über meine Schulter.

»Guckt mal, wer da kommt!«

Ich drehe mich um und da steigt doch unsere Stinke wahr und wirklich aus einem heißen Schlitten, vergräbt die Hände in ihren Arschtaschen und kommt auf uns zugeschlendert. *Endlich.* Die Erleichterung durchflutet mich mit solch einer Wucht, dass ich blöde loslache. Ich weiß, jetzt wird alles gut.

»He, wo warst du nur?«, will Rute wissen.

»Was denkst du, wo ich war?«, fragt Stinke zurück. »Ich war verreist. Erst Teneriffa, dann die Malediven.«

Die Clique pfeift und lacht, Nessi schaut von ihrem Handy auf und lächelt müde. Stinke sagt, dass sie was zu futtern braucht, aber pronto und noch schneller. Sie dreht sich nicht einmal um, als der Jaguar davonfährt, sondern schlendert auf den Pizzastand zu. Rute hat denselben Gedanken wie ich und wir rennen Stinke hinterher. Nessi ist für einen Moment vergessen. Wir müssen einfach wissen, was Stinke mit dem Typen im Jaguar angestellt hat. Prioritäten sind wichtig.

»Kann kaum noch gerade laufen«, sagt Stinke. »So heiß war es.«

Rute und ich kreischen auf, obwohl ich nicht will, rutscht das Kreischen einfach aus mir raus. Ich halte mir sofort die Hand vor den Mund und bekomme vor Neid glitzernde Augen. Wenn ich jetzt drüberreibe, regnet es bestimmt Sternenstaub.

»Ist nicht wahr!«, sagt Rute.

»Ist doch wahr«, sagte Stinke.

»Sag, dass es nicht wahr ist!«, verlange ich.

»Es ist wahr«, sagt Stinke.

»Na, was soll's sein?«

Der Pizzatyp grinst uns an. Er ist bestimmt über fünfzig, trägt ein albernes T-Shirt mit einem Cadillac vornedrauf und hat so viel Fett in den Haaren, als hätte er in einer Fritteuse übernachtet. Stinke ignoriert seine Frage und studiert die Karte, obwohl sie immer die gleiche Pizza bestellt.

»Wer ist er?«, fragt Rute.

»Wer ist wer?«, fragt Stinke zurück.

»Na, der Typ mit dem Jaguar.«

»Oh ...«

Stinke verzieht das Gesicht, als hätte sie Zahnschmerzen.

»Was ist?«, will ich wissen.

»Mensch, was hast du denn?«, fragt Rute.

Selbst der Pizzatyp lehnt sich neugierig vor, als wüsste er, wovon wir reden.

»Ich habe doch glatt vergessen, nach seinem Namen zu fragen«, sagt Stinke trocken und macht dazu große, unschuldige Augen, wie nur jemand sie machen kann, der ganz genau weiß, dass die Unschuld ein verlogenes Miststück ist, das für ein mickriges Stück Pizza die Hosen fallen lässt.

Wir laufen zum Lietzensee. Die Jungs wollen in den Park, weil sie glauben, wenn der Mond scheint und wir alle am Wasser sitzen, dann wird es romantisch und sie dürfen vielleicht mal fummeln. Wir lassen sie in dem Glauben, denn dann halten sie den Mund und versuchen, alles richtig zu machen.

Am Ufer scharren wir eine Mulde ins Gras, knüllen Papier aus einem Mülleimer zusammen und legen Äste darüber. Indi dreht den zweiten Joint des Abends und dann sitzen wir da, pusten den Mücken Qualm entgegen und reden leise, als wollten wir die Nacht nicht stören. Keiner von uns weiß, wie es jetzt nach der Schule weitergeht. Ein soziales Jahr. Eine Ausbildung. Eine Bank überfallen. Alles ist möglich. Jasper lässt irgendein Gedudel über sein Handy laufen, vom anderen Ufer bellt ein Hund, ich sinke in das Gras zurück und starre in den Nachthimmel und es fühlt sich an, als wäre alles richtig.

Indi bemerkt es als Erster und fragt uns, was mit Nessi los sei.

Ich setze mich auf.

Nessi ist von unserer Seite verschwunden und hockt am Ufer. Sie streckt erst das eine, dann das andere Beine aus. Lautlos gleitet sie ins Wasser. Voll angezogen natürlich. Die Jungs prusten los. Ich versuche aufzustehen, Eric hält mich zurück und fragt, ob ich jetzt auch baden wollte.

»Nessi!«

Stinke rennt los, plötzlich sind wir alle am Ufer und sehen Nessi mit ausgebreiteten Armen auf der Seemitte treiben. Sie liegt einfach nur im Wasser und spielt toter Mann und die Jungs rufen und nennen sie Loch Nessi und wir rufen, dass sie doch zurückkommen soll, sogar aus dem gegenüberliegenden Hotel ruft jemand irgendwelchen Blödsinn aus einem der Fenster, aber Nessi reagiert nicht.

»Sie kommt schon zurück«, sagt Rute und zeigt ins Gras, wo Nessis Tasche und ihr Handy liegen. »Jemand, der nicht will, dass sein Handy nass wird, der kommt immer zurück.«

»Ich hol sie auf jeden Fall nicht«, stellt Indi fest und spuckt aufs Wasser.

»Hätte mich auch gewundert«, sagt Stinke.

Die Jungs setzen sich wieder um das Feuer. Für sie ist nur das spannend, was gerade passiert, und auf dem Lietzensee passiert im Moment nichts. Wir Mädchen bleiben am Ufer stehen und Rute sagt, dass Nessi bestimmt Ärger mit Henrik hatte, und ich sage, dass Henrik ein Idiot ist, und Stinke sagt, was es denn sonst Neues gibt, und fügt dann hinzu:

»So wie Nessi drauf ist, ist sie bestimmt schwanger.«

»Das habe *ich* jetzt nicht gesagt«, rutscht es mir raus.

Meine Mädchen sehen mich erschrocken an.

»Ich habe das wirklich nicht gesagt«, schiebe ich schnell hinterher, aber es ist zu spät.

»Oh, Scheiße«, sagt Rute.

»Oh, Kacke«, sagt Stinke.

Niemand braucht jetzt festzustellen, dass ich eine der miesesten Geheimnishüterinnen der Welt bin.

»Ich habe das wirklich nicht gesagt«, wiederhole ich kläglich und es klingt so lahm, dass mir danach für eine Weile nichts mehr einfällt, außer auf den Lietzensee zu starren und zu hoffen, dass Nessi noch ein bisschen länger im Wasser bleibt.

NESSI

Über mir hängt die Nacht, unter mir liegt die Dunkelheit und ich schwebe dazwischen und höre meine Mädchen nach mir rufen und stelle mir vor, dass es für immer so bleibt: einfach nur schweben und sich um nichts kümmern und vergessen, dass ein Kind in mir heranwächst.

Ich könnte loslassen und untergehen, denke ich und weiß, dass das Unsinn ist. Ich habe noch nie was von den Leuten gehalten, die sich umgebracht haben, weil sie das Leben nicht aushielten. In Büchern, in Filmen, im Leben. Aber wer weiß, wie ich in zehn Jahren darüber denke. Wer weiß, wie ich darüber denke, wenn ich krank und leidend in einem Bett liege oder wenn mein Herz gebrochen ist und die Welt mir so dunkel erscheint wie der See unter mir.

Wer weiß.

Ich drehe mich im Wasser und spüre jetzt erst das Gewicht meiner nassen Kleidung und wie sie versucht, mich runterzuziehen. Ohne Eile bewege ich die Arme, widerstehe der Schwere und schwimme ans Ufer zurück.

Die Jungs finden es sexy, sie sagen, ich sollte das öfter machen. Ich grinse, ich habe Humor, meine Zähne klappern. Die Welt ist voller Idiotinnen und ich bin eine von ihnen. Meine Sachen sind zum Trocknen auf der Wiese ausgebreitet, Stinke hat mir ihre Jacke um die Schultern gelegt. Ich sitze am Feuer, die Knie an der Brust, die Augen halb geschlossen. Rute sagt, dass ihr beinahe das Herz stehen geblieben wäre, aber da ihr fast immer das Herz stehen bleibt, sobald ein gutaussehender Typ vorbeiläuft, heißt das noch lange nichts. Viel auffälliger ist, dass Schnappi meinem Blick andauernd ausweicht.

Ich brauche nicht zu fragen. Meine Mädchen wissen, dass ich schwanger bin.

»Frierst du?«, fragt Stinke.

Ich schüttel den Kopf, ich mag die Kälte und fühle mich, als wäre ich wieder sechs Jahre alt und würde nach einer langen Wanderung mit meinen Eltern um ein Feuer herumsitzen, furchtbar erschöpft und furchtbar aufgeregt zugleich, noch so spät bei den Erwachsenen sein zu dürfen. Rute legt den Arm um mich, wir hören dem Gequatsche der Jungs zu und schauen in die Flammen. Wir sind geduldig, wie nur Mädchen geduldig sind, wenn sie Jungs loswerden wollen. Wir reden nicht. Einer nach dem anderen verabschieden sie sich. Eric sagt, vielleicht sieht man sich nachher in der Bar, und sieht dabei Rute an. Indi ist natürlich der Letzte. Er versucht Stinke zu überreden, sie soll mit ihm kommen, aber Stinke ignoriert ihn und dann sind wir endlich allein.

»Wieso hast du das getan?«, fragt Rute, als wäre ich eben erst aus dem Wasser gestiegen.

»Ich weiß nicht, es fühlte sich richtig an.«

Das reicht Rute nicht als Antwort.

»Und hätten wir am Bahnhof gestanden, wärst du dann auf die Gleise gegangen?«

»Unsinn.«

»Was dann?«

»Ich wollte mich nicht umbringen, Rute.«

Sie nicken alle, sie haben gehofft, dass ich das sage, jetzt ist es raus.

»Wir müssen jetzt nicht darüber reden«, sagt Stinke, bevor Rute weiter auf mir rumhacken kann. »Wenn Nessi nicht will, dann reden wir erst mal nicht darüber, das ist doch okay, oder?«

Alle sehen mich an, ich bin an der Reihe, der Ball ist mir zugespielt worden.

»Ich bin schwanger«, sage ich, »und ich will jetzt wirklich nicht darüber reden.«

Wieder nicken sie, es ist akzeptiert und ich bin so erleichtert, dass ich jetzt und sofort darüber reden möchte, gleichzeitig bin ich erschöpft von diesem Tag und möchte einfach nur schlafen. Schnappi liest meine Gedanken und sagt, dass es für heute reicht. Sie bietet an, mich nach Hause zu fahren.

»Zweiter Versuch?« fragt sie.

»Zweiter Versuch«, sage ich.

Stinke umarmt mich und will, dass ich die Jacke behalte. Rute streichelt mir über den Rücken und küsst mich fest auf den Mund. Es ist mir noch nie so schwergefallen, mich von meinen Freundinnen zu trennen. Ich steige in meine nassen Jeans. Schnappi nimmt mich bei der Hand und wir gehen zu ihrem Fahrrad. Als wir zwei Straßen weit gefahren sind, bremst sie, dreht sich zu mir um und schwört, dass sie kein Wort verraten hat.

»Sie haben es gespürt, Nessi, sie haben es echt gespürt.«

»Geschworen?«

»Geschworen.«

Es ist kurz nach Mitternacht, als ich in die Wohnung schleiche. Meine Eltern schlafen, jedes Geräusch ist verräterisch, also streife ich die Turnschuhe ab und gehe in meinen nassen Socken durch den Flur und ins Bad. Ich schließe die Tür mit sanftem Druck hinter mir und lehne den Rücken dagegen. Erst nach einer Minute wage ich es, das Licht einzuschalten. Mein Gesicht ist totenbleich, die Kleidung noch immer nass und schwer. Diese Nummer hätte ich im Winter nie abziehen können.

Ich bin in den Lietzensee gestiegen, denke du und zeige mir im Spiegel einen Vogel.

Unter der Dusche ist das Wasser so heiß eingestellt, dass ich für einen Moment zurückschrecke, aber ich bleibe bei der Temperatur, halte die Hitze aus und warte, dass sie durch all die kalten Schichten hinweg mein Innerstes erreicht und zum Glühen bringt.

Ich habe schon lange nicht mehr so gefroren.

Als ich die Dusche verlasse, ist das Bad eine Nebellandschaft. Ich wische den Spiegel frei und betrachte mich. Ich gehe näher heran und versuche, eine Veränderung zu sehen. Da ist nichts. Ich schaue an mir herab. Alles ist, wie es sein sollte. Brüste, Bauch, Beine. Ich mache eine Faust und drücke sie auf meinen Bauchnabel. Ich bin wütend. Ich bin so wütend auf mich selbst, dass ich die Faust durch den Magen stoßen möchte.

Und dann?

Ich weiß nicht, was dann.

Ich habe aber genau vor Augen, wie mein Leben von jetzt an weitergehen wird: Am Morgen werde ich es meinen Eltern erzählen. Mein Vater wird den Kopf schütteln und ein paarmal *Mein Kleines, ach, mein Kleines* sagen. Meine Mutter wird in Tränen ausbrechen und dann aus dem Kühlschrank eine Flasche Weißwein holen. Sie wird mich nicht verstehen. Sie wird wissen wollen, wie ich mir das alles vorstellen würde. Auf keinen Fall darf ich von Abtreibung sprechen. Abtreibung ist tabu, weil Mutter mit neunzehn abgetrieben hat und sich diesen Fehler bis heute nicht verziehen hat. Meine Eltern leiden beide unter ihrer Entscheidung. Also kein Wort über Abtreibung, denn dann kann ich auch gleich einen Korkenzieher nehmen und ihnen die Augen ausstechen. Meine Mutter mit ihren Tränen und den zitternden Schultern, mein Vater vorgebeugt und mit offenen Händen, als wollte er mich auffangen. Nach dem ersten Glas Wein wird er sagen, dass das schon werden wird und wir haben ja noch Platz in der Wohnung, die zwar jetzt schon viel zu klein ist, aber auch das werde ich nicht anmerken. Meine Mutter wird mich an sich drücken und versprechen, dass sie sich um alles kümmert, denn sie ist ja meine Mutter, das sollte ich nie vergessen. Sie wird auch sagen, dass sie sich freut, dass ich bis nach der Schule gewartet habe. Als hätte ich es geplant, schwanger zu werden. Dann wird sie meinen Vater ansehen und gerührt feststellen: *Ich werde Oma!* Sie werden beide nicht fragen, von wem das Kind ist, weil sie Angst vor der Antwort haben. Und die ganze Zeit über wäre meine linke Hand zur Faust geballt.

In den Wochen darauf werde ich erst mal fett werden.

Nicht dass ich jetzt dürr bin, aber ich weiß von Fotos, dass meine Mutter während ihrer Schwangerschaft wie ein Wal ausgesehen hat, deswegen wird es bei mir genauso sein, das hat sie mir prophezeit. Die Monate werden träge verstreichen und die Ausbildungsstelle beim Naturschutzbund, die Tante Helga mir versprochen hat, wird an ein Mädchen gehen, das mit mir im selben Jahrgang war. Ich werde meine Freundinnen kaum noch sehen, denn ihre Leben sind ihre Leben und mein Leben ist eben mein Leben und in zwei Richtungen kann man nicht gleichzeitig gehen, wenn man ein Kind erwartet. Ab und zu werden Schnappi und Rute anrufen und uns werden die Ohren vom Quatschen so heiß sein, dass wir widerwillig auflegen. Stinke wird nicht anrufen, Stinke wird ohne Anmeldung reinschneien und ohne Abmeldung wieder verschwinden. Ich werde alles über Babys lesen, die Vor- und Nachteile einer Hausgeburt abwägen und mich für ein Krankenhaus entscheiden. Langsam werde ich mich mit der Situation abfinden. Mein siebzehnter Geburtstag wird aussehen wie ein Kaffeeklatsch – Stinke wird mit Schnappi vorbeischauen und eine Viertelstunde bleiben. Rute wird per Handy ihre Grüße ausrichten. Und Taja? Von Taja werde ich nie wieder was hören, weil noch immer keine von uns weiß, wo sie steckt. Es wird keine Geschenke für mich geben, nur Geschenke für das Baby. Söckchen. Jäckchen. Spielzeug. Im Supermarkt werden die Leute mich verstohlen ansehen und Abstand halten. *Die ist ja selbst noch ein Kind,* werden sie flüstern. Jeder wird wissen, was für eine ich bin. Mutter. Mama. Wal. Und manchmal werden sie fragen, wer der Vater ist. Und manchmal werde ich sie ansehen und lächeln, als wäre das Antwort genug.

Ich weiß, ich bin zu jung, um Mutter zu sein; ich weiß, ich bin zu dumm, um Mutter zu sein. Ich weiß das.

Und dann die Geburt.

Während der Geburt werde ich nur aus Schmerzen bestehen und die Schmerzen werden mich aushöhlen und mit Feuer füllen.

Danach kann mir nichts Schlimmes mehr passieren, werde ich denken.

Und dann das Kind.

Pink. Laut. Meins.

Und alles wird gut sein.

Und alles wird schön sein.

Ende der Geschichte.

Es ist das Letzte, was ich will.

Ich will jemand sein, der ein Leben führt, das niemand durchschauen kann. Nicht eines von den vielen Mädchen, die nach einem bekloppten Popstar benannt sind. Nicht eines von den vielen Mädchen, die als emotionale Baustelle rumlaufen und beim ersten Zungenschlag schwanger werden und es hinnehmen, weil sie einfach zu dämlich sind, um einen anderen Weg zu gehen.

So eine bin ich nicht, so eine will ich nie sein.

Ich hasse und liebe mein Leben, ich liebe und hasse meine Eltern und bin froh, dass es sie gibt. Ich habe keine Gründe, mich zu beschweren. Schnappi dagegen darf jammern. Ihr Vater ist ein softer Bär und ihre Mutter eine von diesen menschengroßen Taranteln, die ich aus Science-Fiction-Filmen kenne und die selbst mit Atombomben nicht aufzuhalten sind. Nein, mit Schnappi will ich nicht tauschen, dann schon eher mit Rute – lässige Mutter, busy Vater, was will man mehr. Stinke hat es auch nicht schlecht erwischt, wenn man mal den Elternteil abzieht. Ihre Mutter verschwand, da war Stinke noch ein Baby, und nachdem der Vater beschlossen hatte, dass zwei Kinder zu viel Arbeit für ihn waren, hat er Stinke und ihren Bruder bei Tante Sissi abgesetzt und ist nach Argentinien ausgewandert. Stinke war damals neun und glaubte bis zu ihrem zwölften Geburtstag, dass ihr Vater zu Weihnachten wiederkommen würde. Wann immer wir Stinke darauf ansprechen, winkt sie ab und sagt, es würde sie nicht mehr jucken. Aber wir wissen, dass sie lügt. Es ist ein Jucken, bei dem kein Kratzen hilft. Eine Mischung aus Wut und Resignation. Mit Stinke will ich also auch nicht wirklich tauschen. Bleibt Taja. Ihre Mutter lebt zwar nicht mehr, dafür hat sie einen Vater, der stinkereich ist und sich jedes Jahr einen Musikpreis ins Regal stellt. Er ist pausenlos unterwegs und das macht das ideale Elternteil aus ihm – Kohle auf dem Konto, keine Sorgen im Kopf und ein offenes Herz für alles, was Taja tun will.

Ich schrecke zusammen, als sich mein Handy meldet. Ich bin ernsthaft auf dem Klo sitzend eingeschlafen. Meine Füße sind kalt vom Boden und mein Rücken ein verbogenes Brett. Ich werfe ein Handtuch über mein Handy. Nach den zwei Signaltönen schweigt es. Ich ziehe das Handtuch weg. Die SMS ist so kurz, dass ich einen Moment lang glaube, mein Handy hätte von der nassen Hose einen Wasserschaden abbekommen.

Kmt

Dann sehe ich, wer die SMS verschickt hat, und es gibt kein Nachdenken mehr.

Meine Probleme sind meine Probleme und banal, denn das hier ist wichtiger.

Ich renne aus dem Bad in mein Zimmer und ziehe mich an. Ich steige in ein Paar ausgelatschte Turnschuhe, drehe mich um und sehe meine Mutter im Türrahmen stehen.

»Nessi, was ist los?«

Ich schiebe mich an ihr vorbei und renne aus der Wohnung wie jemand, der sich selbst irgendwo da draußen vergessen hat und darauf hofft, sich so schnell wie möglich wiederzufinden.

RUTE

Ich liege wieder neben Eric und meine Ohren klingeln. Der Sex ist mir dieses Mal erspart geblieben, wir sind beide zu betrunken, um auch nur einen Versuch zu starten. Meine Eltern denken, dass ich die Nacht bei Stinke verbringe. Eine Lüge mehr oder weniger, über die ich mir keine Gedanken mache. Ich habe ganz andere Probleme, denn ich konnte es mal wieder nicht sein lassen. *Wo ist meine Grenze?* Vier Cocktails in der Bar am Savignyplatz, wo wir nur bedient werden, weil eine der Kellnerinnen die Schwester von Eric ist. Schnappi und Stinke haben nach dem zweiten Cocktail aufgehört, nur ich konnte mich nicht bremsen und habe für Nessi und Taja mitgesoffen. Dafür liege ich jetzt neben Eric auf der Matratze und wünschte, ich wäre woanders. Ich muss zu meiner Verteidigung sagen, dass es keine Chance gab, in meinem Zustand nach Hause zu gehen – meine Mutter hätte mich geköpft und mein Vater auf meiner Leiche getanzt.

Die Matratze liegt auf dem Teppichboden und riecht nach Schimmel, dazu kommt der scharfe Duft eines verschwitzten Jungen, der Testosteron ausatmet – Dinge, die ich nicht vermissen werde. Auch die Hand an meiner Schulter wird mir nicht fehlen.

»Hau ab!«

Eric bleibt beharrlich. Er schüttelt mich, als wäre ich ein Spielautomat, der ihm den letzten Euro geklaut hat. Ich stöhne auf und öffne die Augen und wie durch Magie öffnen sich auch meine Ohren.

»... leuchtet, dass ich blöde werde. Hörst du mich, Rute?! Wie geht das Ding aus?«

»Was?!«

Eric hält mir einen roten Stern vor Augen, der mal hell und dann wieder dunkel wird.

»Mach schon«, sagt Eric.

Ich spüre, dass mir Speichel aus dem Mundwinkel läuft, und wische ihn weg. Endlich erkenne ich mein Handy wieder. Ich liebe dieses Leuchten, es pulsiert wie ein Licht unter Wasser, ich habe es extra so eingestellt und könnte es den ganzen Tag betrachten. Nur nicht jetzt.

»Nimm's weg«, sage ich.

»Mach's erst aus.«

»Schieb's unters Kissen und lass mich schlafen!«

»Du pennst mir jetzt nicht!«

Eric zieht die Decke weg.

»Das Ding vibriert *und* leuchtet *und* macht mich irre. Mach's aus!«

Ich möchte ihn erwürgen. *Zu doof, um ein Handy auszustellen, oder was?*, denke ich und nehme es ihm weg. Ich schaue auf die eingegangene Nachricht und sehe doppelt und dann dreifach und dann wieder doppelt. Ich reibe mir über die Augen, sehe wieder hin. Mein Daumen tippt die PIN ein. Das Handy hört auf zu leuchten. Eric seufzt erleichtert, aber sein Glück hält nur Sekunden.

»Scheiße, was machst du jetzt schon wieder!«, will er wissen.

Ich sammel meine Klamotten vom Boden auf und will verschwinden, als mir klar wird, dass ich viel zu betrunken bin, um auch nur einen Zebrastreifen zu überqueren. Ich sehe zum Bett zurück. Eric liegt auf dem Rücken und hat den Unterarm über den Augen. Nein, mit ihm kann ich nicht rechnen.

Vielleicht war das nur eine Illusion, denke ich, *vielleicht mache ich mein Handy an und da ist nichts.*

Ich mache mein Handy wieder an.

Träum weiter, Rute.

Ich verschwinde ins Bad, hänge mich über die Kloschüssel

und stecke mir den Finger in den Hals. Danach geht es mir besser. Nachdem ich mir Wasser ins Gesicht geklatscht habe, krame ich in meinem Portemonnaie herum. Fünf Euro. Das wird nie für ein Taxi reichen und um diese Zeit fahren die Busse nur jede Stunde. Ich kehre ins Zimmer zurück. Eric pennt wie ein Stein. Ich ziehe die Brieftasche aus seiner Hose. Kein einziger Geldschein, nur ein paar Münzen. Ich lasse die Brieftasche fallen, hole tief Luft und schaue ein drittes Mal auf mein Handy.

Kmt

Das ist keine Illusion. Handys lügen nicht.
   Ich ziehe mir die Schuhe an und taumel in die Nacht raus.

SCHNAPPI

Sie beschimpft mich. Sie beschimpft mich durch die geschlossene Wohnungstür hindurch, als wären wir Fremde und mein Leben einen Dreck wert und sie müsste darauf spucken. Aus dem Hintergrund höre ich meinen Vater murmeln, das wäre doch alles halb so schlimm. Sie ignoriert ihn und beschimpft mich weiter. Einer der Nachbarn ruft aus dem Treppenhaus hoch, dass wir die Schnauze halten sollen. Ich rufe runter, er soll selbst die Schnauze halten.

Eine Tür schlägt zu.

Es geht weiter.

Sie nennt mich eine Hure. Sie nennt mich einen Bastard. Ich warte, bis ihr die Luft ausgeht, dann drücke ich erneut auf den Klingelknopf. Ihre Schritte entfernen sich, ich nehme den Finger nicht von der Klingel, drücke so fest auf das Ding, dass mein Daumen ganz weiß wird, als das Gebimmel prompt verstummt. Ich lache los. Sie hat doch ernsthaft die Klingel abgestellt! Ich lache, bis mir die Tränen kommen und bis die Tränen nichts mehr mit dem Lachen zu tun haben. Mein Finger rutscht vom Klingelknopf, ich setze mich auf die Fußmatte, Rücken gegen die Tür.

Dabei bin ich nur zwei Stunden zu spät, was sind schon zwei Stunden?!

In manchen Nächten schleiche ich mich vollkommen unbemerkt in die Wohnung und ein paarmal saß mein Vater wartend in der Küche und schüttelte den Kopf und sagte, er hätte sich Sorgen gemacht. Aber es stört ihn nicht wirklich, er vertraut mir und nennt mich seine kleine Sonne.

Wenn sie bloß nicht wäre ...

Meine Mutter hat heute den Schlüssel stecken gelassen. So

viel Ideenreichtum habe ich ihr nicht zugetraut. Sie hat mal erzählt, dass die Häuser in ihrem Dorf überhaupt keine Türen hätten, weil die Leute einander vertrauten; und würde einer was stehlen, dann jagte man eben seine gesamte Familie aus dem Ort. So also ist das in der guten alten Heimat. Ich frage mich, wie jemand, der ohne Türen aufgewachsen ist, auf die Idee kommen kann, den Schlüssel stecken zu lassen.

Ich bin so müde.

Ich werde jetzt warten, bis meine Mutter schläft, dann wird mein Vater mich reinlassen. Eine Stunde, lass es zwei sein. Ich mache es mir bequem und der Tag rauscht durch meinen Kopf wie eine U-Bahn, auf die man eine Ewigkeit gewartet hat. Ich sehe Nessi im Wasser, ich sehe uns im Kino sitzen und kann das abgestandene Popcorn schmecken. Ich schaue am Ende des Tages gerne zurück. Es ist ein wenig wie nach Hause kommen, den Fernseher einschalten und dann läuft da eine Serie, die nur dich zeigt, wie du durch das Leben spazierst, all deine Fehler, all deine Heldentaten, all die Überraschungen.

Ich bin mitten im Wegdämmern, da höre ich die zwei Signaltöne. Ich warte, es kommt nichts hinterher, ich gähne und ziehe mein Handy aus der Jacke.

Kmt

Vor Schreck verschlucke ich beinahe meine Zunge.
Ich werde zu einem Flummi und hüpfe die Treppe runter.

MIRKO

Eine Kellerassel versteckt sich unter einem Stein.
Genau so ist es.
Die Kellerassel bin ich, der Stein ist ein Auto, unter das ich mich gequetscht habe, als würde jeden Moment der Himmel auf mich herabstürzen. In meinem Mund ist ein unangenehmer Geschmack, süß und metallisch, als hätte ich von einer Schokolade abgebissen, ohne die Alufolie zu entfernen. Ich spucke aus, sehe den roten Fleck auf dem Asphalt und schlucke mein eigenes Blut herunter.
Ich bin weggerannt.
Punkt.
Aus.
Wie konnte ich nur wegrennen?
Nur der letzte Penner rennt weg.
Ich bin der letzte Penner.
Und was mache ich jetzt?
Ich kann nicht einfach unter dem Auto liegen bleiben und mich verstecken.
Das kann ich einfach nicht tun.
Das kommt irgendwann raus.
Irgendwie kommt das immer raus.
Die Kellerassel rollt sich zur Seite und zieht sich am Türgriff hoch, so bleibt sie neben dem Wagen hocken, Rücken an der Fahrertür, Kopf im Nacken, damit ihr das Blut nicht aus der Nase tropft. Ich weiß, wenn der Autoalarm jetzt losgeht, wird sich diese mickrige Kellerassel vor Schreck in ihre Jeans pissen.
Es bleibt still.
Ich atme durch und beobachte die andere Straßenseite.
Es bleibt still.

Das verfallene Grundstück erinnert mich an einen tollwütigen Köter, der nur darauf wartet, dass ich eine falsche Bewegung mache. Lauernd und starr. Zwei Baustellenlampen beleuchten flackernd die Fassade. Es ist eine von diesen Ruinen, die ich als Kind immer geliebt habe. Graffiti an den Mauern und verborgene Schätze überall. Ich bin kein Kind mehr, ich finde nichts mehr spannend an Ruinen. Es ist elf Uhr nachts und die Stadt ist eine gierige Hand, die über mir schwebt und mich dem Grundstück zum Fraß vorwerfen will.

Ich ziehe die Nase hoch und frage mich, wieso mir niemand gefolgt ist.

Trauriger geht es wohl nicht.

Niemand hat Interesse an mir.

Sie wollten Darian. Sie haben Darian.

Scheiße.

»Was mache ich nur …«

Meine Stimme ist ein Krächzen. Ich war noch nie besonders gut, wenn es um Selbstgespräche ging. In Horrorfilmen fangen die Opfer ja alle irgendwann an, mit sich selbst zu quatschen, damit der Zuschauer auch kapiert, dass es allmählich kritisch wird. Bei mir ist nichts kritisch, ich bin Welten von kritisch entfernt und habe keine Ahnung, wie ich nur wegrennen konnte.

Meine Zunge tastet, ob ein Zahn locker ist.

Das Blut fließt mir aus der Nase den Gaumen hinunter, langsam und zäh wie Sirup. Dabei ist meine Nase nicht einmal gebrochen, ich habe sie mir angeschlagen, als ich unter dieses Auto gekrochen bin. Kellerassel pur. Ich schüttel den Kopf, um meinen Denkapparat wieder in Gang zu bringen. Ich muss was tun, egal was, ich muss irgendwas tun, sonst kann ich mir für den Rest des Jahres nicht mehr ins Gesicht sehen.

Ich schaue mich um.

Neben der Kirche sind ein paar Fahrräder abgestellt. Ich beginne eines davon zu bearbeiten. Ich zerre an der Fahrradkette und trete gegen die Pedale. Die Kette reißt mit einem Knall, meine Hände sind aufgeschrammt. Ich wickel das eine Ende fest um meine Faust und lasse die ölige Kette gegen meinen Oberschenkel baumeln, dann gebe ich mir einen Ruck und überquere die Straße.

Was auch passiert, eines ist sicher, niemand wird mit mir rechnen.

Darian sitzt in der Ruine auf einer umgeworfenen Plastiktonne und starrt vor sich hin. Ellenbogen auf den Knien, die Hände hängen schlaff herunter. Ein wenig erinnert er mich an die Zeichnung in einem Buch – Herkules, der nach einer großen Schlacht auf einem Felsen hockt und Pause macht. Darian schaut nicht auf, als ich näher komme, und für einen Moment bin ich mir sicher, dass er heult.

»Alles in Ordnung?«

Darian hebt den Kopf. Über seinem linken Auge ist eine blutige Schramme und die Unterlippe sieht aus, als hätte er sich Kollagen spritzen lassen. Da ist eine zweite Schramme auf seinem Oberarm, die Muskeln stehen wütend hervor, das T-Shirt liegt eng an. Es ist mir ein Rätsel, wie jemand es wagen kann, Darian querzukommen.

»Was soll die Fahrradkette?«, fragt er und seine Worte klingen, als hätte er ein Kissen im Mund.

»Sorry«, sage ich und lasse sie fallen.

Und da stehe ich dann, und da liegt die Kette zu meinen Füßen, und da sitzt Darian und sieht mir in die Augen und stellt fest:

»Hast dich verpisst.«

Ich senke den Kopf und werde rot.

»Diese Wichser«, sagt Darian und lässt mich mit diesen zwei Worten vom Haken. »Sieh dir mal mein Gesicht an. Siehst du das? Dafür kill ich sie. Und jetzt ...«

Darian hält mir seine Hand entgegen. Ohne dass er es aussprechen muss, ziehe ich meine Hose aus. Es ist das wenigste, was ich für ihn tun kann. Zum Glück verpasst er mir keine. Ich hätte es hingenommen, er hätte mich auch mit der Fahrradkette bearbeiten dürfen, kein Problem, Kellerasseln ertragen so was.

Meine Jeans ist zu kurz und klebt an Darians Beinen wie eine zweite Haut, den obersten Knopf bekommt er nicht zu, Bauchmuskeln aus Titan, Oberschenkel aus Stahl. Seit er sich den Keller mit Hanteln und einer Maschine ausgebaut hat, war ich schon öfter mit den Jungs dort unten, aber das hat mich sehr schnell überfordert. Mein schlacksiger Körper ist mein schlacksiger Körper und so soll er bleiben. Auch wenn ich nichts gegen ein Kilo mehr Muskeln hätte, kenne ich meine Grenze. *Training ist alles,* lautet Darians Motto. Kein Wunder, dass er jedes Mädchen bekommt.

»Erst massakrieren sie mich, ja, und dann klauen sie mir meine Trainingshose.«

Er spuckt aus.

»Scheiße, denkst du, das macht mir Angst?«

Nein, ich denke nicht, dass Darian irgendwas Angst macht. Zusätzlich zu seinem Training besucht er zweimal in der Woche das Fitnesscenter am Adenauerplatz. Er schluckt Eiweißpräparate und sieht mit siebzehn aus wie Mitte zwanzig.

»Mir macht das keine Angst«, beantwortet er seine Frage, »denn ich weiß genau, wer das getan hat. Du hättest sie mal hören müssen. Die haben gelacht. Ich schwör dir, die lachen nie wieder so, wenn ich sie erstmal durch die Mangel gedreht habe.«

»Vielleicht solltest du deinen Vater---«

»Sag's nicht«, unterbricht er mich.

»Ich mein doch nur.«

»Mirko, halt die Klappe!«

Ich halte die Klappe. Wenn es um seinen Vater geht, ist Darian sehr empfindlich.

»Er wird es nicht mal merken«, sagt Darian nach einer Minute.

»Aber was wirst du sagen, wenn er es merkt?«, frage ich vorsichtig nach.

»Dass ich Ärger mit ein paar Idioten hatte, mehr nicht.«

Ich nicke, ein Wort zu Darians Vater, und wer auch immer uns überfallen hat, wird aus der Stadt verschwinden und nie mehr wiedergesehen werden. So erzählt man sich. Aber Darian will das nicht.

»Ich will das nicht«, sagt er, als hätte er meine Gedanken gelesen. »Mein Alter weiß nichts von Bebe, und was er nicht weiß, macht ihn nicht heiß. Mein Business geht ihn nichts an. Ich bin mein eigener Mann, kapierst du? Ich habe meinen eigenen Stolz und brauche den Alten nicht, damit er mir den Arsch abwischt. Also sollen sie mich ruhig aufmischen, sollen sie jeden Tag vorbeikommen, ich bin bereit. Sie behandeln mich wie einen Hund, ich werde ein fieser Hund sein. Ich habe mir jedes ihrer Gesichter gemerkt. Eines Tages werden sie zahlen, verstehst du?«

Ich verstehe. Darian baut sich schon seit einer Weile sein eigenes Imperium auf. So nennt er es. Wahrscheinlich würde ihm sein Vater den Kopf abreißen, wenn er wüsste, was sein Sohn treibt. Aber ich halte die Klappe. Es sind meine Lehrjahre, ich werde im Oktober sechzehn und meine Lehrjahre sehen so aus, dass ich mit Darian durch die Gegend fahre und beobachte, wie er mit Leuten umgeht. Mit Leuten wie Bebe.

Vor gut zwei Wochen fuhren wir mit der U-Bahn zum Columbiadamm, damit ich Bebe kennenlernte. Darian hasst die U-Bahn, aber Bebe bestand darauf, dass er nicht mit dem Auto kam. Für ihn ist es eine Vorsichtsmaßnahme, Darian nennt es Paranoia, doch er lässt es Bebe durchgehen, weil der für ihn ein Vorbild ist.

Bebe ist zehn Jahre älter als Darian und kommt aus Rumänien. Auf Berlin verteilt, hat er mehr als dreißig Spielhöllen und Shisha-Bars, aber das interessiert ihn nicht wirklich, denn sein größter Stolz ist, dass er den ersten Stall in Berlin aus dem Boden gestampft hat. Als Bebe mit Darian darüber sprach, wusste ich nicht, um was es ging. Ich war aber auch nicht mitgekommen, um Fragen zu stellen. Ich sollte beobachten und lernen.

»Mach mit oder kneif den Schwanz ein«, sagte Bebe.

»Ich habe Skrupel«, sagte Darian.

Bebe lachte ihn aus, er nahm einen Schluck von seinem Tee und lachte erneut.

»Skrupel? Weißt du überhaupt, wie das geschrieben wird, du blöder Deutscher?«

»Natürlich weiß ich das.«

»Weißt du auch, was passiert, wenn du mit Skrupeln zur Bank gehst?«

»Na, was passiert?«

»Nichts passiert. Sie winken dich weg, Darian, sie sagen, geh woanders hin. Aber wenn ich zur Bank gehe …«

Bebe machte eine Pause, er sah sich seine Finger an, als würde er über eine Maniküre nachdenken.

»… da machen sie einen Sessel frei und schleppen Canapés an und fragen, ob ich Sekt oder Selters will.«

Er grinste, es war ein Wolfsgrinsen.

»Darian, Skrupel sind was für Weicheier. Bist du ein Weichei?«

Darian wurde rot.

»Ich bin kein Weichei.«

»Dann hör auf, so rumzuzappeln. Die Ställe sind die Zukunft, es gibt sie schon in fünf Großstädten. Steig jetzt ein und mach echtes Business, du wirst es mir danken, denn mit dem Klimpergeld, was du einnimmst, kommst du nicht weit.«

Darian verstand nicht.

»Wovon redest du? Ich habe am Tag einen Umsatz von knapp zwei Riesen.«

Bebe lachte.

»Genau *das* nenne ich rumzappeln«, sagte er.

»Was holst du denn rein?«

»Das Achtfache.«

»Quatsch.«

»Quatsch?«

Bebe beugte sich vor.

»Soll ich dir mal die Frisur durcheinanderbringen?«

»Nee, lass mal.«

Bebe lehnte sich wieder zurück.

»Sechzehn Riesen am Tag«, sagte er. »Zieh dir das rein, sechzehn! Und ich rühr dafür keinen einzigen Finger.«

Zwei Stunden lang musste ich mir diesen Schlagabtausch anhören, in dem die beiden sich mit ihren Erfolgen zu überbieten versuchten und zwischendurch Tee aus dem Samowar tranken, während ich auf dem Sofa saß und mir auf dem Fernseher eine Tanzshow ansah, die ohne Ton lief. Das war nicht schlimm, es war nur langweilig. Und wann immer sie den Stall erwähnten, bekam ich ein hohles Gefühl im Bauch, als wäre ich aufgewacht und da ist eine Narbe und ein paar Organe fehlen.

Kurz nach zehn endete der Besuch endlich und wir fuhren zurück nach Charlottenburg. Auf der Rückfahrt machten wir halt an der Wilmersdorfer Straße und holten uns Döner und Cola. Auch wenn ich es nicht wirklich wissen wollte, auch wenn ich es nicht ansprechen wollte, fragte ich.

»Was sind die Ställe?«

Darian schielte mich von der Seite her an.

»Ernsthaft jetzt?«, fragte er.

Sein Mund war voll, er kaute, tupfte sich die Lippen mit der Serviette ab und erklärte es mir dann.

Er erklärt es mir zwei Mal, weil ich ihm nicht glauben wollte.

»Alter, mach da nicht mit«, warnte ich ihn.

»Natürlich mache ich da nicht mit. Was denkst du, wer ich bin? Ein Assi, oder was?«

»Nein, das sage ich nicht, ich sage nur, das ist nicht gut für dich, Darian.«

Er wandte sich mir zu und stieß mich vor die Brust.

»Alter, sag mir nicht, was gut für mich ist und was nicht, okay?!«

»Okay. Aber---«

»Ich mache, was ich will«, unterbrach mich Darian, »und wenn es dir querkommt ...«

Er pfefferte den Rest seines Döners in den Müll und ließ mich mitten im Satz stehen. Ich sah ihm zu, wie er auf die andere Straßenseite wechselte. Ich hatte keine Ahnung, was eben passiert war.

Neun Tage vergingen und wir fuhren nicht zu Bebe. Ich dachte, das wäre es gewesen. Ich dachte, Darian hätte auf mich gehört. Skrupel und so. Dann schneite heute Mittag eine SMS rein. Darian wollte sich mit mir treffen. Er saß jeden Dienstagnachmittag von fünf Uhr bis acht Uhr abends in Pepes Saftladen und machte Büroarbeit – vertickte Drogen, telefonierte und organisierte sein Business, wie er es nannte. Nach acht wollte er sich mit mir treffen.

Ich wartete an der U-Bahn-Station auf ihn.

Alles war wie immer.

Während der Fahrt redeten wir belangloses Zeug. Vor Bebes Tür wurden wir gefilzt und gaben unsere Handys ab. Danach saß ich herum und schaute Fernsehen, während die beiden sich unterhielten und kein Wort über die Ställe verloren.

Genau das hätte mich misstrauisch machen sollen.

Vorhin beim Verlassen der U-Bahn haben sie uns dann abgepasst. Wir hatten dieses Mal keinen Zwischenstopp in der Wilmersdorfer gemacht, weil keiner von uns Lust auf Döner hatte. Darian wollte bei sich zu Hause noch Gewichte stemmen; und ich musste für meinen Onkel arbeiten.

Sie waren sechs Typen, die sich vor uns auffächerten, damit wir nicht vorbeikamen. Darian zögerte keine Sekunde und rannte los, er schulterte die zwei in der Mitte beiseite und ich habe die Gasse genutzt und bin ihm hinterher. Wir rannten durch die Straßen, über die Hinterhöfe und auf die Ruine, weil wir uns auf der Ruine auskannten. Woher sollten wir wissen, dass die Ruine auch für die sechs Typen kein Neuland war?

Wir warten kurz an der Ampel und gehen über Rot. Ich bin froh, dass es so spät ist. Es wäre nicht witzig, wenn mich jemand in meinen beknackten Shorts sehen würde. Rote Turnschuhe, weiße Socken und schwarze Shorts mit weißen Uhren drauf. Ein Weihnachtsgeschenk meiner Mutter.

Darian fragt mich zum vierten Mal, warum ich immer Jeans tragen muss, Trainingshosen wären doch viel cooler. Ich weiß nicht, was ich darauf antworten soll. Es ist ein typischer Dienstagabend, auch in meiner Straße ist nichts los, nur die üblichen zwei Stammpenner stehen vor dem Imbiss und pfeifen mir hinterher. Der Imbiss hat bis zwei Uhr früh geöffnet und bis zwei rühren sich die beiden nicht von der Stelle. Egal, wie das Wetter ist, die Stammpenner sind immer da.

Vor meinem Hauseingang schlägt mir Darian gegen den Hinterkopf.

»He, Alter, bist du noch anwesend?«
»Jaja.«
»Die Hose kriegst du morgen wieder.«
»Okay.«
»Und dass du mir ja die Schnauze hältst.«
»Okay.«
»Ich meine das so.«
»Ich weiß.«

Er will noch nicht gehen, er will noch was von mir. Ich spüre, wie sich meine Schultern anspannen, als müsste ich einem zweiten Schlag ausweichen. Ich hoffe, er spricht die Ställe nicht an.

»Ist zwischen uns alles okay?«, fragt er.
»Natürlich.«
»Wir stehen füreinander ein, Mirko.«
»Ich weiß.«

Er macht eine Faust, ich mache eine Faust, als sich unsere Fäuste treffen, sehen wir uns an.

»Gut, dass wir das geklärt haben«, sagt Darian.
»Alles klar.«
»Und denk über Trainingshosen nach.«
»Ich seh in Trainingshosen aus wie jemand, der Fußball spielen will.«
»Da hast du einen Punkt. Grüß deine Mutter von mir.«
»Mach ich.«
»Bis morgen dann.«
»Bis morgen.«

Nachdem ich in die Wohnung geschlichen bin, schleiche ich weiter ins Bad und wasche mein Gesicht. Ich lasse die Dusche laufen und sitze auf dem Wannenrand, als hätte jemand meine Batterien rausgenommen. Ab und zu fahre ich mit der Hand durch den Duschstrahl, mein Kopf ist dabei absolut leer und der Schmerz in meiner Nase ein dumpfes Pochen. Das Rauschen der Dusche beruhigt mich. Es ist wie ein Film, den ich mir ansehen kann, solange ich will. Und wenn ich die Hand ausstrecke, wird sie nass und ich bin ein Teil des Films.

Alles ist gut.

Ich steige unter die Dusche, schrubbe die Panik von mir ab und genieße das Wasser auf meinem Rücken. Das Hämmern gegen die Badezimmerwand reißt mich aus den Gedanken. Ich stelle die Dusche ab, reibe mich trocken und wickel mir danach das Handtuch um die Hüfte.

»Was musst du so spät noch duschen?«

Meine Mutter liegt im Wohnzimmer auf dem Sofa, Liebesroman im Schoß und in der linken Hand eine Zigarette. Ihre rechte Hand liegt an der Stelle, wo ihr Herz sein müsste. Ihre Frage ist eine von den Fragen, die keine Antwort verlangen. Ich verschwinde in mein Zimmer und schließe die Tür hinter mir, ich lasse das Handtuch fallen und ziehe mich an, als hätte der Tag eben erst begonnen. Mein Kopf funktioniert wieder und ich bin enttäuscht von mir selbst. Es war so was von falsch, wegzulaufen und sich unter dem Auto zu verstecken. Darian wird das nie vergessen. Zum Glück war sonst niemand von der Clique dabei. Wie ich es auch drehe und wende, ich weiß, dass ich das wiedergutmachen muss.

Irgendwie.

Durch das Fenster weht der Geruch von Zigarettenrauch, die Stimmen von den Stammpennern sind deutlich zu unterscheiden, sie klingen heiser. An manchen Tagen hängt sich meine Mutter aus dem Fenster und beschwert sich. Wir wohnen im zweiten Stockwerk und sind die Einzigen, die sich beschweren. Die Stammpenner lachen uns aus.

Ich knöpfe das Hemd zu, meine Hände sind noch immer dreckig vom Kettenöl, das Zeug wird erst in den nächsten Tagen abgehen. Es sieht aus, als ob die Polizei meine Fingerabdrücke genommen hätte. Ich schaue zur Uhr. Mein Onkel erwartet mich seit einer Stunde und sechzehn Minuten. Ich wünsche mir, ich wäre Darian. Jemand, der sich nichts sagen lässt.

Außer heute Nacht, heute Nacht hat er sich was sagen lassen, denke ich mit einem blöden selbstgefälligen Grinsen und schäme mich sofort für den Gedanken.

Wie sollte es auch anders sein: Sobald viele Kunden da sind, steigt Onkel Runas Laune. Jetzt ist natürlich niemand zu sehen. Nicht einmal ein Taxifahrer, der Pause macht und an der Theke lehnt, um seine Hämorrhoiden zu schonen.

Die Nacht surrt von Insekten. Auf der anderen Seite vom Stuttgarter Platz sitzen Leute vor den Cafés. Ab und zu ein Lachen, das Scharren von Stühlen, wenn jemand aufsteht. Die uralte Telefonzelle erinnert an ein gelbes Auge, das unregelmäßig flackert und mir unsinnige Nachrichten zuzwinkert.

Onkel Runa lehnt an der Eistruhe und starrt zu den Cafés rüber, als wären sie seine ganz persönlichen Feinde. Er versteht nicht, wie zwei Cafés und zwei Restaurants gleichzeitig nebeneinander aufmachen können. Mein Onkel versteht eine Menge nicht. Er hat eine Schürze umgebunden und hinter seinem Ohr klemmt ein Zigarillo. Sein T-Shirt hat vorne einen silbernen Cadillac drauf und ist in die Hose gesteckt, sodass der Bauch entspannt über den Gürtel hängt. Ich habe keine Ahnung, warum er sich nicht normal anziehen kann. Er ist nicht mehr zwanzig, er ist Mitte fünfzig und tut so, als wüsste er, was cool ist. Er sollte mich mal fragen. Ich weiß ganz genau, was cool ist, denn ich bin das Gegenteil von cool.

»Was willst du hier?«

Mein Onkel spuckt durch die Schneidezähne und mir direkt vor die Turnschuhe. Als ich sechs war, wollte er es mir beibringen. Die lässige Art des Spuckens. Ich habe es nie hinbekommen, also hat er mich als Pfeife bezeichnet. Onkel Runa sagt gerne, dass er sich schuldig fühlt für meinen Vater, und deswegen darf ich für ihn arbeiten. Er tut mir damit was Gutes, sagt er, was ihn aber dennoch nicht davon abhält, mir nur 6 Euro in der Stunde zu zahlen. Von 22 Uhr bis 4 Uhr morgens übernehme ich den Pizzastand, falle danach ins Bett oder bin so aufgedreht, dass ich die Nacht durchmache und während des Unterrichts wegnicke. So läuft es seit drei Monaten. Mir wäre es lieber, wenn ich einfach nur an Darians Seite durch die Clubs ziehen und Gras und Pillen verticken könnte. Aber noch respektiert mich keiner. Noch bin ich ein Nichts. Lehrjahre.

»Sag, was willst du hier?«

Onkel Runa zieht immer dieselbe Nummer ab, wenn ich zu spät komme. Es gibt keine Variationen, immer dasselbe abfällige Gesicht, als wäre er in einen Hundehaufen getreten, der meinen Namen trägt. Eine S-Bahn fährt über die Brücke. Als es wieder still ist, murmel ich:

»Tut mir leid.«

»Und wie sehen deine Hände aus?«

Ich verstecke meine fleckigen Finger hinter dem Rücken.

»Deine Mutter ist eine gute Frau, weißt du das?«

»Ich weiß.«

Plötzlich braust Onkel Runa auf, als hätte ich das Gegenteil behauptet.

»Sag nie was gegen deine Mutter, kapiert?! Du kleiner Hurensohn! Deine Mutter ist ein Engel! Wag es ja nicht, etwas gegen deine Mutter zu sagen, verstanden? Dein Vater ist der Teufel! Gegen den kannst du sagen, was du willst.«

»Er ist auch dein Bruder«, sage ich.

»Deswegen weiß ich ja, dass er der Teufel ist!«

Onkel Runa beruhigt sich wieder.

»Was denkst du, woher ich das sonst weiß, eh?«

Er schaut auf seine Uhr. Seit gut fünf Jahren hat er was mit meiner Mutter am Laufen. Wie er sie anfasst und zur Begrüßung küsst, wie er morgens breitbeinig in unserer Küche sitzt und sich den Schritt kratzt. Ich bin mir sicher, dass meine Mutter nie gegen die Wand schlägt, wenn Onkel Runa zu lange duscht. Sein Bademantel hängt an der Innenseite der Tür und stinkt nach Calvin Klein. Garantiert ist er richtig glücklich, dass mein Vater ausgezogen ist.

Onkel Runa atmet tief ein, als müsste er eine wichtige Entscheidung treffen. Der Cadillac auf seiner Brust spannt und verformt sich. Jemand startet ein Motorrad, eine Frau lacht.

»Was soll ich nur mit dir anfangen, Junge?«

Ich schweige. Mein Onkel seufzt. Ich weiß, alles ist gut.

»Mach dich ran«, sagt er, »mach dich einfach ran, dann reden wir nicht mehr darüber.«

Fünfzehn Minuten später klopft Onkel Runa gegen meinen Hinterkopf, als würde dort jemand wohnen, und lässt mich alleine. Ich stelle mir vor, wie er durch die Straßen läuft, wie er den zwei Stammpennern zunickt, als wären sie seine ganz speziellen Wachhunde, wie er die Treppe in das zweite Stockwerk hochsteigt und meine Mutter ihm die Tür öffnet und lacht, so ähnlich wie die Frau vorhin – hoch und überlegen –, weil sie weiß, dass ich die nächsten Stunden beschäftigt bin, während sie mit Onkel Runa alle Zeit der Welt hat, um sich das Gehirn aus dem Kopf zu vögeln lassen. Irgendwann werden die beiden dafür bezahlen und das mehr als 6 Euro in der Stunde. Da bin ich mir sicher. Die Gerechtigkeit der Welt muss sich ja eines Tages auf meine Seite stellen, oder? Balance ist alles. Ich habe keine Idee, wie das genau aussehen soll, ich mache mir auch keine ernsthaften Gedanken darüber, denn im Moment bin ich einfach nur froh, endlich alleine hinter der Theke zu stehen.

Es ist Kinotag. In dreißig Minuten endet die letzte Vorstellung und es wird hier voll. Ich bereite mich vor und ziehe die Getränke im Kühlregal nach vorne, bis sie eine ordentliche Reihe bilden, schneide Gemüse und mische Salat. Der Pizzastand ist bereit. Er ist einer der wenigen in Berlin, der die ganze Nacht geöffnet hat, was einen großen Vorteil hat – die Getränke müssen nie reingestellt werden und stehen um die Bude herum wie eine Armee aus Plastikflaschen. Nur vor der Theke steht nichts, denn das ist der Platz für die Kunden. Aus dem Radio dudelt Musik, ich stelle lauter und niemand sagt mir, ich soll leiser stellen. Niemand will was von mir. Außer die Kundschaft, aber das ist in Ordnung, die sollen was von mir wollen.

Während mein Onkel die Pizzaböden meist im Voraus ausrollt, damit es schneller geht, bereite ich sie lieber frisch zu. Der Kunde soll sehen, dass ich etwas für ihn tue. Tomatensoße, ein wenig Käse, der Belag, dann noch ein wenig mehr Käse. Ich liebe das Geräusch, mit dem das Blech in den Ofen rutscht. Der Blick zum Kunden, die Frage, ob es das wäre. Immer ein Lächeln, immer zufrieden. Ich.

»Ich?«

»Ja, du, was glotzt du so?«

Es ist zwei Uhr morgens, die Welle der Kinobesucher ist kurz nach Mitternacht abgeebbt und ich konnte die Kunden danach an einer Hand abzählen. Bei den Betrunkenen habe ich längst mit dem Zählen aufgehört, denn das sind für mich keine echten Kunden, das sind Alkis, die mich vollbrabbeln und ihren letzten Schluck brauchen, bevor sie sich auf irgendeiner Parkbank zusammenrollen und einen weiteren Tag in ihrem Leben abhaken.

»Ich ... Ich glotze nicht«, lüge ich und habe keinen Schimmer, wie lange ich sie schon anstarre. Ihre Augen leuchten wie zwei entfernte Feuer, ihr Haar ist ein so dunkles Rot, dass es fast schwarz ist. Sie trägt eine grüne Samtjacke und sieht aus wie eine zweite Kristen Bell. Zu ihrem Mund fällt mir im Moment gar nichts ein, denn dieser Mund bewegt sich und sagt:

»Wo ist der Typ, der die Pizza macht?«

»Ich bin jetzt der Typ, der die Pizza macht.«

»Du bist doch höchstens zwölf.«

Ich reagiere nicht auf ihre Beleidigung, ich werde im Frühjahr sechzehn, behalte es aber für mich, weil ich befürchte, dass sie älter ist. Sie *muss* älter sein, arrogant und rotzig, wie sie sich gibt. Ich blicke an ihr vorbei. Sie ist allein, ich sehe sie das erste Mal allein. Normalerweise hängt sie mit einer Clique von Mädchen zusammen, die sie umschwirren wie Licht. Ich bin geblendet und will wegsehen und starre sie weiter an. Beinahe rutscht mir dieser Gedanke raus. *Du bist Licht.* Ganz besonders mag ich die kleine Narbe an ihrem Kinn, als wäre sie in Wahrheit zerbrechlich.

Sie schnippt vor meinem Gesicht herum.

»Also?«

»Was?!«

»Wie alt bist du jetzt?«

»Fünfzehn.«

»Niemals.«

Ich zucke mit den Schultern und wünsche mir, der Moment würde so bleiben. Stunden, nein, lass es Tage sein. Wir müssten nicht einmal reden. Ich würde ihr eine Pizza nach der anderen backen, Getränke spendieren und sie die ganze Zeit über nur ansehen. Mehr nicht. Schön wäre es, wenn sie zwischendurch lachen und sagen würde, dass es ihr leidtue, mich für zwölf gehalten zu haben, denn ich würde absolut nicht wie zwölf aussehen. Ja, das wäre ausgesprochen nett. Jetzt erst bemerke ich, wie glasig ihre Augen sind. Entweder ist sie stoned oder betrunken.

»Du wohnst in der Seelingstraße, nicht wahr?«

»Über dem Imbiss«, antworte ich und fühle mich, als hätte sie mir ein Kompliment gemacht.

Aber woher weiß sie, wo ich wohne?, schießt es mir gleich darauf durch den Kopf, da sagt sie auch schon:

»Ich habe dich nach der Schule ein paarmal in das Haus gehen sehen.«

»Ach.«

»Ja, ach.«

Wir sehen uns an, und da mir nichts Besseres einfällt, zeige ich ihr meine Hand.

»Ich war heute in einer Schlägerei. Ich habe mich mit einer Fahrradkette verteidigt.«

Sie schaut auf meine wunde Handfläche, schaut mich wieder an und wirkt nicht beeindruckt. Sie spricht aber noch mit mir. Sie sagt, sie braucht dringend ein Handy. Ihr Zeigefinger geht in die Luft.

»Nur ein einziger Anruf. Geschworen.«

Ich könnte, aber ich zeige nicht auf die Telefonzelle hinter ihr, ich frage auch nicht, was mit ihrem Handy los ist. Ich kenne kein Mädchen, das ohne Handy ist.

»Klar«, sage ich und gehe nach hinten und greife in meinen Rucksack und komme mit dem Handy zurück. Sie bedankt sich nicht, sie wendet sich ab und tippt los. Ich stelle das Radio leiser, um sie besser zu hören.

»… erkennst du meine Stimme nicht, du Blödmann? Nee, ich weiß, das ist nicht mein Handy, meins ist mal wieder tot, das hier habe ich geklaut. Was? … Weil ich hier festsitze … Aber ich … Bist du ein Taxifahrer, oder was? Ich zahl dir doch keinen Zehner, damit du mich abholst. Was?! … Bitte, Paule, komm schon … Bist du mein Bruder oder nicht?«

Sie schaut sich um, sie schaut zur Bushaltestelle.

»Hier fahren keine Busse! Außerdem hasse ich Busfahren, das weißt du ganz genau …«

Plötzlich dreht sie sich um, mein Handy noch immer am Ohr, und sieht mich an. Voll erwischt. Ich ducke mich ein wenig, halte ihrem Blick aber stand.

»Arschloch!«, sagt sie und ich weiß nicht, ob sie mit mir spricht.

Sie nimmt das Handy vom Ohr und unterbricht frustriert die Verbindung. Ich frage, ob es Probleme gibt.

»Was weißt du denn schon von Problemen?«

»Ich ... Ich könnte dich nach Hause bringen.«

»Wie willst du mich denn nach Hause bringen?«

»Ich kann das, wenn ich will.«

»Ich geb dir aber keinen Zehner.«

»Das ist okay«, sage ich und lache und weiß nicht, was ich hier tue. Mein Onkel wird mich erwürgen, wenn ich seinen Pizzastand auch nur für eine Minute unbewacht lasse. Aber ich mache es noch schlimmer, denn nachdem Onkel Runa mich erwürgt hat, wird er mich vierteilen, sobald er kapiert, dass ich mir seine *Dragica* ausgeliehen habe.

»Mit dem Ding?«

Sie ist um den Imbiss herumgekommen. Ich habe die Plane von der Vespa gezogen wie jemand, der einen Zaubertrick vorführt. Sie steht da, als wollte sie die Maschine kaufen, dann tritt sie gegen den Hinterreifen, sodass die Vespa beinahe umkippt. Ich zucke zusammen, sage aber nichts. Onkel Runa fährt einmal in der Woche um den Block, damit sich die Batterie auflädt. Er hat sich die Maschine vom Schrott geholt und eigenhändig wieder aufgebaut. Er nennt sie *Dragica,* weil das der Name seiner Mutter war.

»Ich trag aber keinen Helm, dass das mal klar ist.«

Sie zeigt auf ihre hochgesteckten Haare.

Ich nicke, wenn sie keinen Helm will, dann will sie eben keinen. Ich löse die Schleife von der Schürze, und als ich an ihr vorbeigehe, rieche ich für einen Moment ihren Atem. Definitiv angetrunken.

»Na, rieche ich gut?«, fragt sie.

»Sehr gut«, lüge ich.

»Stinke«, sagt sie.

»So schlimm ist es nicht«, sage ich und gehe in den Pizzastand.

Der Schlüssel für die Vespa hängt an einem Nagel über dem Radio. Ich nehme ihn, als würde ich das jeden Tag machen. Vielleicht fahre ich nachher kurz durch die Seelingstraße und hupe. Vielleicht erkennt Onkel Runa das Knattern seiner *Dragica* und kommt mir hinterhergerannt. Das wär was.

Nachdem ich den Pizzastand abgeschlossen habe, setze ich den Helm meines Onkels auf. Er ist mir zu groß, aber das macht nichts.

Sie steht da und streckt mir die Handfläche entgegen.

»Dachtest du, ich lass mich von dir fahren?«, fragt sie.

»Aber---«

»Entweder-oder.«

Ich reiche ihr den Schlüssel und stelle mir vor, wie es sich anfühlen wird, hinter ihr zu sitzen. Ihre Wärme, ihre Nähe. Wir werden uns zusammen in die Kurven legen und dabei wie eine Person sein. Nicht ich, nicht sie, wir. Und wie ich das denke, bekomme ich ernsthaft einen Ständer und denke schnell an meine Großmutter und wie sie ein Hähnchen ausnimmt, als die Vespa auch schon knatternd zum Leben erwacht und vom Bordstein rumpelt. Ein Taxi hupt, dann gehen die Lichter der Vespa an und sie verschwindet im Zickzackkurs um die nächste Ecke.

Ohne mich.

STINKE

Natürlich gibt es in jeder Geschichte eine Idiotin. Eine, die alles falsch macht, nicht auf das richtige Pferd setzt und vom Regen erwischt wird. Eine wie mich, die mit einem gestohlenen Moped durch Berlin düst und dabei vor sich hin grinst, als hätte sie den Jackpot geknackt. Ich bin die Idiotin, ich bin das gezinkte Ass. Und weißt du, wie sich das anfühlt?

Großartig und blöd in einem.

Gleichzeitig bin ich aber auch die Einzige, die in dieser Nacht so richtig zufrieden in ihrem Bett schlummert.

Alles hat seinen Vorteil.

Mein Kopf ist bleischwer von den zwei Cocktails, wahrscheinlich hat mir der Barkeeper was ins Glas geschmuggelt. Ich hasse es, wenn Typen flirten und man kein Interesse zeigt und dann werden sie fies und schmierig. Wenn ich zu jedem Barkeeper ja sagen würde, wäre ich längst eine Alkoholleiche. Also nimm dich bloß vor Barkeepern in Acht, denen kannst du nicht trauen.

Endlich schlafe ich ein und träume von Neil, der in der Disco vor mir auf ein Knie runtergeht und sagt, dass ihn mein geblümter Slip überhaupt nicht stören würde. Ich träume auch von Nessi, die wie eine Seerose auf dem Wasser vor sich hin dümpelt und immer weiter in der Ferne verschwindet, obwohl wir ihren Namen rufen und sie bitten, umzukehren. Ein Glück, dass ich einen Bruder habe, sonst hätte ich den Rest dieser Geschichte hier wahrscheinlich völlig verpennt.

»Steh auf!«

Das Licht geht an und aus, an und aus.

»Bist du taub, oder was?!«

Ich wünschte mir, ich wäre taub oder was.

»Steh auf!«

Ich drehe mich auf die andere Seite.

Mein Bruder lässt nicht locker.

»Eine von deinen Schnallen klingelt Sturm, wie kannst du das nicht hören?«

Es reicht.

Ich strampel die Decke weg und fluche dabei laut vor mich hin. Ich schwinge die Beine aus dem Bett und trete nach meinem Bruder. Er ist drei Meter entfernt, aber die Geste zählt. Sternchen explodieren vor meinen Augen, mir ist schwindelig und ich beuge mich vor und gucke auf meine Zehen, bis die Explosionen verblassen. Ich habe kein Türklingeln gehört und bin froh, dass meine Tante heute Nachtschicht hat.

»Mensch, Paule, ich habe kein Klingeln gehört«, murmel ich.

»Was du nicht sagst.«

Mein Bruder schmeißt die Tür hinter sich zu, ich sinke nach hinten.

Vielleicht ist das alles nur ein Traum?, denke ich. *Vielleicht kann ich einfach wieder einschlafen---*

Meine Zimmertür fliegt erneut auf.

Ich hebe den Kopf.

Rute steht da und sagt:

»Ich hasse es, wenn dein Handy tot ist.«

Und wie sie das sagt, weiß ich, dass was passiert ist.

Was Schlimmes, denke ich.

Die Uhr zeigt zehn nach zwei.

Egal, was es ist, es ist definitiv schlimm.

Die Erkenntnis erreicht mein Gehirn wie eine Druckwelle, meine Ohren ploppen und ich muss mir die Nase reiben, weil sie plötzlich juckt.

»Du meine Güte«, sage ich, wie eine Oma, der die Tüte beim Einkauf runtergefallen ist, dann komme ich schwankend auf die Beine und ziehe mich an, während Rute mir zeigt, was für eine Nachricht sie erhalten hat.

Kmt

»Wie? Das ist alles?«
　»Das ist alles.«
　»Und wenn du zurückrufst ...«
　»... geht nur die Mailbox an.«
　Fünf Minuten später sitzen wir auf der gestohlenen Vespa und unsere Haare wehen im Wind. Berlin liegt im Koma, die Straßen sind leergefegt und die Ampeln haben einen trägen Puls, der ein wenig an Weihnachtsbeleuchtung in Zeitlupe erinnert.
　Wie ich Weihnachten hasse.
　Wie ich die Stadt in der Nacht liebe.

TAJA

Ich bin nicht mehr. Ich suche mich und finde mich nicht, ich bin nicht mehr. Wenn ich mich bewege, bleibt die Luft um mich herum still. Kein Hauch. Ich spreche und die Stille antwortet. Ich bin da, ohne da zu sein. Ich bin ein Schatten, und wenn das Licht ausgeht, bin ich nicht mehr.
Kein Licht, kein Schatten, kein ich.

Ich glaube an die Zeit.
Ich bete die Zeit an und hoffe, dass sie mich erhört.
Zeit ist meine Religion. Schlaf ist Reisen im Kopf.
Kein Packen, kein Warten, einfach nur dort sein.
Jetzt.

Jetzt ist jetzt und ich erwache mit dem Gesicht in das Sofakissen vergraben.
Jetzt ist vor zwei Tagen und der Tisch vor mir steht senkrecht, dennoch fällt nichts herunter. Nicht die Gläser, nicht die Zeitschriften oder der aufgerissene Plastikbeutel. Es erscheint mir wie ein Wunder und ich staune mit großen Augen. Selbst der handgestrickte Kannenwärmer bewegt sich nicht. Jedes Mal, wenn ich ihn betrachte, frage ich mich, wohin die Kanne verschwunden ist und wie klein man sein muss, um in einem Kannenwärmer zu wohnen.
Ich frage mich eine Menge merkwürdiger Sachen.
Mein Handy klingelt. Es sind die ersten Töne von *Queen & King*. Ich muss immer lächeln, wenn ich diesen Songanfang höre. Ich versuche es und bekomme kein Lächeln zustande. Mein Handy liegt auf dem Boden und leuchtet vor sich hin, bevor die Mailbox anspringt und es wieder dunkel wird. Ich

richte mich auf und niese zweimal. Blut schwebt als feiner Nebel auf das Sofakissen nieder, mir ist schwindelig und ich sinke wieder zurück. Alles an meinem Körper schmerzt und die Gedanken sind wund. Meine Hand krallt sich in die Lehne des Sofas, Zentimeter um Zentimeter ziehe ich mich in eine sitzende Position.

Der Tisch wird waagerecht, die Wände senkrecht und meine Beine zittern, obwohl ich nicht stehe. Ich stemme die Füße fest auf den Boden und versuche das Zittern unter Kontrolle zu bringen. So bleibe ich für eine Weile. Das Gesicht in den Händen, das Zittern in den Beinen. Ich schaue zwischen den Fingern hindurch auf den Plastikbeutel und das gelbliche Pulver und spüre das Brennen in der Nase wie eine entfernte Sehnsucht. Ich weiß, was meine Schmerzen lindern und mich wieder schlafen lassen wird. Es ist so einfach.

Als hätte der Gedanke meine Beine erreicht, hören sie auf zu zittern.

Ich beuge mich vor, greife nach dem Teelöffel und stecke ihn in den Beutel. Ich streue das Pulver auf die Tischplatte, als würde ich ein Essen würzen, dann nehme ich einen der bunten Strohhalme. Jetzt ist ein blauer an der Reihe. Es geht schnell, es schmerzt und ist kalt und warm zugleich. Meine Sinne begrüßen die Bitterkeit der Droge mit einem Jubeln, dann muss ich würgen. Ich widerstehe dem Drang, einfach loszukotzen, und sinke nach hinten, ziehe die Knie an die Brust und werde zu einem warmen, pulsierenden Ball. Das Sofakissen nimmt mich auf, der Tisch steht wieder senkrecht und nichts fällt herunter.

Ende.

Jetzt ist jetzt und ich erwache in Rutes Zimmer.

Jetzt ist vor einem Jahr und direkt nach der Schule, es ist die beste Zeit, um am Leben zu sein. Ich weiß den Tag und dieses

Wissen beruhigt mich, weil ich mich erinnere, was gleich geschehen wird. Hier bin ich sicher. Hier gibt es keine Drogen, denn hier ist nicht vorgestern oder vorvorgestern, hier bin ich in einem wunderbaren Standbild – meine Freundinnen sind eingefroren in diesen Moment, der nie wieder sein wird. Wir sind bei Rute. Nessi wird sich gleich die Fernbedienung schnappen, um das erste Album von Foreign Diplomats zu starten. Für die Auswahl der Musik bin ich zuständig. Ich verbringe die Nächte auf Bandcamp und suche den richtigen Sound, den ich dann meinen Mädchen präsentiere. Zurzeit sind es viele Bands aus Kanada, die mir über den Weg laufen. Foreign Diplomats stehen an der Spitze. Sie haben auf ihrem ersten Album die absurdesten Texte, einen schrägen Sänger und eine Musik, die uns fünf einfach davonträgt. Wir hassen einstimmig den Teeniesound. Denn was auch immer wir sind, Teenies sind wir nie gewesen. Oder wie Schnappi einmal sagte: »Wir sind viel zu alt, um jung zu sein.«

Ja, das sind wir.

Ich habe den Kopf in Schnappis Schoß und über mir ist die zitronengelbe Zimmerdecke, die wir in ein paar Monaten gemeinsam moosgrün streichen werden, weil Rute kein Gelb mehr sehen kann. Schnappi schaut auf mich herunter und ist auch nur eine Fotografie, die erst dann zum Leben erwacht, wenn ich es zulasse.

Bald.

Es ist Herbst. Damals war mein Haar noch lang, erst kurz nach Weihnachten werde ich es schneiden lassen. In diesem Herbst haben wir alle lange Haare. Schnappi mit ihrer Mähne bis zum Hintern runter, die an schwarze Seide erinnert und nie verknotet; Rute und ihr blonder Pony, mit dem sie vergeblich versucht, die widerspenstigen Pickel auf ihrer Stirn zu verbergen; Stinke, die sich das Haar dunkelrot mit schwarzen Strähnen färbt, seitdem wir sie kennen, und Nessi, die an einen

Engel erinnert und mich jedes Mal zum Seufzen bringt, wenn sie ihr goldenes Haar hochsteckt und ihren Hals zeigt.

Gleich.

Rute hockt im Schneidersitz auf ihrem Hochbett und hat eine Zeitschrift auf dem Schoß. Sie ist beim Umblättern eingefroren, ihre Zunge schaut zwischen den Lippen hervor. Stinke sitzt auf dem Fensterbrett und hat eine Zigarette in der Hand, obwohl es bei Rute verboten ist zu rauchen, aber Stinke kann einfach nicht anders. Sie hat sogar eine Träne rausgequetscht, als Rute den Kopf schüttelte. Dabei kann Stinke ohne Probleme auf das Rauchen verzichten, aber es wurmt sie einfach, dass ihr irgendwas verboten wird.

»Nur eine«, sagte sie.

»Nicht, Stinke.«

»Sei nicht doof, es ist nur eine.«

Und natürlich hat sie sich diese eine angemacht.

Ich weiß, was Stinke als Nächstes sagen wird. Sie wird uns fragen, was denn so witzig daran ist, dass sie nichts mehr von Tobias wissen will. Ich kenne meine Reaktion. Aber noch rührt sich nichts in diesem Zimmer, noch lasse ich die Zeit nicht weiterlaufen und alle Gedanken und Worte bleiben erstarrt. Der Zigarettenrauch steht wie ein Kohlestrich in der Luft.

Ich atme aus.

Jetzt.

»... ist denn daran so witzig?«, fragt Stinke herausfordernd. »Tobias ist ein Idiot, sehe ich aus wie jemand, der mit einem Idioten zusammen sein will?«

»Schon seit drei Monaten«, sage ich.

»Das waren doch niemals drei Monate!«

»Dann eben ein Vierteljahr«, sagt Schnappi.

Wir lachen, und wenn Stinke nicht so stinkig wäre, würde sie mitlachen, aber das geht natürlich nicht, das würde den Witz weniger witzig machen.

»Lacht ruhig, ihr Zicken, lacht ruhig über mich«, sagt sie.

Eine Brise weht durchs Fenster und zerfleddert den Rauch. Ich atme den Geruch tief ein und wünsche mir, ich könnte auch eine rauchen.

»Denk bloß nicht daran«, warnt mich Rute und hält die Zeitschrift hoch. Wir schauen kurz hin und halten die Daumen nach unten. Wir bewerten Schauspielerinnen und sind grausam. Nessi kennt als Einzige alle Namen. Ein Blick reicht ihr und sie weiß sofort, wer wer ist.

»Cate Blanchett«, sagt sie.

»Was?!«

Stinke kneift die Augen zu Schlitzen zusammen. Sie ist ein wenig kurzsichtig, weigert sich aber, eine Brille zu tragen.

»Zeig mal her«, sagt sie.

Rute hält die Zeitschrift in ihre Richtung.

»Das ist doch *niemals* Cate Blanchett!«

»Das ist Kate Winslet«, sagt Schnappi.

»Ich habe keine Ahnung, wer das ist«, gebe ich zu.

Rute liest uns vor, was unter dem Foto steht:

»Cate Blanchett.«

»So 'ne Kacke«, sagt Stinke und pafft an ihrer Zigarrette.

Nessi nickt zufrieden. Sie sitzt auf einem von diesen idiotischen Sesseln, die mit irgendwelchen Bohnen gefüllt sind und sich bei jeder Bewegung anhören, als würde ein betrunkener Jogger über einen Kiesstrand laufen.

»Wenn du da jetzt reinfurzt«, sagt Schnappi, »dann gibt es heute Abend Chili.«

Nessi streckt den Arm nach hinten, der Sessel knirscht, wir kichern, Nessi findet die Fernbedienung und drückt Start. *Lies (Of November)* läuft an und der Anfang klingt ein wenig, als würde der Bohnensessel die Flucht ergreifen. Wir grinsen, wir freuen uns auf den Beat und da kommt er auch schon und wir warten die Sekunden ab und singen mit:

*Coffee brought me to the conclusion
that some people don't deserve to live*

Wir wippen mit den Zehen, wir trinken Fanta und sind am besten Ort im besten Leben, das man sich vorstellen kann, als die Tür auffliegt.

Auch wenn ich wusste, dass Rutes Mutter reinschneien würde, erschrecke ich, wie ich damals erschrocken bin. Die Erinnerung ist so frisch in meinem Kopf, dass ich meinen Freundinnen zurufen möchte: *Ich bin schon mal hier gewesen und will für immer hier bleiben!* Aber ich schweige, denn ich weiß, dass das nicht geht, denn auch die Zeit hat ihre Regeln.

»Ich dachte, ich hätte Rauch gerochen.«

Rutes Mutter sieht sich um. Sie hat uns schon ein paarmal rausgeschmissen, weil die Musik zu laut war, weil Rute Widerworte geben musste, weil sie den Jägermeister gerochen hat, den wir mit Cola weggeschlürft hatten. Sie schnippt in Richtung der Anlage, Nessi stellt die Musik leiser.

»Raucht eine von euch?«

Stinke reißt die Augen weit auf, was so verräterisch ist, dass sie gleich ein Schild mit ihrem Namen hochhalten könnte. Ihre Zigarette ist natürlich längst aus dem Fenster verschwunden, aber selbstverständlich musste die gute Stinke einen letzten Zug nehmen und der Rauch steckt jetzt in ihrer Lunge und will raus.

»Ich versteh euch nicht. Ihr seid doch Mädchen, wie sieht es hier nur aus?«

Typisch Rutes Mutter. Sie kann ganz genau sehen, wie es aussieht, und fragt, wie es hier aussieht. Wir schauen uns um, als hätten wir alle eben erst Augen bekommen. Es sieht nicht gut aus. Zwischen hingeworfenen Klamotten und Schuhen liegen Zeitschriften und Comics und die Seiten von dem Referat, das wir eigentlich besprechen wollten, aber als das langweilig wurde, ließ Schnappi die Seiten einfach fallen und seitdem liegt das Referat da wie ein Schmetterling, der Selbstmord begangen hat. Da ist auch das Tablett mit den leergekratzten Eisschalen und ein klebriger Fleck auf dem Teppich, wo einer der Löffel runtergefallen ist. Und dann die Nachos. Rutes Katze wollte unbedingt ihre Schnauze in die Tüte stecken. Eine Weile lang ist sie dann mit der ganzen Packung auf dem Kopf herumgelaufen, dann hat sie sich geschüttelt und die Nachos flogen über den Teppich.

»Das war Freddie«, sagt Schnappi.

»Vielleicht sollten wir Freddie einschläfern lassen«, sagt Rutes Mutter.

»Mensch, Mama«, seufzt Rute, ohne von der Zeitschrift aufzublicken.

»Menschmama mich nicht, Rute, sonst fliegt ihr alle raus. Aber hochkant.«

Rute tut, als hätte sie das nicht gehört und hält die Zeitschrift hoch. Wir heben die Daumen. Wer auch immer diese Schauspielerin ist, wir mögen sie.

»Dakota Fanning«, sagt Stinke, wie aus der Pistole geschossen.

»Imogen Poots«, sagt Rutes Mutter.

»Mireille Enos«, sagt Schnappi.

Ich lache los.

»Wieso lachst du?«, fragt Schnappi.

»Mireille Enos ist über vierzig ...«

»Na und.«

»... und du würdest Mireille Enos nicht einmal erkennen, wenn sie auf deinem Schoß sitzen würde.«

»Würde ich doch!«

»Würdest du nicht, Schnappi«, sagt Rute.

»Und wer ist das jetzt?«, fragt Rutes Mutter.

Wir sehen alle Nessi an.

»Chloë Grace Moretz«, sagt sie.

»Was?!«, rufen wir im Chor.

Rute schaut in die Zeitschrift.

Nessi hat natürlich recht.

Rutes Mutter flucht, sie hätte schwören können, dass das Imogen Poots ist.

Stinke hustet den Rauch aus.

»Was ist denn mit dir los?«, fragt Rutes Mutter.

»Krebs«, sagt Stinke und klopft sich gegen die Brust.

»Darüber macht man keine Witze.«

»Sag das mal meinem Arzt.«

Wir kichern, die Augen von Rutes Mutter werden schmal. Gefährlich.

»Isabell, ich will nicht, dass du bei uns in der Wohnung rauchst. Wie oft---«

»Mensch, Mama!«, unterbricht Rute sie und senkt die Zeitschrift. »Jetzt mal wirklich. Schau doch mal ...«

Sie zeigt um sich, als hätte ihre Mutter noch nicht gemerkt, in was sie da reingerasselt ist.

»... das ist ein Mädchentreffen.«

Für einen Moment glauben wir alle, dass Rute zu weit gegangen ist. Ich grinse als Einzige, denn ich weiß, wie ihre Mutter reagieren wird. *Meine Tochter,* wird sie sagen und dabei lächeln.

»Meine Tochter«, sagt sie und lächelt.

»Meine Mama«, erwidert Rute und lächelt zurück und versinkt wieder in der Zeitschrift, als hätte ihre Mutter das Zimmer längst verlassen.

»Meine Taja«, sagt Schnappi und krault mir den Kopf.

»Meine Schnappi«, sage ich und strecke mich und schnurre, als wäre ich Freddie. Foreign Diplomats singen *I still haven't reached the knife you shoved in my back.* Nessi bewegt ihren Hintern auf dem Bohnensack und sagt, das wird aber ein leckeres Chili werden. Wir prusten wieder los, und als wir uns beruhigt haben, fällt uns auf, dass Rutes Mutter noch immer im Türrahmen steht.

»Ihr seid mir schon ein paar Schlampen«, sagt sie und lässt es freundlich klingen.

Keine von uns widerspricht ihr, aber eine von uns muss Rutes Mutter natürlich korrigieren.

»Wir sind zwar Schlampen«, sagt Stinke, »aber dafür sind wir süß.«

Und Schnappi schiebt gleich mal hinterher:

»So süße Schlampen findest du nirgends.«

Stinke hebt den Daumen, Rute macht es ihr nach, ich hebe mein linkes Bein, Nessi zuckt nur mit den Schultern und sagt:

»Wo Schnappi recht hat, hat sie recht.«

Rutes Mutter beugt sich vor, ihr Mund bewegt sich, aber kein Wort kommt heraus. Wir sind es gewöhnt, ihr von den Lippen abzulesen. Ob es jetzt *Raus hier* oder *Seid still* heißt. Wir kennen die Nuancen. Auch diese eine ist uns nicht fremd. *Ich hasse euch.* Es ist nett gemeint. Niemand hasst uns, wir werden von der ganzen Welt geliebt.

Die Tür schließt sich und im selben Moment endet der Song und wir wissen, was als Nächstes passieren wird – eine kleine Pause und dann kommt das Lied, das wir besonders für seine letzte Textzeile lieben. *You want more, you need more.* Jeden Moment wird das Schlagzeug einsetzen und wir werden mitsingen, wie wir immer mitsingen. Ich schmecke die Worte schon in meinem Mund und begreife, warum mich die Zeit hierher verschleppt hat – dieses Lied gehört zu dem, was gewesen ist, und es gehört zu mir, die ein Jahr später nicht mehr sein wird und nicht mehr tun kann, als sich zu erinnern.

Ich bin da, ohne da zu sein.

Aber noch ist mein Haar lang, noch ist Rutes Zimmer zitronengelb und meine Freundinnen an meiner Seite. Nein, noch bin ich nicht der einsamste Mensch der Welt.

Dieser eine Song verbindet das alles.

Ich liege mit dem Kopf in Schnappis Schoß und warte. Die Pause endet, das Schlagzeug erklingt und ich hole Atem und will lossingen, da sagt Stinke:

»Denk mal nicht, dass das so einfach geht.«

Ich sehe sie überrascht an.

Es sind die falschen Worte.

Wir singen jetzt, *das* muss geschehen.

Die Musik ist aus, niemand singt.

Falsch, denke ich, *das ist ja so was von falsch.*

»Wir singen später mit«, sagt Nessi und legt die Fernbedienung weg.

»Dachtest du wirklich, du könntest uns ausweichen?«, fragt Schnappi über mir.

Ich setze mich auf und rutsche auf dem Hintern weg von ihr. Ein paar Nachos zerkrümeln unter meiner Hand, meine Freundinnen betrachten mich wie ein Bild, das im Halbdunkeln liegt und sich nicht zeigen will.

»Wir warten«, sagt Stinke.

»Auf ... Auf was?«

Ich verstumme, ich bluffe nur, denn ich weiß ganz genau, worauf sie warten.

Nessi kramt in ihrer Jeans und hält mir ihr Handy entgegen, damit ich das Display sehen kann.

»Sechsunddreißig Mal habe ich versucht, dich zu erreichen. Sieh nach, wenn du mir nicht glaubst.«

»Ich habe es genauso oft versucht«, sagt Schnappi.

»Und ich hasse deine Mailbox«, sagt Rute.

Stinke rutscht vom Fensterbrett und hockt sich vor mich.

»Und bin zweimal zur Villa gefahren, aber du hast nicht aufgemacht.«

Ich rieche ihren Atem. Zigarette und Erdbeereis. Stinke nimmt meine Hände in ihre.

»Süße, jetzt sag schon, was ist passiert?«

Und wie sie mich so ansieht, wie sie mich alle so ansehen, sage ich ihnen die Wahrheit.

»Ich bin nicht wirklich hier. Ich komme aus der Zukunft.«

Rute hockt sich neben Stinke.

»Mensch, Taja, das wissen wir doch«, sagt sie.

»Denkst du, dass wir das nicht schon längst wissen?«, fragt Schnappi.

»Dennoch erklärt das nichts«, sagt Stinke.

»Hier.«

Nessi reicht mir ihr Handy.

»Schreib uns.«

»Jetzt?«

»Wann sonst.«

Ich sehe auf das Display und will tippen. Mein Daumen bewegt sich nicht. Ich versuche es erneut, versuche einen Buchstaben an den anderen zu heften, aber die Tasten reagieren nicht, meine Fingerkuppe ist aus Watte. So was macht die Zeit, solche Spiele spielt sie. Ich schaffe ein K, ich verfehle das O und tippe ein M und dann ein T. Ich kneife die Augen fest zusammen, um mich zu konzentrieren, und wie ich sie wieder öffne, erschrecke ich bis ins Mark, denn meine Mädchen sind verschwunden und ich sitze auch nicht mehr in Rutes Zimmer, sondern werde auf ein Bett runtergedrückt, das Handy fällt mir aus der Hand und rutscht über den Boden und jemand fragt, ob ich mich beruhigt hätte, und jemand sagt, langsam reicht es aber, und ich habe keine Ahnung, wer da spricht oder wo ich bin, ich weiß nur, dass ich schreien will, aber meine Kehle ist heiser und mein Kopf so schwer, dass ich einfach nur zurücksinke und die Augen schließe und aufhöre zu sein.

Ich bin nicht mehr.

Kein Licht, kein Schatten, kein ich.

ZWEITER TEIL

*»Macht ist eine leckere Sache
mit Zuckerguss obendrauf.«*

Schnappi

DARIAN

Ich habe schon kapiert, wem ich quergekommen bin. Wenn dir an einem Dienstagabend sechs Typen vor der U-Bahn auflauern, dann solltest du wissen, wer das ist, sonst bist du ein Idiot. Ich bin kein Idiot. Ich nehme es wie ein Mann. Schon mit zehn Jahren war ich ein Mann. Mit siebzehn fühle ich mich wie ein Gott, dem die Fresse poliert wurde. So ist das Leben. Ich kenne meine Schwächen, ich kenne meine Stärken. Die Schwächen lässt mich mein Vater jeden Tag spüren, aber das ist in Ordnung, denn so muss es sein, er ist ja mein Vater. Er ist der Schmied und ich bin der Stahl, auf den er eindrischt. Ich ertrage das. Aber meine Stärken sind viel wichtiger. Ich sehe die Reaktion in den Augen derer, die mich bewundern und fürchten. Es ist ein gutes Gefühl. Es macht mich real. Von Schwächen kann keiner leben, mit Stärken kannst du jedem querkommen und es macht nichts, weil du stark bist.

Deswegen haben sie mir aufgelauert.

Sie waren im Recht. Ich habe mein Wort nicht gehalten und das ist die Rechnung dafür. Außerdem habe ich eine Ansage gemacht. Ich habe gesagt: »Ich mache sechs von euch fertig, wenn es sein muss.« Also hat Bebe sechs Typen geschickt. Fair ist fair. Ich war also nicht wirklich überrascht, als sie plötzlich vor Mirko und mir standen. So sind die Regeln in der Wildnis. Wer Mist baut, der zahlt. Nein, die Überraschung war, dass ich so glimpflich davongekommen bin. Das habe ich alleine meinem Vater zu danken. Wenn ich nicht sein Sohn wäre, wäre ich jetzt tot. Genau das hat mir einer der Typen ins Ohr gezischt, bevor sie mich allein gelassen haben: »Alter, wenn du nicht du wärst, wärst du tot.«

Und all das ist passiert, weil mir mein Vater in den Arsch getreten hat.

Jeden Dienstagnachmittag um dieselbe Zeit sitze ich bei Pepe in der Saftbar und trinke eiskalte Proteinshakes. Von fünf Uhr nachmittags bis acht Uhr abends bin ich dort für jeden erreichbar. Derselbe Tisch, dieselbe Coolheit. Links von mir liegen meine vier Handys und ein Buch über Survival Training, das ich schon zweimal überflogen habe. Cooler Text, gute Tips. Mir wäre ein Büro lieber, aber mein Vater ist der Meinung, dass ich weit davon entfernt bin ein Geschäftsmann zu sein. Auch wenn ich nicht für ihn arbeite, darf ich mir ohne seine Zustimmung kein Büro suchen. Regeln sind Regeln. Er ist der Meinung, dass ich die Straße kennenlernen muss, weil er genauso angefangen hat – Revoluzzer und Hausbesetzer in einem. Das kann ich mir wirklich sparen. Wir sind doch nicht mehr in den 70ern oder 80ern, auch die 90er sind längst vorbei, selbst wenn das Radio uns jeden Tag das Gegenteil vorgaukeln will mit seiner verschissenen Retromusik. Wir befinden uns im neuen Jahrtausend und alles ist anders und nichts ist so, wie es mal war, und deswegen sitze ich jeden Dienstag in einer Saftbar, weil ich noch immer kein Büro habe und bei meinem Vater zu Hause wohne.

Und so sieht meine Woche aus: Am Mittwoch finden die Jungs mich im Park, von Donnerstag bis Freitag mache ich kleine Aufträge für die Brüder, Cash ist Cash und Cash ist wichtig. Am Samstag hocke ich in der Spielhalle am Kaiserdamm, da gefällt es mir im Sommer ganz besonders, wegen der Klimaanlage und der Puppe hinter der Kasse, die mit mir aufs Klo verschwindet, wann immer mir danach ist. Sie steht auf Muskeln, ich habe Muskeln, wir passen perfekt zusammen. Sonntags wird gechillt. Montag pumpe ich Gewichte und Dienstag sitze ich in Pepes Saftbar, trinke Proteinshakes und bin der King des Viertels.

Und jede Nacht bin ich unterwegs.

Und jede Nacht mache ich zu meiner Bitch, die für mich tanzt und lacht.

Wenn das mal kein Leben ist.

Letzten Dienstag war alles, wie es immer ist. Kurz vor acht, kurz vor Feierabend. Ich gab Pepe ein Zeichen, damit er mir den letzten Shake des Tages brachte. Auch wenn die Pampe scheußlich schmeckt, gefällt es mir, dass er sie nach einem speziellen Rezept nur für mich zubereitet. Gesundes hat nicht gut zu schmecken, das lernt jedes Kind. Darum ist es ja so wichtig, erwachsen zu werden, dann kann man endlich fressen, was man will.

Ich verticke auf dem Klo, ich arrangiere am Tisch, telefoniere und sage Ja und Nein. Ich bin *Goodfellas, Casino* und *Blow* in einen hauchdünnen Joint gerollt und mit vier Zügen weggeraucht. Und natürlich kommen Tussis und stehen Schlange. Sie klimpern mit den Augen und wollen was umsonst. So wie die Kleine, die sich vor ein paar Minuten neben mich gesetzt hat. Die Schwester einer Schwester eines Kumpels. Sie hat angekündigt, dass sie mal vorbeikommen würde, und da war sie auch schon. »Sechzehn«, sagte sie, aber wahrscheinlich war sie jünger. Schminke macht viel her, und wenn sich so eine auch noch in ein paar Plateauboots quetscht, weißt du nicht mehr, wo du hinschauen sollst. Der Duft von Apfelshampoo und Lipgloss. Sie quatschte ohne Pause und nippte von meinem Shake, sie verzog das Gesicht und fragte, ob ich nicht was Stärkeres hätte. Ich war auf den richtigen Sender eingestellt und tippte gegen die Beule an meinem Oberarm. Die Kleine machte große Augen. Ich habe das mal in einem Film gesehen. Da trug ein Typ seine Zigaretten immer unter dem T-Shirt-Ärmel mit sich herum. Ich rauche nicht, aber ich habe Tic-Tac. Und so zog ich die Tic-Tac-Dose aus dem Ärmel und ließ eine Pille auf ihre wartende Handfläche fallen. Sie fragte nicht, was das war. Sie schluckte die Pille trocken und hob fragend die Augenbrauen. Wenn Mimik nicht wäre, würde ich sie patentieren. Ich grinste und hielt die Tic-Tac-Dose über meinen Mund. Eigentlich wollte ich nur eine, aber wenn zwei Pillen rausfallen, dann fallen zwei raus und da kannst du nicht ausspucken und sagen: *Oje, ich wollte nur eine.* Wie sieht denn das aus? Ich bin doch keine Pussy! Sie fand es cool, ihre Hand wanderte unter dem Tisch über meinen Oberschenkel und Pepe grinste hinter der Theke und ich saß da und nippte von meinem Shake und wollte eben mit der Kleinen aufs Klo verschwinden, als eines von meinen drei Handys piepte. Das private.

Nicht viele wählen diese Nummer.

Ich schaute drauf und stieß einen Fluch aus.

Mein Vater verlangte nach mir.

Er stand in der Küche und bereitete sich einen Cappuccino zu. Er war barfuß, trug Leinenhosen und eines von diesen Seidenhemden, die wie Luft sind. Er wirkte entspannt, als würde es keine Sorgen auf der Welt geben. Ich fürchte ihn, ich bewundere ihn. Ich will genauso sein wie er und dann alles besser machen. Ich will Partys feiern und die Leute wissen lassen, dass alles möglich ist, weil ich es möglich mache. Mein Vater dagegen ist vorsichtig. Er achtet darauf, was er isst, mit wem er isst und wer seine Freunde sind. Er ist schlank, beinahe schon asketisch, während ich vor Energie explodiere und mein Körper doppelt so viel Raum einnimmt wie seiner. Dabei rede ich hier von keinem Gramm Fett, alles Dynamit. Mein Vater und ich unterscheiden uns wie Tag und Nacht. Er hat nie versucht aufzufallen, ich dagegen will der Welt zwischen die Beine greifen und ihr ins Gesicht schreien, dass ich existiere. So lebt man richtig. Es macht mich sehr zufrieden, dass ich größer bin als er. Zwei Zentimeter. Dennoch fühle ich mich ihm vollkommen unterlegen. Selbst wenn mir mein Vater den Rücken zuwendet, als wäre es unnötig, mich anzusehen, kann ich spüren, dass ich Stufen unter ihm stehe. Aber ich bin jung, Scheiße, ich bin noch auf dem Weg, mein Vater ist längst angekommen.

Er fragte, was meine Pläne für das Wochenende wären und ob ich mir schon überlegt hätte, wie der Rest des Sommers aussehen sollte. Blablabla. *Deswegen hat er mich doch nicht zu sich gerufen,* dachte ich und hielt die Klappe. Mein Vater wollte, dass ich nächstes Jahr mein Fachabitur nachholte, damit ich eines Tages seine Finanzen managen konnte. *Hol dir doch einen Buchhalter,* dachte ich und kicherte innerlich, was immer komisch ist, wenn man high ist und nicht merkt, dass man auch äußerlich kichert. Mein Vater will dies, er will das und fragt nie, was ich will. Ich will am Puls der Zeit lecken. Ich will …

»Was hast du genommen?«

Mein Vater nippte von seinem Cappuccino. Ich war mir nicht sicher, ob er die Frage wirklich gestellt oder ob ich sie mir nur eingebildet hatte.

»Was?!«

»Ich fragte, was du genommen hast?«

Ich wollte ihm antworten, aber meine Zähne klackten zusammen, als hätte jemand eine Feder gelöst und meinen Mund versiegelt. *Ist es so offensichtlich?*, wunderte ich mich und hatte die zwei Pillen vor Augen, die vorhin auf meiner Zunge gelandet waren. Ecstasy pur. Ich versuchte, meinen Vater nicht anzugrinsen. Lauter wichtige Fragen schwirrten mir durch den Kopf. Zum Beispiel hätte ich gerne gewusst, wieso er nie Kakaopulver auf seinen Cappuccino streute.

Wieso, Papa? Wieso nur?

Das Lachen perlte in mir hoch.

Cappuccino, dachte ich, *was für ein geiles Wort!*

Und ich dachte: *Lach jetzt bloß nicht los,* und grinste bei dem Gedanken, meinen Vater *Papa* zu nennen.

Ich hätte es besser wissen sollen. Mir waren die Regeln bekannt. Mein Vater hielt nichts von Drogen, sie waren was für Schwächlinge und Leute, die mit dem Leben nicht klarkamen. Handeln durfte ich damit, im Haus aber hatte ich die Finger davon zu lassen. Ohne Wenn, ohne Aber, immer. Ich hatte mich an die Regel gehalten, ich hatte die Pillen bei Pepe geschluckt und mein Vater war es, der mich hierhergerufen hatte. Das machte mir also keine Sorgen. Was mich viel mehr sorgte, war die Tatsache, dass ich meinem Vater gegenüber ohne Kontrolle war.

Er will Kontrolle, sein Leben ist Kontrolle, ich weiß das, er weiß das, ich …

»Nur ein Tic-Tac«, rutschte es mir raus.

»Tic-Tac?«

Ich grinste und tippte auf meinen Ärmel und die Tic-Tac-Dose, die wie eine rechteckige Beule hervorragte. Ich spürte die Schelle nur, ich sah sie nicht kommen.

»Das war für deinen schlechten Humor«, sagte mein Vater, »und das hier …«

Er schob mir zwei Umschläge zu.

»… erledigst du heute Abend, dann bist du raus.«

»Raus?«

»Rede ich so undeutlich?«

»Nein, aber …«

»Sobald du zurück bist, packst du deine Sachen.«

»Sachen?«

»Lass die Schlüssel für die Wohnung im Flur liegen.«

»Aber … Was?!«

Mir klappte die Kinnlade herunter.

»Du schmeißt mich raus?!«

»Ich schmeiß dich raus.«

»Wo ... wo soll ich denn hin?«

»Such dir eine Wohnung oder geh zu deiner Mutter.«

»Aber Mama wohnt in Bremen!«

»Dann geh nach Bremen, du Schwachkopf.«

»Aber ...«

Ich verschluckte die Worte. Da waren so viele *Abers* in meinem Kopf, dass ich wie ein Kind klang, dem man den Roller weggenommen hatte. *Was war denn eben passiert?* Ich kapierte es nicht. Es ging so schnell, als hätte jemand auf die Vorspultaste gedrückt.

»Schau dich doch mal an.«

Ich sah zum Spiegel, der wie ein flacher Geist an der Wand hing.

»Mein Sohn hat so nicht auszusehen, hörst du? Du bist ein Desche und du hast die Augen eines Junkies, der auf den nächsten Fix wartet. Nicht mit mir, Junge, verstanden?«

Ich betrachtete meinen Vater und mich im Spiegel.

»Verstanden?«, wiederholte er.

Mein Spiegelbild bewegte den Mund.

»Verstanden«, sagte es.

Die zwei Umschläge lagen zwischen uns auf der Küchentheke. Ich nahm sie und wandte mich ab. Ich hatte Tränen in den Augen. Ich war ohne Stärke, ich war so schwach, dass meine Knie zitterten. Tränen der Wut standen mir in den Augen. Ich machte einen Schritt nach dem anderen, verließ das Haus und bewegte mich wie betäubt. Ich trat auf die Straße. Der Bürgersteig war verlassen, auf der anderen Straßenseite zerrte eine Frau ihren Dackel hinter sich her. Ich fühlte mich wie ein Stromkasten ohne Strom. Ich musste nicht lange suchen. Er stand an der Ecke vor dem Supermarkt und hielt einen Pappbecher in der Hand. Ich schlug ihm in die Fresse. Als er auf dem Boden lag, trat ich ihm so lange in den Magen, bis ich nicht mehr treten konnte. Danach ging es mir besser. Ich hatte mein Zuhause verloren, ich war zum Laufburschen meines Vaters degradiert worden und da gab es nur einen Weg raus.

Ich schüttelte die Tic-Tac-Dose. Sie ratterte hohl. Es machte keinen Sinn, vorher war sie halbvoll gewesen. Ich erinnerte mich, wie ich neben der Kleinen im Imbiss gesessen hatte, als mich mein Vater anrief. Danach war ich kurz aufs Klo verschwunden, als ich wieder rauskam, saß die Kleine nicht mehr am Tisch und meine Tic-Tac-Dose lag unschuldig zwischen den Handys. Die Schlampe hatte mich bestohlen.

Ich schielte in die Dose rein.

Nur noch drei Pillen Ecstasy.

Eine landete auf meiner Zunge.

Yeah.

Bebe nahm den Anruf nach dem zweiten Klingeln an und sagte, er hätte keine Zeit für mich. Ich fuhr dennoch zum Columbiadamm und hämmerte gegen seine Tür. Bebe machte auf und sagte, er hätte noch immer keine Zeit für mich. Er lachte. Ich wollte ihm eine reinhauen, aber Bebe haut man keine rein.

»Ich weiß jetzt, was ich will«, sagte ich.

»Schön für dich«, sagte er.

»Ich will in deinem Business mitmischen.«

»Und was sagt Papa dazu?«

»Papa kann mich mal.«

»Bist du high?«

»Na und. «

»Komm morgen wieder, Darian.«

»Nein, Bebe, hier und jetzt.«

Mein Fuß war in der Tür. Er sah mich schief an.

»Ich dachte, mein Business wäre nichts für dich.«

Ich schwieg.

»Ich dachte, du hast Skrupel.«

Ich schwieg noch immer. Seit über einem Jahr weiche ich Bebe aus. Er sagt, so ein Stall sei das Business der Zukunft. Die Nachfrage wäre unfassbar, die Kunden würden Schlange stehen. Mich hat es vom ersten Tag an angewidert. Das ist kein Business, es ist Sklaverei pur. Gleichzeitig hat es mich auch angezogen. Diese Macht, diese unfassbare Macht. Als mein Vater davon gehört hat, meinte er, wer mit einem wie Bebe zusammenarbeitet, ist schlimmer als der letzte Dreck. Ich werde meinem Alten zeigen, dass ich besser bin als der letzte Dreck. Ich werde der König der City werden und dann will ich mal sehen, wie mich der Alte erneut zusammenscheißt. Das will ich dann echt mal sehen.

»Ich habe keine Skrupel mehr, Bebe, also gib mir eine Chance.«
»Warum sollte ich das tun?«
»Weil ich's wert bin.«
»Wert?«
Er lachte.
»Was weißt du schon von Werten?«
Er legte den Kopf schräg.
»Wie alt bist du überhaupt?«
»Siebzehn.«
»Siebzehn? Dann warte noch zehn Jahre, dann kannst du mitreden.«

Ich wich nicht zurück, ich ließ meinen Fuß in der Tür. Ich war keine Bedrohung für Bebe, ich war jemand, der bettelt, ohne zu betteln.

»Ich will nicht warten. Ich habe die Power, Bebe. Lass mich nicht hängen.«
»Mhm, lass mich mal nachdenken.«
Bebe wiegte den Kopf. Ich wusste, ich hatte es geschafft.
»Nee«, sagte er, »du bist noch nicht so weit.«
»Was?!«
»Klopf morgen noch mal an.«

Er grinste, ich grinste, er war witzig

»Hahaha, Bebe, du bist ein Arsch«, sagte ich.

»Hahaha, und du bist der, der meinen Arsch küsst«, sagte er und wandte sich von der Tür ab.

Ich trat ein.

Bebe verschwand in der Küche und kam mit einer Flasche Wodka zurück. Er goss uns zwei Gläser voll. Wassergläser. Ich wusste, wenn ich jetzt trinke, werde ich durchdrehen. Ecstasy in Kombination mit Alk ergab bei mir reines Chaos. Bebe reichte mir ein Glas.

»Du willst also mitmischen?«

»Ich will.«

»Dann besorg mir Mädchen.«

»Wie viele?«

»Sagen wir drei?«

»Drei sind es.«

Wir stießen an, wir tranken. Bebe leerte sein Glas, als würde er Limo trinken. Ich leerte mein Glas, als würde ich vor einem Erschießungskommando stehen. Der Alkohol explodierte erst in meinem Magen, dann in meiner Brust und zum Schluss in meinem Kopf. Es war eine Kettenreaktion. Ich schwankte. Bebe nannte mir die Adresse. Ich wiederholte sie in meinem Kopf. Bis eben hatte ich keine Ahnung gehabt, wo sich sein Stall befand. Die Adresse wurde gehandelt wie ein Schweizer Nummernkonto. Die Kunden bekamen sie erst, nachdem sie bezahlt hatten.

»Du hast bis zwei Uhr früh Zeit, die Mädchen aufzutreiben«, sagte Bebe. »Lass dich nicht danach blicken.«

»Ich werde pünktlich sein.«

»Willst du das wirklich tun?«

»Wäre ich sonst hier?«

»Junge, ich warne dich. Wenn du einmal drin bist, dann gibt es kein Zurück mehr.«

»Ich habe das kapiert, Bebe.«
»Du bist erst raus, wenn du tot bist, hast du das auch kapiert?«
Ich grinste.
»Das passt mir gut.«
»Du glaubst also noch immer an diesen Scheiß?«
»Unsterblichkeit ist kein Scheiß, das ist Wissen.«
»Horoskope sind Kacke, Darian, das sage ich dir immer.«
»Das war kein Horoskop, das war eine Prophezeiung.«
»Nicht jede Zigeunerin, die dir aus der Hand liest, ist eine Prophetin.«
Wir sahen uns an, ich wollte ihm so gerne eine reinhauen. Ich spürte das Ecstasy, wie es mich anpeitschte, ich spürte den Alk, der mich wackelig machte.
»Zwei Uhr?«, sagte Bebe.
»Zwei Uhr«, sagte ich.
»Sie werden dich erwarten.«
»Und ich werde da sein.«

Ich glaube nicht an Horoskope, aber ich glaube, dass sich mein Leben ändert, wenn ich was ändere.
Veronika kommt aus Dresden und macht Tarot und liest Lebenslinien aus der Hand. In meinen Linien sah sie eine Unsterblichkeit, die sie so noch nie gesehen hatte. Wer nicht daran glauben will, der muss nicht. Aber wer daran glaubt, für den öffnen sich Welten.

Ich fuhr an diesem Dienstagabend kreuz und quer durch Berlin und hatte keine Ahnung, wie ich an die drei Mädchen herankommen sollte. Ich kochte, ich brodelte, ich knirschte mit den Zähnen. Alk und Pillen, die Wut auf meinen Alten, der Widerwillen gegenüber Bebe, der sechzehn Riesen am Tag machte. Es war neun Uhr abends, bis zwei hatte ich noch fünf Stunden. Ich ließ das Fenster runter, hängte den Arm raus und spürte den warmen Wind, wie er zwischen meinen Finger hindurchglitt. Wie Seide, wie Freiheit.

Ja, genau so fühlte sich Freiheit an.

Vielleicht fahre ich zu irgendeinem Asylantenheim, dachte ich und verwarf den Gedanken gleich, denn viele von den Mädchen dort konnten kein Deutsch und ein wenig Deutsch musste schon sein.

Es würde eine lange Nacht werden, ich konnte es spüren.

Ich schüttelte die Tic-Tac-Dose und hielt sie gegen das Licht. Die Pillen hatten sich nicht vermehrt. Zwei waren zwanzig zu wenig, ich musste sie mir gut einteilen. Mir rutschte ein Seufzer raus und meine Stimmung schlug innerhalb von einer Sekunde um. Plötzlich war ich ratlos, wo ich mit meiner Suche anfangen sollte. Ich fragte mich, was ich hier eigentlich tat. War ich vollkommen irre? Ich hatte kein Zuhause mehr, ich hatte keinen Plan, aber das komische Gefühl, meine Seele verkauft zu haben. So landete ich erst auf der Potsdamer und dann auf der Kurfürstenstraße. Ich fuhr an den Nutten vorbei, die am Straßenrand standen und auf jedes Auto reagierten, das langsamer wurde. Manche öffneten ihre Jacken, andere zeigten Bein. *Vielleicht nehme ich einfach drei von denen mit,* dachte ich und genau da entdeckte ich aus den Augenwinkeln die zwei Umschläge. Ich Idiot hatte sie ernsthaft vergessen! Die Umschläge lagen auf dem Beifahrersitz und erinnerten mich daran, was für ein mieser Tag das bisher gewesen war.

Ich durfte meinen Vater nicht enttäuschen.

Nicht jetzt.

Ich hatte zwei Aufgaben zu erledigen.

Also wendete ich den Wagen und fuhr Richtung Süden.

All das ist eine Woche her, aber es fühlt sich an wie gestern.

NESSI

Er fährt wie ein Rentner. Ich will ihn am liebsten aus dem Wagen stoßen und selbst fahren, aber das wäre unklug. Ich habe keine Ahnung von Autos und werde wahrscheinlich nie einen Führerschein machen, weil meine Ökoseele sonst Schüttelfrost bekommt. Es wäre also recht unpassend, sich zu beschweren. Ich sollte lieber etwas Aufmunterndes sagen, aber was mir schließlich rausrutscht, ist definitiv nicht aufmunternd.

»Du fährst wie ein Rentner.«

Henrik verzieht das Gesicht.

»Ich darf nicht geblitzt werden«, sagt er.

»Man wird auch geblitzt, wenn man zu langsam fährt.«

»Nessi, dafür wird man doch nicht geblitzt!«

Er lacht und ruckelt an der Schaltung und fährt noch langsamer.

»Die Straße ist doch vollkommen leer«, sage ich. »Gib doch mal Gas.«

»Mein Führerschein ist auf Probe.«

»Und?«

»Wenn ich einmal verkacke, ist es für immer aus.«

»So ein Quatsch.«

Er sieht mich an. Seine halblangen Haare, dieser Blick, den ich für lange Zeit für verträumt hielt, bis ich begriff, dass er einfach nie richtig wach wird und genau so durch das Leben spaziert – halb da, halb abwesend. Er sieht wieder nach vorne und fragt mich:

»Weißt du eigentlich, wie schwer es war, diesen Führerschein zu bekommen?«

»Abitur brauchst du dafür auf jeden Fall nicht.«

»Das denkst *du*. Ich will *dich* mal fahren sehen.«

»Ich kann schon fahren.«

»Du könntest den Wagen nicht mal starten.«

Er sieht wieder zu mir rüber.

»Was hast du dich überhaupt so?«

»Ich mache mir Sorgen.«

»Taja wird ja wohl nicht im Sterben liegen.«

»Sie war eine Woche lang verschwunden.«

»Ich kenne Leute, die sind für ein Jahr verschwunden, und danach ist alles okay mit ihnen.«

»Wen kennst du denn, der ein Jahr lang verschwunden war?«

»DJ Klappe.«

»DJ Klappe?! Wirklich jetzt? Das ist dein Beispiel? DJ Klappe?«

»Ja, er war ein Jahr weg und dann kam er wieder und hat ein neues Album gemacht und alle haben vergessen, dass er ein Jahr weg war.«

»Dann muss Taja jetzt nur ein Album machen und alles ist gut?!«

»Meine Rede.«

Ich weiß nicht, was ich tun soll. Am liebsten würde ich ins Lenkrad greifen, dann überschlägt sich der Wagen und ich laufe zu Fuß bis nach Zehlendorf. Aber das ist albern. Wie ich mein Glück kenne, gehe ich dabei drauf und Henrik hat nicht einmal eine Beule. Auch wenn es unlogisch ist, bin ich kurz davor, es zu tun. Alles scheint mir im Moment besser, als neben Henrik zu sitzen und zu hoffen, dass er noch vor dem Morgengrauen die Villa erreicht. Es ist halb drei und wir sind das langsamste Auto auf der ganzen Welt.

»Und ich dachte, du willst eine Nummer schieben«, sagt Henrik.

»Was?! Das habe ich nie gesagt.«

»Klang aber so.«

»Ich sagte, ich brauche dich.«

»Meine Rede.«

»Wie, deine Rede?«

»Wenn ein Mädchen anruft und sagt, ich brauche dich, na, dann will sie eine Nummer schieben.«

»Henrik, das ist Unsinn.«

»Nee, Nessi, das ist wissenschaftlich erwiesen.«

»Biegen Sie links ab«, meldet sich das Navi.

Henrik fährt weiter geradeaus.

»Was tust du?«

»Ich kenne eine Abkürzung.«

»Wenden Sie bei der nächstbesten Gelegenheit«, sagt das Navi.

»Sie will, dass du wendest.«

»Die redet immer so einen Scheiß, hör nicht hin.«

»Henrik, sie ist dein Navi.«

»Ich navigiere mich selbst.«

»Das heißt navigiere.«

»Meine Rede.«

Er grinst und zeigt dem Navi den Finger.

»Wenn du nicht auf das Ding hörst, dann mach es doch aus.«

Henrik schielt zu mir rüber, als wäre ich auf den Kopf gefallen.

»Und wie soll ich dann hinfinden?«, fragt er.

»Wenden Sie bei der nächstbesten Gelegenheit«, sagt das Navi.

»Nee, mache ich nicht«, sagt Henrik und lacht.

Ich wusste, dass es ein Fehler gewesen war, ihn anzurufen, als ich ihn vor der Tür im Auto sitzen sah. Henrik wohnt zwei Häuser von mir entfernt. Nachdem ich Tajas Nachricht gelesen hatte, war er die bequemste Lösung. Doch tief in meinem Inneren ist das eine Lüge. Ich wollte Henrick sehen, um herauszufinden, ob einer wie er der Vater meines Kindes sein könnte. Ich weiß, er hat mich geschwängert, was aber nicht heißt, dass er der Vater sein muss.

Ich werfe einen Blick auf mein Handy.

Seitdem die SMS reingekommen ist, habe ich mehrmals versucht, Taja anzurufen. Ich wünschte, sie hätte mehr geschrieben. Die drei Buchstaben schimmern in einem giftigen Schwarz auf meinem Display. *Kmt.* Ich versuche Stinke anzuklingeln und lande auf ihrer Mailbox. Auch Rute reagiert nicht, was sehr untypisch ist. Als ich gerade Schnappis Nummer wählen will, ruft sie mich an und klingt, als hätte sie eine halbe Stunde die Luft angehalten.

»Hast du die SMS---«

»Schnappi, beruhige dich«, unterbreche ich sie. »Ich bin schon unterwegs.«

»Aber was soll der Scheiß, Nessi?«

»Ich weiß es nicht.«

»Wer schreibt denn *Kmt* und dann nichts mehr?«

»Süße, ich weiß es nicht. Sitzt du im Taxi?«

»Nee, ich habe den Nachtbus erwischt. Und du?«

»Henrik.«

»Oh, du Arme.«

»Da sagst du was.«

»Hör mal auf zu telefonieren«, meldet sich Henrik, »sonst bin ich den Führerschein los.«

»Was sagt der Blödmann?«, fragt Schnappi.

»Er will seinen Führerschein nicht verlieren.«

»Handy im Auto ist verboten«, sagt Henrik.

»Nur für den Fahrer«, sage ich.

»Nee, für alle«, sagt Henrik.

»Das ist nur im Flugzeug so«, sagt Schnappi.

»Das ist nur im Flugzeug so«, wiederhole ich.

»Meine Rede«, sagt Henrik, »also mach mal aus.«

Schnappi kichert mir ins Ohr.

»Der ist ja so blöde, dass es blöder nicht geht«, sagt sie.

»Was hat sie gesagt?«, fragt Henrik.

»Sie sagt, du bist blöder als blöde.«

Henrik wird rot im Gesicht,

»Und sie kommt aus China!«, kontert er.

»Schnappi kommt nicht aus China«, sage ich.

»Ich komme doch nicht aus China!«, sagt Schnappi empört.

»Wenden Sie bei der nächstbesten Gelegenheit«, sagt das Navi.

»Klar kommt sie aus China«, sagt Henrik und schaut zu mir rüber, als hätte ich alle Religionen der Welt angezweifelt. »Hast du sie dir mal näher angesehen? Sie hat Chinesenaugen.«

»Hörst du das, Schnappi?«

»Ich höre jedes Wort und ich knirsche mit den Zähnen.«

»Schnappi knirscht mit den Zähnen«, gebe ich weiter.

»Den Arsch kastrier ich, sag ihm das auch.«

»Ich soll dir sagen, sie wird dich kastrieren.«

»Haha«, lacht Henrik, »das soll sie mal versuchen. Ich sitze im Auto und wo ist sie?«

»Auf dem Rücksitz«, antworte ich und will über meinen eigenen Witz lachen, da gehen Henriks Augen plötzlich weit auf und er reißt in voller Panik das Lenkrad nach rechts, schrammt an einem Schild vorbei und holpert eine ganze Minute über den Bordstein, ehe er wieder auf die Straße zurückkommt.

»Auf dem Rücksitz?!«, kreischt er und dreht sich um. »Wo auf dem---«

»SIEH NACH VORNE!«, brülle ich ihn an.

Er schaut wieder nach vorne, er ist kreidebleich.

»Hallo, Nessi?«, quäkt Schnappi aus dem Handy.

»Wir sehen uns bei Taja«, sage ich und unterbreche die Verbindung.

Henrik schielt in den Rückspiegel.

»Für einen Moment dachte ich echt, Schnappi wäre auf dem Rücksitz.«

»Wie soll sie das gemacht haben?«

»Chinesischer Trick oder so.«

Er grinst gequält, ich bereue es doppelt und dreifach, ihn angerufen zu haben.

»Ich bin ganz schön aufgedreht«, sagt Henrik und boxt mir gegen den Oberschenkel. »Wir könnten doch an der Bushaltestelle da vorne halten und eine kleine Nummer schieben. Was meinst du? Ein wenig Druck ablassen. Das wäre doch nett.«

Ich sehe ihn an und sehe einen Körper ohne Hirn. Er ist zwei Jahr älter als ich, und als ich ihm das erste Mal begegnet bin, trug er einen Wollpullover und sah aus, als würde seine Mutter beim WWF arbeiten. Manchmal sind es die kleinen Dinge, die mich anspringen.

»Komm schon, Nessi, ich liebe dich doch.«

Er zwinkert mir zu und ich will ihm sagen, dass er sich seine Liebe sparen kann, denn wenn Liebe nichts mit Liebe zu tun hat, sollte sie auch nicht so heißen. Ich will ihm auch sagen, dass wir nie wieder eine Nummer schieben werden, denn heute Nacht bin ich älter und erwachsener geworden und frage mich, was ich mir nur dabei gedacht habe, mich jemals auf ihn einzulassen. All diese Gedanken summen durch meinen Kopf und sind wie dicke, fette Hummeln, die keinen Ausgang finden und am Durchdrehen sind.

»Also, was meinst du?«, will Henrik wissen.

»Ich meine, ich bin schwanger«, sage ich.

Er legt eine perfekte Vollbremsung hin, für die ihn sein Fahrlehrer bestimmt gelobt hätte – Hände fest am Lenkrad, Arme vorgestreckt, der rechte Fuß sicher auf der Bremse. Wir kommen mitten auf der Straße zum Stehen. Ich werde nach vorne geschleudert, der Gurt schneidet mir ins Fleisch. Hätte Henrik diese Vollbremsung am Tag gemacht, wären jetzt dreißig Autos auf uns draufgefahren. In den frühen Morgenstunden aber sind Berlins Straßen still und verlassen. Henrik lässt die Hände auf dem Lenkrad und starrt weiter nach vorne, als würde er auf grünes Licht warten.

»Was?«, sagt er leise.
»Ich bin schwanger.«
»Was?«, wiederholt er.
»Ich bin schwanger.«
Er kann mich nicht ansehen.
Seine Finger werden weiß auf dem Lenkrad.
Dann öffnet er die Fahrertür und kotzt auf die Straße.
Ich will ihn fragen, ob er jetzt schwanger ist oder ich, aber ich halte die Klappe. Henrik hört auf zu kotzen und steigt aus. Er lehnt sich mit dem Hintern gegen das Auto, beugt sich vor und kotzt erneut. Dann richtet er sich auf und geht die Straße runter in die Richtung, aus der wir gekommen sind.
Und da geht er und da geht er.
Ich schaue ihm hinterher und erwarte jeden Moment, dass er sich umdreht und zurückkommt.
An der Kreuzung zögert Henrik kurz und biegt nach rechts ab und verschwindet um die Ecke, sodass ich ihn nicht mehr sehen kann.

RUTE

Wir klingeln und klingeln, wir treten gegen die Tür und klingeln erneut.

Nichts geschieht.

Wir haben keine Ahnung, was wir als Nächstes tun sollen.

Hinter uns steht die Vespa auf dem Bürgersteig, wo Stinke sie aufgebockt hat. Der überhitzte Motor tickt wie eine Bombe, die gleich hochgeht. Ich weiß nicht, ob das normal ist. Stinke bemerkt es nicht einmal. Sie ist wie eine gesengte Sau gefahren und zweimal hätten wir beinahe den Asphalt geküsst, weil sie der Meinung war, sich mit mir elegant in die Kurve legen zu müssen. Die Vespa parkt jetzt unter einer Gaslaterne, die aussieht, als würde sie dort seit dem Ende des 19. Jahrhunderts stehen. Tajas Vater hat sich dafür eingesetzt, dass sie ihm keine von den neuen LED-Laternen hinstellen. Er sagte, das wäre stillos, und er hatte recht gehabt. Das Gaslicht ist angenehm und ich könnte mich glatt darunterstezen und ein nächtliches Picknick machen. In der Villa dagegen brennt kein einziges Licht, auch in den Nachbarhäusern bleibt es dunkel, was ein kleines Wunder ist, weil wir wirklich viel Lärm machen.

»Wenn wir noch lauter werden, kommt die Polizei«, sage ich.

»Dann soll sie mal kommen«, sagt Stinke und schaut zum zehnten Mal durch das schmale Türglas.

»Und?«

»Nichts zu sehen.«

Ich blicke an der Fassade hoch.

Auch in Tajas Zimmer bleibt es dunkel.

Stinke hebt einen Stein auf.

»Was soll das?«

»Lass uns ein Fenster einschlagen.«

Ich haue ihr auf die Hand, der Stein fällt zu Boden, Stinke sieht mich an, als hätte ich ihr in den Slip gegriffen. Manchmal bin ich mir nicht sicher, ob sie wirklich weiß, was sie tut, oder ob sie einfach nur reagiert und alles auf den Kopf stellt, um an ihr Ziel zu kommen.

»Willst du wirklich, dass die Polizei hier auftaucht?«
»So schnell sind die nun auch nicht.«
»Und wenn die Alarmanlage losgeht?«
»Dann stellen wir sie aus.«
Ich lache.
»Als wüsstest du den Code.«
»Nee, natürlich nicht, aber du kennst ihn doch, oder?«
»Oder auch nicht«, antworte ich.

Taja hat uns den Türcode unzählige Male runtergebetet, weil der Alarm schon oft losgegangen ist – als eine von uns nachts in den Pool wollte, als eine von uns schlafgewandelt ist und um fünf Uhr morgens die Villa verließ, dann gab es noch den Spaziergang um die Krumme Lanke, den ich unbedingt machen wollte, weil ich Liebeskummer hatte. Nessi hat sich garantiert als Einzige von uns den Code gemerkt. Ich wüsste gerne, wo sie bleibt. Auch Schnappi hätte längst hier sein müssen.

»Lass uns hinten schauen«, schlage ich vor, »vielleicht steht die Terrassentür offen.«

Wir gehen um die Villa herum. Sie hat zwei Stockwerke und liegt direkt an der Krummen Lanke in einer idyllischen Seitenstraße, einsamer und schöner geht es nicht. Wir kennen uns hier bestens aus. Wenn ich sage, es ist unser zweites Zuhause, dann übertreibe ich nicht. Das ausgebaute Dachgeschoss ist riesig und steht immer für uns bereit – für jede gibt es ein Bett, für jede gibt es einen Bademantel und wir teilen uns einen Schrank, in dem wir Reserveklamotten untergebracht haben. Sobald die Welt untergeht, verschanzen wir uns hier. Da Tajas Vater die Hälfte der Zeit auf Reisen ist und in irgendwelchen

Studios verbringt, lässt er Taja freie Hand und spart sich damit einen Babysitter. Nur wenn er in die Villa zurückkehrt, machen wir die Fliege, denn dann will er seine Ruhe haben und das respektieren wir. Einmal in der Woche kommt die Putzfrau, wir müssen also nicht einmal aufräumen und dürfen so laut sein, wie wir wollen. Natürlich gibt es im Garten einen beheizten Pool, der nur darauf wartet, dass wir reingleiten und wie die Otter rumschwimmen. Das Beste aber ist, dass Taja ein offenes Konto bei den verschiedenen Lieferservicen hat und bestellen darf, wonach ihr ist. Und das alles mal fünf.

»Wann warst du das letzte Mal hier?«, frage ich.

»Samstag.«

»Auch hinten auf der Terrasse?«

»Natürlich auch hinten, ich bin ja nicht doof.«

Wir gehen am Pool vorbei, auf dem ein einzelnes Blatt vor sich hin dümpelt, dann sind wir hinter der Villa und stehen auf der Terrasse. Stinke findet den Schalter und die Terrassenbeleuchtung geht an. In der Spiegelung des Panoramafensters sehen wir uns in voller Größe und können es nicht fassen, wie bescheuert unsere Frisuren aussehen. Vespa fahren ohne Helm ist nichts für Mädchen mit langen Haaren. Stinke reicht mir ein paar Klammern, wir machen unsere Frisuren wieder schick und wollen eben die Gesichter an das Glas der Terasentür drücken, um zu schauen, ob wir da drin was sehen können, da hören wir ein Stöhnen links von uns und da erst fällt uns auf, dass wir nicht allein auf der Terrasse sind.

Er hat sich im Halbschatten auf einem der Liegestühle ausgestreckt und trägt eine Sonnenbrille. Auch wenn wir seine Augen nicht sehen können, sehen wir recht gut, wie lädiert er ist. Als hätte ihn jemand die Treppe runtergeworfen, wieder hochgeschleppt und erneut runtergeworfen. Es ist also kein Wunder, dass er stöhnt. Hätte ich so ausgesehen, hätte ich wahrscheinlich geheult. Sein Hemd ist blutverschmiert und die

Nase sitzt schief. Da ist auch ein Schnitt an seinem Kinn und sein Haar steht so wirr ab, als hätte er es mit einem Staubsauger geföhnt. Das eine Bein ist vom Knie abwärts mit einem Verband umwickelt. Der arme Kerl sieht aus, als wäre er vor zwei Wochen gestorben.

»Oskar?«, flüstert Stinke.

Tajas Vater reagiert nicht.

Ich trete näher an den Liegestuhl.

»Oskar?«, flüstere ich jetzt auch.

Er bewegt den Kopf und sieht mich an.

»He, Rute, was machst du denn hier?«, fragt er verwundert.

»Wir ... wir waren in der Gegend«, antworte ich.

Stinke stellt sich an meine Seite.

»Hattest du Hellboy zu Besuch, oder was?«, fragt sie.

Tajas Vater verzieht das Gesicht zu einem Grinsen und versucht sich aufzusetzen.

»Der letzte Film war gar nicht mal so übel«, sagt er und sinkt wieder zurück.

»Besser als die zwei Filme davor«, sagt Stinke.

»Viel besser«, stimme ich ihr zu.

»Hellboy ist aber falsch«, sagt Tajas Vater. »Hellgirl passt besser. Helft mir mal hoch.«

Wir ziehen, er setzt sich auf und lässt den Kopf hängen. Zwei Minuten vergehen, er starrt einfach nur auf den Boden zwischen seinen Füßen, Blut beginnt von seiner Nase auf den Boden zu tropfen. Stinke findet ein Taschentuch in ihrem Rucksack und reicht es ihm. Tajas Vater wischt sich über die Nase, sieht auf und betrachtet uns, wie man eine Fata Morgana betrachten würde, der man nicht traut. Schließlich räuspert er sich und sagt:

»Ihr habt sie allein gelassen.«

Und er sagt:

»Sie ist völlig durchgedreht. Und das ...«

Er nimmt die Sonnenbrille ab.

»... ist dabei herausgekommen.«

Das Auge ist geschwollen, er bekommt es nur einen Schlitz weit auf. Stinke und ich tauschen einen verwirrten Blick, dann sehen wir Tajas Vater wieder an und lachen ihn aus. Wir wissen, er täuscht sich. Das war nicht Taja, das muss ein Missverständnis sein. Genau in dem Moment hören wir Schritte auf dem Kies, die klingen, als würde jemand Knochen zermalmen. Schnappi tritt aus dem Garten auf die Terrasse.

»Ich klingel und klingel wie eine Blöde an der Tür und ihr steht hier herum und lacht wie blöde?! Tickt ihr noch ganz richtig? Was ist denn so witzig, dass ihr mir nicht die Tür ...«

Sie verstummt, sie hat Tajas Vater gesehen.

»Ach du meine Kacke, Zombie oder was?«

»Nur die Treppe runtergefallen«, sagt Tajas Vater.

»Wer ist denn so doof, die Treppe runterzufallen?«, fragt Schnappi.

»Er lügt«, sagt Stinke.

»Ich lüge«, gibt Tajas Vater zu, »obwohl die Treppe mit im Spiel war.«

Und dann erzählt er uns, was passiert ist:

»Ich kam heute Abend gegen neun nach Hause und die Villa war das reine Chaos. Ich spürte sofort, dass irgendwas nicht stimmte. Dienstag ist der Tag, an dem Yasmin zum Putzen kommt. Niemals würde sie die Villa so zurücklassen. Erst dachte ich, jemand wäre eingebrochen, dann aber fand ich Taja im Studio. Sie hatte Kopfhörer auf, lag auf dem Boden und hörte Musik.«

Stinke zuckt mit den Schultern.

»Und? Das ist doch typisch Taja.«

»Das kennen wir alle«, sagt Schnappi.

»Das machen wir alle«, sage ich.

Tajas Vater sieht uns eine nach der anderen an.

»Ihr kennt das? Und wann habt ihr euch das letzte Mal beim Musikhören eingepisst?«

»Sie hat *was*?!«, kommt es von Schnappi.

Tajas Vater verzieht das Gesicht, als würde ihn die Erinnerung schmerzen. Ich wünschte, er würde seine Sonnenbrille wieder aufsetzen, sein Auge sieht wirklich übel aus.

»Sie lag in ihrer eigenen Pisse und war vollkommen über den Jordan«, spricht er weiter. »Wenn ihr mir nicht glaubt, geht hoch und seht euch an, was sie mit meinem Studio angestellt hat. Das Schlagzeug ist im Eimer und die Keyboards liegen zertrümmert in der Ecke. Taja muss Amok gelaufen sein. Nebenbei hat sie die Wanne überlaufen lassen. Das Haus ist ein regelrechtes Dreckloch. Sie hat ...«

Er verstummt. Er setzt die Sonnenbrille wieder auf.

»Sie hat was?«, hake ich nach.

»Sie hat Schatzsucherin gespielt«, sagt er trocken.

Wir werden alle drei blass. Wir wissen, was das heißt.

»Und sie hat den Schatz gefunden«, fügt er hinzu.

»Oh Schiete!«, sagen wir im Chor.

Der Schatz ist ein Mythos, der entstand, weil Schnappi einmal festgestellt hat, dass die Villa bis unter das Dach mit Drogen angefüllt sein müsste. Ihre Theorie beruhte darauf, dass Tajas Vater ein berühmter Musiker ist und deswegen Stars aus der ganzen Welt bei ihm ein und aus gehen. Wer da keine Drogen im Haus hat, der gehört nicht dazu. Sagt Schnappi zumindest.

Vier Jahre ist es her.

Wenn man zwölf ist und so ein Gedanke erstmal Wurzeln geschlagen hat, dann kann einen nichts mehr aufhalten. Wann immer sich also Tajas Vater auf Reisen befand und uns langweilig wurde, machten wir Jagd auf den Schatz. Damals hatten wir kein ernsthaftes Interesse an Drogen. Nur das Wissen, dass es sie gab, machte uns kribbelig und wir wurden zu Girlies, die quietschten und kreischten. Als wir das erste Mal was geraucht haben, war es überhaupt nicht aufregend – eine Pfeife wurde rumgereicht, es war reines Gras ohne Tabak. Natürlich sind uns mit der Zeit auch Pillen, Speed & Co. in die Finger geraten. Daran kommt man nicht vorbei, besonders nicht, wenn man in Berlin lebt und auf Partys geht und nicht Nein sagt, wenn alle Ja sagen. In Unterbützelheim ist das vielleicht anders, erzählt man sich, aber das bezweifel ich. Die Welt dreht sich, das Internet verbindet alle und beantwortet auch alle Fragen. Selbst die gefährlichen. *Wie mache ich einen Pakt mit dem Teufel? Was muss ich tun, damit mein Nachbar stirbt? Wie baue ich eine Bombe, die mindestens dreihundert Leute wegpustet? Wer tauscht Pillen gegen Comics?* Und vieles mehr.

Mit zwölf Jahren dachten wir nichts Böses. Wir suchten einen Schatz. Mit dreizehn dachten wir noch immer nichts Böses, aber den Schatz fanden wir dennoch nicht.

Jahr für Jahr durchstöberten wir die Villa von oben bis unten, durchkramten jedes Zimmer, schauten sogar im Garten unter den Blumentöpfen und tasteten den Grund vom Pool nach Geheimluken ab. Als wir anfingen, waren wir Kinder und suchten einen Schatz. Wir waren nicht wirklich auf der Suche nach Drogen, denn im Wohnzimmer lag immer Gras herum. Da gab es geschnitzte Holzschatullen aus Asien, die bis obenhin gefüllt waren. Tajas Vater dachte nicht daran, seinen Lebensstil wegen seiner Tochter und ihren vier Freundinnen zu ändern. Er machte uns das sehr früh klar. Wir kannten Taja gerade mal ein Jahr, da rief uns ihr Vater zu sich und sagte:

»In dem Schrank da hinten sind Pornos, lasst die Finger davon. In dem kleinen Tresor hinter dem Bild ist eine Knarre, versucht nicht, den Tresor zu öffnen, sonst gibt es Ärger. In den Schatullen liegt mein Gras. Wenn ihr nicht anders könnt, nehmt ihr euch was und lasst es euch gut gehen. Aber Finger weg von den harten Sachen. Ich will nicht, dass ihr Zigaretten raucht oder euch sinnlos betrinkt. Nicht hier in meinem Haus. Und damit meine ich auch harte Drogen. Wenn ich euch mit harten Drogen erwische, verbanne ich euch für alle Zeiten aus der Villa. Das gilt auch für dich, Taja, du fliegst hochkant raus. Haben wir uns verstanden?«

Wir hatten.

»Und das mit dem Schatz ...«

Er ließ die drei Punkte ausklingen.

»... vergesst ihr, versprochen?«

Wir versprachen es und suchten den Schatz dennoch weiter. Und fanden und fanden ihn nicht.

»Wo?«, fragt Stinke.

»Im Kamin«, sagt Tajas Vater.

Wir sehen durch das Panoramafenster in die Villa, können aber in dem dunklen Wohnzimmer den Kamin nicht ausmachen.

»*Im* Kamin?!«, wiederholt Schnappi ungläubig.

Tajas Vater schüttelt den Kopf.

»Nicht wirklich.«

Eine Minute später stehen wir neben dem Kamin und Oskar drückt auf der einen Seite den achten Ziegel von unten. Es klackt und eine Metallschublade gleitet aus der Kamineinfassung. Ich kann spüren, wie enttäuscht wir sind. Vier Jahre Forschungsarbeit und der Typ drückt einen Ziegel und da ist der Schatz? Nee, toll ist das nicht.

Die Schublade ist bis auf ein paar blassgelbe Krümel leer.

»Das letzte Mal war sie voll«, sagt Oskar. »Taja muss alles genommen haben.«

»Was heißt alles?«, frage ich.

»Hauptsächlich Pillen und so«, weicht Oskar meiner Frage aus.

»Vielleicht hat sie das Zeug verkauft«, sagt Stinke.

»Wieso sollte sie?«, fragt Schnappi.

»Ja, wieso sollte sie?«, fragt auch Oskar. »Sie hatte keine Geldnot. Ich weiß wirklich nicht, was sie geritten hat. Als ich sie da oben im Studio in ihrem eigenen Urin liegen sah, wollte ich wissen, was das sollte. Ihr könnt euch denken, wie Taja das aufgenommen hat. Sie lachte mich aus. Sie sagte, ich sollte mal lieber einen neuen Hit schreiben, dann fing sie an zu zittern und zu schwitzen. Ich wollte sie unter die Dusche stellen, denn sie stank furchtbar. Ich schaffte es mit ihr bis ins Badezimmer, da ist sie dann vollkommen durchgedreht und hat um sich geschlagen. Am Ende bin ich mit dem Gesicht voran in der Dusche gelandet und Taja verschwand nach unten und rief dabei die ganze Zeit, sie würde jetzt aufräumen, ihr wäre das genug, sie würde jetzt das Haus aufräumen und alles in Ordnung bringen.«

Wir sehen uns um. Alle Bilder sind von den Wänden gerissen, vier Stühle liegen in ihre Einzelteile zerlegt auf der Küchentheke, die Küchenschränke stehen offen und der Boden ist mit Nudeln, Reis und Mehl bedeckt.

»Es gelang mir, sie zu packen und hier auf das Sofa zu drücken«, sprach Oskar weiter. »Ich hielt sie fest, bis sie sich beruhigt hatte, dann erst ließ ich sie los. Taja blieb auf dem Sofa liegen und starrte an die Zimmerdecke und sagte, das Leben wäre so schön, dass sie sterben wollte. Dann kam sie auf die Beine und rannte in die Küche und nahm sich eins der Messer. Sie sagte, ich wäre an allem schuld. Daran, dass es eine Ölkrise gab und dass die Eisberge schmolzen, und natürlich auch daran, dass sie allein war und keine Mutter hatte. Sie schrie mich an, sie würde jetzt packen und verreisen. Ihr wisst ja, sie wollte mit der Gitarre durch Europa tingeln, aber das war erst für den Herbst geplant. Es war ein merkwürdiger Wandel. Plötzlich wirkte sie ernüchtert, ließ das Messer fallen und rannte an mir vorbei nach oben. Ich folgte ihr und dann ...«

Er sieht an sich herab auf sein blutverschmiertes T-Shirt und plötzlich wissen wir, was geschehen ist.

Der Gedanke wandert wie ein Stromschlag durch uns hindurch.

Er hat sie umgebracht.
Taja liegt da oben in einer Blutpfütze.
Taja ist tot und in kleine Stücke geschnitten.

Ich spüre, wie sich meine Hände in Fäuste verwandeln.

Wenn der Penner Taja angefasst hat, dann ...

»... saß sie in ihrem Zimmer auf dem Bettrand und zitterte wieder vor sich hin, als würde sie frieren. Ich blieb im Türrahmen stehen. Sie sagte, ich sollte schnell wegrennen, sonst müsste sie mir den Kopf abschlagen.«

»Das hat sie nicht gesagt!«

»Sorry, Rute, aber genau das hat sie gesagt.«

»Vielleicht war sie high«, sagt Nessi, »vielleicht---«

»Natürlich war sie high«, unterbricht sie Oskar. »Es war aber mehr als nur ein high, es war ...«

Er hebt die Schultern.

»Sie war da und gleichzeitig weit, weit weg, versteht ihr? Ich blieb in der Zimmertür stehen und sagte, ich würde so lange hier warten, bis sie sich ins Bett gelegt und eine Weile geschlafen hat. Da begann sie zu heulen. Sie sagte, sie könnte das nicht machen, ob ich denn wollte, dass alle sterben, sie darf doch die Augen nicht schließen, sie muss da sein, denn wenn sie nicht da ist, verschwinden alle und dann ist sie für immer allein. So ging es eine Viertelstunde lang. Sie redete immer wirrer und ich wurde immer besorgter. Schließlich stand sie auf und sagte, jetzt wäre es aber an der Zeit für eine Tasse Tee. Sie wedelte mich von der Tür weg und erklärte, ich wäre kein guter Butler und sollte vorgehen. Es war mir unangenehm, sie hinter mir zu haben. Ich stieg die Treppe runter, und als ich drei Stufen weit war, sprang sie mir auf den Rücken, als wäre sie vier Jahre alt und ich ihr Packesel. Sie umklammerte mich, ihre Arme lagen um meinen Hals, die Beine um meine Hüfte. Ich hielt mich am Geländer fest, während sie rief, ich wäre ihr Pony und sollte mal nicht aus der Puste kommen. Wahrscheinlich hätte ich es bis unten geschafft, aber dann hielt sie mir die Augen zu. Beim nächsten Schritt rutschte mein Fuß ab, ich verlor das Gleichgewicht und wir stürzten zusammen die Treppe hinunter.«

Wir sehen automatisch zu der Wendeltreppe.

»Da würde ich nicht mal mit offenen Augen runterfallen wollen«, sage ich.

»Als wir unten ankamen, hatte Taja keinen Kratzer abbekommen. Mein Fuß dagegen war verstaucht oder gebrochen, ich weiß noch immer nicht, was genau das Problem ist. Auf jeden Fall konnte ich nicht aufstehen. Taja streichelte mir über den Kopf und sagte, das wäre aber beinahe schiefgegangen. Dann schnappte sie sich ihre Jacke, schickte mir eine Kusshand und verschwand aus der Villa. Ich wollte ihr hinterherrufen, sie sollte sich zumindest Schuhe anziehen, aber es war zu spät, sie war weg. Danach bin ich durch die Villa gehumpelt und habe eine Handvoll Paracetamol eingeschmissen und versucht, dieses Chaos aufzuräumen, aber das Bein tat mir so höllisch weh, dass nichts mehr ging. Seitdem liege ich da draußen auf dem Liegestuhl, dämmere vor mich hin und warte, dass Taja zurückkehrt und die Schmerzmittel anfangen zu wirken. Wie spät haben wir es jetzt?«

»Kurz nach drei.«

»Taja verschwand gegen zehn.«

»Und ihre Nachricht kam vor einer Stunde«, sagt Schnappi.

»Vielleicht ist sie ja in der Nähe«, sagt Oskar. »Ich wünschte, ich ...«

Er verstummt. Wir wissen, was er sich wünscht. Er wünscht sich, er wäre strenger mit ihr gewesen, er wünscht sich, er wäre mehr zu Hause gewesen und dass er keine Drogen im Haus gelagert hätte. Er wünscht sich so viel, dass ihm die Wünsche fast aus den Ohren flattern. Wir wünschen uns auch was, und zwar, dass Taja zurückkommt und alles wieder ist, wie es vorher war.

»Wir haben sie die ganze letzte Woche nicht gesehen«, sage ich. »Wir dachten, ihr wärt mal wieder zusammen verreist.«

»Nach Verreisen sieht das hier ja nicht aus«, sagt Schnappi und hebt ein zerfetztes Kissen vom Boden auf. Sie bohrt mit einem Finger in der Füllung herum, als hätte ihr Taja darin eine Nachricht hinterlassen.

»Was denkst du, was hier passiert ist?«, frage ich Oskar.

Er zuckt mit den Schultern.

»Sie hat sich zugeknallt, was sonst?«

Wir Mädchen schweigen. Es passt nicht zu Taja. So ein Solo ist nicht gut. Es klingt nicht wie Spaß. Taja ist Spaß.

»Taja ist Spaß«, sage ich und meine Worte sind wie ein Startschuss, denn im selben Moment geht die Haustür auf und wir zucken alle zusammen. Wir erwarten Taja zu sehen, die mit Schaum vor dem Mund in die Villa gerannt kommt und eine Axt schwingt. Es ist aber nur Nessi, die reinspaziert, als wäre es das Normalste auf der Welt, einfach mal mitten in der Nacht durch die Haustür reinzukommen, die bis eben verschlossen war.

»Woher hast du den Schlüssel?«, rutscht es mir heraus.

»Der liegt immer unter dem Frosch mit dem Regenschirm.«

»Und der Code?«, fragt Stinke.

»7272.«

»Oh nee«, sagen Stinke und ich gleichzeitig.

»Und *wo* warst du so lange?«, fragt Schnappi.

»Im Auto mit Henrik. Und es war furchtbar. Aber das hier ...«

Sie schaut sich um.

»... ist ja wohl furchtbarer.«

STINKE

Weißt du, was echte Dummheit ist?

Sich eine Dauerwelle machen zu lassen.

Wie eine Blöde zu fressen.

Über andere zu lachen, wenn du nicht über dich selbst lachen kannst.

Wie eine Blöde zu hungern.

Eine SMS schreiben, obwohl du anrufen könntest. Oder jemand nicht mehr anrufen, weil du ihm nicht sagen willst, dass du ihn nicht mehr anrufen willst.

Und ganz oben auf der Liste steht: seinen Vater eine Treppe runterwerfen und dann spurlos verschwinden.

Ich habe keine Ahnung, was in Taja gefahren ist, ich habe aber so eine Ahnung, dass das nicht die ganze Wahrheit sein kann. Und wenn es nicht die ganze Wahrheit ist, dann fehlt was. Oder um es mit Schnappis Worten zu sagen: »Da steckt was dahinter dahinter.« Doch erstmal müssen wir bei den Fakten bleiben und davon ausgehen, dass Tajas Vater keinen Grund hat, uns anzulügen. Also sage ich zu Nessi:

»Taja hat Oskar in die Mangel genommen.«

»Unsinn«, rutscht es Nessi raus, dann sieht sie Tajas Vater in die Augen und kapiert, dass es kein Unsinn ist.

»Was ist denn passiert?«, fragt sie.

Oskar gibt ihr ein Update und Nessi reagiert, wie nur Nessi reagieren kann – sie widerspricht nicht, sie zweifelt kein Wort an, sondern will sofort gut machen, was Taja schlecht gemacht hat. Nessi steckt sich ihr Haar mit zwei Bewegungen hoch und hockt sich vor Tajas Vater.

»Ich seh mir mal dein Bein an«, sagt sie.

»Es geht schon«, versucht Oskar sie abzuwehren.

Nessi hört nicht auf ihn. Sie löst den Verband und schiebt die Hose bis zum Knie hoch. Die Haut am Schienbein ist lila und gelb angelaufen und ein Teil des Knochens ragt wie eine Beule vor. Uns wird schlecht bei dem Anblick und Schnappi flüstert: »Ich kotze gleich.« Nessi drückt hier und da ein bisschen herum, Tajas Vater verzieht das Gesicht und flucht.

»Das ist gebrochen«, stellt Nessi fest.

»Alter, damit musst du ins Krankenhaus«, sagt Schnappi.

»Wir rufen dir am besten einen Krankenwagen«, sagt Rute und fischt ihr Handy raus.

Oskar winkt ab.

»Unsinn, wegen so was ruft man doch keinen Krankenwagen. Außerdem ist das Krankenhaus gleich um die Ecke, da kann ich hinspazieren.«

Er richtet sich auf, macht einen Schritt und knickt um. Wir fangen ihn auf.

»Was hast du vor?«, fragt Schnappi. »Willst du da hinkriechen?«

»Ich brauch nur eine Pause, dann geht das schon.«

»Du brauchst keine Pause, du brauchst ein neues Bein.«

Rute beschließt, dass genug genug ist.

»Wir bringen dich jetzt in die Notaufnahme«, sagt sie, »und danach finden wir Taja.«

Wir stehen vor der Villa und machen alle dasselbe Gesicht. Alle, außer Nessi.

»Jetzt nicht wirklich, oder?«, sage ich.

»Da passen wir nicht einmal rein, wenn wir alle um die Hälfte kleiner wären«, sagt Schnappi.

»Und wenn wir einmal drin sind, kommen wir nie wieder raus«, sagt Rute.

»Was soll ich denn tun?«, fragt Nessi kläglich. »Ich habe mir die Karre doch nicht ausgesucht.«

Der Mini steht wie ein silberner Popel vor der Villa.

»Mädchen, das klappt niemals«, sagt Schnappi.

»Wir könnten Oskar aufs Dach schnallen«, schlage ich vor.

»Da würde ich zumindest Luft bekommen«, sagt Oskar.

»Du wolltest ja keinen Krankenwagen«, erinnert ihn Nessi.

»Ich könnte noch immer laufen«, sagt Oskar lahm.

»Ich sagte, wir bringen dich in die Notaufnahme«, erinnert ihn Rute, »also bringen wir dich da auch hin.«

Oskar seufzt, niemand widerspricht Rute.

»In diese Dose passen wir doch niemals alle rein«, sagt er und kramt in seiner Hosentasche. »Ich würde selbst fahren, aber ich glaube nicht, dass das eine so gute Idee ist.«

Er reicht Nessi einen Schlüssel.

»Was ist das?«, fragt Nessi.

»Drück auf den roten Knopf.«

Nessi drückt auf den roten Knopf und hinter uns schwingt die Garage auf. Die Lichter gehen an und Nessi lacht los.

»Nee, das mache ich nicht«, sagt sie.

»Es ist doch nur ein Auto«, sagt Oskar.

»Das ist kein Auto«, widerspricht ihm Schnappi. »Alter, mach mal die Glubscher auf, das ist ein Monstrum.«

Der Range Rover glänzt kalt in dem Halogenlicht und wirkt wie aus einer Zukunft, in der Autos miteinander quatschen und über andere Autos lachen. Kein Staubkrümel liegt auf dem schwarzen Lack und die Windschutzscheibe ist ein Insektenauge, das uns abschätzend anstarrt.

»Er hat Automatik«, sagt Tajas Vater. »Du musst also nicht schalten.«

»Schalten ist echt scheiße«, sagt Nessi und sieht uns an. »Eine von euch kann das bestimmt besser als ich, oder?«

Schnappi lacht sie aus.

»Ich bekomme ja nicht mal die Tür auf«, sagt sie.

»Und ich komme bestimmt nicht mal an die Pedale«, sagt Rute.

»Nessi, sei keine Pfeife, probier es aus«, bitte ich sie. »Wir können ja noch immer tauschen, sollte es schiefgehen.«
»Du meinst, sollte ich euch in den Graben fahren?«
»Hier gibt es keine Gräben«, sagt Schnappi.
»Dann kann uns ja nichts passieren«, sagt Rute.

Zwei Ecken weiter ist Nessi noch immer furchtbar nervös. Es fühlt sich für uns alle an, als würden wir auf einem Podest sitzen, das durch die Gegend rollt. Das Gaspedal ist empfindlich und die Bremse wie eine Feder.
»Siehst du die Lichter da vorne?«, frage ich.
»Ich bin ja nicht blind«, sagt Nessi und fährt an der Krankenhauseinfahrt vorbei.
»Wieso bist du nicht reingefahren?«, fragt Schnappi von hinten.
»Ich war zu schnell«, antwortet Nessi.
»Süße, du fährst sechzehn Stundenkilometer.«
»Hack mal nicht auf Nessi herum«, sagt Rute.
»Du musst wenden«, sage ich.
»Was du nicht sagst«, sagt Nessi und schlägt das Lenkrad nach links ein und rumpelt über die Mittelinsel. Wir werden durchgeschüttelt und jammern, dann ist Nessi auf der anderen Fahrbahn, kann aber den Kurs nicht richtig halten und driftet zu sehr nach rechts. Sie rollt über den Bürgersteig und streift einen von den orangen Mülleimern, der mit einem hohlen Knall herunterfällt.
»Nicht so schlimm«, sagt Oskar von hinten.
»Kann mal passieren«, sagt Rute.
»Halt mal an«, sage ich.
Nessi nimmt den Fuß vom Gas und bremst.
Der Wagen bleibt mit einem Ruck stehen.
Nessi nimmt den Fuß von der Bremse.
Der Wagen bewegt sich wieder.

Nessi tritt auf die Bremse.

Wir werden nach vorne geworfen und fliegen wieder zurück.

Tajas Vater beugt sich vor und schaltet mit seinem gesunden Arm auf P.

»Nessi, hol mal Luft«, sage ich.

Ihre Hände umklammern das Lenkrad, sie löst ihren Griff und schüttelt die Finger aus. Dunkle Flecken haben sich unter ihren Achseln gebildet. Ihr Herz hämmert. Ich kann es hören. Schnappi bemerkt trocken:

»Du bist eben schwanger.«

»Was hat denn das damit zu tun?«, fragt Nessi giftig zurück.

»Hormone und so.«

»Nee, keine Sorge, bei mir ist alles in Ordnung.«

»Wahrscheinlich kotzt du heimlich.«

»Schnappi, ich kotze *nicht* heimlich!«, regt sich Nessi auf.

Stille im Wagen, dann stößt Nessi die Fahrertür auf und kotzt auf die Straße. Ich tätschel ihr den Rücken.

»Geht doch«, sage ich beruhigend.

Als Nessi die Tür wieder geschlossen hat, sagt sie:

»Henrik hat auch gekotzt, als ich ihm sagte, dass ich schwanger bin.«

Sie wischt sich über den Mund. Wir sehen sie an, als wäre sie eben vom Himmel gefallen.

»Henrik war es?!«, sagen wir entsetzt.

»Oje«, sagt Nessi.

»Du bist schwanger?!«, meldet sich Tajas Vater von hinten.

»Nicht jetzt«, flüstert ihm Rute zu.

Schnappi reicht Nessi einen Kaugummi nach vorne.

Nessi steckt ihn sich in den Mund und bedankt sich.

»Besser?«, frage ich.

»Geht so.«

Nessi sieht mich an.

»Vielleicht solltest du Hebamme werden.«

Die Mädchen kichern, auch Tajas Vater kichert, obwohl das nicht wirklich witzig ist.

»Vielleicht sollte ich dir in den Arsch treten, damit das Baby gleich kommt«, sage ich.

»Oh nee, ich will nicht Tante werden«, jammert Schnappi.

»Und ich habe noch keine Babysachen eingekauft«, sagt Rute.

Nessi legt den Gang wieder ein. Sie ist jetzt ruhiger und fährt vom Bordstein wie eine fünfundneunzigjährige Diva, die auf dem Weg ist, sich die Haare machen zu lassen. Meint Schnappi zumindest.

Nachdem wir Tajas Vater vor dem Krankenhaus rausgelassen haben, steht er auf der Beifahrerseite und schwankt, als könnte ihn eine Brise umwerfen. Nessi will mit ihm reingehen, er meint, das wäre unnötig.

»Findet mein Mädchen«, sagt er, »um den Rest ...«

Plötzlich lächelt er schief und sagt:

»Ich rieche Marzipan.«

Ich stecke die Nase aus dem Fenster und rieche nichts.

»Siehst du auch doppelt?«, fragt Schnappi von hinten.

Oskar schüttelt den Kopf und juckt sich am Ohr.

»Es rauscht nur komisch«, sagt er, und als er die Hand wieder runternimmt, läuft ihm etwas Blut aus dem Ohr.

»Rühr dich nicht«, sagt Nessi und steigt aus dem Auto und rennt in das Krankenhaus.

»Was macht sie nur?«, fragt Oskar und schwankt.

»Halt dich mal am Auto fest«, sage ich.

Oskar lehnt sich gegen den Wagen und beginnt langsam daran runterzurutschen.

»Er stirbt!«, ruft Schnappi panisch von hinten.

»Niemand stirbt so schnell«, sagt Rute und steigt aus.

Oskar sitzt jetzt auf dem Boden und hat den Rücken gegen die Beifahrertür gelehnt. Selbst wenn ich wollte, könnte ich jetzt nicht aussteigen. Mir ist es auch lieber, alles von oben zu beobachten. Ich lasse das Fenster runter und schaue raus. Rute hockt vor Tajas Vater und betätschelt sein Gesicht.

»He, Oskar, bleib mal wach.«

»Ich bin doch wach«, sagt Oskar und fängt an zu schnarchen.

»Blutet er noch aus dem Ohr?«, frage ich.

Ehe Rute antworten kann, kommen zwei Krankenpfleger mit einer Trage aus dem Krankenhaus geschossen. Nessi läuft an ihrer Seite und sieht aus wie eine Ärztin aus *Grey's Anatomy*. Die Krankenpfleger schieben Rute beiseite, heben Oskar auf die Trage und sind so schnell verschwunden, wie sie aufgetaucht sind.

»Wow, das war ja wie Kidnapping«, sagt Schnappi.

»Lassen wir ihn einfach allein?«, fragt Nessi.

»Du kannst ja bei ihm bleiben, wenn du willst«, sagt Rute.

»Ich will auf jeden Fall erstmal Taja finden.«

Wir erwarten ein wenig, dass Nessi Drama macht, sie denkt nicht daran.

»Taja hat Vorrang«, sagt sie und klingt plötzlich entschlossen und nicht wie ein Häschen, dass einen SUV fahren muss.

Wir steigen wieder ein und Nessi will eben den Wagen wenden, da sagt Schnappi, sie will jetzt auch mal vorne sitzen.

»Auf deine Verantwortung«, sage ich.

»Das klingt wie eine Drohung«, sagt Schnappi.

»Nee, es ist eine Warnung.«

Wir tauschen die Plätze.

SCHNAPPI

Oh Gott, ist das schrecklich! Wir kriechen über die Stadtautobahn und ein Rentner auf dem Fahrrad könnte uns überholen. Es ist ein Wunder, dass uns bisher keine Polizeistreife wegen Behinderung des Verkehrs rausgewunken hat. Nessi fährt, als wäre das Auto eben erst erfunden worden. Zum Glück sind wir fast die Einzigen, die um diese Zeit unterwegs sind, sonst würden wir alle zehn Sekunden angehupt werden. Wäre ich nicht so eine Zwergin, könnte ich mich hinter das Steuer hocken und lässig durch die Gegend gurken, aber mit meinen Stummelbeinen komme ich niemals an die Pedale heran. Da helfen mir meine Boots auch nicht. Also halte ich die Klappe und verkneife mir jeden Kommentar, denn Nessi ist angespannt genug. Wenn ich sie jetzt frage, ob sie sich einen Jungen oder ein Mädchen wünscht, dann wird sie die Karre garantiert gegen einen Pfeiler setzen und mir die Augen auskratzen. Also sitze ich still und beobachte die trüben Lichter der Stadt und gewöhne mich an das Gefühl, dass mein ganzes Leben eine elendig lange Autobahn in der hintersten Ecke von Vietnam ist, auf der man nur 10 Stundenkilometer fahren darf. Falls es in Vietnam überhaupt so was wie elendig lange Autobahnen gibt. Meine Mutter verspricht mir jede Woche, dass mein wahres Leben erst in der Heimat beginnen wird. Für sie ist das hier kein Leben. Deutschland ist das Vorspiel für die Hölle. Ich mag die Hölle, ich fühle mich hier wohl und der Gedanke, dass im Paradies kein Arsch Deutsch versteht, weil nur Vietnamesen reindürfen, macht mich richtig kirre. Mein Vietnamesisch ist miserabel. Und bis vor zwanzig Minuten habe ich nicht einmal an die Hölle geglaubt.

»Weißt du, was die Hölle ist?«, frage ich.

»Mit mir Auto zu fahren?«, sagt Nessi.

»He, woher weißt du das?!«

»Danke, Schnappi.«

Ich packe meine Boots oben auf die Ablage und gähne. Hinter mir sind Stinke und Rute längst eingepennt vor Langeweile. Sie liegen auf der Rückbank Kopf an Kopf und verpassen wirklich nichts. Ich wünschte, ich könnte mich zwischen sie quetschen, aber das geht nicht, ich kann Nessi nicht allein lassen.

Wir brauchen eine Stunde und elf Minuten bis nach Charlottenburg.

Am Funkturm rollen wir die Ausfahrt im Schritttempo hoch. Auch hier sind die Straßen verlassen. Es fehlt nur ein klein wenig Rückenwind und wir könnten 20 Stundenkilometer erreichen. Einmal fährt eine Polizeistreife auf gleicher Höhe mit uns und Nessi wird fast ohnmächtig. Sie versucht besonders aufrecht zu sitzen und fragt mich aus dem Mundwinkel, ob denn die Polizei rüberschaut. Ich lege ihr die Hand aufs Knie und sage, sie soll nicht vergessen zu atmen. Aber natürlich vergisst sie es und hält die Luft an und atmet erst, als die Rücklichter der Streife nur noch als glühende Punkte zu sehen sind. Bis dahin ist ihr Gesicht fast blau angelaufen.

»Jetzt die Kantstraße runter«, sage ich.

Nessi setzt den Blinker und biegt nach rechts ab.

»Siehst du die Einfahrt zum Supermarkt? Fahr da rauf.«

Sie fährt auf die Einfahrt und hält.

»Bravo, Nessi!«

Sie legt den Gang ein, sieht mich an und grinst.

»So schlimm war es doch nicht, oder?«, fragt sie.

Ich nehme ihre klamme rechte Hand zwischen meine Hände.

»Süße, ich liebe dich sehr, aber du bist ein Albtraum hinter dem Lenkrad. Ich fahre nie wieder mit dir, eher lasse ich mir die Beine amputieren oder ziehe nach Vietnam und mache eine Suppenküche auf.«

Mehr müssen wir nicht diskutieren.
Wir wecken die Mädchen.
Showtime.

Er erwartet uns in polierten Schuhen, gebügelten Jeans und einem weißen T-Shirt, das er in die Hose gesteckt hat. Es ist halb fünf und Schnörkel sieht an diesem Morgen aus, als wollte er mit der Bundeskanzlerin frühstücken. Aber das sage ich ihm natürlich nicht. Aus mir könnte glatt eine Diplomatin werden, so gefühlvoll kann ich sein.
»Na, Schnörkel, wie geht es?«
Er grinst, er mag mich, er mag mich sehr, und wenn er mich nicht so sehr mögen würde, wären wir nicht hier. Schnörkels richtiger Name ist Ottmar, was man schon witzig genug finden könnte, aber wenn jemand wie ein Schnörkel ist, da kann man ihn nicht Ottmar nennen, da muss er Schnörkel heißen.
»Hallo, Schnappi«, sagt er.
Ich nicke zufrieden. Als er das erste Mal mal mit mir flirten wollte, hat er es ernsthaft gewagt, meinen richtigen Namen zu sagen. Er muss sich die korrekte Aussprache im Internet angehört haben oder vielleicht hat er einen Kurs belegt, zuzutrauen ist es ihm. Er klang wie ein Hamster, dem man alle Beißerchen ausgeschlagen hatte. Danach habe ich eine Woche lang nicht mit ihm gesprochen. So was kann jedes Mädchen bedenkenlos tun, wenn sie weiß, dass der Junge in sie verknallt ist.
Macht ist eine leckere Sache mit Zuckerguss obendrauf.

Nachdem wir Tajas Vater am Krankenhaus abgesetzt hatten, sind wir zehn Minuten durch die Gegend gegurkt und dachten, vielleicht sehen wir ja unsere Taja an der Ecke rumstehen. Aber das wurde nichts, also haben wir die Birnen zusammengesteckt und ich kam mit dem Plan, Schnörkel auf den Teppich zu bringen.

»Schnörkel weiß alles, und wenn jemand Taja finden kann, dann ist er es.«

Ein Anruf hat genügt. Beim dritten Klingelton war er schon dran. Ich sagte ihm mit zwei Sätzen, was ich wollte, er sagte mir mit einem Satz, ich sollte vorbeischauen – und da waren wir.

»Kommt rein.«

Schnörkel lässt uns in die Wohnung. Ich kann meine Glubscher nicht von ihm nehmen. Ich habe keine Ahnung, wie jemand, den man so früh aus dem Bett geschmissen hat, so fit aussehen kann. Er bittet uns, leise zu sein, damit seine Eltern nicht wach werden. Er führt uns, in die Küche, wo auf dem Tisch vier dampfende Becher und aufgebackene Brezeln stehen. Ernsthaft jetzt? In drei Bechern ist Kaffee, im vierten dampft grüner Tee, den er wahrscheinlich nur für mich hat importieren lassen. Ich nehme den Becher, Schnörkel lächelt zufrieden, ich kippe den Tee in den Ausguss und fülle den Becher aus der Kaffeemaschine auf, Schnörkel lächelt noch immer.

»Kein Problem«, sagt er.

»Hier, mach mal«, sage ich und reiche ihm mein Handy.

Schnörkel betrachtet das Handy wie eine von diesen kryptischen Steintafeln, von denen man nicht weiß, ob sie von diesem Planeten sind oder nicht. Mir kommt der Gedanken, dass er vielleicht gar kein Handy besitzt und ich auf den falschen Gaul gesetzt habe. Nerds sind ja bekannt für jeden Blödsinn. Manche von denen können nicht mal richtig lachen. Um ihm auf die Sprünge zu helfen, sage ich:

»Ich habe das mal im Film gesehen, okay? Da haben sie jemanden übers Handy gefunden. Wir wollen das auch machen. Unsere Taja ist verschwunden. Und wo auch immer sie ist, ihr Handy ist immer bei ihr und da wollen wir auch hin.«

»Gut«, sagt Schnörkel und tippt los.

Wir beobachten ihn und trinken Kaffee und knabbern Brezeln.

»Ich lad euch eine App herunter«, sagt er nach einer Minute.
»Okay«, sagen wir.
»Wie ist die Nummer des Handys, das ihr sucht?«
Rute betet ihm Tajas Nummer runter.
Schnörkel tippt sie ein, sieht mich an und sagt:
»Ich liebe dich.«
Nee, das sagt er nicht, er sagt:
»Schumannstraße 21.«
»Was ist denn das?«, fragen wir.
»Das ist die Adresse, wo eure Freundin gerade ist.«
Wir bekommen große Augen.
»Und wo genau ist das?«, frage ich.
»Mitte.«
»Was?!«, rutscht es Nessi raus. »Was macht denn Taja in Mitte?«
Keine von uns hat darauf eine Anwort. Auch Schnörkel muss passen.
»Und falls sie da weggeht ...«
Er zeigt mir das Display.
»... dann folgt ihr diesem grünen Punkt.«
»Genie!«, rufe ich und stelle mich auf die Zehenspitzen und gebe Schnörkel doch ernsthaft einen Schmatzer mitten auf den Mund. Er duftet nach Zimtschnecken. Er ist der erste Typ, den ich küsse und der nach Zimtschnecken duftet.
Was sagt man denn dazu?

Es ist kurz nach fünf und wir finden einen Parkplatz in der Unterbaumstraße und laufen von da aus die paar Meter hoch und sehen gegenüber die Schumannstraße 21, aber keine Taja. Da steht aber eines von diesen albernen Espressoautos auf drei Rädern und davor lungern acht Typen in Krankenpflegerkluft, drei Typen in Anzugkluft und eine ganz normal angezogene Frau, die die Hände so tief in ihren Hosentaschen vergraben hat, als wollte sie sich die Kniescheiben kratzen. Die Leute schlürfen Cappuccino und was es da noch so zu kaufen gibt. Sie schauen zu uns rüber, wir schauen zu ihnen rüber und die Autos fahren vorbei. Wir Mädchen sind ein wenig ratlos und werfen einen Blick auf mein Handy. Der grüne Punkt hat sich nicht von der Stelle bewegt.

»Der grüne Punkt hat sich nicht von der Stelle bewegt«, sage ich.

»Wie geht das?!«, fragt Stinke. »Kapier ich nicht.«

»Schnörkel hat uns verarscht«, sagt Rute.

»So was würde er nie machen«, sage ich.

»Zeig mal her.«

Nessi nimmt mir das Handy weg und betrachtet es konzentriert. Genau da kommt die Morgensonne etwas verschnupft um die Ecke und badet die Leute da drüben in ein goldenes Licht. Wir stehen natürlich im Schatten und frieren.

»Vielleicht ist die App kaputt«, sagt Stinke.

Sie schnappt sich auch mal mein Handy und haut es ein paarmal auf ihre Handfläche.

»Das ist doch kein Feuerzeug«, sage ich und reiße ihr das Handy aus der Hand.

Der grüne Punkt hat sich nicht wegbewegt.

»Es hätte mich auch gewundert, wenn Taja in Mitte gewesen wäre«, sagt Rute.

»Mädchen, mir ist kalt«, jammert Nessi und reibt sich die Arme.

»Wenn wir schon mal hier sind«, sagt Stinke und geht über die Straße.

Wir trinken Kakao aus Pappbechern und stehen vor dem Espressoauto und sonnen uns ein wenig. Ganz ehrlich, wir sind ratlos und müder als müde. Die Leute um uns herum rauchen und quatschen, sie blinzeln in die Sonne, als wäre das ein normaler Tag.

»Du leierst dir die Hosen aus«, sage ich zu der Frau.

Sie schaut an sich herab, ihre Arme sind bis zu den Ellenbogen in den Hosentaschen verschwunden.

»Und?«, fragt sie zurück.

»Das wird bald scheiße aussehen.«

Zu meiner Überraschung nimmt sie die Hände aus den Hosentaschen und verschränkt die Arme vor der Brust. Sie nickt mir zu. Ich nicke zurück und nippe von meinem Kakao. Es ist komisch, hier mit all diesen Leuten rumzustehen. Die Nachtschicht ist zu Ende, die Morgenschicht beginnt und alles fängt von vorne an. Nur wir nicht. Wir sind jetzt. Es gibt keinen Anfang und kein Ende für uns, aber das macht es auch nicht leichter. Wir sind jetzt und jetzt sagt Nessi:

»Wir geben nicht auf.«

»Natürlich geben wir nicht auf«, regt sich Stinke auf. »Dachtest du, wir geben auf?«

»Ich wollte es nur mal gesagt haben.«

»Vielleicht ist die App ungenau«, sagt Rute.

»Vielleicht sitzt Taja schon längst in der Villa und futtert Cornflakes«, sagt Stinke.

»Vielleicht sollten wir zurückfahren«, sagt Nessi.

»Ich ruf sie nochmal an«, sage ich.

Stinke macht ein Gesicht.

»Wozu denn? Das bringt doch nichts.«

»Es bringt immer was, was zu tun, wenn nichts mehr zu tun ist«, antworte ich und wische mit dem Daumen die App weg und tippe auf Tajas Nummer. Ich höre das Klingeln in meinem Ohr und mit dem anderen Ohr höre ich die Anfangstöne von *Queen & King* durch die Luft dudeln.

Rute fällt der Kakao runter, Nessi hustet erschrocken in ihren Becher, sodass braune Spritzer durch die Luft fliegen und auf dem Rücken des Typen vor uns landen. Nur Stinke bleibt überraschend cool und erstarrt einfach nur.

Es klingelt erneut.

Die Melodie ist klar und deutlich zu hören.

»Hört ihr das?«, fragt Stinke.

»Natürlich hören wir das«, sagt Rute.

Nessi schaut sich um.

»Aber ... Woher ...«

Die Melodie erklingt rechts von uns, wo die Gruppe von Krankenpflegern steht und mit dem Kaffeetypen quatscht. Wir warten. Einer der Pfleger greift sich an die Arschtasche und holt wahr und wirklich Tajas goldenes Handy hervor. Der Pfleger ist gebaut wie ein Bär, der sich auf den Winter vorbereitet. Eine Menge Polster und ein Mondgesicht. Er schaut auf das Handy und runzelt die Stirn, dann stellt er es aus. Die Melodie verstummt und er schiebt sich das Handy in die Hosentasche und plaudert weiter, als wäre nichts gewesen.

Ehe eine von uns sich auch nur rühren kann, schießt Stinke vor und baut sich vor dem Krankenpfleger auf wie eine Superheldin, die noch eine Rechnung offen hat. Ich glaube, der Typ hat so was noch nie erlebt.

»Jetzt aber wirklich, Alter«, sagt Stinke.

»Jetzt aber wirklich was?!«, fragt der Pfleger erschrocken zurück.

»Willst du eins auf die Fresse?«

»Wer?! Ich?!«

Er wird nervös und bekommt Atemnot. Er ist bestimmt über dreißig und verhält sich wie einer aus der Grundschule. Er sieht nach links und rechts, als bräuchte er Hilfe. Seine Kumpels machen große Augen und treten zwei Schritte zurück. An ihre Stelle rücken wir heran. Wir müssen uns nicht verständigen. Wir folgen Stinke bis ans Ende der Welt. Sie streckt die Hand aus. Der Pfleger runzelte die Stirn. Stinke wartet. Der Pfleger ist nicht auf den Kopf gefallen. Er holt das Handy raus und reicht es ihr. Stinke schaut drauf, als würde sie einen Ausweis checken. Dann steckt sie das Handy ein und sieht den Typen wieder an.

»Wo ist unsere Freundin?«, fragt sie.

Ich dachte, wir müssen den Typen jetzt ein bisschen foltern oder ihm so lange in den Hintern treten, bis er die Wahrheit sagt. Doch dazu kommt es nicht, denn der Pfleger zeigt mit dem Daumen hinter sich.

»Da drin«, sagt er.

»Was ist *da drin*?«, frage ich.

»Das FeTZ.«

»Das *was*?!«, sagen wir im Chor.

»Früherkennungs- und Therapiezentrum für Psychosen«, antwortet der Pfleger.

Mein Mund wird trocken, Nessi beißt sich auf die Unterlippe, selbst Stinke erblasst ein wenig und Rute klappt einfach nur der Mund auf. Das Wort Psychose schlägt bei uns alle Alarmglocken an. Wir haben das Thema im Unterricht gehabt. Wir wissen, dass viele Kids mit dem Druck nicht klarkommen. Teenagersyndrom. Kurz vor dem Schulabschluss drehen sie durch und verschwinden in sich selbst. Wir sollen nicht Klapse sagen, wir sollen Therapiezentrum sagen. Langsam macht es Sinn, was Oskar mit unserer Süßen erlebt hat. Ich glaube, wir hätten da noch eine Viertelstunde blöde vor dem Krankenpfleger rumgestanden, ohne ein Wort zu sagen.

Rute bringt uns wieder auf den Boden.

»Habt ihr sie aufgegabelt?«, fragt sie.

Der Krankenpfleger schüttelt den Kopf.

»Nicht wir, die Polizei.«

»Wo?«

»Eure Freundin wollte gestern Nacht auf die Siegessäule.«

Taja liebt die Siegessäule. Wir sind wegen ihr schon sechs Mal diese dämliche Treppe hochgekraxelt, nur damit Taja sich wie der Graf von Monte Christo fühlen konnte. Außer ihr hat keine von uns den fetten Roman gelesen und sich auch nie eine der Verfilmungen angesehen. Wir wissen nur, was sie uns über den Grafen erzählt hat und dass sie manchmal denkt, sie wäre genau wie Monte Christo in Gefangenschaft. Die Siegessäule gibt ihr das Gefühl, dass sie ausbrechen kann. Die Treppe runter und dann raus. Wenn es mal so einfach wäre.

»Und was ist daran so schlimm, dass sie auf die Siegessäule wollte?«, frage ich.

»Ich weiß nur, was die Polizei mir erzähl hat. Eure Freundin hatte anscheinend keinen Cent dabei, also quatschte sie ein paar Touristen an, die um die Siegessäule herumliefen. Als sie drei Euro zusammenhatte, war der Ticketverkäufer schon kurz davor, die Polizei zu rufen. Er sagte, sie hätte so einen komischen Blick, als wäre sie auf Speed. Er fragte eure Freundin, was sie denn nachts da oben wollte. Sie hat ihm geantwortet, sie wollte nur einmal runterspringen, mehr nicht. Da hat sich der Ticketverkäufer geweigert und gesagt, sie dürfte da nicht hoch. Also hat sie auf ihn eingeschlagen, und als er dann um Hilfe rief, ist sie weggerannt. Zwei Polizisten bekamen das mit und sind ihr zu Fuß gefolgt. Sie hat sich in eines der Autos gesetzt, die an der Ampel warteten. Und da saß sie dann auf dem Rücksitz und wollte nicht aussteigen. Die Polizisten haben versucht, mit ihr zu reden, aber sie hat nur den Kopf geschüttelt. Nach einer Weile haben sie dann eure Freundin aus dem Wagen gezogen und danach ist sie bei uns im FeTZ gelandet. Sie war vollkommen high und hatte keine Papiere, also haben wir sie zur Beruhigung in einem der Zimmer einquartiert.«

»Zur Beruhigung?«, frage ich. »Warum denn das?«

»So gehen wir mit Leuten um, die eine psychotische Episode haben«, antwortet der Pfleger.

Wir Mädchen wechseln einen kurzen Blick.

»Und ihr Handy?«, fragt Stinke. »Was hat das in deiner Hose verloren?«

Der Pfleger beginnt zu schwitzen.

»Es ist ihr runtergefallen.«

»Und?«

»Und ich ... habe es eingesteckt. Ich wollte es ihr später wiedergeben. Sie hat es sich andauernd ans Ohr gedrückt, obwohl niemand am anderen Ende war. Es ist besser, wenn sie erstmal Ruhe hat.«

»Prima Erklärung, um ein Handy zu klauen«, sage ich.

»Kann ich jetzt gehen?«, fragt der Pfleger.

»Nee«, sagt Stinke.

»Nicht?«

»Rede ich undeutlich?«

»Nein.«

»Nee heißt nee, okay?«

»Okay.«

TAJA

Wie aus dem Nichts legt sich eine Hand auf meine Stirn und kühlt mich.

Wie aus dem Nichts höre ich Worte und die Worte sind nur für mich gedacht.

»Taja, he, Taja, kannst du mich hören?«

Ich könnte heulen vor Eleichterung.

Wie aus dem Nichts schwebe ich empor und werde sanft abgelegt.

Als wäre ich eine atmende, zitternde Seifenblase, die bei der kleinsten Berührung sofort zerplatzt.

Ich spüre ein Glas an meinen Lippen, ich trinke und huste.

Da ist wieder die Hand, beruhigend.

Da ist ein Atmen an meinem Ohr.

»Taja, wach auf.«

Ich bin wach, möchte ich antworten, ich weiß aber, dass es eine Lüge ist. Wach sein heißt da sein heißt in der Realität sein. Die Realität ist eine beleidigte Schnepfe, die mich nicht mehr will, seit ich ihr quergekommen bin. Ich habe ihr nicht nur in die Fresse geschlagen, ich habe sie auch aus der Villa verscheucht und ihr dann Pfeile in den Rücken geschossen. Ich lass mich doch nicht von der Realität verarschen.

Ich existiere nicht mehr, möchte ich sagen, aber mein Mund streikt, mein ganzer Kopf ist ...

»Mensch, Rute, nicht so doll.«

»Das ist nicht doll.«

»Wenn ich dir so ins Gesicht klatschen würde, da würdest du aber heulen.«

»Schnappi, halt mal die Schnauze.«

»Ich sag doch nur.«

Ich öffne die Augen und meine Freundinnen schrecken zurück. Ich sehe alles gleichzeitig: das Zimmer, die Decke, die Lampe, das Bett mit seinem steifen Bezug. Ich bin nicht zu Hause. Ich bin nicht allein. Meine Mädchen sind um mich herum. Sie umringen das Bett. Da ist aber auch ein dicker Typ in Pflegerklamotten, der im Hintergrund steht und nervös an einem Fingernagel kaut.

Wenn meine Mädchen da sind, kann es nicht schlimm sein, denke ich. *Aber warum sind sie zurückgeschreckt?*

»He, Süße«, sagt Nessi.

»Was ist mit ihren Augen?«, fragt Rute, als könnte ich sie nicht hören.

Was ist mit meinen Augen?, denke ich und will die Hand heben und mir über die Augen wischen, aber ich bekomme meine Hand nicht hoch. Mein Arm ist wie eingefroren. Ich schiele runter, ich bin auf dem Bett angeschnallt.

»Ganz ruhig«, sagt Nessi und legt mir eine Hand auf die Stirn, als müsste sie mich stillhalten. Ich will ihr sagen, dass ich ruhig bin, aber meine Zähne klacken zusammen, mein Körper ist ein Zittern und Beben. Der Kopf kippt zur Seite und Schnappi hat schon einen Eimer bereit. Als es vorbei ist, als mein Magen leer ist und ich das Gefühl habe, dass es wirklich vorbei ist, rumort es in meinem Darm und ich scheiße mich hilflos ein.

»Ihr müsst jetzt gehen.«
»Wir gehen nicht ohne sie.«
»Was? Seid ihr irre?!«
»Eher nehme ich mir auch ein Zimmer.«
»Oder wir stellen hier noch vier Betten rein.«
»Hört mal, das ist doch kein Krankenhaus, wir---«
»Gibt's hier nicht so was wie einen Rollstuhl oder so?«
»Mädchen, ihr könnt sie hier nicht einfach rausrollen!«
»Wer sagt denn das?«

»Wir könnten sie auch tragen.«

»Nee, Rute, wir können Taja nicht tragen, das schaffen wir niemals.«

»Nee, Schnappi, was willst du denn dann machen, du Neunmalkluge?«

»Sagt mal, was riecht hier so komisch?«

»He, hört mich eine von euch überhaupt?«

»Sei mal still, Dicker.«

»Nessi, was tust du da?«

»Riecht ihr das nicht? Ich schau nur ... Oh nee, Taja hat sich eingeschissen.«

»Mach die Decke schnell wieder drüber.«

»Und steck sie an den Seiten fest.«

»Hört mal, wenn ihr jetzt nicht verschwindet, dann----«

»Was dann? Hm? Was willst du dann machen?!«

»Stinke, nicht.«

»Lass mich mal, Rute. Also, Dicker, was willst du tun? Wir werden erzählen, du hast uns hier reingeschmuggelt, um eine Party zu feiern. Ein Sechser sozusagen. Mit vier Minderjährigen und einer, die im Koma liegt.«

»Ihr seid doch nicht minderjährig!«

»Siehst du die kleine Asiatin neben mir? Die ist zwölf.«

»Was?! Sie ist doch niemals---«

»Klar bin ich zwölf.«

»Ich sag dir, sie ist zwölf und ihr Vater ist der Boss der Vietcongs.«

»Des *was*?!«

»Jetzt fängst du an zu schwitzen, was? Die vietnamesische Mafia, Dicker, nie gehört? Auf welchem Planeten lebst du nur? Sieh uns schief an, dann werden die Vietcongs kommen und Chop Suey aus dir machen, verstehst du?«

»Stinke, halt endlich Klappe, wir müssen Taja sauber machen.«

»Das können wir doch auch später tun.«

»Aber---«

»Nessi, wir müssen hier erstmal raus.«

»Aber ihr könnt doch nicht---«

»Sieh mich jetzt mal an, Dicker. Hier spielt die Musik. Ich bin nicht nur zwölf, ich bin auch noch hysterisch. Weißt du, wie eine zwölfjährige hysterische Vietnamesin klingt? Willst du das hören?«

»N-n-nein.«

»Du musst doch nicht gleich stottern.«

»Nessi, lass sie uns in die Decke einwickeln.«

»Schau mal, ob jemand auf dem Flur ist.«

»Mädchen, die haben überall Kameras. Wenn ihr---«

»Alter, noch so eine Lüge und ich hau dir eine rein!«

»Stinke, nicht!«

»Ich hasse es, wenn man lügt.«

»Da draußen ist niemand, der Flur ist vollkommen verlassen.«

»Fasst mal mit an.«

»Sie sieht jetzt aus wie 'ne Mumie.«

»Glaubst du, sie kann uns hören?«

»Sie ist doch nicht taub.«

»Schau mal, ihre Augen flackern.«

»Taja, hörst du uns?«

»Ich hör euch.«

»Dann mach mal die Augen auf.«

»Ich kann nicht, ich ... ich bin so erschöpft, ich ...«

»Nessi, lass sie pennen.«

»Ich mach mir nur Sorgen.«

»Mach dir nachher Sorgen.«

»Vorsichtig.«

»Die Schnecke wiegt ja kaum was.«

»Dann kannst du sie ja alleine tragen.«

»Ich sagte nicht, sie wiegt nischt, ich sagte, sie wiegt *kaum* was.«

»Achtung, ihr Arm hängt raus!«

»Ich hab sie, ich---«

»Lasst mich mal ran.«

»Was? Wirklich, Dicker?«

»Ja, wirklich.«

»Ein Gentleman!«

»Okay, ich habe sie.«

»Wehe du greifst ihr an die Titten, dann ...«

»Jaja, ich mach schon nichts. Wir gehen am besten denselben Weg zurück, haltet mir die Tür auf.«

»Du versuchst keine miesen Trick?«

»Ich will euch nur loswerden.«

»Und wenn sie dich erwischen?«

»Ich habe mir schon genug Ärger eingehandelt, als ich euch hier reinließ. Was soll es, dann such ich mir eben einen anderen Job. Pfleger werden immer gesucht. Wie seid ihr hergekommen?«

»Wir parken in der Unterbaumstraße.«

»Ihr seid minderjährig und habt ein Auto?!«

»Emanzipation, Dicker, schon mal gehört?«

»Unterbaumstraße ist zu weit. Das schaffe ich nie. Eine von euch sollte das Auto holen.«

»Nee, das schaffst du schon. Wenn wir schnell sind, sieht uns keiner.«

»Es ist halb sechs, natürlich wird man euch sehen.«

»Typ, sei mal nicht so ein Pessimist.«

»Ich bin kein Pessimist, ich will nur nicht, dass mir die Bullen auf die Pelle rücken und sagen, ich hätte versucht, eure Freundin zu entführen.«

»Du siehst nicht aus wie ein Entführer.«

»Schnappi, lüg mal nicht.«

»Na ja, er sieht ein bisschen so aus.«
»Vielen Dank. Drück mal den weißen Knopf ganz links.«
»Ist das ein Alarm, oder was?«
»Rute, welcher Alarmknof ist denn bitte schön weiß?«
»Es ist kein Alarm, der Knopf macht dir Tür auf.«
»Wehe nicht.«
»Siehst du, geht doch.«
»Lasst mich vorgehen.«
»Achtung, ihre Birne!«
»Ich pass schon auf.«
»Wo sind überhaupt ihre Klamotten?«
»Im Zimmer, da ist ein Schrank gegenüber vom Bett.«
»Ich hole sie.«
»Aber beeil dich, Rute, sonst musst du hierbleiben.«
»Ihr werdet ja wohl warten können.«
»Wer wartet, der rostet.«
»Nessi, vielleicht wäre es nicht doof, doch das Auto zu holen.«
»Nee, mach mal nicht. Der Dicke kann doch schleppen, der schleppt doch schon so genug Kilos mit sich herum.«
»Wahrscheinlich ist das wie Diät für ihn.«
»Da müsste er aber zehn Tajas hoch- und runtertragen.«
»Hihihi.«
»Hahaha.«
»Ihr wisst, ich kann euch hören.«
»Sorry, Krankenschwester.«
»Ich bin ein Pfleger.«
»Sorry, Krankenschwesterpfleger.«
»Ihr seid nicht wirklich witzig.«
»Aber wir lachen!«
»Macht bitte auch den zweiten Türflügel auf, sonst passen wir nicht durch.«
»Der klemmt.«

»Oben ist so ein Schniepel, den musst du runterdrücken.«
»Ich komm da nicht ran.«
»Lass mich mal.«
»Nessi, ich wünschte echt, ich wäre so groß wie du.«
»Träum weiter, so, jetzt aber.«
»Bewegt euch ganz normal, als wenn nichts wäre.«
»Ich kann das nicht, ich bin viel zu aufgeregt.«
»Schnappi, reiß dich zusammen!«
»Und ich muss pullern.«
»Komm mal her, Süße, hak dich bei mir ein.«
»Lalalalala.«
»Singen musst du nicht wirklich.«
»Achtung, da kommt ein Laster.«
»Blöder Penner!«
»Habt ihr gesehen, wie hässlich der war?«
»Wenn ich---«
»Könnten wir bitte über die Straße gehen?«
»Sorry, Krankenpflegerschwester.«
»Wartet! He, hört ihr mich nicht, wartet!«
»Mensch, Rute, wir dachten, du kommst gar nicht mehr.«
»Ich hab mich verlaufen.«
»Wie kannst du dich verlaufen, wenn es nur eine Treppe runtergeht.«
»Ich bin falsch abgebogen.«
»Siehst du den SUV? Das ist unserer.«
»Ihr fahrt einen SUV?!«
»Was fährst du denn, Pflegerkrankenschwester?«
»Einen Opel.«
»Opel Popel.«
»Mach die Tür ganz auf.«
»Vorsichtig, damit sie sich den Kopf nicht stößt.«
»Das war's.«
»Krankenschwesterpfleger, vielen Dank.«

»Ich heiße Ralfi.«
»Damit hast du dir jetzt aber echt keinen Gefallen getan.«
»Und klau nie wieder ein Handy, hörst du?«
»Ey, willst du nicht mal winken?«
»Ist der blöde, der winkt nicht mal.«
»Wahrscheinlich hast du ihn beleidigt.«
»Ich fand's besser ohne Namen, wer will den Ralfi heißen?«
»Eine Krankenpflegerschwester.«
»Hihihi.«
»Hahaha.«

Als ich das zweite Mal erwache, liege ich auf der Seite und die Balkontür steht offen. Ich erkenne mein Zimmer wieder. Ich bin so erleichtert, dass ich heulen könnte. Ich bin zu Hause! Ein warmer Wind kühlt den Schweiß auf meinem Gesicht. Ich höre Stimmen und Lachen, dann rieche ich Parfum und weiß, dass Stinke da draußen auf dem Balkon steht.

»Geht es besser?«

Ich drehe mich um. Nessi sitzt auf der anderen Bettseite. Ich versuche sie anzulächeln und verziehe das Gesicht. Meine Lippen sind spröde und rissig. Nessi reicht mir ein Glas Wasser. Ich trinke gierig und lecke mir über die trockenen Lippen.

»Wie ...«

Meine Stimme ist ein Krächzen, doch das macht nichts, Nessi weiß, was ich sagen will. Sie erzählen, dass sie nach meiner SMS alle direkt zur Villa gefahren sind, wo sie meinen Vater halbtot auf der Terrasse vorgefunden haben.

»Er sah richtig schlimm aus, Taja.«

»Wo ist er jetzt?«

»Im Krankenhaus um die Ecke.«

Ich erfahre, dass mein Vater ein gebrochenes Bein und eine mittlere Gehirnerschütterung hat. Nessi hat schon zweimal im Krankenhaus angerufen. Der Arzt will meinen Vater für ein paar Tage dabehalten, um ein Schädel-Hirn-Trauma auszuschließen. Als ich das höre, beiße ich die Zähne zusammen. Ich will jetzt nicht über meinen Vater nachdenken. Nessi liest mir die Schuld vom Gesicht ab und spricht schnell weiter.

»Nachdem wir Oskar vor dem Krankenhaus abgesetzt hatten, haben wir dich mithilfe von Schnörkel ausfindig gemacht und dann aus der Klinik rausgeholt.«

»Klinik?«, flüster ich.

»Sie dachten, du wärst durchgedreht.«

»Wer ... wer dachte das?«

»Die Polizei, die dich aufgegabelt hat. Sie sagten, du hattest eine psychotische Episode. Einer der Pfleger hat es uns erzählt. Er war es auch, der uns geholfen hat, dich da rauszuholen. Erinnerst du dich an irgendwas?«

»Ich erinner mich, dass ihr mich geweckt habt und ...«

Ich werde rot.

»... dass ich mich eingeschissen habe?«

Nessi nickt.

»Süße, es war nicht schlimm, es roch nur schlimm.«

Nessi lächelt, ich lächle schwach zurück.

»Ich bin kein Psycho, Nessi.«

»Das hat auch keiner gesagt.«

»Aber ich war in der Klapse.«

»Es war eine Klinik.«

»Wie lange?«

»Wie lange was?«

»Wie lange war ich da?«

»Nur ein paar Stunden.«

Ich bin erleichtert, ich weiß nicht, warum, aber ich dachte, vielleicht sind Jahre vergangen, vielleicht sind wir nicht mehr wir und ich bin eine psychotische Tante, die ihr Leben hinter sich gelassen hat.

»Und heute ist?«

»Mittwoch. Kurz nach acht. Wir sind alle hier und wir sind alle vier ganz schön am Arsch, denn keine von uns hat ein Auge zugemacht.«

»Es ... es tut mir leid, ich ...«

»Ruhig, ganz ruhig, nicht heulen.«

Ich vergrabe mein Gesicht in den Händen.

»Wir sind ja bei dir, Süße, hörst du? Wir passen auf dich auf.«

»Denn wir wollen ja nicht, dass du uns wieder wegrennst«, sagt eine Stimme von draußen.

Ich schaue auf, Stinke steht im Türrahmen des Balkons und grinst mich an. Rute und Schnappi tauchen neben ihr auf und plötzlich bin ich umschlossen von meinen Mädchen, spüre ihre Wärme und Sorge und begreife, dass ich noch nie so geborgen war. Was jetzt auch passiert, ich bin nicht mehr allein.

Sie helfen mir ins Badezimmer. Meine Beine sind butterweich, und sobald ich einen Muskel anspanne, verkrampft er sich. Im Spiegel begegne ich meinen Augen. Sie sind stumpf wie ein angelaufener Silberlöffel. Die Badewanne ist schon gefüllt, der Schaum knistert, meine Mädchen lassen mich allein.

Für eine Weile sitze ich einfach nur im Wasser und lasse mich von der Wärme einlullen. Die Welt ist noch wackelig um mich herum. Ich verstehe nicht, was passiert ist. Da war die Siegessäule und ich wollte rauf. Es war wichtig, es war lebenswichtig, aber ich weiß nicht, warum. Dann habe ich mich in einem Auto versteckt. Ich hatte das Gefühl, es wäre ein Spiel. Dann war da die Polizei, der Rest sind unscharfe Bilder, laute Stimmen und immer wieder das Schnurren in meinem Kopf. Als hätte sich eine Katze zwischen meinen Ohren versteckt.

Ich sehe an mir herab, ich sehe meinen nackten Körper verschwommen durch das Wasser. *Eingeschissen.* Es ist mir bodenlos peinlich. Ich bin schwach und zu nichts mehr fähig. Es fühlt sich an, als wäre meine Schutzhülle zerstört und die Haut nur noch eine hauchdünne Folie, die von einer Feder eingerissen werden kann. Wie viel habe ich in der letzten Woche abgenommen? Fünf oder zehn Kilo? Ich sehe furchtbar aus, selbst mein Haar wirkt leblos und die Wangenknochen stehen kantig vor, als wäre ich unheilbar krank. Dazu brennt mein Magen und jede Zelle in meinem Körper verlangt nach der Droge. Meine Nase juckt, die Zunge vibriert und der Mund ist ganz wässrig. Ich weiß, wo meine Rettung liegt – irgendwo im Wohnzimmer in einem Plastikbeutel.

Ich könnte die Mädchen fragen, ob sie ...

Nein, es ist vorbei.

Nein, es ist nicht vorbei.

Ich schließe die Augen und lausche dem Knistern des Badeschaums. Ich hungere nach einer Droge, deren Namen ich nicht einmal kenne. Nessi hat gesagt, dass Mittwoch ist. *Mittwoch,* denke ich und will nicht zurückschauen auf DienstagMontagSonntagSamstagFreitagDonnerstagMittwochDienstag und womit alles angefangen hat. Wie der Jeep vor meiner Tür hielt, wie---

Nein.

Ich will mit *diesem* Mittwoch neu beginnen.

Es ist der Sommer, in dem wir die Schule beendet haben.

Es ist ein Neuanfang.

An so was will ich denken.

Vorbei.

Für eine knappe Minute gelingt es mir, dann hechelt mein Körper wieder nach der Droge und ich tauche in der Wanne unter, als könnte ich mich verstecken.

Und halte die Luft an.

Und halte die Luft an.

Nessi wartet auf mich, als ich das Bad verlasse. Sie hat mir Klamotten rausgesucht und ich bin so dankbar, dass ich gleich wieder losheulen möchte. Sie hilft mir beim Anziehen und zum Schluss streicht sie mir das Haar aus der Stirn, steckt es hinter meinen Ohren fest und gesteht mir, dass ich sehr schlimm aussehe.

»Du bist aber nicht die Einzige, die Mist gebaut«, sagt sie.

»Ehrlich jetzt?«

»Ganz ehrlich.«

Sie drückt ihre Stirn gegen meine.

»Ich muss dir was gestehen«, sagt sie, »aber du darfst dich nicht aufregen.«

»Zurzeit regt mich nichts auf«, erwidere ich und weiß, dass es eine Lüge ist. In meinem Inneren läuft ein hungriges Tier Amok, es reißt an meinen Magenwänden, es rast von den Beinen zu den Armen und hinterlässt am ganzen Körper eine fiese Gänsehaut, die juckt und gekratzt werden will.

Nichts kann mich überraschen.

Denke ich zumindest.

»Ich bin schwanger«, sagt Nessi.

Überraschung!

Sie sitzen auf der Terrasse um den runden Holztisch herum. Mein Stuhl steht in der Sonne. Ich friere, obwohl es warm ist. Rute legt mir eine Decke um die Schultern. Die Luft riecht übertrieben süß nach Blüten. Ich bin geblendet vom Morgenlicht und will die Augen schließen und schlafen, bis der Sommer vorbei ist.

»Hier.«

Schnappi schiebt mir einen Becher Tee zu. Kaffee wäre mir lieber gewesen.

»Mir wäre Kaffee lieber«, sage ich.

»Da ist eine ganze Tonne Ingwer drin«, sagt Schnappi, »der wird dir Kraft geben. Ich habe ihn selbst gequetscht. Hier, siehst du das? Mir ist dabei fast ein Nagel abgebrochen und eure Knoblauchpresse ist jetzt auch futschikato. Also überleg dir gut, was du tust. Entweder trinkst du meinen Tee oder ich fahr nach Hause.«

Ich trinke den Tee, die Schärfe des Ingwers brennt in meinem Mund und lässt mich in Schweiß ausbrechen. Ich trinke den Becher leer und kann nur hoffen, dass Schnappi nicht eine ganze Kanne gemacht hat. Mein Körper brüllt nach einem Kick, nach irgendeinem Kick, wenn ihm schon die Droge vorenthalten wird. Ein Ingwertee tut es nicht. Ich setze den leeren Becher ab. Schnappi ist zufrieden und schiebt mir ihren Kaffee zu.

Endlich.

»Braves Mädchen«, sagt sie, »der hier geht aufs Haus.«

Ich nippe gierig und habe das Gefühl, mich erneut übergeben zu müssen.

Ganz ruhig, atme, ganz ruhig.

Meine Mädchen warten. Sie haben den Zustand der Villa gesehen, sie haben auch gesehen, was ich meinem Vater angetan habe, und wollen jetzt wissen, was das alles zu bedeuten hat und wieso ihre beste Freundin für eine Woche spurlos aus ihrem Leben verschwunden ist. Sie haben so viele Fragen, dass sie nichts sagen und einfach nur abwarten. Ich wünschte, ich könnte vorspulen. Ich würde über alles drüberspulen, was ich ihnen erzählen muss, und wenn ich fertig bin, wissen sie Bescheid und alles ist gesagt und getan und das Leben kann weitergehen.

Wenn ihr nur wüsstet, denke ich und schaue durch das Panoramafenster in das Wohnzimmer und schaue und schaue und begreife, was meine Augen tun.

Sie suchen den Plastikbeutel.

Er liegt nicht mehr auf dem Beistelltisch.

Er liegt nicht auf dem Sofa.

Wo ...

Meine Lungen ziehen sich krampfhaft zusammen. Ich fühle mich verraten, mein Blick verschwimmt. Ich muss mich zusammenreißen. Ich habe genug rumgeheult. Es ist wirklich an der Zeit, dass ich die Realität annehme und aufhöre, sie zu verscheuchen.

Es funktioniert nicht.

Ich starre in den Kaffee und Tränen regnen von meiner Nasenspitze. Ich spüre, wie sich mein Ich entleert, und hasse mich für diese Schwäche. Ich will auf das Sofa verschwinden und den Plastikbeutel an meine Brust pressen.

Wo ist er nur …

Stinke beugt sich über den Tisch und scheuert mir eine.

Ich verkippe die Hälfte von dem Kaffee und blicke erschrocken auf.

Alle sehen Stinke an.

Stinke sagt:

»Das musste sein.«

Ich nicke.

Sie hat recht.

Das musste sein.

Es tut gut, es schmerzt und tut gut.

Mehr, denke ich, aber da kommt nicht mehr.

MIRKO

Am Morgen sitzt Onkel Runa in der Küche am Frühstückstisch und liest die slowenische Sportzeitung *Ekipa*. Er kauft sie am Kaiserdamm an einem Kiosk, der von den Fahrern beliefert wird, die jeden zweiten Tag mit dem Bus von Zagreb nach Berlin fahren und an der slowenischen Grenze Zwischenstopp machen. Die Sportzeitung ist oft über eine Woche alt, aber das stört ihn nicht. Er sagt, er braucht den Kontakt zur Heimat. Ich finde, wenn er Kontakt braucht, dann soll er doch nach Slowenien zurückkehren. Aber da kann ich lange warten. Er kehrt erst in seine Heimat zurück, wenn er im Lotto gewonnen hat oder Rentner ist. Ihn mit der Sportzeitung in der Hand am Frühstückstisch sitzen zu sehen, deprimiert mich, denn mein Vater hat genau dasselbe getan, bevor er aus unserem Leben verschwand. Morgen für Morgen.

»Wie ist es gestern gelaufen?«, fragt Onkel Runa, ohne aufzublicken.

»Wie immer«, antworte ich und denke an die Vespa. Sollte mein Onkel herausfinden, dass sie verschwunden ist, werde ich einen auf naiv machen. Damit komme ich schon durch. Onkel Runa kommt ja auch damit durch, jede Nacht bei uns zu übernachten. Meine Mutter behauptet zwar, er hätte niemanden, mit dem er frühstücken kann, aber ich denke, die einsamsten Menschen der Welt sind die miesesten Lügner.

Ich nehme mir einen Becher. Der Kaffee schmeckt, als hätte er die ganze Nacht auf der Heizplatte verbracht. Ich kippe Kondensmilch nach, der Toast springt raus, ich lege ihn auf meinen Teller und schmiere Teewurst drauf.

»Isst du auch mal was anderes?«, fragt Onkel Runa.

»Nur am Sonntag«, antworte ich.

Er zieht die Nase hoch, schluckt den Rotz runter und liest weiter. Ich schaue aus dem Fenster und unterdrücke ein Gähnen und wünsche mir, älter, erfahrener, reicher zu sein. Das ist mein Leben und nichts weist darauf hin, dass sich so schnell was daran ändern wird.

Um den Mittag herum treffe ich die Clique. Darian erwähnt das Fiasko von gestern Nacht mit keinem Wort. Seiner Unterlippe geht es schon besser, der Schnitt über dem Auge ist verkrustet. Den Jungs erzählt er, eines der Gewichte im Fitnesscenter hätte sich gelöst und ihm beinahe den Kopf abgerissen. Die Jungs glauben eh alles, was mir aber nicht viel hilft, denn Darian hält mich auf Abstand. Ich habe gestern Mist gebaut, dafür lässt er mich natürlich büßen und fragt nur, warum ich ihn heute Morgen nicht zurückgerufen hätte. Da erst fällt mir auf, dass nicht nur die Vespa, sondern auch mein Handy verschwunden ist.

»Schaff dir ein neues an«, sagt Darian. »Nur Penner haben kein Handy.«

Er will Billard spielen, also gehen wir Billard spielen.

Der Tag gleitet weg.

Um neun verschwindet Darian mit Boris und Gerd an seiner Seite. Es ist der erste Tag der Sommerferien. Sie wollen die Clubs abklappern, auch wenn der Mittwoch ein lahmer Tag ist, ist es besser, als einfach nur rumzuhängen und nichts zu tun. Ihre Leben trennen sich in diesen Stunden von meinem Leben wie eine Landstraße von einer Autobahn. Ich mache mich auf den Weg zur Arbeit. Ich bin aufgeregt und nervös und das erste Mal neugierig auf die Nacht hinter der Theke.

»Na, endlich mal pünktlich«, begrüßt mich Onkel Runa.

Ich ziehe meine Jacke aus und binde mir die dämliche Schürze mit dem grinsenden Koch um. Mein Onkel lehnt gegen den Stapel Bierkästen und vertreibt die Mücken mit seinem Atem. Seit letztem Jahr raucht er Zigarillos, weil sie weniger kosten als

Zigaretten. Der Gestank lässt mich immer an volle Windeln denken, die zu lange in der Sonne gelegen haben. Onkel Runa hat keinen blassen Schimmer, dass die Vespa in seinem Rücken keine Vespa ist. Das Fahrrad stand am Bahnhof und war so verrostet, dass das Schloss abfiel, als ich einmal dagegengetreten habe. Niemand wird es vermissen. Ich habe es mit der Plane zugedeckt. Es sieht aus wie die Vespa, nur ein wenig schlanker.

Nach einer Stunde lässt mein Onkel mich endlich allein.

Das Warten beginnt.

Sie wird kommen, ich weiß, sie wird kommen und sie wird mir die Vespa und mein Handy wiedergeben und ich werde ihren Namen erfahren.

Bis drei Uhr früh glaube ich daran.

Sie kommt nicht.

NESSI

Taja verschwindet auf die Toilette und wir sitzen draußen und rätseln, was mit ihr los ist. Ich fühle mich wie dieser Typ aus *Clockwork Orange,* dem sie die Augenlider hochgetackert haben und der sich stundenlang widerliche Filmszenen ansehen muss – krampfig wach und unentwegt unter Strom. Sobald ich das Gesicht verziehe, dauert es eine Weile, bis meine Mimik sich wieder entspannt. Ich wünschte, ich hätte nicht an den Film gedacht.

Es ist acht Uhr früh und die Sonnenstrahlen kriechen über die Hecke, als würden sie ein Attentat planen. Es müsste stürmen, es müsste hageln und regnen. Das wäre das richtige Wetter für diesen Tag.

»Wir müssen pennen«, sagt Stinke, »sonst sterben wir.«

»So leicht sterben wir nicht«, stellt Schnappi fest und gähnt so sehr, dass ihr Kiefer knackt. Sie reibt sich die Wangen und hat Tränen in den Augenwinkeln. Als sie weiterspricht, klingt es, als hätte sie einen Kaugummi im Mund: »Auch wenn ich will, kann ich nicht schlafen, ich kann ja kaum noch reden, aber schlafen geht gar nicht, wenn es hell ist. Guckt nicht so komisch, das war schon immer so. Meine Augen fallen erst zu, wenn es dunkel ist.«

»Was ist mit Jalousien?«, frage ich,

»Die funktionieren nicht. Es muss Nacht sein.«

»Unsinn«, sagt Stinke.

»Es ist die Wahrheit!«

Stinke zeigt ihr einen Vogel.

»Ich kenn dich jetzt hundert Jahre«, sagt sie, »und ich habe dich schon überall und zu jeder Uhrzeit pennen gesehen, wie erklärst du das?«

Schnappi gähnt erneut.

»Ich muss nichts erklären«, sagt sie. »Und du kennst mich überhaupt nicht.«

Ein lautes Würgen ist aus der Gästetoilette zu hören. Ich springe sofort auf, Stinke schließt sich mir an, auch Rute folgt uns, nur Schnappi lässt ihren Schnuckelhintern, wo er ist, und meint, dass ja wohl jeder weiß, dass zu viele Köche den Brei verderben.

Taja sitzt auf dem Wannenrand und kann nicht aufstehen.

»Meine Beine funktionieren nicht.«

Wir helfen ihr auf. Sie will nicht wieder ins Bett, sie will bei uns bleiben. Ein wenig bereue ich es, dass wir sie aus der Klinik entführt haben. Wir haben ja keine Ahnung, was ihr Problem ist.

»Langsam, Kleines«, sage ich, »langsam.«

Als wir auf die Terrasse treten, ist Schnappi natürlich eingeschlafen. Ihr Mund steht offen, als wäre sie ein Vogelbaby, das auf Futter wartet. Stinke holt Wasser aus der Küche, während ich mit Rute einen der Liegestühle mit Decken polstere. Wir setzen Taja rein. Ihre Stirn ist mit einem öligen Schweißfilm bedeckt, die Oberarme sind fleckig rot, und obwohl sie vor einer halben Stunde gebadet hat, geht ein strenger Geruch von ihr aus. Stinke kommt mit dem Wasser, Taja trinkt gierig, endlich können wir weiterreden.

»Du hast also den Schatz gefunden«, sagt Rute.

»Und du hast ohne uns gefeiert«, sagt Stinke.

Meine Mädchen versuchen das Ganze in eine Spur Humor zu verpacken. Taja spielt nicht mit. Sie schüttelt den Kopf und sieht an uns vorbei.

»Süße, was ist denn nur passiert?«, frage ich.

»Ich ... ich habe Scheiße gebaut«, antwortet Taja.

»Eindeutig«, sagt Rute.

»Rute, sei nicht so«, sage ich.

»Was heißt denn hier *sei nicht so?*«, fährt sie mich an. »Taja hat ihren Vater vermöbelt und ist in der Klapse gelandet. Wie soll ich das anders sagen?«

»Netter.«

Rute schüttelt den Kopf

»Ich habe keine Lust mehr auf nett.«

Sie wendet sich an Taja.

»Sorry, ich bin todmüde und habe Angst, weil ich nicht weiß, wieso du in dieser Klapse gelandet bist.«

»Es war eine Klinik«, sage ich.

»Nessi, ein anderes Wort macht es nicht besser.«

»Bitte«, sagt Taja, »lasst uns nicht streiten.«

Rute denkt nicht daran, einen Gang zurückzuschalten.

»Dann leg deine bekloppten Karten auf den Tisch«, sagt sie. »Seit wann hast du dich mit den Drogen zugeknallt?«

Die Antwort ist so leise, dass wir uns vorbeugen müssen, um sie zu verstehen.

»Seit einer Weile.«

»Genauer«, verlangt Rute.

»Seit sechs Tagen.«

»Und wie oft am Tag?«

»Ab und zu.«

»Taja, sieh mich mal an.«

»Ich seh dich doch an!«

»Süße, wie oft?«

Taja hält den Blickkontakt für Sekunden, wenn Rute ohne Erbarmen ist, lügt man sie lieber nicht an. Taja starrt wieder auf ihre Hände und gesteht, sie hätte die letzten Tage hauptsächlich von den Drogen gelebt. Eine Gänsehaut wandert mir von den Schultern die Arme hinunter. *Deswegen ist sie so mager,* denke ich, *deswegen ist sie so fertig.*

Stinke runzelt die Stirn.

»Was für Drogen?«, fragt sie.
»Speed, Ecstasy, LSD, Meskalin und PCP.«
Ich lache, ich glaube ihr kein Wort.
»Sehr witzig«, sage ich.
»Sie meint es nicht witzig«, sagt Rute,
»Ich glaube das nicht«, spreche ich weiter. »Du kennst doch niemals den Unterschied zwischen PCP und Ecstasy.«
»Kenne ich auch nicht«, gibt Taja zu, »es lag eine Liste bei.«
»Eine Liste?!«, rufen wir aus.
»Mein Vater ist da sehr genau.«
»Dein Vater ist ein Arschloch«, sagt Stinke.
»Du bist doch bloß frustriert, weil du den Schatz nicht gefunden hast«, sagt Rute.
»Vielleicht«, gibt Stinke ehrlich zu.
Ich erinnere mich an die leere Schublade, die Tajas Vater aus dem Kamin gezogen und uns gezeigt hat. Ich weiß noch genau, wie er gemeint hat, es wären hauptsächlich Pillen.
»Wie viele Pillen waren es denn?«, frage ich.
»So an die hundert.«
Wir rühren uns nicht, wir starren Taja an, die Stille dauert eine halbe Minute.
»Du hast in einer Woche *hundert* Pillen genommen?!«, kreischen wir schließlich.
»Ich habe sie nicht wirklich gezählt.«
Stinke rauft sich die Haare.
»Süße, das sind doch keine Smarties!«
»Da ist es doch kein Wunder, dass du in der Klapse gelandet bist«, sagt Rute.
»Tickst du noch ganz richtig?!«, will Stinke wissen.
»Um die hundert?!«, wiederhole ich leicht hysterisch.
»Sorry. Ich ...«
Taja beginnt zu stammeln.
»... habe genommen, was da war. Das ... und ...«

Sie schaut in das Wohnzimmer.

»… dieses Pulver.«

»Was für ein Pulver?«

»Es war gelblich. Es stand nicht auf der Liste.«

»Du weißt also nicht einmal, *was* du eingenommen hast?!«, regt sich Rute auf.

»Nicht wirklich«, antwortet Taja kleinlaut.

Wir haben keine Ahnung, wie es so weit kommen konnte. Unsere Taja ist nicht dämlich, unsere Taja ist keine rücksichtslose Tussi, die sich mal eben zuknallt und dann auf dem Balkongeländer einen Handstand macht. Ich habe so unendlich viele Fragen im Kopf. Ich verstehe nicht, wie das passieren konnte und wieso sich Taja eine Woche lang nicht bei uns gemeldet hat. Ich verstehe das wirklich nicht. Ich bin immer zu erreichen. Immer. Das wurmt mich am meisten, dass ich es nicht verstehe. Sie kann sich doch mit uns die Kante geben. Wer macht das denn allein? Irgendwas fehlt in ihrer Geschichte. Irgendwas passt nicht.

»Warum hast du dich nicht gemeldet?«, frage ich.

Taja antwortet nicht, sie ist in Gedanken versunken. Ihr Kiefer malmt, sodass wir das Zucken in ihrer Wange sehen können, und wie sie so vor sich hin starrt, kommt mir ein ganz anderer Gedanke. Es ist mir schon die ganze Zeit über ein Rätsel, wieso Taja so kaputt ist. Vielleicht haben sie sie in der Klinik mit Beruhigungsmitteln vollgepumpt. Aber das ist es nicht, was ich hier sehe.

»Wann hast du dieses Pulver das letzte Mal eingenommen?«, frage ich.

Taja denkt kurz nach.

»Bevor mein Vater nach Hause kam.«

»Vor ungefähr zwölf Stunden also?«

Taja nickt.

»Vielleicht geht es dir deswegen so schlecht«, spreche ich vorsichtig weiter.

»Was heißt denn das schon wieder, Doktor Nessi?«, fragt Stinke.

»Na, seht sie euch doch mal genauer an«, sage ich.

Rute und Stinke betrachten Taja. Sie verstehen nicht, worauf ich hinauswill. Taja ist das alles sehr unangenehm. Ich beuge mich vor und lege ihr meine Hand auf die Wange. Auch wenn keine von uns große Erfahrungen mit harten Drogen gemacht hat, war es ein Thema in der Schule, bei dem ich zugehört habe. Reine Selbstverteidigung, denn man sollte schon wissen, was einem alles über den Weg laufen kann.

»Süße, so, wie du aussiehst, und so, wie du dich verhältst«, sage ich und lasse es nett klingen, »sieht jemand aus, der auf Entzug ist.«

Taja lacht, sie zieht ihren Kopf weg von meiner Hand.

»So ein Quatsch, ich bin doch kein Junkie!«

Genau in dem Moment erwacht Schnappi und setzt sich im Liegestuhl auf, als hätte sie einen Stromschlag bekommen.

»Mann, ich dachte, ich bin im Krieg«, sagt sie und schaut verwirrt in die Runde.

»Was denn für ein Krieg?«, fragt Stinke.

»Ich weiß nicht. Krieg ist doch Krieg. Außerdem verdurste ich.«

Rute reicht ihr das Wasser. Schnappi trinkt und bemerkt Tajas kalkweißes Gesicht und fragt, ob sie was verpasst hätte. Stinke gibt es ihr ungeschminkt.

»Taja ist ein Junkie.«

»Scheiße, ich bin kein Junkie!«

»Mädchen, streitet euch nicht«, sagt Rute und wendet sich an Taja. »Für uns sieht es recht einfach aus. Du hast gefeiert, du bist abgestürzt und jetzt---«

»Nein«, widerspricht ihr Taja, »ich habe *nicht* gefeiert. Es ist komplizierter als das. Ihr müsst mir glauben.«

»Wie *komplizierter*?«, fragt Stinke.

»Ich ... Ich habe Scheiße gebaut ...«

»Das hast du schon gesagt.«

»... und habe es nicht ausgehalten, dass ich Scheiße gebaut habe.«

Sie will mehr sagen, aber ihr Gesicht verkrampft sich und ihre Zähnen schlagen aufeinander wie Kastagnetten. Ich lege meine Hand auf ihren Rücken. Ihre Muskeln sind wie aus Stein. Wir flößen ihr mehr Wasser ein, legen die Decke um sie und laufen mit ihr im Garten umher. Sie murmelt immer wieder, sie sei kein blöder Junkie und ob wir ihr nicht glauben würden. Dabei bibbert sie und zittert am ganzen Körper wie ein Junkie, gleichzeitig ist sie schweißgebadet und hat einen furchtbaren Durst. Plötzlich reißt sie sich los und schafft es gerade mal so zum Klo. Ich will ihr folgen, Rute hält mich auf halbem Weg zurück.

»Lass mich das machen«, sagt sie, »du brauchst eine Pause.«

Ich nicke und bin erleichtert, denn ich gehe auf dem Zahnfleisch und wünsche mir einfach nur, ein wenig die Augen zu schließen. Ich lasse Rute und Taja alleine im Klo und setze mich wieder auf die Terrasse.

»Vielleicht sollten wir einen Arzt rufen«, sage ich halblaut.

Schnappi braust auf.

»Sag mal, hast du einen Vogel oder so?«

Stinke stellt sich auf ihre Seite.

»Nee, Nessi, das geht nicht.«

»Wieso nicht?«

»Weil wir Taja eben aus der Klinik entführt haben«, spricht Schnappi weiter, »hast du das vergessen? Es ist ein Wunder, dass die Bullen nicht schon längst die Villa gestürmt haben. Razzia und so. Da können wir doch keinen Arzt rufen. Diese Typen sind doch alle vernetzt. Wenn ein Arzt sieht, wie es Taja geht, schnallt er sie sofort wieder fest und dann können wir sie einmal in der Woche in der Klinik besuchen gehen.«

»Wir haben sie nicht wirklich besucht«, gibt Stinke zu bedenken.

Schnappi und Stinke kichern.

»Nee, ein Besuch sieht anders aus«, sagt Schnappi.

»Aber wir können sie nicht hierbehalten und so tun, als wäre sie erkältet«, gebe ich zu bedenken.

»Was schlägst du dann vor?«

Ich hebe die Schultern.

»Falls Taja wirklich auf Entzug ist, dann gibt es bestimmt Medikamente, die sie wieder auf den Boden bringen, oder?«

Schnappi zeigt auf mich.

»Du beknacktes blondes Genie!«

Sie kommt auf die Beine, läuft vor Aufregung einmal um den Tisch und gibt mir dann einen Knutscher auf die Stirn.

»Ich übernehme das«, sagt sie. »Ihr könnt jetzt eine Weile pennen, während ich im Internet schaue, was sich da alles über Entzug finden lässt.«

Ohne unsere Reaktion abzuwarten, verschwindet Schnappi nach oben in das Dachgeschoss.

»Ob sie diese Energie jemals loswird?«, fragt Stinke.

»Ich hoffe, nicht«, sage ich.

Stinke grinst.

»Bestimmt pennt sie da oben nach fünf Minuten ein.«

»Ich würde es ihr nicht verübeln«, sage ich und stehe auf. »Möchtest du Tee?«

»Nee, lieber eine Cola.«

Auf dem Weg in die Küche bleibe ich vor dem Klo stehen und klopfe.

»Alles okay bei euch?«

Rute öffnet. Hinter ihr sehe ich, dass Taja zusammengerollt auf den Fliesen liegt und mit zwei Handtüchern zugedeckt ist.

»Wollen wir sie ins Bett tragen?«, frage ich.

Rute schüttelt den Kopf.

»Ich bin froh, dass sie endlich schläft.«

Wir lassen die Tür einen Spalt offen stehen und sehen uns in dem chaotischen Wohnzimmer um.

»Irgendwann müssen wir es tun«, sage ich.

»Irgendwann ist wohl jetzt«, sagt Rute.

Ich will Stinke dazuholen, aber sie hat sich eine der Decken über den Kopf gezogen und ist eingeschlafen, also bleiben nur Rute und ich. Wir fangen im Wohnzimmer an und machen in der Küche weiter. Wir kehren die Scherben zusammen und wischen die Böden und schaffen halbwegs Ordnung. Danach stehen wir in der Küche, schmieren uns ein Sandwich und setzen Tee auf. Und wie ich so aus dem Fenster schaue, sehe ich Henrik zu Fuß ankommen. Ich habe ihm eine Nachricht geschrieben, damit er weiß, wo er seinen Wagen abholen kann. Er hat kurz zurückgeschrieben, aber kein Wort zur Schwangerschaft gesagt. Jetzt sieht er sich seinen Mini von allen Seite an und sucht nach Kratzern oder Beulen. Dann schaut er auf und unsere Blicke treffen sich. Er starrt und starrt, dann hebt er hilflos die Schultern, steigt in sein Auto und fährt davon.

»Besser so als anders«, sagt Rute neben mir.

Es ist mir nicht einmal aufgefallen, dass sie sich neben mich gestellt hat. In der Hand hat sie ein Glas mit eingelegten Peperoni.

»Sind das die scharfen?«, frage ich.

»Schärfer geht es nicht«, antwortet sie.

Wir strecken uns wieder auf den Liegestühlen aus, essen unser Sandwich und blinzeln in den Tag. Ich fische die Peperoni mit den Fingern raus, danach trinke ich einen großen Schluck von dem Sud und seufze zufrieden. Als ich zu Rute rüberschaue, hat sie das Kinn auf der Brust und ist mit dem Sandwich in der Hand eingeschlafen. Ich beuge mich vor und ziehe die Decke von Stinkes Kopf, damit sie nicht erstickt. Danach beobachte ich meine zwei schlafenden Freundinnen eine Weile lang und lausche gleichzeitig, ob von Taja was zu hören ist. Und wie ich so warte, dass Schnappi von oben runterkommt, fallen mir die Augen zu.

Es ist ein wenig, als würde ich in einer Wanne voll mit warmem Wasser verschwinden.

Zehn Minuten.

Fünfzehn.

Die Schreie aus dem Klo lassen uns alle gleichzeitig hochschrecken.

NEIL

Mittwoch. Sechs Uhr früh. Ich dusche und rasiere mich, ich habe vielleicht eine halbe Stunde geschlafen, ich bin bereit. Das Meeting ist um sieben. Sechsundvierzig Männer und Frauen der Sondereinheit in einem Raum. Wir wirken, als wären wir von einem anderen Planeten. Wir kennen uns, wir kommen einander fremd vor, wir sind hellwach mit geweiteten Pupillen und einem leichten Zittern in den Händen. Der Kaffee ist stark, die Pfannkuchen sind frisch und zerfallen beinahe im Mund. Fett und Koffein.

Wir sind nicht in Uniform.

Wir sitzen in sechs Reihen und hören zu. Die Situation wird wieder und wieder durchgekaut. Jeder Morgen ist ein Neuanfang, denn wir dürfen nichts übersehen. Im letzten Monat sind vier Kollegen aus Schweden dazugekommen. Sie setzen sich seit dem letzten Jahrzehnt mit demselben Problem auseinander und sind nicht überrascht gewesen, als Deutschland von der Problematik überrollt wurde. Es war nur eine Frage der Zeit. Wir kennen ihre Vorgehensweise, ihre Taktiken und Warnungen. Alle ihre Protokolle sind ins Deutsche übersetzt und studiert worden. Wir stellen ihnen Fragen, sie geben uns Antworten. Ich spüre die andauernde Anspannung als einen Knoten in meinem Magen und muss dringend aufs Klo.

Ich rühre mich nicht von der Stelle.

Geduld ist unser zweiter Name. Wir warten auf den richtigen Tag.

Wir beobachten den Wohnblock seit Anfang des Jahres und sammeln Informationen. Wir brauchen Fakten, wir dürfen den Einsatz nicht verpfuschen. Der Einsatz selbst wird wie ein

Fingerschnippen vergehen, so ist es immer, so wird es immer sein. Vierzehn Einsätze habe ich bisher hinter mir, dieser ist der größte. Die Vorarbeit ist der Hauptteil der Arbeit.

Wir kennen die Gesichter der Zielpersonen, ihre Namen, ihren Geburtstag und jedes Tattoo. Wir wissen, wann sie kommen und gehen, wohin sie gehen, wie lange sie schlafen, was sie essen und mit wem sie telefonieren. So wie wir auch wissen, wer sich alles in dem Wohnblock aufhält. Wir wissen viel, aber die Informationen haben noch ein anderes Gewicht: Wenn die Fakten nicht ausreichen, bekommen wir keine Genehmigung für den Zugriff. Ein einziger Fehltritt in der gegenwärtigen politischen Lage und es rollen Köpfe. Unsere Köpfe. Und alle Arbeit ist umsonst. Jede fehlende Information kann zum Scheitern führen. So nichtig klein sie auch ist. Wir allein müssen die Kontrolle behalten. Wir dürfen nicht zu früh gesehen werden oder zum falschen Zeitpunkt eingreifen. Deswegen ist die Anspannung groß, deswegen auch die Nervosität, die keiner zeigen will und die jeder spürt.

Wir müssen uns sicher sein.

Die Tür geht auf, der Einsatzleiter kommt herein. Sein Codename ist Fink. Er räuspert sich und lässt uns wissen, dass der richterliche Beschluss durchgewunken wurde. Keiner von uns jubelt, wir sind keine Kinder mehr, wir sehen einander nur an und nicken. Gut so. Wir haben jetzt den Durchsuchungsbeschluss und sind einen Schritt weiter, es nimmt aber nicht den Druck von uns. Auch wenn viele der Zielpersonen in Skandinavien schon tätig waren und in Schweden von den Nationalen Einsatzkräften beobachtet werden, übernehmen wir hier eine enorme Verantwortung. Wir verdienen uns unsere eigenen Lorbeeren. Niemand würde das so sagen, alle denken es. Wenn wir den Einsatz vermasseln, wird es allein unser Fehler sein. Die Schweden verstehen das und treten deswegen einen Schritt zurück.

Ich weiß, ich bin in diesem Beruf angekommen. Nach meiner Ausbildung bei der Polizei sah ich mein Ziel glasklar vor mir. Ich brachte die erforderliche Zeit im Einzeldienst hinter mich und habe mich dann für die Spezialeinheit beworben. Mir konnte es nicht schnell genug gehen. Von Anfang an kam für mich nur das Mobile Einsatzkommando in Frage. Ich hätte mich auch im Spezialeinsatzkommando wohl gefühlt, aber mir liegt das Observieren und ich will verdeckt arbeiten. Es verlangt mehr von mir, erst da höre ich auf, ich zu sein. Deswegen bin ich wie gemacht für den Job.

Jemand, der nicht er selbst sein will.

Hier bin ich angekommen. Das MEK ist mein Zuhause.

Bei der Arbeit höre ich auf, ich zu sein, und werde zu einem Wir. Ich denke wie ein Wir. Wir alle durchleben diesen Wandel. Selbst wenn ich mich mit meinen Kollegen unterhalte, wir lachen und rumalbern, dann tun wir es als Wir. Das Individuum bleibt zu Hause, denn das Individuum sorgt für Fehler, falsche Entscheidung und Emotionen. Alle Emotionen bleiben beim Ich, denn das Wir denkt als Wir und muss nicht fühlen oder Entscheidungen anzweifeln, es muss funktionieren. Reibungslos.

Nach der Mittagspause wird uns gesagt, wann der Einsatz geplant ist.

Nach Dienstschluss fahre ich nach Hause.

Ich falle aufs Bett und spüre, wie der Knoten in meinem Magen sich langsam löst.

Ich wünschte, ich könnte schlafen.

Ich liege da und werde langsam wieder ich.

RUTE

Taja stürzt immerzu ab – Krämpfe, Übelkeit, Kälte. Wir bringen sie nach oben ins Bett und decken sie zu. Sobald sie sich ein wenig beruhigt hat, glauben wir, jetzt wird es besser, das Schlimmste ist vorbei, und dann packt sie ein neuer Anfall und es wird schlimmer als zuvor. Sie erbricht jeden Schluck Wasser, an feste Nahrung ist nicht zu denken. Ihre Hände verkrallen sich in den Bauch, als könnte sie den Schmerz packen und rausreißen, aber nur Striemen bleiben zurück. Wir wollen helfen, sie heult und wehrt sich gegen uns. Ihr Ellenbogen erwischt Stinke im Gesicht, sodass sie vom Bett fällt. Wir halten Taja fest, sie schreit, dass wir sie allein lassen sollen, und beruhigt sich nur langsam. Ihr kurzes Haar klebt nass am Kopf. Irgendwann ist sie so erschöpft, dass sie endlich einschläft. Es ist kein richtiger Schlaf, es ist pure Ohnmacht. Wir schleichen aus dem Zimmer und gehen nach unten. Nessi holt einen Beutel mit Eiswürfeln. Stinke hat eine Schwellung unter dem Auge und fragt, ob es schlimm aussehen würde.

Es sieht schlimm aus.

»Sagt mal, ist Schnappi da oben eingepennt?«, frage ich und will eben hochgehen, genau da kommt Schnappi mit einem Stapel Seiten nach unten und fragt mal wieder, was sie verpasst hätte.

Stinke nimmt den Eisbeutel von ihrem Auge und zeigt ihr die Schwellung.

Schnappi verzieht das Gesicht und legt den Papierstapel auf den Tisch.

»Ich denke nicht, dass die vielen Pillen unser Problem sind«, sagt sie. »Die Entzugserscheinungen passen nicht zu Ecstasy oder PCP, obwohl PCP sehr flott zu Psychosen führen kann, aber Abhängigkeit ist was anderes. Ich denke, es ist dieses Pulver, das unsere Süße so umgehauen hat. Wahrscheinlich war es Heroin.«

Stinke schüttelt den Kopf.

»Nee, ich wette, es war Speed.«

»Wieso das denn?«

»Weil Speed immer scheiße ist.«

Schnappi nimmt den Papierstapel, beugt sich vor und haut ihn Stinke auf den Kopf.

»Ich habe da oben über zwei Stunden im Internet verbracht und du bist jetzt die Expertin, was Drogen angeht, oder was? Sag mal, hörst du mir überhaupt zu?«

»Ich habe dir schon zugehört«, erwidert Stinke trotzig und reibt sich den Kopf.

»Dann halt mal die Klappe.«

»Oder was?«

»Oder ich verpass dir was Vienamesisches.«

»Eine Sommerrolle, oder was?«

Stinke kichert, Schnappi kichert, Nessi sagt, sie wären beide so albern, und kichert mit. Ich nehme mir den Ausdruck und blättere darin herum. Es sind mehr als hundert Seiten. Ich kann spüren, dass wir auf dem richtigen Weg sind, ich weiß nur noch nicht, welcher Weg das ist.

»Ich liebe das Internet«, spricht Schnappi weiter und klaut sich die letzte Peperoni aus dem Glas. »Ich habe alles ausgedruckt, was mit Entzug zu tun hat. Die Symptome sind eindeutig Heroinentzug, da passt alles zusammen. Am meisten macht mir dabei Tajas Kreislauf Sorgen. Wenn wir nichts tun, kann der zusammenbrechen und die Süße könnte uns …«

Schnappi verstummt. Wir ahnen alle drei, was sie sagen wollte. Ich spreche es aus:

»Taja stirbt uns doch nicht weg.«

Nessi fährt mich an, als hätte ich ihr Ungeborenes bedroht.

»Rute, wie kannst du so was nur denken?!«
»Ihr habt es doch auch gedacht«, verteidige ich mich.
»Ja, aber wir hätten es nie ausgesprochen.«
»Gib mal her«, sagt Schnappi.
Ich reiche ihr den Ausdruck, sie sucht und findet die Seite und liest vor:

> *Kalter Entzug ist ohne ärztliche Hilfe nicht*
> *angeraten, da die dabei entstehenden*
> *Symptomatiken tödlich verlaufen können.*

»Das ist doch Kacke«, sagt Stinke. »Taja hat das Zeug nur sechs Tage lang genommen.«
»Sechs Tage sind lang genug, wenn es um Heroin geht«, sagt Schnappi.
Stinke glaubt es nicht.
»Du trinkst doch nicht sechs Tage lang Bier ohne Pause und bist ein Alki.«
»Was ist mit Wodka?«, fragt Nessi
»Was soll mit Wodka sein?«
»Trink mal sechs Tage lang Wodka ohne Pause, dann will ich sehen, wie du dich am siebten Tag fühlst, wenn ich dir keinen Wodka mehr gebe.«
»Durstig wahrscheinlich.«
»Stinke, du nervst«, sage ich.
»Ich sage doch nur die Wahrheit.«
»Wisst ihr was?«, unterbricht uns Schnappi. »Ihr redet mir zu viel.«
Sie fächert den Ausdruck auf.
»Lasst uns mal lieber was machen.«
Wir sehen die Seiten an, dann geben wir uns einen Ruck.
Jede nimmt einen Stapel und beginnt zu lesen.

Das Fazit ist erschreckend. Alle Medikamente, die Taja helfen könnten, sind verschreibungspflichtig. Uns bleiben Kräutertees, Vitamine und Mineralstoffe. In einem Artikel steht, dass Heroin im Vergleich mit anderen Drogen das größte Suchtpotential hat und ein rein körperlicher Entzug bis zu zwei Wochen dauern kann.

Nirgends steht, wie sich der Körper nach sechs Tagen Drogenkonsum verhält.

Wir legen die Seiten weg.

Wir sind so erschöpft von dem ganzen Fachgesimpel, dass es nichts mehr zu sagen gibt. Nessi fasst es sehr gut zusammen.

»Was fangen wir denn damit an?«

Der Mittwoch vergeht und Tajas Anfälle wiederholen sich zum späten Nachmittag hin. Heulen, Würgen, Wimmern. Sie kann nicht mehr liegen, sie kann nicht mehr sitzen, also laufen wir wieder mit ihr durch den Garten und hoffen, dass kein Nachbar über die Hecke schaut. Ihr Schweiß stinkt, ihr Atem stinkt, es ist ein wenig, als würde sie von innen verfaulen. Das Rumlaufen hilft gegen die Krämpfe und lenkt Taja ab. Als sie das Gefühl hat, dass Ameisen unter ihrer Haut krabbeln, schrubben wir sie mit einem Luffaschwamm ab. Wir reden mit ihr, wir lassen sie keine Minute aus den Augen. Es höhlt uns aus und wir wissen noch immer nicht, was Taja dazu getrieben hat, sich so zuzuknallen. Mir geht dieses Unwissen mächtig auf die Nerven.

»Wir müssen geduldig sein«, sagt Nessi.

»Ich hasse Geduld«, sage ich.

Kurz vor Ladenschluss gehen Schnappi und Stinke noch schnell einkaufen. Nessi bleibt bei Taja. Während sie ihr ein Bad einlässt und in die Wanne hilft, ziehe ich das dritte Mal an diesem Tag das Bettzeug ab und lasse es durch die Waschmaschine laufen. Danach liege ich mit Schnappis Ausdruck auf dem Sofa und starre an die Wohnzimmerdecke. Ich bin froh, einen Moment lang allein zu sein, und frage mich, ob wir nicht vielleicht doch Hilfe von außen brauchen. Meine Mutter will ich nicht fragen. Sie hätte zwar Verständnis, aber sie würde sofort auf einen Arzt pochen. Sonst fällt mir niemand ein.

Vielleicht ist unser Weg der richtige Weg, denke ich und lese den Ausdruck erneut und stelle dabei eine Liste der Medikamente zusammen, die Taja helfen könnten. Als Stinke und Schnappi mit dem Einkauf zurückkehren, lese ich ihnen die Liste vor.

»Und wo bekommen wir das Zeug her?«, fragt Schnappi.

»Keine Ahnung«, sage ich.

»Wir könnten einen Arzt bestechen«, sagt Stinke.

»Oder eine Apotheke überfallen«, sage Schnappi.

»Wir könnten auch ein wenig länger darüber nachdenken«, schlage ich vor.

Stinke wedelt mit der Hand.

»Zeig mal die Liste her.«

Ich reiche ihr den Zettel, Schnappi und sie beugen sich darüber und wiederholen die Namen der Medikamente, als würden sie ein Gebet aufsagen. Dann faltet Stinke den Zettel klein und steckt ihn sich in den BH, als würde sie ein dickes Trinkgeld verstauen.

»Was soll das jetzt?«, frage ich.

Stinke klopft sich gegen die Brust.

»So kann ich besser darüber nachdenken«, antwortet sie mir.

Ich sehe sie an und habe so eine komische Ahnung.

Der Tag geht, die Nacht kommt.

Vier Mal wecken uns Tajas Schreie.

Es ist ein Wunder, dass niemand aus der Nachbarschaft die Polizei ruft.

Wir wechseln erneut die Bettwäsche, wickeln unser Mädchen in Decken und sprechen ihr gut zu. Von fünf Uhr früh bis halb sieben liegt sie auf dem Küchenboden, weil die Fliesen so kühl sind. Stinke hat sich auf den Dachboden verzogen, Schnappi schnarcht auf dem Liegestuhl vor sich hin und Nessi und ich stehen Wache und schauen Taja zu, wie sie schläft. Wir machen nebenbei Toasties und sehen dabei eine Serie über Teenager, die Angst davor haben, die letzten Menschen auf der Welt zu sein.

»Na, die haben aber ein Pech«, sage ich.

»Na, die spielen aber ihre Rollen schlecht«, sagt Nessi.

Wir lachen.

Die Nacht geht, der Tag kommt.

Es ist zehn Uhr früh. Schnappi verzieht sich nach oben, Stinke wird wach und kommt nach unten. Sie ist geduscht und duftet nach Sommer. Sie setzt sich zu Nessi und mir auf die Terrasse, wir haben alle drei Schatten unter den Augen und hoffen sehr, dass Taja eine Weile durchschläft. Wir sind eine Maschinerie, die langsam auseinanderfällt.

»Das halten wir niemals zwei Wochen durch«, sage ich.

»Das halten wir nicht mal eine Woche durch«, sagt Stinke.

»Ganz besonders nicht ohne Medikamente«, sagt Nessi.

Ich spüre, wie der Frust in mir hochkommt.

»Wir wissen noch immer nicht, was sie getan hat«, sage ich. »Wenn sie heute nicht redet ...«

Ich verstumme, ich will nicht wütend sein.

»Was dann?«, hakt Nessi nach.

»Ich weiß nicht, was dann, aber irgendwas muss passieren.«

Nessi wirft das Handtuch und sagt, jetzt muss sie schlafen. Ich höre ihre Schritte auf der Treppe und würde ihr so gerne folgen und mich nahe an sie drücken und diesen Morgen einfach Morgen sein lassen, aber ich weiß ganz genau, dass eine

Lösung her muss. Ich bin das Gehirn der Mädchen, ich sollte einen Plan aufstellen, und zwar pronto.

»Bleiben wir zwei«, sage ich zu Stinke

»Ich penne längst schon wieder«, sagt sie.

Ich schließe die Augen und dämmere weg,

Und das ist der Moment, auf den Stinke gewartet hat.

MIRKO

Am Morgen darauf sitzt Onkel Runa am Frühstückstisch und liest dieselbe Ausgabe von *Ekipa*.
»Irgendwelche Probleme?«, fragt er und zieht die Nase hoch.
»Keine Probleme«, sage ich und nehme mir einen Becher. Der Kaffee schmeckt, als hätte er schon die zweite Nacht auf der Heizplatte verbracht. Ich kippe Kondensmilch nach, der Toast springt raus, ich lege ihn auf meinen Teller und schmiere Teewurst drauf.
»Du könntest auch mal ein Ei essen«, sagt Onkel Runa.
»Ist schon okay«, sage ich.
Meine Mutter ist eben vom Putzen zurück und steht unter der Dusche. Draußen zetert ein Spatz, es ist halb zehn und Onkel Runa hält mir seinen Becher entgegen. Ich gieße Kaffee nach, er bedankt sich nicht und liest weiter.
Jeder Tag ist wie jeder Tag ist wie jeder Tag, wenn das Mädchen deiner Träume sich nicht blicken lässt, denke ich und schaue aus dem Fenster und wünsche mir, ich wüsste ihren Namen.

Zehn Minuten später stehe ich am Waschbecken und wundere mich, ob die Zahnpasta wirklich so heftig schäumen muss, als meine Mutter gegen die Wand hämmert.
»Was ist denn jetzt?!«, rufe ich.
Sie sitzt im Wohnzimmer, Zigarette in der Hand und die Füße auf dem Couchtisch. Zwischen ihren Zehen stecken hellblaue Wattekugeln, der frisch aufgetragene Nagellack glänzt. Mir wird übel von dem Geruch, diese Mischung aus Chemie und Zigarettenrauch ist am Morgen wie ein Schlag in den Magen. Im Aschenbecher liegen schon sechs Kippen, aber ich halte jetzt lieber den Mund und sage dazu nichts. Meine Mutter

reicht mir das Telefon, als wäre es eine dreckige Unterhose, die sie unter meinem Bett gefunden hat. Sie hasst es, wenn meine Freunde mich über das Festnetz anrufen. Ich soll das Handy benutzen. Seit mein Vater mit einer Kroatin durchgebrannt ist, erwartet meine Mutter jeden Tag, dass er sich per Telefon meldet. Deswegen soll die Leitung frei bleiben.

»Ja?«, sage ich in den Hörer hinein.

»Wieso bist du nicht hinten aufgesprungen?«

Ich weiß sofort, dass sie es ist. Ich wende mich von meiner Mutter ab und schließe die Zimmertür hinter mir. Mein Herz rast und ich wunder mich, woher sie die Nummer hat. Meine Mutter ruft mir zu, dass ich den Müll runterbringen soll. *Du mich auch,* denke ich und drücke den Hörer fester an mein Ohr.

»Kannst du nicht mehr sprechen, oder was?«

»Ich ... ich kann schon sprechen. Aber das ist nicht meine Vespa, die du geklaut hast. Sie gehört meinem Onkel.«

»Oh, armer Onkel!«

»Aber---«

»Jetzt krieg mal keinen Kollaps«, unterbricht sie mich, »du kriegst die Maschine ja wieder, okay?«

»Okay.«

»Wenn du mir hilfst.«

»Was?«

»Wir haben da ein Problem. Meine Mädchen und ich. Wir brauchen Medikamente. Ich meine, ich kann schlecht ohne Rezept in eine Apotheke gehen und Medikamente verlangen, die verschreibungspflichtig sind, oder? Und du, na ja, ich dachte, vielleicht kennst du dich aus.«

Ihre Worte klingen nach.

Vielleicht kennst du dich aus.

»Woher hast du meine Nummer?«, frage ich.

»Rate mal.«

Sie verwirrt mich, sie macht mich nervös und ich möchte

lachen und ihr sagen, dass ich gestern Nacht jede Minute auf sie gewartet habe und ihr alles verzeihe.

Halt bloß den Mund.

»Die Nummer ist auf deinem Handy unter MAMA abgespeichert«, spricht sie weiter. »Und da du aussiehst wie jemand, der bei seiner Mama wohnt ...«

Sie spricht nicht weiter, ich kann mir den Rest zusammenreimen. Sie hat nicht nur die Vespa meines Onkels und mein Handy mitgehen lassen. Sie hat mich auch noch beleidigt.

Na und.

»Und die Vespa ist nicht geklaut«, fügt sie hinzu, »die ist geliehen. Dein Handy kriegst du auch zurück.«

»Wann?«, sage ich viel zu schnell.

Ich höre ein Hupen und sehe zum Fenster.

Es wird erneut gehupt.

Ich schaue auf die Straße runter. Sie sitzt grinsend auf der Vespa, das lange Haar in einem Zopf und eine von diesen Sonnenbrillen mit übergroßen Gläsern auf der Nase, sodass ihr Gesicht fast ganz dahinter verschwindet. Sie erinnert mich an eine Mafiabraut aus einem dieser 70er-Jahre-Filme. Sie schaut zu mir hoch und hat mein Handy in der Hand.

»Überraschung!«, höre ich sie in mein Ohr sagen und dann lässt sie den Motor knattern und ich lache los und kann mit dem Lachen nicht aufhören. Vielleicht ist es Hysterie. Vielleicht bin ich einfach nur glücklich. Ich möchte ihr zurufen, dass sie spinnt, dass sie wirklich und vollkommen spinnt, als ein Brüllen zu hören ist.

»HE, DU SCHLAMPE, WAS MACHST DU AUF MEINER VESPA?!«

Ich beuge mich vor und sehe nach rechts.

Onkel Runa lehnt aus dem Küchenfenster. Sein Gesicht ist rot angelaufen, er schüttelt eine Faust.

»STEIG SOFORT AB ODER ICH SCHLAG DICH TOT!«

Das Mädchen macht, was jeder machen würde. Mafiabraut

oder nicht. Sie gibt Gas und fährt gemütlich vor sich hin knatternd davon. Ihr roter Zopf eine Fahne, die hinter ihr herweht.

Ich schnapp mir die Mülltüte und will aus der Wohnung raus, da passt mich Onkel Runa an der Tür ab.
»Hast du das gesehen?! War das meine Vespa, oder was?!«
»Blödsinn.«
»Mirko, was heißt hier Blödsinn? Meine *Dragica* erkenne ich doch überall wieder. Ich habe sie mit meinen eigenen Händen zusammengebaut, die würde ich doch im Dunkeln erkennen. Wie kommt diese Schlampe an meine Vespa?«
»Onkel Runa, du täuschst dich, das war nicht deine Vespa«, beruhige ich ihn und murmele, dass ich jetzt aber den Müll wegbringen muss. Ich quetsche mich an ihm vorbei, ehe er mir noch mehr Fragen stellen kann. Unten pfeffer ich die Tüte in eine der Tonnen und trete nach draußen. Ich erwarte, das Mädchen an der Ecke zu sehen. Die Straße ist verlassen. Ich spüre die Panik.
Sie braucht meine Hilfe, sie hat mich angerufen, sie wird nicht einfach verschwinden. Bitte, nicht schon wieder.
Ich laufe in die Richtung, in die sie gefahren ist. Ich bin der Wind, ich sprinte, ich weiche Leuten aus.
Zwei Ecken weiter sitzt sie am Straßenrand auf der Vespa.
»Ich wusste, dass du kommst«, sagt sie und reicht mir mein Handy.
»Und die Vespa?«
»Hilfst du mir?«
»Ich helf dir, aber ich brauche die Vespa zurück.«
Sie steigt ab, bockt die Vespa auf und reicht mir den Schlüssel und einen Zettel.
»Das ist die Liste.«
Ich falte den Zettel auf.
Oxazepam. Tilidin. Naloxon. Nemexin. Clomethiazol.

»Wow, was hast du vor, willst du eine Apotheke aufmachen?«

Sie lächelt nicht. Sie schiebt sich die Sonnenbrille in die Stirn, die Haut unter ihrem linken Augen ist geschwollen.

»Wer war das?«

»Darum geht es nicht.«

»Hat dich jemand geschlagen?«

»Hol mal Luft, das war ein Unfall.«

Sie schnippt gegen den Zettel in meiner Hand.

»Kannst du mir was von dem Zeug besorgen oder nicht?«

Ich schaue erneut auf die Liste. Ich habe keine Ahnung, was für Medikamente das sind oder wo ich sie auftreiben kann, aber ich behalte das mal schön für mich. Sie hätte nach Uran fragen können und ich hätte mich auf die Suche nach Uran gemacht.

»Irgendwas davon bekomme ich bestimmt«, versichere ich ihr und sehe sie beinahe schon flehend an. »Wäre das alles?«

Plötzlich lächelt sie, es ist ein trauriges Lächeln. Sie sagt, das wäre alles, und ein wenig klingt es in meinen Ohren, als würde es ihr leidtun, dass sie nicht mehr von mir will.

Wunschdenken, Mirko, reines Wunschdenken.

»Wann kann ich das Zeug abholen?«, fragt sie.

»Heute Abend?«

»Ist das eine Frage oder ein Vorschlag?«

»Ein Vorschlag.«

»Dann heute Abend.«

»Um sieben?«

»Um sieben ist gut. Du kannst mich ja zum Eis einladen.«

»Zum Eis?«

Sie zeigt auf mein Handy.

»Meine Nummer ist eingespeichert, ruf mich an, wenn du weißt, wo es gutes Eis gibt.«

Mit diesen Worten schiebt sie sich die Sonnenbrille wieder auf die Nase, rückt die Tasche auf ihrer Schulter gerade und geht an mir vorbei. *Heute Abend um sieben,* denke ich und schaue ihr hinterher, bis sie um die Ecke verschwunden ist, dann erst kommt bei mir an, was sie gesagt hat.

Nervös durchsuche ich das Telefonbuch auf meinem Handy. Der Name fällt mir sofort auf.

Stinke.

Was?! Wer heißt denn bitte Stinke?

Sie nimmt meinen Anruf nach dem zweiten Klingeln an.

»Hast du was vergessen?«

Sie fragt nicht, wer anruft; sie weiß, dass es nur ich sein kann.

»Die Eisdiele in der Krummen Straße«, sage ich.

»Gut, ich werde da sein.«

»Heißt du wirklich Stinke?«

»Heißt du wirklich Mirko?«

»Aber wieso Stinke?«

»Weil ich so gut rieche.«

Ich weiß nicht, wie sie riecht. Ich wünschte mir, sie würde vor mir stehen, damit ich meine Nase in ihrem Nacken vergraben könnte. Ich wechsel das Handy an das andere Ohr.

»Sonst noch was?«, fragt sie.

»Für wen sind die Medikamente?«

Sie schweigt, ich höre sie atmen, die Stille streckt sich.

»Für meine Freundin, ihr geht es nicht so gut und wir haben Angst, dass sie stirbt«, antwortet sie und unterbricht die Verbindung.

Ich stehe am Straßenrand, das Handy noch immer am Ohr, und bin unglaublich zufrieden mit mir.

Stinke.

Ich küsse mein Handy, ich bin ein Idiot und küsse wirklich mein Handy.

Dieses Mädchen hat mich so sehr in der Hand, dass ich beinahe verschwinde. Es ist gut, es ist nicht schlimm, es ist richtig gut. Ich habe nichts dagegen, zu verschwinden.

TAJA

Und hier bin ich und so sieht das Hier aus: Stinke ist auf geheimer Mission unterwegs und meine anderen Mädchen schlafen, während ich zu einem Ball zusammengerollt auf dem Bett liege und furchtbaren Durst habe. Ich könnte die Krumme Lanke leersaufen. Ich denke an die Droge und das Chaos und die Ruhe, die sie mir bringen kann. Schon der Gedanke lässt mich mit den Zähnen knirschen. Ich brauche nur eine Prise, nur einen Atemzug davon, damit die Kanten geglättet werden, damit ich wieder klar denken kann.

Ich hebe die Hände und schaue auf die dunklen Ränder unter meinen Fingernägeln.

Seit wann bin ich so dreckig?

Ich spreize die Finger.

Vielleicht ...

Ich lutsche an meinen Fingerspitzen, bohre die Schneidezähne unter die Nägel.

Vielleicht finde ich ja einen Rest von dem Heroin und dann ...

Ich ziehe die Finger aus meinem Mund und spucke aus. Ich bin vollkommen bescheuert und kann jetzt verstehen, warum Leute sterben wollen. Sie sind erschöpft vom Leben. Sie sind erschöpft davon, an ihren Fingerspitzen zu lutschen und auf den Kick zu hoffen.

Ich bin sechzehn Jahre alt und der Tod lacht über mich.

Zwei Leben habe ich bisher hinter mir, es ist eindeutig Zeit für Leben Nummer Drei.

Mein erstes Leben war kurz und endete mit dem Tod meiner Mutter. Ich war sechs Jahre alt, der Wagen kam von der Straße ab und überschlug sich. Meine Mutter starb beim Aufprall, mein Vater trug eine Narbe an der Stirn davon, mir ist nichts passiert. Ich habe auf dem Rücksitz geschlafen.

Es war ein Wunder, sagten die Leute.

Seitdem hasse ich Wunder.

Leben Nummer Zwei begann, als mein Vater kurz vor meinem achten Geburtstag die Villa an der Krummen Lanke kaufte und wir nach Zehlendorf zogen. Mein Vater komponierte Jingles für eine Werbeagentur und aus seiner Leidenschaft wurde ein Beruf. Lange bevor ich auf die Realschule kam, verdiente er mehr Geld, als er sich jemals erträumt hatte. Er wurde in der Werbebranche als Komponist hoch gehandelt und schrieb Filmmusiken und hier und da eine Popnummer. Was er auch in Angriff nahm, er hatte damit Erfolg. Von außen betrachtet, schien alles gut und richtig. Doch was mein Vater auch tat, wen er auch kennenlernte, der Verlust meiner Mutter umgab ihn wie eine negative Aura und sprang auf mich über. Das Misstrauen wurde zu meiner besten Freundin. Jeden Moment konnte alles enden. Nichts war sicher. Als wäre meine Mutter absichtlich gestorben und hätte mich zurückgelassen. Als wäre das die Wahrheit und ich wertlos.

Bis zur Oberstufe habe ich jedes Mädchen, das sich mit mir angefreundet hat, mit Geschenken überhäuft. Im Kindergarten, in der Schule, in der Nachbarschaft. Ich habe ihnen alles gegeben, was mir nahe war – Puppen, Bücher, CDs, Spielsachen. Ich dachte, ich könnte diese Mädchen an mich binden. Wie wenn man einen Knoten macht und ihn fester und fester zieht, damit er nie wieder zu öffnen ist. Das Gegenteil passierte. Die Mädchen bekamen in meiner Umklammerung kaum Luft und suchten sich andere Freundinnen. Und meine Geschenke bekam ich auch nicht zurück.

Es tat mir tief in der Seele weh.

Ich bin von einer Melancholie zur anderen geschliddert und mein Ego war eine Katastrophe. Ich schrieb Gedichte über die Einsamkeit und hörte dazu die passende Musik. Garantiert wäre ich irgendwann auf einer Couch gelandet mit Piercings am ganzen Körper und Schnittwunden auf den Armen. Doch dazu kam es nicht, weil man mich beim Wechsel auf die Oberschule in die richtige Klasse gesteckt hat.

Ich fand meine Mädchen.

Erst war da Stinke, die sich während der Einführungsstunde in der Aula zu mir rüberbeugte und fragte, ob ich vielleicht ein verficktes Tampon hätte, sie würde auslaufen und ihr Schlüpfer sei nagelneu. Rute und Schnappi kamen in der Hofpause dazu, Nessi wechselte ein paar Monate später auf die Schule und wir waren komplett.

Meine Mädchen akzeptierten mich von Anfang an. Ich war für sie interessant und spannend, sie liebten meine Melancholie und meine brüchige Stimme, wenn ich vom Weltuntergang sang. Ich war das Gegengewicht zu ihren Verrücktheiten, ich brachte sie immer auf den Boden zurück, wenn sie zu sehr abhoben. Und ich war auch ihr Star, denn es half schon ein wenig, dass mein Vater Jingles schrieb, die jeder mitsummen konnte.

Dann ist da noch die Verbindung zu meinem Onkel Ragnar.

Der Bruder meines Vaters ist ein Logist, was auch immer das heißt. Er ist vier Jahre älter als mein Vater und es wird gemunkelt, dass er mit Waffen handelt. Es klingt unwahrscheinlich und mein Vater meinte, ich sollte nichts auf diese Gerüchte geben. Während mein Onkel nicht kriminell aussieht, ist das bei seinem Sohn ganz anders. Ich kann ihn nicht ausstehen, er kann mich nicht ausstehen und mehr gibt es da nicht zu sagen. Aber wie wenig wir einander auch mögen, es gibt das ungeschriebene Gesetz der Blutsbande. Sie führt uns nicht nur zu Weihnachten für ein paar Stunden zusammen, sie führt auch dazu, dass ich mit meinen Mädchen in jeden Club reindarf. Die Türsteher machen nie Schwierigkeiten, sie wissen, wer ich bin und wer mein Cousin ist. Oder wie Schnappi einmal sagte: »German Mafia pur.«

Wenn ich jetzt behaupte, dass ich mit meinem Vater nicht klargekommen bin, wäre das gelogen. Wir leben aneinander vorbei. Er gibt mir alle Freiheiten, um selbst frei zu sein, und das muss ich ihm hoch anrechnen.
    Nichts und niemand stand mir im Weg.

Ende August wollte ich mit der Gitarre durch Europa tingeln, hier und da in den Städten spielen und die unterschiedlichen Kulturen kennenlernen. Ich hatte das Gefühl, die Welt würde mir zu Füßen liegen und nur darauf warten, dass ich mich rauswagte. Eine Route hatte ich schon festgelegt und auch die passenden Jugendherbergen rausgesucht. Auch wenn meine Mädchen behaupteten, dass Interrail spannend klang, nahm keine von ihnen meine Pläne wirklich ernst. Wie es aussah, würde ich alleine fahren müssen, aber auch das war in Ordnung. Ich war frei. Es gab keinen festen Freund und kein Praktikum, das mich interessierte. Meine Neugierde auf die Welt war die einzige große Gemeinsamkeit, die ich mit meinem Onkel teilte. Auch Ragnar war mit sechzehn losgezogen, auch er hatte das Abenteuer gesucht. Als er von meinem Plan hörte, rief er mich an und versprach mir zweitausend Euro.
    »Aber behalte das für dich«, sagte er. »Kein Wort zu deinem Vater.«
    Zweitausend Euro, ohne Wenn und Aber.
    Genau damit begann mein Problem.

Als der Jeep vor der Villa hielt und dreimal hupte, bekam ich sofort ein komisches Gefühl im Bauch. Als hätte ich die letzte Treppenstufe übersehen und wäre ins Nichts getreten.

Es war ein stinknormaler Dienstag vor neun Tagen.

Am späten Nachmittag bin ich nach der Schule mit meinen Mädchen die Wilmersdorfer hoch und runter spaziert, wir haben uns Klamotten angesehen und sind vor Langeweile beinahe in ein Koma gefallen. Es war so öde, dass wir nicht einmal Lust auf Eis hatten, also verzogen wir uns nach Hause und versprachen, am nächsten Tag einen neuen Versuch zu machen.

Bis kurz vor neun lag ich dann alleine am Pool und dämmerte in der Hitze vor mich hin, bis mich der Hunger in die Villa reintrieb. Ich kramte gerade im Kühlschrank herum, da rief Rute an. Sie wollte eine Quiche backen, hatte aber keine Ahnung, wie man sie zubereitet. Ich wollte ihr den Ablauf sagen, als ich das Hupen hörte.

»Ich ruf dich gleich zurück«, sagte ich zu Rute. »Da ist jemand vor der Villa.«

Acht Tage sollten vergehen, ehe mich meine Mädchen wiedersahen.

Die Dämmerung war angebrochen und schimmerte rot durch die Baumwipfel. Eine Fledermaus huschte über meinen Kopf hinweg, während ich den Kiesweg runterging. Der Jeep war dunkelrot und erinnerte an eine Bulldogge, die sich zum Scheißen hinhockt.

Ich blieb auf der Fahrerseite stehen und verschränkte die Arme vor der Brust. Er hatte das Fenster runtergelassen, seine Augen waren zu trüben Schlitzen zusammengekniffen, als würde er in die Sonne schauen. Ich erkannte seine Stimme kaum wieder.

»Na, Cousine, mich hast du nicht erwartet, was?«
»Nicht wirklich«, gab ich zu.

Ich hatte gedacht, mein Onkel schreibt mir einen Scheck oder überweist mir das Geld. Ich hatte nicht erwartet, dass er mir seinen dämlichen Sohn vorbeischickt.

»Steig ein.«

Ich rührte mich nicht von der Stelle. In meinem ganzen Leben habe ich keine fünf Minuten alleine mit meinem Cousin verbracht. Das Letzte, was ich wollte, war, mit ihm in seinem aufgemotzten Jeep zu sitzen und mir anhören zu müssen, welche Bands er mochte und welche Models er eines Tages garantiert vernaschen würde. Er war ein Jahr älter als ich und hatte schon einen Führerschein, weil sein Vater das möglich gemacht hatte. Keine Ahnung, wie das in Berlin möglich ist, aber mein Cousin ist ein Beispiel dafür, dass alles möglich ist, wenn man an den richtigen Fäden zieht.

Zwischen uns lagen Welten.

Er sah immer aus, als hätte er entweder zu viel Spinat gegessen oder das Pumpventil zu spät aus seinem Hintern gezogen – enge T-Shirts und hervortretende Muskeln, bullig und fies. Der Jeep passte zu ihm. Ich hatte gehört, dass er aus einem Imbiss heraus Drogen vertickt. Als ich meinen Vater fragte, ob er davon wüsste, sagte er nur: »Trau deinem Cousin nicht.«

Ich glaube, nicht einmal mein Onkel traut seinem Sohn.

»Worauf wartest du?«, fragte er.

Ich wollte sagen, dass meine Mädchen zu Besuch da waren, dass die Wanne gerade volllief oder ein Film auf Pause war. Ehe ich ein Wort rausbrachte, hielt er mir einen Umschlag unter die Nase.

»Mit den besten Grüßen von meinem Alten.«

Als ich zugreifen wollte, zog er den Umschlag natürlich zurück.

»Na, na, na, willst du denn nicht erstmal mit deinem Cousin plaudern?«

»Was soll der Scheiß, Darian?«

»Ich will nur ein wenig an unsere Connection arbeiten.«

»Jetzt?«

»Besser jetzt als später.«

»Wieso nicht später?«

»Weil du bald weg bist. Europa und so. Wer weiß, ob du zurückkommst.«

Seine Augen gingen für einen Moment ganz auf, als wäre ihm eine Idee gekommen, dann schob er sich die Sonnenbrille auf die Nase. Ich sah mich in der Spiegelung, ich sah aus wie ein weiblicher Gartenzwerg.

»Nun mach schon«, sagte Darian, »ich will deine Meinung hören.«

Er schmiss den Umschlag auf den Beifahrersitz.

Mein Vater hatte keine Ahnung von dem Geld. Auch wenn wir nicht gerade arm sind, vertritt er den Standpunkt, dass jeder sein Leben selbst auf die Beine stellen muss. Er hat mir 400 Euro für die Reise versprochen, keinen Cent mehr. Er hat gesagt, ich soll mir das Geld ausschließlich mit der Gitarre verdienen. Ich wollte einen Monat unterwegs sein. Mit den 2 000 Euro meines Onkels wäre ich auf der sicheren Seite. Aber ich brauchte das Geld nicht wirklich. Ich *wollte* es. Und was ich will, das will ich und hole es mir auch.

»Nun mach schon, steig ein«, sagte Darian zum dritten Mal.

Ich ging um den Wagen herum und stieg ein.

Meine Mädchen sehen mich fassungslos an.

Wir sitzen auf der Terrasse, es ist Donnerstag, der zweite Tag nach meinem Ausbruch aus der Klinik und kurz nach elf. Es geht mir miserabel. Ich bin fiebrig, durstig und fühle mich wie eine Oma, die die Treppe runtergefallen ist. Jeder Muskel zuckt. Ich trinke meinen vierten Kaffee und erzähle meinen Mädchen, was ich ihnen nicht erzählen will.

»Du bist echt bei ihm eingestiegen?!«, sagt Rute entrüstet.

»Einfach so?«, fragt Nessi.

»Bist du irre?«, fragt Schnappi.

Sie sind meinem Cousin noch nie über den Weg gelaufen, dennoch reagieren sie, als wäre er reines Gift. Nur Stinke bleibt ruhig und gähnt. Sie ist vor ein paar Minuten zurückgekommen und hat uns erklärt, sie hätte die Vespa eintauschen müssen.

»Für was?«, hatten wir gefragt.

»Na, für Medikamente, für was denn sonst? Oder wollt ihr, dass es Taja nicht besser geht?«

Danach erzählte sie uns von dem Jungen, der in der Pizzabude aushalf und so von ihr verzaubert war, dass er eine Apotheke ausrauben wollte. Mirko. Er und Stinke waren am selben Abend verabredet.

Nachdem Stinke zu Ende gegähnt hat, fragt sie:

»Was ist passiert, nachdem du bei deinem Cosuin eingestiegen bist?«

»Ich habe es nach zehn Sekunden bereut«, gebe ich zu.

Im Jeep stank es nach Alkohol, Chemie und Deo. Mich beunruhigte die Chemie am meisten. Mein Cousin wirkte nicht betrunken, aber etwas an ihm war falsch und aus dem Gleichgewicht geraten. Ich konnte es riechen.

»Pass auf«, sagte er.

Auf dem Beifahrersitz lag nicht einer, es waren zwei Umschläge. Darian legte sie auf die Ablage zwischen den Sitzen. Ich ließ mich in das Lederpolster fallen.

»Schnall dich an«, sagte mein Cousin.

»Was?! Wieso soll ich mich ...«

Ich konnte nicht zu Ende sprechen, denn Darian wendete mit kreischenden Reifen, sodass ich gegen die Beifahrertür gedrückt wurde. Am Ende vom Wasserkäfersteig bog er rechts auf den Quermatenweg ab, gab Vollgas und bremste sofort wieder, als ein ausparkender Wagen ihm in die Quere kam. Er hupte, er blendete auf und überholte. Erst an der Onkel-Tom-Straße beruhigte er sich und fuhr normal.

»Was soll der Scheiß?!«, schrie ich ihn an.

»Was für ein Scheiß?«, fragte er zurück.

»Ich will nicht mit dir rumfahren.«

Er sah zu mir rüber. Sonnenbrille und breites Grinsen.

»Was? Wieso denn nicht?«

»Darian, ich will nach Hause.«

»Aber dein Cousin will mit dir plaudern.«

»Mein Cousin kann mich mal von---«

Er unterbrach mich, er unterbrach mich aber nicht mit Worten. Während seine linke Hand locker auf dem Lenkrad liegen blieb, traf mich die rechte Rückhand im Gesicht. Ich hörte das Knirschen meiner Nase. Der Schmerz spaltete meinen Kopf. Mir wurde schwarz vor Augen und dann war ich weg. Einfach weg.

Als ich wieder zu mir kam, hörte ich ein lautes Trommeln. Ich saß zusammengesunken auf dem Beifahrersitz, Lichter zuckten durch das Wageninnere und glitzernde Schlieren krochen über die Windschutzscheibe. Ich begriff nur langsam, was ich da sah – es regnete in Strömen, ein richtiges Sommergewitter kam herunter und ich saß im Jeep und starrte auf die Uhr über dem Radio, die mir ernsthaft erzählte, es wäre 23:16.

Es waren knappe zwei Stunden vergangen.

Der Jeep parkte auf einem Standstreifen und durch das Fenster sah ich Darian ein paar Schritte entfernt im Regen stehen. Er hatte mir den Rücken zugewandt und pisste gegen einen Busch.

Ich rieb mir über die Augen.

Es war, wie in einem Traum festzusitzen. Man weiß, dass es ein Traum ist, aber es hilft einem überhaupt nicht, das zu wissen. Ich bewegte den Kopf und der Schmerz ließ mich aufstöhnen. Ich klappte den Spiegel runter und betastete mein Gesicht. Da war eine rote Stelle auf meiner Nasenwurzel, aber es schien nichts gebrochen zu sein. Ich schmeckte Blut, stieß die Tür auf und spuckte aus. Der Regen klatschte mir ins Gesicht und traf meinen Nacken. Es fühlte sich gut an. Mein Kopf war wie in Watte eingepackt und klärte sich nur langsam. Ein Laster donnerte vorbei und brachte den Jeep zum Schwanken. Ich stieg aus und kam keinen Schritt weit. Ich musste mich mit beiden Händen am Autodach festhalten, weil mir so schlecht war. Sternchen tanzten vor meinen Augen, ich hätte mich beinahe auf den Asphalt gelegt. Mein Gleichgewicht war völlig durcheinander. Ich sah auf die Ablage, auf der noch immer die zwei Umschläge lagen. Ich konnte nicht glauben, dass ich wegen 2000 Euro zu meinem Cousin in den Wagen gestiegen war.

»Na, wackelig auf den Beinen?«

Da stand er und grinste. Seine Haut glänzte wächsern. Er verschnürte sich seine Jogginghose, als wenn das nötig wäre, da noch eine schöne Schleife zu machen. Ihm schien der Regen überhaupt nichts auszumachen.

»Du hast mir eine runtergehauen«, sagte ich.

»Nein, das nennt man tappen.«

»Tappen?«

»Wenn ich dir eine runtergehauen hätte, würdest du noch immer im Jeep sitzen und deine Zähne von der Fußmatte aufsammeln.«

Ich sah ihn nur an, er meinte es ernst, er fand, er hatte mir einen Gefallen getan.

»Da kann ich also Danke sagen?«

»Rein theoretisch ja.«

»Darian, du bist ein Arschloch.«

Er legte sich eine Hand aufs Herz.

»Autsch, das tut aber weh.«

Ich sah mich um. Wir mussten aus Berlin rausgefahren sein,

denn das hier war nicht die Avus und auch nicht die Stadtautobahn. Es war genau der Ort, an dem man nach zwei Stunden ankam, wenn man wie Darian fuhr. Ein Ort weit, weit weg von der Villa.

»Wo sind wir?«

»Steig wieder ein und ich erkläre es dir.«

»Ich denke nicht daran, ich---«

Er schob mich zur Seite, schloss meine Tür und stieg wieder in den Jeep.

Er setzte den Blinker und fuhr auf die Autobahn.

Ich stand im Regen und schaute ihm hinterher.

Meine Mädchen sehen mich an, als hätte ich ihnen die Zunge aus dem Mund geklaut.

»Sagt was«, bitte ich sie.

»Scheiße«, sagt Rute.

»Oje«, sagt Nessi.

»Das wird schlimmer, nicht wahr?«, fragt Stinke.

»Das wird hundertpro schlimmer«, sagt Schnappi.

Ich sehe sie an und fange an zu heulen.

Ich stand im Regen und mir war zum Heulen. Ich versuchte eine auf tapfer zu machen und streckte den Daumen raus. Es war albern. Die Autos zischten mit 140 Stundenkilometern an mir vorbei, niemand sah mich und meinen albernen Daumen. Von hundert Lastwagen hupte ein einziger, doch halten tat er nicht.

Ich marschierte mit dem Verkehr.

Hatte sich der Regen am Anfang gut angefühlt, war er jetzt wie ein Hagel. Ich bibberte und meine Zähne klackerten aufeinander. Natürlich hatte ich mein Handy nicht dabei, ich war nicht wie Schnappi, die mit dem Ding sogar aufs Klo ging. Außerdem hatte ich die Villa nur kurz verlassen, um das Geld von meinem Onkel in Empfang zu nehmen. Ich war mir sicher, dass die Haustür noch immer offen stand.

Nach einer Viertelstunde fehlte mir die Kraft, den Daumen weiter hochzuhalten. Ich wollte mich in einem Graben zusammenrollen und den Regen abwarten, aber mein Kopf trieb mich an: *Geh weiter, irgendwann kommt eine Ausfahrt, irgendwann kommt ein Ort.*

Es kam kein Ort, ich sah nicht einmal eine Notrufsäule, dafür tauchte plötzlich mein Schatten vor mir auf und wurde länger und länger und erinnerte an einen Scherenschnitt, der auf Stelzen läuft. Ich blieb stehen und drehte mich um. Ich hob geblendet die Hand, denn das Licht der Scheinwerfer war wie ein Angriff. Und natürlich rollte da nicht die Autobahnpolizei auf mich zu oder ein Retter in einer weißen Limousine, der mein Elend gesehen hatte. Der Jeep hielt und mein Cousin stieß die Beifahrertür auf.

»Du musst nicht Danke sagen«, ließ er mich wissen, nachdem ich eingestiegen war.

»Fick dich«, sagte ich.

Darian grinste und fuhr los, ich drehte an den Knöpfen, bis mir heiße Luft ins Gesicht blies.

»Weißt du, wie unsexy deine Klappe ist?«, fragte er.

»Weißt du, was Inzest ist?«, fragte ich zurück.

Er tat, als würde er nachdenken.

»Das ist doch dieses Zeug, das wie Couscous schmeckt, oder?«

Ich reagierte nicht, er selbst konnte auch nicht über seinen Witz lachen. Ich fand, es war an der Zeit, dass ich in die Offensive ging.

»Mein Vater wird---«

»Dein Vater wird nichts tun«, unterbrach mich Darian.

»Und was heißt das?«

Er tippte sich an die Stirn.

»Das heißt, ich weiß alles über dich. Dein Vater sitzt zurzeit in Stockholm. Noch eine ganze Woche lang. Wenn er dann zurückkommt und erfährt, dass sein Neffe mit dir Zeit verbracht hat, na, da wird er sich aber freuen. Denn genau das wirst du ihm sagen. Dass wir eine gute Zeit miteinander verbracht haben. *Quality time,* verstehst du?«

»Und wenn nicht?«

»Dann eben nicht.«

Ich sah ihn an. Er grinste schon wieder.

»Mach doch, was du willst, Cousine.«

»Darian, warum bin ich hier?«

»Ich dachte, du hilfst mir ein bisschen.«

»Wieso sollte ich das tun?«

»Familie und so. Ich helf dir, du hilfst mir.«

»Du weißt, dass ich dich nicht ausstehen kann.«

»Ich weiß.«

»Also?«

»Dennoch.«

»Dennoch was?«

»Dennoch sollten wir zusammenhalten.«

Ich schwieg, ich wusste, da kam mehr.

»Wir sind in ähnlichen Positionen, Cousine«, sprach er weiter, »obwohl deine Situation um einiges beschissener ist als meine. Mich hat nur mein Alter rausgeworfen, aber auf dich stürmt es bald so heftig herab, da ist dieser kleine Regenschauer nichts dagegen.«

Ich wusste, ich sollte nicht fragen.

»Was ist an meiner Situation beschissen?«, fragte ich.

Er zuckte mit den Schultern

»Du bist naiv«, sagte er. »Du bist Bambi.«

Ich musste lachen.

»Ich bin *was*?!«

»Deswegen sollten wir uns zusammentun.«

»Darian, gegen wen willst du dich denn zusammentun?«

»Gegen das, was unsere Familie ist.«

Erneut sah er mich aus den Augenwinkeln an.

»Gegen die Lügen und so«, schob er hinterher.

»Was für Lügen?«

Er schwieg eine Weile und schaute nach vorne, dann sagte er zufrieden:

»Jetzt bist du am Haken, was?«

Ich schwieg. Ich war am Haken.

»Du bist Bambi«, sagte Darian und tätschelte mir das Knie, »und ich bin der böse Wolf. Leb damit.«

Zehn Minuten später hörte der Regen auf, kurz darauf fuhren wir von der Autobahn auf einen Rastplatz. Acht Wohnwagen mit polnischen Nummernschildern standen in einer Schlange vor einem Toilettenhaus. Darian hielt den Jeep ein paar Meter entfernt hinter dem letzten Wagen und blendete dreimal auf.

»Du bleibst hier sitzen«, sagte er, »das geht flott.«

»Was genau tun wir hier?«

»Business.«

Er trat vor den Jeep, lehnte sich mit dem Hintern gegen die Motorhaube und verschränkte die Arme vor der Brust. Aus dem vordersten Wohnwagen stiegen zwei Männer. Sie trugen abgeschnittene Jeans, Fußballtrikots und Badelatschen, sie waren beide dürr und hatten Spinnenbeine. Der eine hielt einen Dobermann an der Leine, der andere trug eine Sporttasche. Sie kamen die Reihe der Wohnwagen runtergeschlendert, und als sie den halben Weg zurückgelegt hatten, begann der Hund an der Leine zu zerren. Der Mann gab nach, er ließ los und der Dobermann rannte auf meinen Cousin zu, als hätte man ihn aus einer Kanone abgeschossen. Darian rührte sich nicht. Als der Dobermann ihn erreicht hatte, kam er schlidderend zum Stehen und richtete sich auf die Hinterbeine. Seine Vorderpfoten landeten auf Darians Brust, der Stummelschwanz wedelte wie wild. Darian umschloss das Tier mit beiden Armen, als wäre es ein Kind, dass er furchtbar vermisst hatte. Er beklopfte ihm den Rücken, strich mit den Händen das kurze Fell auf und ab.

Ich ließ mein Fenster ein Stück runter und konnte die zwitschernde Stimme meines Cousins hören.

»... hast du denn da, mein Kleiner? Bist du gewachsen? Bist du einfach gewachsen?«

Die zwei Männer blieben ein paar Schritte entfernt stehen und grinsten.

»Er hat irre an Muskelmasse zugenommen, was?«, sagte der eine.

»Er frisst einen ganzen Knochen weg, als wäre der aus Blätterteig gemacht«, sagte der andere.

»Das reicht jetzt«, sagte Darian zu dem Hund und schob ihn von sich.

Die Krallen der Töle klackten auf dem Asphalt, als würde er Hackenschuhe tragen. Er tänzelte und schnappte nach der Luft und fand überhaupt nicht, dass es reichte.

»Sitz«, sagte Darian.

Der Dobermann konnte sich nicht beruhigen. Er blickte sehnsüchtig zu Darian auf, dabei wackelte er mit dem Hintern von links nach rechts. Zumindest gab es jemanden auf dieser Welt, der sich freute, meinen Cousin wiederzusehen.

»Sitz!«, wiederholte Darian.

Die Töle dachte nicht daran.

»Sitz!«, befahl der Mann mit der Leine.

Der Dobermann setzte sich. Ich konnte an Darians Rücken sehen, dass ihm das überhaupt nicht gefiel. Er verspannte sich, die Schultermuskeln traten durch das regennasse T-Shirt deutlich hervor. Er sah von dem Hund zu dem Mann mit der Leine, wieder zum Hund und wieder zu dem Mann. Dann zeigte er mit dem Kinn zur Sporttasche.

»Wie viele?«

»Sechs.«

»Seriennummern?«

»Weggeätzt.«

»Lass sehen.«

Der Mann stellte die Sporttasche ab, hockte sich hin und zog den Reißverschluss auf. Darian hockte sich dazu und seine rechte Hand verschwand in der Tasche. Als er sich wieder aufrichtete, drehte er sich zu mir um und richtete eine Knarre auf mein Gesicht. Schwarz und mit einem kurzen Lauf.

»Peng!«, sagte mein Cousin.

Die zwei Männer lachten. Ich verzog keine Miene.

»Zu leicht«, sagte Darian und gab die Knarre an den Mann zurück.

»Die hier ist besser. Gutes Gewicht. Nimm. Wie fühlt sie sich an?«

Darian wog die neue Waffe.

»Zu schwer«, sagte er.

»Dann die hier, schau mal, wie der Lauf dich angrinst, die wird---«

»Nein, ich mag den Griff nicht. Was ist mit der ganz rechts?«

»Sehr sauberes Modell, da zuckt nichts, wenn du abdrückst.«

»Munition?«

»Zwei Schachteln, Clip ist drin, Extra-Clip ist hier. Willst du probieren? Kannst du ruhig probieren, hier hört dich keiner. Hier kannst du mit Panzern rumballern und es hört dich keiner. Schau, wie geschmeidig der Schlitten ist. Das geht wie Butter.«

Darian drehte sich um und richtete ein silbernes Monster auf mich.

»Peng!«, sagte er.

Die Männer lachten, als hätte er den Witz zum ersten Mal gemacht. Darian wechselte die Waffe in die linke Hand und holte einen pinkfarbenen Ball mit Gummistacheln aus seiner

Joggingshose. Er drückte zweimal auf das Ding und ein Quietschen war zu hören. Der Dobermann spitzte die Ohren und kam auf die Beine. Er wedelte mit seinem Stummelschwanz, als hätte er einen Wunsch frei.

»Sitz!«, sagte Darian.

Die Töle dachte nicht daran.

»Sitz!«, sagte Darian.

Die Töle tänzelte und gab ein Japsen von sich. Sie wollte, dass er den Ball warf.

»Sitz!«, sagte der Mann mit der Leine.

Der Dobermann nahm Platz, hörte aber nicht auf, mit dem Stummelschwanz zu wedeln. Darian betrachtete ihn eine Weile lang, dann holte er aus und warf den Ball die Straße runter an den Wohnwagen vorbei. Der Dobermann brauchte keine Aufforderung. Er schoss dem Ball hinterher. Er war so schnell, dass der Ball nur zweimal auf dem Asphalt auftrumpfte, dann hatte er ihn in der Schnauze und war auf dem Rückweg.

»Er ist schnell, was?!«, sagte einer der Männer.

»Er ist King«, sage der andere Mann. »Er ist Rakete.«

»Er ist tot«, sagte Darian und schoss auf die Töle.

Meine Mädchen lehnen sich zurück. Sie sehen gute zehn Jahre älter aus, so sehr runzeln sie die Stirn. Alle vier sind angewidert. Aber nicht, weil sie so berauschende Hundefreunde sind – außer Nessi interessieren uns Tiere nur, wenn sie aus der Pfanne kommen oder ganz friedlich auf der Pizza liegen. Nein, meine Mädchen schauen so komisch, weil sie sich ernsthafte Sorgen um mich machen. Sie wissen, das ist keine von den Geschichten, die mit einem guten Witz enden. Jede Story mit einer Knarre wird irgendwann zu einer fiesen Story. So was lernt man schon im Kindergarten.

»Er schoss einfach?«, bringt Rute hervor.

»Einfach so«, sage ich. »Später hat er mir erzählt, dass er sich den Dobermann selbst zum Geburtstag geschenkt hat. Er hatte ihn danach bei den zwei Polen in Dressur gegeben, denn aus der Töle sollte eines Tages ein Kampfhund werden. Als er den Dobermann dann aber nach einem Jahr wieder zu sehen bekam, konnte er es nicht fassen, dass der Hund nicht auf ihn hörte.«

»Ich kotz gleich«, sagt Nessi.

»Die ersten zwei Kugeln gingen daneben«, spreche ich weiter. »Die Männer schrien Darian an, was er da tun würde, aber mein bekloppter Cousin ließ sich nicht ablenken. Der Hund kapierte gar nichts. Anstatt sich in die Büsche zu schlagen, kam er mit dem Quietscheball näher und näher. Die dritte Kugel streifte dann seine Schulter. Der Hund kam ins Taumeln und ließ den Quietscheball fallen. Die vierte Kugel traf ihn in die Brust und das war es gewesen. Danach hat Darian die Waffe erst auf den einen und dann auf den anderen Mann gerichtet. Sie haben sich schnell beruhigt. Sie sagten, er sollte cool bleiben. Darian klemmte sich die Schachtel mit der Munition unter den Arm und wandte sich mit der Knarre in der Hand ab. Genau da fragte einer der Männer, wer da im Jeep sitzen würde.«

Stinke gibt einen zischenden Laut von sich.

»Ich wusste, das war es noch nicht gewesen«, sagt sie.

Darian und die Männer sahen mich an, wie ich da im Jeep saß und sie beobachtete. Sie wussten nicht, dass ich durch den Fensterspalt jedes ihrer Worte hören konnte.

»Wer ist die Kleine?«, fragte einer der Männer.

»Die?«

Darian zuckte mit den Schultern.

»Ach, das ist meine neue Schnalle.«

»Warum steigt sie nicht aus und sagt Hallo?«

»Zu wund.«

Die Männer lachten los, Darian grinste mich an.

»Was willst du für sie haben?«, fragte der eine.

»Du bist uns was schuldig«, sagte der andere.

»Schuldig? Für was?«

»Wir haben Arbeit in den Hund getan. Viel Arbeit.«

Darian pumpte sich auf.

»Bezahle ich nicht immer?«, wollte er wisen.

Die Männer hoben beschwichtigend die Hände.

»Schon, schon.«

»Nee, keine Rede, klar zahlst du.«

»Also was soll dann der Scheiß?«

»Sorry, Boss.«

»Echt, sorry, Boss.«

Es war ein komisches Gefühl, zwei erwachsene Männer zu sehen, die einen Siebzehnjährigen mit Respekt behandelten. Es war verkehrte Welt. Sie sahen mich wieder an.

»Was soll sie denn kosten?«, fragte der eine Mann.

»Zehn«, sagte Darian.

»Zehn?!«

Die Männer wechselten einen Blick.

»Hat er zehn gesagt?«

»Hat er.«

Sie wandten sich wieder an Darian.

»Wow, da leistest du dir aber einen Schlitten.«

»Wer zahlt dir denn zehntausend für die Braut? Sind es die Araber?«

»Ich könnte wetten, es sind die Araber.«

Darian lachte, als hätten sie einen Scherz gemacht.

»Ich geb sie euch für acht«, lenkte er ein.

»Nee, lass mal, unser Budget liegt drunter.«

»Aber warte, he, warte!«

Sie steckten die Köpfe kurz zusammen und tuschelten.

»Vielleicht für 'ne Woche?«, fragte der eine.

»Für 500?«, sagte der andere.

Darian lachte sie aus.

»Sehe ich aus wie ein verdammter Schlampenverleih?«, wollte er wissen.

»Nee, aber du kannst sie uns ja leasen.«

»Leasen ist doch cool, Mann, für eine Woche nur, was meinst du?«

Darian tat, als würde er es sich überlegen.

»Und wie sieht sie danach aus?«, fragte er.

»Müde«, sagten die Männer gleichzeitig.

Jetzt lachten sie alle drei miteinander.

»Zehn oder nichts«, sagt Darian.

»Ach, geh doch zu den Arabern«, sagte der eine.

»Scheich müsste man sein«, sagte der andere und spuckte aus.

Darian ließ sie stehen, öffnete die Hintertür und verstaute die Munition unter dem Fahrersitz. Ich sah, wie die zwei Männer sich abwandten und mit der Sporttasche in der Hand die Straße runterliefen. Sie packten den Dobermann an den Pfoten und schleiften ihn in die Büsche. Darian stieg ein und legte mir die Waffe in den Schoß.

»Das ist ein Gewicht, was?«

Ich sah runter und stellte mir vor, wie ich die Knarre in die Hand nahm und Darian an die Schläfe drückte. Aber wie ich mein Glück kannte, war sie nicht mehr geladen und dann würde mir mein Cousin erst recht eins in die Fresse geben.

»Nicht dein Stil, was?«, fragte Darian.

»Nimm sie weg«, sagte ich.

»Lass sie doch mal warm werden.«

»Nimm das Ding weg!«

Er hörte nicht auf mich und fuhr an den Wohnwagen vorbei wieder auf die Autobahn.

»Du wolltest mich verkaufen«, sagte ich.

»Was?! Nein, ich habe dich nur angeboten.«

»Zehn Riesen?«

»Nicht schlecht, oder?«

»Und wenn sie ja gesagt hätten?«

»Dann hätte ich jetzt zehn Riesen mehr.«

Er schaltete das Radio an. Das Ende einer Verkehrsdurchsage und dann kurz Ruhe, ehe der nächste Song kam. Ich erkannte ihn nach zwei Sekunden und drei Sekunden später kam auch schon der Schrei und Ghinzus *Til You Faint* hämmerte aus den Boxen. Es war der fieseste Song, den man nach so einem Erlebnis hören konnte. Es war psycho pur, gnadenlos und laut und die Autobahn wirkte mit einem Mal, als würde sie die Zähne fletschen. Ich wollte mir die Hände auf die Ohren drücken. Ich griff nach dem Laustärkeknopf, mein Cousin packte mich am Handgelenk

»Das ist doch der beste Part«, rief er mir zu.

Die Musik dröhnte weiter und dann kam der Text: *I'm making love making love making love to you.* Neundundzwanzigmal hintereinander immer wieder derselbe Satz verpackt in drei Minuten und siebenundzwanzig Sekunden, umrahmt von einem treibenden Beat, der einem den Atem raubt. Das Album war zehn Jahre alt und ein Teil meiner Kindheit gewesen. Mein Vater sagte immer, ich hätte schon damals einen eigenen Geschmack gehabt – andere Sechsjährige hörten Songs von Benjamin Blümchen oder summten irgendeinen Popunsinn, ich hatte nur Ohren für Folktronica und experimentelle Musik. Den Text von *Til You Faint* habe ich damals mitgebrüllt, ohne zu wissen, was die Worte bedeuteten. Ich liebe diesen Song, aber in diesem Moment war er ein Skalpell, das in meinem Ohr herumstocherte.

Dann war er vorbei.

Dann die Stille.

Und dann hatte der DJ Gnade mit mir, als wüsste er, wie es mir geht. Die ersten Töne einer Gitarre und *If That's What You Need* von Menhirs of Er Grah setzte ein. Ich spürte, wie mir die

Tränen kamen. Es war albern, es war absurd, aber es war so passend, dass ich glaubte, Thom Carter singt von mir.

> After the silence
> you pour like the rain

»Was ist denn *das* für ein Scheiß?«, wollte Darian wissen und wechselte den Sender.

Ein Disco-Beat übernahm, ich presste mich gegen die Beifahrertür und wollte weg von meinem Cousin und spürte dabei, wie die Knarre in meinem Schoß verrutschte. Ich nahm sie in die Hand und warf sie hinter mich, wo sie mit einem dumpfen Laut auf dem Rücksitz landete. Darian machte ein Gesicht, als hätte ich ihm die Hose runtergezogen.

»Bist du irre?!«, kreischte er.

»Was denn?!«

Er ging vom Gaspedal und schaute nach hinten.

»Mensch, dass Ding kann doch losgehen!«

Ich machte ein neutrales Gesicht.

»Du dachtest, sie wäre nicht mehr geladen, was?«, sagte er.

»Na und«, sagte ich.

Er sah wieder nach vorne.

»Weißt du, was so eine Knarre kostet?«

»Bestimmt nicht 10 000.«

Er grinste.

»Witzig«, sagte er.

»Wozu brauchst du so ein Ding?«

»Kommunikation.«

»Kommunikation?«

»Wenn mich einer nicht versteht, halte ich ihm das Ding vor die Nase und er versteht mich.«

Er nahm die nächste Ausfahrt, fuhr eine Schleife und auf der anderen Seite wieder auf die Autobahn.

»Und jetzt?«, fragte ich.
»Jetzt geht es zurück nach Berlin.«
»Das war es dann?«
»Nein, Bambi, wir haben noch nicht mal angefangen.«

Wir kehrten nicht direkt nach Berlin zurück, sondern fuhren in einem großen Bogen vom Süden über Ludwigsfelde und Großbeeren in die Stadt rein. Darians Ziel war ein Hochhaus in Marienfelde. Er parkte in einer Feuerwehrausfahrt, stellte den Motor aus und zog eine Tic-Tac-Dose unter seinem Ärmel hervor. Er schüttelte sie, sodass das Klappern laut im Auto zu hören war, dann hielt er mir die Dose entgegen. Er musste mir nichts erklären, der Inhalt sah nicht nach Tic-Tacs aus.
»Du wirst das brauchen«, sagte er.
»Ich denke nicht«, sagte ich.
Darian zuckte mit den Schultern und ließ die Tic-Tac-Dose wieder unter seinem Ärmel verschwinden. Ich rechnete fest damit, dass er mich wieder im Jeep warten lassen würde. Mein Plan war recht einfach. Sobald er in dem Hochhaus verschwand, würde ich mir meinen Geldumschlag schnappen, aussteigen und zur nächsten Taxihaltestelle laufen. Finito.
»Komm am besten mit«, sagte Darian, »sonst hast du nichts davon.«
»Und wenn ich nicht will?«
»Dann mache ich dich will«, antwortete er mir in einem miesen türkischen Akzent und stieg aus.

Wir standen vor einer Armee von Klingelschildern. Über uns flackerte eine Neonröhre und machte die Motten völlig irre. Sie plingten und plangten dagegen und hätten ihr Leben gegeben, um zu dem Licht zu kommen. Sie wussten definitiv etwas, was ich nicht wusste. Darian klingelte bei Abramov im 18. Stockwerk. In der linken Hand hielt er einen der Umschläge.

»Woher weißt du, dass das nicht meiner ist?«, fragte ich.

»Deiner ist leichter.«

Es rasselte, Darian drückte die Tür mit der Schulter auf.

»Klaustrophobisch?«, fragte er.

Ich sparte mir einen Kommentar und ließ ihm den Vortritt in den Fahrstuhl.

Wir fuhren nach oben.

Wir fuhren ins 18. Stockwerk und stiegen aus.

Wir liefen einen Flur runter.

Es roch nach Bohnerwachs, Socken und Fischstäbchen.

Ich hatte keine Ahnung, warum ich das alles mitmachte.

Doch.

Da war eine Ahnung.

Ich hatte den Köder geschluckt. Ich war neugierig.

Wir blieben vor einer der Türen stehen, die aussah wie alle anderen Türen. Darian klopfte.

Es dauerte eine Minute, dann näherten sich Schritte und die Tür ging auf.

»Sag mal, weißt du, wie spät es ist?«

Sie war jünger als ich und sah aus, als wäre sie älter. Pickel auf der Stirn, träge Augen und um sie herum der Geruch von angebratenen Zwiebeln. Sie war erschreckend blass, als wäre sie der Geist eines Mädchens, das sich wundert, wo sein Körper abgeblieben ist. Im Hintergrund flackerte ein Fernseher.

»Für das hier ist es nie zu spät«, sagte Darian und wedelte mit dem Umschlag.

Das Mädchen sah mich an.

»Und du? Was willst du hier?«

»Sie ist mein Überraschungsgast«, sagte Darian.

Das Mädchen lachte.

»So sieht sie auch aus.«

Mein Cousin machte eine Geste, als würde er in einem Restaurant ein spezielles Menü präsentieren.

»Tilda, darf ich vorstellen: Taja. Taja, darf ich vorstellen: Tilda.«

»Hi«, sagte ich.

»Hi«, sagte Tilda und sah Darian wieder an. »Und? Was soll das?«

»Nichts.«

Darian grinste.

»Ich dachte, ich mach euch mal bekannt.«

Ich spürte, dass da noch mehr kommen würde.

So war es auch.

»Passiert bei euch denn gar nichts?«, fragte Darian und drückte sich eine Hand aufs Herz. »Bei mir passiert nämlich eine Menge.«

Er wartete ab, nein, bei uns passierte nichts, er schüttelte verwundert den Kopf.

»Ich muss zugeben, dass ich ein wenig enttäuscht bin.«

»Enttäuscht wovon?«, fragte Tilda.

»Ihr verhaltet euch überhaupt nicht, wie ich mir das vorgestellt habe.«

»Und wie sollten wir uns deiner Meinung nach verhalten?«, brachte ich hervor.

»Na, wie zwei Halbschwestern, die einander das erste Mal begegnen.«

Ich nippe von meinem Kaffee, ich sehe meine Mädchen an und fühle mich unter ihren Blicken, als hätte ich sie verraten.

Sie starren, sie blinzeln. Schnappi spricht es schließlich aus:

»Du hast 'ne Schwester?!«

»Halbschwester«, sage ich.

»Aber ...«

Nessi beugt sich vor.

»... wie denn das?«, haucht sie.

»Ich tippe Sex«, sagt Stinke.

»Ich auch«, sagt Rute.
»Ihr tippt richtig«, sage ich.

Tilda sah mich nicht an, sie starrte Löcher in Darians Augen, und als sie eben was sagen wollte, hörten wir Schritte aus dem Inneren der Wohnung. Eine Frau kam durch den Flur auf uns zugewatschelt. Sie als fett zu bezeichnen, wäre ausgesprochen nett gewesen. Sie war ein Panzer, sie war ein Schlachtschiff, sie stützte sich mit der einen Hand an der Wand ab und verzog das Gesicht, als wäre jeder Schritt schmerzhaft. Ihr Haar war halblang und strähnig. Sie hatte sich über ihr Nachthemd einen weiten Bademantel übergeworfen, der wie ein Umhang wirkte.

»Tilda, was ist hier los?«, wollte sie wissen. »Es ist nach Mitternacht und ich ...«

Sie sah Darian und mich im Türrahmen stehen.

»Heute ist nicht Freitag«, sagte sie.

»Heute ist nicht Freitag«, stimmte ihr Darian zu.

»Mama, geh wieder ins Bett«, sagte Tilda, »ich kümmer mich darum.«

»Aber ... heute ist nicht Freitag«, sagte die Frau verwirrt.

»Mama, geh wieder ins Bett!«

Die Frau drehte sich um und stützte sich wieder an der Wand ab. Wir warteten, bis sie nicht mehr zu sehen war. Sie hinterließ ein Gefühl von Verzweiflung und den Geruch von Schweiß. Tilda fand ihre Balance wieder. Sie riss Darian den Umschlag aus der Hand und sagte zu mir:

»Du und ich, wir quatschen mal.«

Wir standen im 18. Stockwerk auf dem Balkon und kein Stern schaute auf uns herab. Wir beobachteten Darian, der weit unter uns den Plattenbau verließ und in seinen Jeep stieg. Tilda zündete sich eine Zigarette an.

»Wie alt bist du?«, fragte sie.
»Sechzehn. Du?«
»Dreizehn.«
Tilda spuckte vom Balkon.
»Wusstest du, dass es mich gibt?«, fragte ich.
Sie sah mich von der Seite her an, als hätte ich einen schlechten Witz gemacht.
»Sah ich vorhin aus, als wüsste ich, dass es dich gibt?«
»Nicht wirklich.«
»Dann frag nicht so blöde.«
Sie schaute wieder über die Stadt. Ich versuchte in ihrem Gesicht irgendwelche Ähnlichkeiten zu sehen. Spuren von meinem Vater. Irgendwas. Ich sah nichts und schaute weg. In der Ferne schimmerte ein schlafendes Berlin. Es war ein wenig, als würde man auf die Kulisse einer Stadt hinabblicken und begreifen, dass nichts an dieser Stadt echt ist.
»Halbschwester also?«, sagte Tilda und schnippte die Zigarette weg. »Wer hätte das gedacht?«
»Ich auf jeden Fall nicht«, gab ich zu.
»Vielleicht gibt es ja noch mehr von uns?«
»Meinem Vater traue ich das zu.«
Sie lachte, ich lachte mir, ihr, wir sagten gleichzeitig:
»Unserem Vater.«
Tilda stand mit dem Rücken zur Straße und stützte die Ellenbogen auf das Geländer des Balkons. Es sah aus, als würde sie sich in einer Bar an die Theke lehnen. Sie neigte den Oberkörper nach hinten und starrte kopfüber in den trübschwarzen Himmel hoch.
»Und was machen wir jetzt damit?«, fragte sie und klang plötzlich bodenlos traurig.
»Einfach weiterleben«, sagte ich und hoffte, dass es so einfach sein würde. Gleichzeitig sah ich mich meinem Vater in der Villa gegenüberstehen und ihn fragen, wie viele Geschwister ich

denn wohl noch hätte, und wieso er sich durch die Welt vögeln musste, und ob ihm denn nicht genügen würde, was er hatte. Ich fühlte mich betrogen. Es waren keine guten Gedanken, die mir da durch den Kopf schwirrten. Besonders einen mochte ich überhaupt nicht: *Vielleicht sage ich kein Wort zu ihm und tue, als wäre nichts gewesen.*

»Ich mach meinen Alten fertig«, rutschte es mir raus.

»Hahaha«, machte Tilda.

»Glaubst du mir nicht?«

»Ich glaube dir, aber zu spät ist zu spät.«

»Was?!«

»Ich sag ja nur.«

»Was heißt denn *zu spät ist zu spät*?«

»Das sagt man so.«

»Du glaubst also nicht, dass ich ihn fertigmachen werde?«

»Ich kenne dich nicht, Taja, aber solange du kein Voodoo kannst, glaube ich dir nicht.«

»Voodoo?!«

Wir sahen uns an, es klickerte und klackerte zwischen uns.

»Der Alte ist seit elf Jahren tot«, sagte Tilda. »Ich glaube, da hilft nicht mal Voodoo.«

Sie starrte wieder in den Nachthimmel hoch und ließ die Worte einfach so zwischen uns stehen. Ich hätte vor Schreck beinahe wieder losgelacht. Sie tat mir leid. Ich wollte die Klappe halten, aber das ging natürlich nicht.

»Er ist nicht tot«, sagte ich.

»Hahaha.«

»Tilda, wirklich jetzt. Er lebt.«

Ihr Lachen verstummte.

»Er ist gerade in Stockholm«, sprach ich weiter, »und kommt in einer Woche wieder zurück, verstehst du?«

Sie zog den Kopf ein, zwischen ihren Augen hatte sich eine Falte gebildet.

»Was?!«

»Ich sagte---«

»Ich habe dich gehört. Stockholm?«

»Stockholm«, bestätigte ich, als würde es darum gehen, wo mein Vater war, und nicht darum, dass sie ihn für tot gehalten hatte.

»Nee«, sagte sie.

»Doch«, sagte ich.

»Aber ...«

Die Falte wurde tiefer.

»Stockholm?«, wiederholte Tilda leise und lehnte sich wieder zurück, ihre Füße lösten sich dabei ein wenig vom Boden und für einen Moment glaubte ich, sie würde sich fallen lassen und lautlos in der Tiefe verschwinden. Ich ergriff ihren Arm, ich wollte nicht, dass sie fiel. Eine Träne rollte ihre Wange hinunter. Ihre Füße hatten wieder Bodenkontakt.

»Ich habe ihn so sehr vermisst«, sprach sie weiter. »Ich ... Meiner Mutter hat es das Herz gebrochen, als er gestorben ist. Hast du gesehen, wie fett sie ist? Auf den Fotos von früher ist sie schlank wie ein Model, dann starb der Alte und alles an ihr fiel auseinander und von da an ... von da an wurde es schlimmer und schlimmer. Wenn ...«

Sie zog die Nase hoch.

»... wenn uns Darian nicht das Geld bringen würde, wären wir auf Stütze, verstehst du? Meine Mutter kann ja nicht arbeiten, depressiv und alles, sie geht kaum aus dem Haus und ich ...«

Sie zuckte mit den Schultern.

»... bin doch erst dreizehn.«

Sie sah mich an und wischte die Träne von ihrer Wange.

»Erzähl meiner Mutter nicht, dass er lebt, versprich mir das«, bat sie mich.

»Aber---«

»Taja, wenn sie hört, dass er lebt, dreht sie richtig durch!«
»Ich halte den Mund«, versprach ich.
Plötzlich umarmte mich Tilda. Fest und warm. Meine Halbschwester. Sie roch nach billigem Waschmittel und Kaugummi.
»Ich nehme dich mit«, sagte ich in ihr Ohr hinein.
Sie löste sich von mir und sah mich an.
»Wohin willst du mich denn mitnehmen?«
»Du wirst ihn treffen.«
Es war, als hätte ich ihr mit der Hand vor die Stirn gestoßen.
»Nee, das will ich nicht!«
»Dennoch solltest du es tun, er darf damit nicht durchkommen.«
Tilda wich zurück.
»Nee, lieber nicht.«
Ich wechselte den Kurs so schnell, dass mir schwindelig wurde.
»Kein Problem«, sagte ich. »Gib mir mal dein Handy.«
»Was?! Wozu das?«
»Ich habe meins zu Hause gelassen.«
Tilda verschwand in der Wohnung, ich sah nach unten und auf Darians Jeep und wünschte mir, die Karre würde einfach in Flammen aufgehen. Wie konnte er uns das nur antun? Was für ein Sadist war er? Tilda trat wieder nach draußen und schloss die Balkontür hinter sich. Ihr Handy war mit Glitter beklebt.
»Ich ruf ihn jetzt an«, sagte ich. »Er soll wissen, dass wir es wissen.«
Tilda drückte sich erschrocken eine Hand auf den Mund, hielt mich aber nicht davon ab, dass ich die Nummer eintippte. Mir war egal, ob Oskar schlief oder mit irgendwelchen Stars im Studio herumhing. Mir war nur wichtig, dass alle Barrieren brachen und es donnerte. Ich spürte die Wut und Ohnmacht in mir brodeln. Ich war geladen und bereit, mich mit Gott anzulegen.
»Sag ihm nicht, dass ich vor dir stehe«, flüsterte Tilda.

Ich nickte und hörte das Klingelzeichen, ich stellte das Handy auf laut und hielt es zwischen uns wie einen Teller, der gefüllt werden wollte. Es knackte in der Leitung.

»Hallo?«, sagte eine verschlafene Stimme.

»Oskar, ich bin es. Weißt du, wo ich hier bin?«

»Ich ... Taja? Woher soll ich wissen, wo du bist? Scheiße, wie spät ist es denn---«

Weiter kam er nicht, Tilda hatte mir das Handy weggenommen und die Verbindung unterbrochen.

»Warum hast du das getan?«, fragte ich.

»Wer ist Oskar?«, fragte sie zurück

»Was?!«

»Taja, wer ist Oskar?«

»Unser Vater.«

»Mein Vater heißt nicht Oskar.«

»Wie heißt denn dein Vater?«

»Vladimir.«

Plötzlich lachten wir beide los. Es traf uns im Magen wie der Volltreffer aus einer Lachkanone. Man hatte uns verarscht! Das Muskelpaket in seinem Jeep da unten hatte uns verarscht! Wir waren Kleinkinder, denen man alles erzählen konnte. Halbschwestern? Sehr witzig!

Wir beruhigten uns, wir standen da und sahen einander an.

»Irgendwie schade«, sagte sie.

»Irgendwie«, sagte ich.

Wir blickten gleichzeitig zum Jeep runter.

»Ich wünschte, ich hätte einen Baseballschläger«, sagte Tilda.

»Du könntest ihm auch den Lack zerkratzen«, sagte ich.

»Oder die Reifen zerstechen?«

»Oder die Reifen zerstechen«, stimmte ich ihr zu.

Wir nahmen den Fahrstuhl nach unten.

Es war eine lauwarme Nacht und die Straßen glänzten von dem kurzen Sommerregen. Es fühlte sich an, als wären wir die einzigen Menschen in ganz Marienfelde. Kein Auto fuhr, kein Flugzeug flog, kein Besoffener krakeelte nach mehr Bier. Nur wir waren am Leben und natürlich die dämlichen Motten, die das Licht umflatterten.

Und Darian nicht zu vergessen.

Er sah uns kommen und ließ das Fahrerfenster runter.

»Ich dachte, ich muss hier die ganze Nacht sitzen«, sagte er.

»Du bist der schlimmste Penner der Welt«, sagte Tilda.

Darian rollte mit den Augen.

»Was ist denn jetzt schon wieder?«, wollte er wissen.

»Sie ist nicht meine Halbschwester«, sagte ich. »Und Oskar ist nicht ihr Vater.«

»Was?! Moment mal, das habe ich auch nie gesagt.«

»Du *hast* gesagt, wir sind Halbschwestern«, sagte Tilda.

»Das seid ihr auch.«

»Darian, du bist voller Kacke«, sagte ich.

»Und ich könnte dir dafür die Fresse polieren«, sagte Tilda.

Mein Cousin lachte. Es war eindeutig, dass er keine Angst vor uns hatte.

»Habt ihr gleichzeitig eure Tage bekommen, oder was?«, fragte er und dann bemerkte er den Cutter in Tildas Hand.

»Was willst du denn damit?«

»Deine Reifen aufschneiden.«

Darian schreckte zurück, was sehr schwer ist, wenn man in einem Jeep sitzt.

»Was?! Warum will du mir die Reifen aufschlitzen?!«

»Dachtest du wirklich, wir kommen nicht dahinter?«, fragte ich.

»Hinter was?«

»Ihr Vater heißt Vladimir und meiner heißt Oskar.«

Darian sah uns an, als wären wir vollkommen bekloppt.

»Ich weiß. Und?«

»Und?!«, spielten Tilda und ich das Echo.

»Aber eure Mutter heißt Majgull, oder?«, fügte Darian trocken hinzu.

Es war, als hätte er den Hauptstecker aus der Welt gezogen. In Bombay gingen die Lichter aus, in Amsterdam verlöschten die Laternen und die Gassen waren plötzlich stockdunkel, in New York saßen die Leute vor ihren Fernsehern und starrten die schwarze Mattscheibe an, während in Paris der Eiffelturm ein letztes Mal flackerte und nicht mehr zu sehen war. Auch Berlin verlor seine Lichter und seine Kraft und auch der gesamte Sauerstoff wurde weggesaugt, sodass ich verwirrt nach Luft schnappte, als in meinem Gehirn ankam, was mein Cousin eben gesagt hatte, ohne es wirklich zu sagen.

Meine Mutter lebte.

Mir begannen die Beine zu zittern und mein Herz hämmerte unkontrolliert los. Ich hörte Wale in meinem Blut singen, ich hörte die Motten und den Schlag ihrer Flügel, ich hörte Tilda sagen:

»Was heißt denn das schon wieder?«

Darian zeigte mit dem Kinn auf mich.

»Sieh dir deine Halbschwester an, die hat es kapiert. Nicht wahr, Taja?«

Es war das erste Mal, dass ich meinem Cousin recht geben musste. Ich hatte es kapiert.

Meine Mädchen sind da, sie sind um mich herum, sie können es noch nicht glauben. Sie sind einfach nur da und umringen mich. Ihre Hände auf meinem Rücken, ihre Körper nahe bei mir.

Ich heule und heule und heule.

Ich saß wieder neben Darian im Jeep. Ich war zerbombt und ausgebrannt und wollte nur noch in mir selbst verschwinden. Jeder Atemzug schmerzte, jeder Gedanke kroch wie Säure durch mein Hirn. Und immer wieder hörte ich Darians Worte: »Aber eure Mutter heißt Majgull, oder?« Es war mir unmöglich, meine Gedanken zu ordnen. Sie tobten, sie tanzten Pogo in meinem Kopf. Tildas Mutter war meine Mutter, meine Mutter war Tildas Mutter. *Sie lebt,* dachte ich, *sie wiegt 200 Kilo und wohnt in einem Plattenbau in Marienfelde und erkennt mich nicht, wenn ich im Türrahmen stehe.*

Und die Welt drehte sich einfach weiter, als wäre nichts gewesen.

Berlin glitt an mir vorbei. Alles war, wie es immer war, und nichts war dasselbe. Ich starrte in den Seitenspiegel. Ich hatte nicht einmal Kraft gehabt, Tilda zu winken. Ich wusste, ich würde sie wiedersehen. Aber bis dahin musste ich einen ganzen Berg versetzen, ein Meer durchschwimmen und gegen einen Drachen kämpfen. So fühlte es sich an.

»Warum erfahre ich das jetzt?«, fragte ich nach einer langen Pause mit einer Stimme, die so brüchig klang, als hätte mir jemand die Stimmbänder angesägt.

»Lieber jetzt als später«, antwortete Darian.

Ich drehte durch. Ich schlug mit beiden Händen auf seinen Arm ein, traf sein Gesicht und drosch einfach drauflos. Der Jeep kam ins Schlingern, dann blieb er mit einem Ruck stehen und Darian packte meine Handgelenke.

»He, beruhige dich!«

»Ich will wissen, warum ich das ausgerechnet jetzt erfahre?!«, schrie ich ihn an.

»Weil ich es richtig fand.«

Das brachte mich zum Verstummen.

»Das ist doch keine Antwort«, sagte ich.

»Okay, mein Alter hat mich rausgeschmissen, besser?«

»Was hat denn das eine mit dem anderen zu tun?«

»Er will mich nicht mehr dahaben. Er will … ach, Scheiße, es ist auch egal, was er will. Ich habe dir doch gesagt, dass wir von Lügen umgeben sind, oder? Mein Vater und dein Vater sind bodenlose Lügner. Sieh es als meine Revanche.«

Ich war mir sicher, mich verhört zu haben.

»*Ich* bin deine Revanche?«

»Nein, natürlich nicht. Du bist bloß ein Werkzeug.«

»Das ist nicht besser, Darian.«

Er winkte ab.

»Du musst es ja nicht verstehen.«

»Du bist von deinem Vater angepisst und ich bekomme es ab?«

»So oder ähnlich.«

Er ließ meine Handgelenke los und sah für einen traurigen Augenblick aus wie ein Junge, der niemanden hat.

»Und seit wann genau weißt du, dass meine Mutter lebt?«, hakte ich nach.

»Seit ungefähr zwei Jahren.«

»Seit *zwei* Jahren?!«

»Ungefähr. Ich bekam es zufällig mit, als mich mein Vater beauftragt hat, ihr Geld zu bringen. Er sagte, er könnte das nicht mehr, es würde ihn runterziehen. Was denkst du, was für ein Gesicht ich gemacht habe, als ich begriff, was da gespielt wurde? Ich habe eins und eins zusammengezählt und meinen Alten gefragt, was das sollte, und er antwortete nur, es wäre eine komplizierte Geschichte, die mich nichts anging. Er selbst konnte Majgull nicht mehr ins Gesicht schauen, es war ihm unangenehm und deswegen schickte er mich.«

»Ich … ich verstehe das nicht, ich dachte, sie ist tot.«

»Das war auch der Sinn des Ganzen.«

»Aber warum?«

»Du hast doch gesehen, warum.«

»Wegen Tilda?«

»Wegen Tilda.«

Er sah zu mir rüber, wir standen an einer roten Ampel und von links und rechts und hinten und vorne war kein Auto zu sehen, dennoch standen wir an der Ampel und warteten, dass sie auf Grün umschaltete.

»Ich kenne die ganze Geschichte nicht«, sprach Darian weiter, »aber garantiert ist deine Mutter fremdgegangen, was soll es sonst sein? Einem Desche darf man nicht querkommen, da gibt es kein Pardon.«

Ich schüttelte den Kopf.

»So banal kann das nicht sein.«

»Alles ist banal, wenn du es lange genug erträgst.«

Ich beugte mich rüber, er zuckte zurück und beobachtete meine Hand, als wäre sie eine Schlange. Ich griff unter den Ärmel seines T-Shirts und zog die Tic-Tac-Dose raus. Sie war warm von seinem Arm. Es befanden sich noch zwei Pillen drin.

»Was ist das?«, fragte ich.

»Was Gutes«, sagte er.

Ich öffnete den Mund und schluckte beide Pillen.

»Versteht ihr?«, frage ich meine Mädchen.

Schnappi und Nessi nicken, Schnappi sagt:

»Da wäre ich auch abgestürzt. Wenn man mir so eine Ladung verpasst, wäre ich für länger als eine Woche weg gewesen. Eben hast du keine Mutter, dann hast du eine. Nee, das ist zu viel.«

»Arme Taja«, sagt Nessi und beugt sich vor und drückt meine Hand.

»Unsinn«, sagt Stinke.

»Ich sage auch Unsinn«, sagt Rute.

Ich nicke. Ich weiß, dass die beiden nichts durchgehen lassen. Es wäre so leicht, wenn sie das tun würden. Ich könnte aufhören zu erzählen, ich könnte den Rest überspringen und mich hinlegen und mich bewusstlos schlafen.

»Du bist zu stark für so einen Scheiß«, sagt Stinke.

»Niemals hast du dich deswegen zugeknallt«, sagt Rute.

»Ihr habt recht, meine Mutter war nicht der Grund für meinen Absturz. Sie war nur eine willkommene Ausrede, um Darians Pillen zu nehmen. Ich wollte es mir leichter machen. Aber was danach kam, war schlimmer. Ich ...«

Sie sehen mich an, sie nicken nicht, denn sie haben keine Ahnung, was ich da vor mich hin quassle.

»... ich habe danach echten Mist gebaut«, sage ich.

Mein Cousin fuhr mich nicht nach Hause.

Er sagte, er wäre noch nicht fertig mit mir.

Er sagte, jetzt bräuchte er meine Hilfe, nachdem er mir geholfen hatte.

Zu dem Zeitpunkt war mir alles egal. Die zwei Pillen wirkten und ich spürte nichts Negatives mehr und das war der Sinn des Ganzen. Ich war nur noch fließende Bewegung und jedes Molekül von mir war ein Teil der Nacht und des Sternenhimmels und nichts konnte schiefgehen, solange das so blieb. Ich nahm alles hin. Auch Darians Geschichte und den Grund, warum er mich mitgenommen hatte. Er sagte, er wollte zu einer Party. Er sagte, er hätte seinen Kumpels versprochen, dass er keine Kosten scheuen und drei Mädchen mitbringen würde. Ich sah ihn schief an.

»Nee, keine Sorge«, sagte er. »Dich biete ich nicht an.«

»Dein Glück«, sagte ich.

»Aber ich brauche drei Mädchen.«

Ich lachte ihn aus.

»Und?«, fragte ich.

»Hilf mir, sie zu finden.«

Ich konnte nicht aufhören ihn auszulachen.

»Du bist so witzig doof«, sagte ich. »Kennst du denn keine Mädchen?«

»Ich kenne Mädchen, aber nicht solche.«
»Solche?«
»Hilfst du mir?«
»Was heißt *solche,* Darian?«
»Ich zeige sie dir.«

Er sagte Mädchen, er meinte Nutten.
 Sie sollten nicht älter sein als zwanzig.
 Sie sollten gut aussehen. Er wollte keine Junkies.
 Ich sagte ihm, dass das wahrscheinlich alles Junkies sind.
 Er schüttelte den Kopf und glaubte mir nicht.
 Ich sagte: »Glaub doch, was du willst.«

Wir fuhren die Potsdamer Straße runter, wir fuhren die Kurfürsten runter, wir sahen die Nutten zwischen den geparkten Autos am Straßenrand stehen. Die Hässlichen, die Aufgetakelten, die Ordinären, die Verlorenen. Sie traten ein paar Schritte vor und zeigten sich, als wir an ihnen vorbeirollten. Einige winkten, einige gingen in Pose und andere wandten sich ab, als sie mich neben Darian sitzen sahen. Ich wollte ihnen zurufen, sie sollten abhauen, aber da ich nicht wusste, wohin sie abhauen sollten, hielt ich die Klappe und sah in den Seitenspiegel. Hinter uns folgten ein paar Autos im Schritttempo. Kurz nach Mitternacht ist Stoßzeit in Berlin. Wortwörtlich. Einige bremsten in zweiter Reihe, andere taten, als hätten sie sich verfahren, und dann gab es noch die, die plötzlich Gas gaben und einfach verschwanden.
 »Ich bin froh, kein Typ zu sein«, sagte ich.
 »Ich bin froh, mich nicht anbieten zu müssen«, sagte Darian.
»Nutte sein ist doch echt mies.«
 »Dennoch brauchst du sie.«
 Er zuckte mit den Schultern.
 »So ist das Leben, Bambi.«

Ich gähnte, dass mir der Kiefer knackte, mein Körper stand unter Strom und brauchte dringend Sauerstoff.

»Was für eine Party soll das sein?«, fragte ich.

»Ein paar Kumpels wollen entspannen.«

»Und warum quatschst du die Nutten nicht selber an?«

Er lachte.

»Würdest du bei mir einsteigen?«

Da hatte er einen Punkt, aber der Punkt war schwach, denn die Nutten sahen aus, als würden sie überall einsteigen und sich nicht darum kümmern, wem sie ihren Körper anboten.

»Die sehen aus, als würden sie überall einsteigen«, sagte ich.

»Genau die will ich nicht.«

»Was willst du dann?«

»Ich will Stil.«

»Was ist schon Stil?«

»Stil ist, was ich stilvoll finde.«

»Und was soll ich da tun?«

»Quatsch die an, die ich haben will, sag ihnen---«

»Oh, Scheiße«, unterbrach ich ihn.

»Was ist?«

Ich war im Sitz runtergerutscht und machte mich klein.

»Was hast du?«

»Ich kenn die eine.«

Darian schaute zurück und versuchte zu sehen, von wem ich sprach.

»Die mit dem roten Minirock?«, fragte er.

»Genau die.«

»Du *kennst* sie?«

»Sie heißt Alex, sie war auf meiner Schule.«

»Was?! Wie alt ist sie denn?«

»So alt wie ich.«

»Das ist doch super.«

Ich drehte mich nach links, winkelte mein rechtes Bein an

und trat nach Darian. Es fühlte sich gut an, ich war schnell, ich würde ihn aus dem Jeep stoßen und er würde über die Straße rollen und dann …

Darian fing mein Bein mit der Hand ab, fuhr rechts ran und packte mich am T-Shirt. Wer glaubt, unter dem Einfluss von Drogen ganz besonders schnell zu sein, der täuscht sich ungemein. Darian zog mich zu sich rüber, wir waren Nase an Nase.

»Langsam gehst du mir auf den Sack«, sagte er.

»Dann lass mich aussteigen.«

»Du steigst nicht aus. Ich habe dir was gegeben, jetzt gibst du mir was.«

»Du hast mir Scheiße gegeben.«

»Was?! Du hast deine Mutter wiedergesehen, du undankbare Schlampe.«

Ich schüttelte den Kopf, ich hatte eine Frau gesehen, die mal meine Mutter gewesen war.

»Mir ging es besser, als ich noch dachte, sie wäre tot«, log ich.

»Lügnerin«, sagte Darian.

»Arschloch«, sagte ich.

Er sprach weiter, ohne seinen Griff zu lockern:

»Hör mir gut zu, denn so geht es jetzt weiter: Wir fahren die Kurfürstenstraße wieder runter und jedes Mädchen, das ich auswähle, neben dem halten wir an und du bequatschst sie und fragst, ob sie Lust auf Party hat. Und das machen wir so lange, bis ich drei Mädchen hinter mir sitzen habe, ist das klar?!«

»Das sind keine Mädchen«, sagte ich.

»Ich habe gefragt, ob das klar ist?«, zischte Darian.

Ich schmeckte eine Bitterkeit im Mund und wollte sie meinem Cousin ins Gesicht spucken. Es war die Arroganz der Droge. Sie ließ mich plötzlich grinsen, sie ließ mich kichern, denn ich wusste, niemand konnte mir was. Niemand. Egal, was als Nächstes geschah, ich ließ mich doch nicht von einem Beppo herumkommandieren. Darian müsste das eigentlich wissen.

Weißt du das nicht?, wollte ich laut fragen, sah dann aber etwas in seinen Augen, das mir all meine Leichtigkeit nahm und nur Furcht zurückließ. Richtige Furcht. Innerhalb von einer Sekunde begriff ich, dass das, was Darian dem Dobermann angetan hatte, für ihn ein Kinderspiel gewesen war und er es mir genauso antun konnte, ohne dabei in Tränen auszubrechen. Er konnte mich erschlagen, er konnte mich erwürgen oder mir eine Kugel verpassen. Es war in Leuchtbuchstaben auf seine Pupillen eingebrannt. Mensch oder Tier. Meinem Cousin war das gleich. Ich sah das nicht nur, ich roch es in seinem Atem und konnte es nicht glauben und glaubte es und nickte aus reiner Furcht.

»Und jetzt ...«

Darian schob mich auf den Beifahrersitz zurück

»... setz dich ordentlich hin und lächle, wir wollen doch keinen schlechten Eindruck machen, oder?«

Sie war kleiner als ich, unglaublich zierlich, mit hochgepushten Brüsten und Schuhen, die sie dreißig Zentimeter größer machten. Das Beifahrerfenster ging runter, ich schaute raus, sie tippelte auf mich zu.

»Hi«, sagte ich.

»Hallihallo«, sagte sie.

»Lust auf Party?«, fragte ich.

Sie schielte an mir vorbei zu Darian.

»Wie lange?«, fragte sie.

Auch ich sah zu Darian.

»Zwei Stunden, höchstens drei«, sagte er.

»200«, sagte sie.

»Okay«, sagte Darian.

»Yeah!«, machte sie und stieg hinten ein, als hätte sie beim Lotto gewonnen.

Das Auto füllte sich sofort mit dem Duft von Apfelshampoo.

»Aber ich will ...«

Sie verstummte, als ihr Darian drei Hunderter nach hinten reichte.

»Falls es drei Stunden werden«, sagte er.

»Yeah!«, wiederholte sie und verstaute das Geld in ihrer Handtasche.

Wir wussten nicht, wie sie hieß, sie wusste nicht, wie wir hießen. Es ging so einfach.

»Es kommen noch zwei dazu«, sagte Darian.

»Geteilte Arbeit ist beste Arbeit«, sagte sie.

Wir fuhren weiter.

Sie war größer als ich und wirkte durchtrainiert und nicht wie jemand, der auf der Straße stehen sollte. Gute Frisur, gutes Gesicht und klare, wache Augen. Als wir auf einer Höhe mit ihr waren, ließ sie die Zigarette fallen und kam zum Wagen. Sie war keine von denen, die bei jedem sich nähernden Scheinwerfer nach vorne traten und sich präsentierten. Ich konnte ihren Stolz spüren. Das hier war unter ihrer Würde. Es war Geld.

»Hi«, sagte ich.

Sie sah mich nur an.

»Lust auf Party?«, fragte ich.

»Party?«, fragte sie. »Wo?«

Zwei Worte und ein messerscharfer Akzent dahinter.

Mein Fenster glitt hoch, der Jeep setzte sich in Bewegung.

Ich sah Darian an.

»Was war denn das?«, wollte ich wissen.

»Ich will deutsche Nutten«, sagte er.

»Soll ich sie etwa nach dem Ausweis fragen?«

»Stell dich nicht so an«, sagte Darian.

Er bremste zehn Meter entfernt und das Fenster ging wieder runter.

Sie war mollig und hatte eindeutig keine Lust, auf der Straße zu stehen. Später würde sie sich in Jogginghosen und T-Shirt vor dem Fernseher fläzen und *Supernatural* schauen. Jetzt war sie auf der Straße und ließ die Lippen ploppen, als könnte mir das gefallen. Ihre Jacke hatte Fransen und ihr Haar war in vier Zöpfen geflochten. Sie tat, als wäre sie elf, dabei war sie über zwanzig.

»Na, Süße«, sagte sie.

»Lust auf Party?«, fragte ich.

»Mit dir doch immer.«

Sie sah an mir vorbei.

»Und was ist mit Hulk? Macht der auch mit?«

»Ich bin nur der Fahrer«, sagte Darian und grinste.

»Hallo, Sabrina«, meldete sich die Nutte hinter mir.

Sabrina warf einen Blick auf den Rücksitz.

»Scheiße, Minni, was machst du da drin?«, fragte sie.

»Ich geh mit zur Party. Gucki mal!«

Sie wedelte mit den Geldscheinen. Sie sagte wirklich *Gucki mal*.

»300?«, fragte Sabrina.

»300«, sagte ich.

»Auf die Hand?«

»Nun steig schon ein«, sagte Darian.

Sie stieg ein, sie fragte nicht, wer wir waren, sie stellte keine Frage und nahm die drei Scheine entgegen und war einfach nur froh, von der Straße weg zu sein.

»Eine noch«, sagte Darian.

Natürlich hielt er vor Alex.

»Unsere Alex?«, fragt Schnappi.

»Die Alex, die mit Frank zusammen war?«, fragt Rute.

Nessi ist vollkommen verwirrt.

»Was macht denn Alex auf dem Strich?«

Stinke sieht sie verwundert an.

»Nessi, was macht denn die Alex wohl auf dem Strich, hm?«, fragt sie zurück.

Wir wissen wenig über Alex, wir wissen nur, dass sie es immer gehasst hat, wenn man sie Alexandra nannte. Sie ist zweimal von zu Hause weggerannt und kann besser Gitarre spielen als ich. Sie hat auf dem Unterarm ein Tattoo und es ging das Gerücht herum, sie hätte sich die Brustwarzen gepierct. Mehr wissen wir nicht.

»Hat sie dich erkannt?«, fragt mich Nessi.

»Taja, was machst du denn hier?«, war das Erste, was Alex sagte, nachdem sie an den Jeep getreten war. Eigentlich hätte ich ihr diese Frage stellen müssen.

»Party«, rutschte es mir raus.

»Was?!«

»Ich ... mein Cousin macht eine Party und ... na ja, und er sucht ...«

Beinahe hätte ich Nutten gesagt.

»... Mädchen.«

»Mädchen?«, spielte Alex das Echo und lachte. »Was wird das? Ein Kindergeburtstag?«

»Junggesellenabschied«, meldete sich Darian neben mir.

Alex schaute zu ihm rein und sah mich dann wieder mit ihren großen Augen an. Sie war heftig geschminkt und wirkte um Jahre älter. Ihre Augen waren so grün, dass es gefärbte Kontaktlinsen sein mussten. Auch ihr wollte ich raten, sie sollte sich umdrehen und abhauen. Aber ich wusste noch immer nicht, wohin. Und dann hatte ich einen schlimmen Gedanken: *Sie vertraut mir.* Und dann dachte ich: *Es ist genau, wie Darian es gesagt hat.*

»Du bist high«, stellte Alex fest.

»Ein wenig«, gab ich zu.

»Hast du noch was?«

»Auf der Party wird es mehr als genug Drogen geben«, meldete sich Darian.

Alex sah ihn wieder an.

»Gut zu hören. Was zahlst du?«

»300.«

Alex ging um den Wagen herum und stieg ein.

»Alle an Bord?«, fragte Darian albern.

»Yeah«, kam es von hinten.

Wir fuhren los.

Je weiter wir rausfuhren, umso hässlicher wurde die Stadt, und so landeten wir in Marzahn. Ich konnte spüren, dass die drei hinter mir unruhig wurden. Sie kamen aus der City und misstrauten den Randbezirken. Ich war genauso. In meinem Zustand misstraute ich sogar einer Straßenlaterne, die nicht aussah wie die Straßenlaterne vor der Villa.

»Da wären wir.«

Darian hielt vor einem Plattenbau, der mich sehr an das Hochhaus in Marienfelde erinnerte. Nur dass er höher war und nicht alleine dastand. Ein Plattenbau befand sich hier neben dem anderen und alle sahen sie gleich aus. Wie Dominosteine, die nur darauf warten, dass man sie antippt.

Darian schaltete den Motor aus.

»Wartet hier. Ich bin gleich zurück.«

Er stieg aus und drückte sich das Handy ans Ohr, er entfernte sich ein paar Schritte vom Wagen und schaute zu uns zurück. Ich beugte mich vor und sah an dem Plattenbau hoch. Es war kurz vor zwei. Alle Fenster waren dunkel, keine Partylichter, nichts. Neben den Eingang hatte ein Idiot auf die Fassade ein Hakenkreuz gesprüht, das dann der nächste Idiot mit einem Smiley Face zu übermalen versucht hatte, ehe die Stadtverwaltung anrückte und alles zusammen unter einem trüben Grau verschwinden ließ, durch das die Umrisse aber noch immer deutlich zu sehen waren.

»Hier ist doch keine Party«, sagte Sabrina hinter mir.

»Was ist dein Cousin für einer?«, fragte Alex.

»Keiner von den Guten«, sagte ich.

»Ich mach nicht anal«, meldete sich Minni. »Nicht mal für drei Scheine.«

»Niemand hat nach anal gefragt«, sagte Sabrina.

»Du weißt doch, wie das ist«, seufzte Minni und sah nach draußen.

Zwei Typen traten aus dem Hauseingang. Für einen Moment dachte ich, es wären die Polen von dem Parkplatz. Aber die hier waren härter und trugen keine Fußballtrikots, sondern die gleichen Lederjacken. Sie schauten zum Jeep und gingen zu Darian.

Mein Mund war plötzlich wie ausgetrocknet.

»Das gefällt mir nicht«, sagte Alex.

»Mir auch nicht«, sagte Sabrina.

»Wir sollten verschwinden«, sagte ich.

Darian schaute zu uns rüber. Als hätte er gehört, was ich eben gesagt hatte, als wüsste er, was ich dachte.

Es klackte.

Die Türen waren verschlossen.

Wir saßen fest.

Darian und die zwei Lederjacken standen draußen und rauchten, sie schauten zum Jeep und lachten, als wir gegen die Scheiben klopften. Sie winkten uns und taten, als wäre das witzig. Wir waren vier Goldfische hinter Glas, und es dauerte nicht lange und Minni brach in Panik aus. Sie saß eingequetscht zwischen Sabrina und Alex und jammerte, sie hätte jetzt langsam, aber sicher Klaustrophobie.

Sabrina kramte ihr Handy raus.

»Ich rufe meinen Manager an«, sagte sie.

Ich lachte los.

»Was lachst du?«, fragte Sabrina.

Es war das Wort *Manager*. Sabrina wollte nicht Zuhälter sagen, wahrscheinlich war ihr eingebläut worden, dass sie ihren Zuhälter nur Manager nennen durfte. Es ist sarkastisch und deprimierend zugleich, wer aber darüber nicht lachen kann, der hat keinen Humor.

»Ruf schon an«, drängte Minni.

Sabrina stellte die Verbindung her. Wir hörten den Klingelton, er surrte wie eine besoffene Mücke durch das Wageninnere, dann wurde am anderen Ende abgenommen.

»Hi, Jojo«, sagte Sabrina mit Mäuschenstimme und wollte eben loslegen, da klackte es.

Die Verriegelung war wieder auf.

Die zwei Lederjacken standen jeder auf einer Seite des Jeeps und öffneten die Hintertüren.

»Ladys, willkommen!«

»Nee, danke«, sagte Alex. »Wir haben es uns überlegt und ...«

Sie wurde am Arm gepackt und mit einem Ruck aus dem Wagen gezogen. Dasselbe geschah auf der anderen Seite mit Sabrina. Nur Minni und ich saßen noch im Wagen.

»Mach was!«, kreischte Minni mich an.

»Was soll ich denn machen?«, kreischte ich zurück.

»Du hast uns hier reingeritten, du---«

»Nun komm schon, Kleine, steig aus.«

Der Typ auf der Fahrerseite winkte Minni heraus. Sie machte ein jammerndes Geräusch und wollte nicht aussteigen. Der Typ beugte sich vor und griff nach ihr, sie trat nach ihm, er fluchte und packte sie am Fuß. Minni wurde wie ein Brot aus dem Ofen gezogen. Mich wollte keiner haben.

»Hilfe!«, rief Minni. »Hilfe!«

»Halt die Klappe oder ... Woah!«

Der Typ wich zurück und ließ Minni los. Ich stieg aus und rannte um den Wagen herum und kam schliddernd zum Stehen. Da waren sie alle wie eingefroren – der eine Typ hielt Alex und Sabrina an den Schultern fest, Darian stand einfach nur da und war blass und der zweite Typ hatte die Pfoten in die Luft gestreckt, als wollte er der Nacht den Bauch kraulen.

Minni hielt Darians Knarre.

Ich hatte die Waffe vorhin auf den Rücksitz geworfen und Minni musste die ganze Zeit über auf ihr gesessen haben. Und jetzt hatte sie die Knarre mit beiden Händen umschlossen und auf den einen Typen gerichtet.

»Jetzt beruhige dich mal, ja«, sagte er. »Das war nur Spaß.«

»Ich bin klaustrophobisch«, sagte Minni.

Die Waffe in ihren Händen wippte auf und ab wie eine Wünschelrute.

»Ganz ruhig«, sagte der Typ. »Ein wenig klaustrophobisch ist ja nicht schlimm.«

»Hilfe!«, piepste Minni, kniff die Augen zu und drückte ab.

Die Kugel zischte an den Typen vorbei und durchbohrte die Fahrertür des Jeeps. Der Schuss war so laut, dass ich mir beinahe in die Hose gemacht hätte. Alle duckten sich und der Typ vor Minni warf sich sogar auf den Boden, als wollte er schnell mal ein paar Liegestütze machen. Darian klappte der Mund auf. Das Schussgeräusch war zwischen den Häusern nicht einmal verhallt, da brüllte er auch schon los:

»Bist du irre? Schieß auf mich, du Nutte, schieß auf mich, aber doch nicht auf meinen Jeep! Weißt du, was der kostet? Bist du vollkommen irre?«

»Ich ... ich bin nicht irre«, sagte Minni, »ich bin klaustro---«

Sie kniff die Augen zu und drückte erneut ab, die Kugel jagte über unsere Köpfe hinweg und traf das Mietshaus und wurde zu einem Querschläger, der irgendwo in der Nacht verschwand.

Und wieder duckten sich alle.

Danach tat Minni das einzig Vernünftige: Sie ließ die Knarre fallen, streifte ihre hochhackigen Schuhe ab und rannte davon. Das Tapsen ihrer Füße klang wie Regentropfen auf einer Plastikplane. In der Luft blieb nur der Duft von ihrem Apfelshampoo zurück. Wir waren alle so fassungslos, dass eine ganze Minute verging, ehe sich jemand rührte.

»Schnappt sie euch!«, brüllte Darian die zwei Typen an.

Sie schüttelten die Köpfe und blieben, wo sie waren.

»Die ist verrückt«, sagte der eine.

»Die macht nur Schwierigkeiten«, sagte der andere und kam wieder auf die Beine.

Die Typen wechselten einen kurzen Blick.

»Wir haben jetzt ein Mädchen zu wenig«, stellten sie fest und sahen mich an.

»Finger weg, das ist meine Cousine«, ging Darian dazwischen.

»Und?«

Genau da riss sich Sabrina aus dem Griff des Typen los.

»Hier findet doch keine Party statt«, sagte sie.

»Hast du Geld bekommen?«, fragte der Typ.

Sabrina nickte.

»Dann ist Party«, stellte er fest.

Darian klatschte in die Hände, als wollte er damit einen Schlusspunkt setzen. Ich konnte sehen, dass er es bereute, die Mädchen hergebracht zu haben. Er wollte weg. Schnell.

»Ich hole euch in zwei Stunden wieder ab«, sagte er.

»Ich glaube dir kein Wort«, sagte Alex und wandte sich an mich. »Taja, wenn ich morgen nicht auf der Kurfürsten stehe, dann---«

Weiter kam sie nicht. Der eine Typ packte sie am Arm und zog sie mit einem Ruck zu sich.

»Hast du Geld bekommen?«, fragte er und für einen Moment dachte ich, der Typ ist nicht echt, der ist ein Roboter, der immer dieselbe Frage stellt und immer dieselbe Antwort erwartet.

»Ich ...«

Alex stammelte, sie konnte seinem Blick nicht standhalten und starrte auf den Boden.

»Hast du oder hast du nicht?«

Auch Alex nickte, und als sie aufschaute, sah sie mich an und in ihrem Blick war etwas, was mich zum Schwanken brachte, sodass ich mich am Jeep abstützen musste. Alex gab auf. Sie wollte keinen Widerstand mehr leisten, trotzdem riss sie sich von dem Typen los.

»He, was tust du?«, bellte er sie an.

»Ich sag nur Tschüss.«

Dann umarmte sie mich.

Dann hörte ich sie in mein Ohr sagen:

»Nimm mich mit.«

»Was?!«, rutschte es mir raus.

Ich glaubte, mich verhört zu haben. Ich hatte heute etwas Ähnliches zu Tilda gesagt. *Ich nehme dich mit.* Alex löste sich wieder von mir und kehrte zu dem Typen zurück, ohne mich erneut anzusehen. *Nimm mich mit.* Wie sollte ich das machen? Wohin sollte ich sie mitnehmen? Und was hatte ich hier überhaupt verloren?

Zeig ihnen die Faust, sagte Schnappi in meinem Kopf. *Zeig ihnen die Faust und die kacken sich ein.*

Ich trat vor und war bereit für alles. Meine Hände wurden Fäuste. Ich wusste, was ich tun musste. Ich würde um mich schlagen und mir dann Alex und Sabrina schnappen, vielleicht wäre ein wenig Taekwondo angesagt. Sechs Jahre hatte ich es trainiert. Bestimmt konnte ich es mit den zwei Lederjacken gleichzeitig aufnehmen. Die wussten garantiert nicht mal, wie man Taekwondo schreibt. Ich fühlte mich mit einem Mal unschlagbar, ich fühlte mich, als hätte jemand Dynamit unter meine Fußsohlen geschoben. Schnappis Stimme hatte das möglich gemacht, aber leider war es für jeden anderen offensichtlich, was ich da tat – Darian streckte nur den Arm aus, ich prallte dagegen, als wäre ich gegen eine Wand gerannt, und landete auf dem Hintern.

Da saß ich dann und schaute bedeppert.

»Du hast ein Problem«, sagte der eine Typ zu Darian.

»Zwei sind eine zu wenig«, sagte der andere Typ.

»Ich kümmer mich darum«, sagte Darian.

Die Lederjacken betrachteten meinen Cousin abschätzend, während ich wie benommen auf dem Boden saß und mich nicht rühren konnte. Mein Elan war weg, die Schwerkraft machte mich tonnenschwer und Schnappi flüsterte mir keinen Mut mehr ins Ohr. Meine Fäuste waren wie zwei Kätzchen, die Verstecken spielten.

»Ihr droht mir«, stellte Darian fest und plusterte sich vor den Lederjacken auf. »Was denkt ihr, wer ihr seid? Denkt ihr, ich bin eine von den Nutten, mit der ihr machen könnt, was ihr wollt?«

Er lachte.

»Zwei gegen einen reicht nicht«, sagte er.

»Was würde denn reichen?«, fragte der eine Typ.

Darian musste nicht lange über die Antwort nachdenken.

»So wie ihr aussieht, schaffe ich sechs von euch«, sagte er.

»Sechs ist gut.«

Die zwei Lederjacken nickten.

»Sechs bekommen wir hin.«

Mit diesen Worten wandten sie sich ab und führten Alex und Sabrina zu dem Plattenbau.

»Ich komme morgen zur Kurfürstenstraße«, rief ich Alex hinterher.

»Halt mal die Schnauze«, sagte Darian.

»Wir treffen uns da und trinken einen Kaffee«, rief ich. »Hörst du?!«

Alex drehte sich nicht einmal um.

Darian zog mich auf die Beine.

»Ich sagte, du sollst die Schnauze halten.«
»Halt doch selber die Schnauze!«
»Los, steig wieder ein, ich will hier weg.«

Ich war stur, er schleifte mich zur Beifahrerseite und lud mich auf dem Sitz ab wie ein Paket. Und dort saß ich dann, während Darian um den Wagen herumging und sich das Loch in der Fahrertür ansah, während Alex und Sabrina mit den zwei Lederjacken in dem Plattenbau verschwanden, während Berlin mit den Schultern zuckte und so tat, als wäre nichts geschehen.

Darian hob seine Knarre vom Boden auf, stieg ein und fuhr los.

Ich verschränke die Arme auf dem Tisch vor mir und lege die Stirn drauf. Würde ich nicht auf einem Stuhl sitzen, wäre ich längst unter den Tisch gerutscht und hätte mich zu einem Ball zusammengerollt. Ich kann nicht mehr.

»Wie?«, fragt Schnappi. »Das war's doch noch nicht.«

Ich schüttel den Kopf. Nein, das war es leider noch nicht.

»Willst du dich erstmal hinlegen?«, fragt Nessi.

»Nein, du legst dich jetzt nicht hin«, sagt Stinke.

»Ich kann nicht mehr«, sage ich, ohne aufzuschauen.

Eine Hand streicht über meinen Kopf. Ich weiß, dass die Hand Nessi gehört.

»Erzähl uns den Rest«, sagt sie, »danach kannst du zehn Tage lang schlafen.«

»Versprochen?«

»Versprochen.«

Ich schaue auf.

Keins meiner Mädchen lächelt.

Ich erzähle den Rest.

Der Jeep hielt vor der Villa an derselben Stelle, von der wir vorhin losgefahren waren. Es fühlte sich an, als wäre ein Jahr vergangen. Es war fünf Stunden und sechzehn Minuten später. Ich hatte die Fahrt über kein Wort gesprochen und auch Darian schwieg. Bevor der Jeep zum Stehen kommen konnte, hatte ich die Tür aufgestoßen und rannte den Kiesweg hoch. Es war so, wie ich es mir gedacht hatte: Die Haustür stand halb offen und das Licht brannte. Als wäre ich nur kurz rausgegangen, als wäre es zehn Minuten später. Hundert Motten waren in den schmalen Flur geflogen und direkt neben der Lampe hing auf Gesichtshöhe eine fette Kreuzspinne und spann ihr Netz, als wäre das ihr neues Zuhause. Ich drehte durch. Ich drehte wirklich durch. Ich drosch auf die Motten und die Spinne ein, sie waren eine fette Frau, die meine Mutter sein sollte, sie waren Darian, der einen Hund erschoss, und sie waren meine Hilflosigkeit, die einfach in den Wagen gestiegen war und Alex zurückgelassen hatte. Erst als ich mit den Motten fertig war und die Spinne über die Wand verschmiert hatte, warf ich die Haustür hinter mir zu und lehnte den Rücken dagegen. Ich atmete, als wäre ich fünf Kilometer gelaufen. Ich wusste, es waren die Panik und die Droge in meinem Blut, das war nicht ich. Die Welt rauschte auf mich zu und sie kam nicht in lustigen Wellen, die zum Surfen einluden, sie war lehmiger Schlamm, der mich umfloss, sodass ich kaum Luft bekam und würgen musste.

Ich stieß die Tür zur Gästetoilette auf und hängte mich über das Klo.

Es war vergeblich.

Nichts kam raus.

Ich hatte nicht einmal Spucke im Mund.

In der Küche nahm ich mir eine Wasserflasche aus dem Kühlschrank und trank gierig, bis ich nach Luft schnappen musste. Dabei fiel mir mein Handy auf. Es lag auf dem Tisch und blinkte ungeduldig vor sich hin. Es war komisch, dass sich nichts verändert hatte. Mein Handy, die Küche, das Wohnzimmer, alles tat so, als wäre nichts geschehen. Vielleicht war es auch so, vielleicht hatte ich das alles nur geträumt und es gab eine andere Version des Tages, in die ich jetzt zurückgekehrt war. In dieser Version hatte nie ein Jeep vor der Villa gehalten, in dieser Version hatte ich Rute gesagt, wie sie die Quiche zubereiten sollte, und mir danach einen Film angesehen.

Ich schnappte mir mein Handy, skippte durch die Anrufe und las die SMS. Schnappi. Stinke. Nessi zweimal. Rute hatte sechsmal angeklingelt und mir drei Nachrichten hinterlassen. Ich ging die Stufen zum Wohnzimmer runter und ließ mich auf das Sofa fallen. Ich wollte meine Mädchen zurückrufen und ihnen erzählen, was mir passiert war, doch bevor ich auch nur eine Nummer auswählen konnte, fielen mir die Augen zu und ich gab mich der Weichheit des Sofas hin. Ich würde ein Nickerchen machen, ich würde aufwachen und dann ...

»Eine offene Terrassentür ist immer eine Einladung.«

Ich schreckte auf. Der Albtraum war noch nicht vorbei. Darian stand im Türrahmen der Terrasse und wedelte mit dem Umschlag.

»Du hast was vergessen.«

Ich konnte mich nicht rühren.

Er kam in das Wohnzimmer, er trat an das Sofa und schaute auf mich herab.

Ich konnte mich noch immer nicht rühren.

»Nun nimm schon, du hast dir die Kohle verdient.«

Er hielt mir den Umschlag wie einen Köder entgegen. Ich griff zu, natürlich griff ich zu und verstaute das Geld unter einem der Sofakissen, als wäre ich eine Oma, die ihre Rente versteckt.

»Clever«, sagte Darian. »Da wird nie einer nach suchen.«

»Was passiert mit den Mädchen?«, brachte ich hervor.

»Sag nicht Mädchen«, bat mich Darian, »sag Nutten.«

Er grinste, er fand sich witzig, er war nicht witzig.

»Nichts passiert«, sprach er weiter. »Sie verdienen sich ihr Geld, das ist ihr Job.«

Er log. Ich konnte es spüren. Er log einfach so. Ich wollte, dass wir auf der Stelle zurückfuhren. Ich wollte, dass wir Alex und Sabrina da rausholten und nach Minni suchten, die barfuß durch die Nacht rannte.

»Was ist denn das für eine Idee?«, fragte Darian.

Ich drückte mir erschocken eine Hand auf den Mund. Ich hatte meine Gedanken laut ausgesprochen.

»Wir fahren nicht zurück«, sagte Darian. »Vergiss es.«

»Aber du hast gesagt, dass du sie nach zwei Stunden abholst---«

»Taja, halt mal die Klappe«, unterbrach mich Darian. »Deine Alex wird morgen wieder an der Ecke Kurfürstenstraße stehen und alles wird sein wie immer, okay? Mach dir mal keinen Kopf.«

Er fischte die Tic-Tac-Dose aus seiner Brusttasche und schüttelte sie. Es ratterte nicht.

»Ich brauche Nachschub«, sagte er. »Was hast du da?«

»Nichts. Was soll ich schon dahaben?«

»Dein Vater ist Oskar Desche, er hat immer irgendeinen Scheiß im Haus.«

Ich zeigte auf die Holzschatulle, die auf dem Couchtisch stand. Darian klappte sie auf und schüttelte den Kopf.

»Nur Gras? Nee, das passt jetzt nicht.«

Er klappte die Schatulle wieder zu und sah sich um. Das Grinsen breitete sich auf seinem Gesicht aus wie eine Ölpfütze auf Wasser.

»Erinnerst du dich an das Weihnachten vor sechs oder sieben Jahren?« fragte er. »Wir haben hier bei euch gefeiert, da warst du noch so klein ...«

Er zeigte mit der Hand, wie klein ich damals war.

»… und da hinten stand dieser fette Weihnachtsbaum, der bis zur Decke ging. Das Grün war so dunkel, dass es fast schwarz wirkte. Wir beide haben ihn angestarrt, als wäre er ein Wunder. Der Baum stand doch hier drüben, oder?«

Darian blieb neben dem Kamin stehen. Ich nickte. Ich erinnerte mich.

»An dem Abend warst du schon vor Mitternacht im Bett«, sprach er weiter. »Ich aber wollte noch nicht schlafen und bin dann doch glatt unter dem Esstisch eingepennt. Ich wurde wach, weil die Erwachsenen laut gelacht haben. Ich sah deinen Vater zum Kamin gehen und er hat …«

Darian klopfte die eine Kaminseite ab, von oben nach unten und wieder zurück. Beim zweiten Durchlauf hörte ich einen hohlen, metallischen Ton.

»… hier draufgedrückt und …«

Es gab einen klackenden Laut und eine Schublade glitt aus dem Stein.

»… Abrakadabra hat sich das Ding geöffnet.«

Darian zog die Schublade ganz heraus und sah hinein.

»Nee, was haben wir denn hier?«

Er hielt einen Zettel hoch.

»Dein Vater hat ernsthaft eine Liste aufgestellt.«

Ich musste nicht auf die Liste oder in die Schublade schauen, denn von der ersten Sekunde an wusste ich ganz genau, was mein Cousin gefunden hatte. Ich wollte es nicht glauben. Wir Mädchen hatten Ewigkeiten nach diesem Schatz gesucht und dieser Blödmann klopfte ein paarmal gegen den Kamin und fand ihn!

Darian hob einen Plastikbeutel mit schwarzen Pillen aus der Schublade.

»PCP pur«, sagte er. »Genau das hat mir gcfehlt.«

Er nahm eine Pille, warf sie in die Luft und fing sie mit dem Mund auf.

»Du hast doch nichts dagegen, oder?«

Er wartete keine Antwort ab, sondern füllte seine Tic-Tac-Dose auf.

»Verrat das bloß nicht deinem Alten«, sagte er mit einem Grinsen, »sonst bekomme ich Ärger. Fang!«

Er warf mir eine der Pillen zu. Sie landete auf meinem Bauch und blieb dort wie ein schwarzer Käfer liegen, während Darian die Schublade wieder an ihren Platz schob, sich vom Kamin abwandte und aus der Villa schlenderte, als wäre nichts gewesen.

Natürlich musste er den Kopf nochmal reinstecken.

»Sorry«, sagte er.

»Sorry *was*?«

»Sorry wegen deiner Mutter.«

Mit diesen Worten verschwand er und ich blieb allein auf dem Sofa zurück und starrte auf die offene Terrassentür, bis mein Blick verschwamm und die Tränen an meinen Wangen runterflossen. Bevor er hier aufgetaucht war, hatte ich gedacht, ich hätte die Rückkehr meiner Mutter verdaut, ich hatte das wirklich gedacht. *Dann lebt sie eben,* hatte ich mir gesagt, *das juckt mich doch nicht.* Darians letzte Worte aber hatten mein Herz aufgeschnitten und all die Selbstlügen quollen heraus. Nichts war gut und ich hatte nichts verdaut. Ich betrachtete die schwarze Pille und dachte an meine Mutter und dann an Alex und die Scham mischte sich mit der Angst. Ich wusste, es war zu einfach, dennoch brauchte ich dieses *einfach,* also warf ich mir die Pille in den Mund und lutschte auf dem PCP herum, als wäre es ein Bonbon. Es war ein Fehler, es war die falsche Reaktion, ich hätte erstmal auf den Boden kommen sollen, ausnüchtern und nachdenken und dann mit meinen Mädchen sprechen. *Das* wäre die richtige Reaktion gewesen. Ich wusste es. Aber die Wut auf meinen Vater war so groß und die Scham brannte unter meiner Haut. Ich war es, die Alex in das Auto geholt hatte, ich war es, die sich abgewandt und sie einfach zurückgelassen hatte.

Einfach so.

Erst schmeckte die Pille metallisch, dann wurde sie bitter und ich schluckte sie runter.

Es war, als würde ich einen Schlussstrich unter den Tag ziehen.

Es war der Anfang.

Es war mein Ende.

Ich nahm mein Handy.

Ich machte den Anruf.

Und riss ihn wieder aus dem Schlaf.

»Taja, verdammt nochmal, was ist denn jetzt? Weißt du, dass ich---«

»Ich weiß, dass sie lebt«, unterbrach ich ihn.

Mein Vater schwieg, er begriff es sofort. Es war unheimlich, wie schnell er reagierte. Als hätte er die letzten elf Jahre darauf gewartet, dass dieser Anruf kam.

»Woher weißt du das?«, fragte er.

»Darian.«

Mein Vater schwieg.

»Oskar, wie konntest du nur?«

»Ich erkläre es dir, wenn ich wieder in Berlin---«

»Nein«, unterbrach ich ihn, »du erklärst es mir jetzt.«

Stille. Ich glaubte zu hören, wie er nachdachte.

»Sie hatte einen anderen«, sagte er schließlich.

»Okay.«

»Sie wurde schwanger von ihm. Er hieß---«

»Ich weiß, wie er hieß.«

»Oh.«

»Was ist dann passiert?«

»Du warst gerade mal drei, als die Schwangerschaft zu sehen

war. Genau da verschwand deine Mutter aus unserem Leben. Sie ging einfach weg, verstehst du? Es war ein Albtraum, denn plötzlich war ich alleine mit dir und hatte keine Ahnung, wie ich dir erklären sollte, wo deine Mutter abgeblieben war. Als sie dann nach einem Jahr wiederkam, begann sie ein Doppelleben zu führen. Ein paar Tage bei uns, ein paar Tage bei ihrer neuen Familie, sie hat dich damit völlig verwirrt. Du dachtest immer, sie würde sich verstecken und nicht zurückkommen, weil du es nicht wert warst, dass sie bei dir war. Sie pflanzte diese Unsicherheit tief in dir ein und ich war wehrlos und versuchte ein Gleichgewicht zu schaffen. Ich war nicht besonders gut darin. Dann begann sie Geld zu verlangen. Sie wollte, dass ich ihre neue Familie unterstützte. Da habe ich dann einen Strich gezogen.«

»Und hast sie sterben lassen?«

»Nein, das kam später.«

»Papa, wie konntest du mir erzählen, dass sie tot ist?«

»Du hättest an meiner Stelle dasselbe getan.«

»Niemals.«

»Taja---«

»Du bist so ein Arschloch!«

Ich unterbrach die Verbindung. Ich knirschte mit den Zähnen und ging in die Küche, wo ich eine Minute lang in den Kühlschrank starrte, ehe ich wieder die Nummer meines Vaters wählte. Er hob nach dem ersten Klingeln ab.

»Taja, du kannst doch nicht einfach auflegen!«

»Gerade kann ich alles machen, was ich will.«

Mein Vater verstummte.

»Was ist passiert, als du einen Strich gezogen hast?«, wollte ich wissen.

»Als ich deiner Mutter sagte, ich würde ihr kein Geld mehr zahlen, ist sie durchgedreht. Sie hat mir gedroht und dann hat sie dich entführt.«

»Was?! Du lügst doch.«
»Warum sollte ich lügen?«
»Weil … weil du die ganze Zeit gelogen hast.«
»Taja, ich habe nicht gelogen, ich habe dich beschützt.«
»Scheiße hast du getan.«
»Nein, ich *habe* dich beschützt, glaub mir.«

Ich dachte nach, ich widerstand dem Drang, erneut aufzulegen.

»Wie alt war ich?«, fragte ich.
»Sechs.«
»Ich erinner mich nicht daran.«
»Du erinnerst dich aber an den Unfall?«
»Wie soll ich den vergessen? Wir saßen im Auto. Mama und du.«
»Mama ja, ich nein.«
»Was?!«

»Deine Mutter hat an dem Tag gewartet, bis du im Garten warst. Sie hatte nicht nur die Schlüssel zur Villa, sie hatte auch die Ersatzschlüssel für meinen Wagen. Wahrscheinlich besaß ihr neuer Mann kein Auto oder sie wollten es nicht benutzen, ich weiß es nicht. Auf jeden Fall stahlen sie meinen Wagen. Deine Mutter schlich in den Garten und lockte dich vom Spielen weg. Sie setzte dich in das Auto und dann fuhren sie davon. Ich war die ganze Zeit über in der Villa und sah zufällig durch das Fenster, wie sie wendeten. Ich rannte runter, aber ich war zu langsam und konnte sie nicht aufhalten. Damals hatte ich noch mein Motorrad, erinnerst du dich, die alte Kawasaki? Damit bin ich ihnen quer durch Berlin gefolgt. Sie sind wie die Besessenen gefahren und in Steglitz kurz vor dem Bierpinsel war dann Schluss. Der Wagen kam an einer Kreuzung ins Schleudern und hat sich überschlagen. Dir und deiner Mutter ist nichts passiert, aber ihrem Neuen hat der Aufprall das Genick gebrochen. An diesem Tag habe ich mich darum gekümmert, dass dir deine Mutter nie mehr zu nahe kommt. Ich bekam eine einstweilige Verfügung und deine Mutter eine Unterlassungsklage. Ein richterlicher Beschluss verbot ihr jeglichen Kontakt zu dir. Auf diese Weise entfernte ich sie aus unserem Leben. Mir blieb nichts übrig, als dir zu erzählen, sie wäre tot. Alles andere wäre eine Qual gewesen.«

»Eine Qual für wen?«

»Für dich, Taja.«

Ich wollte ihm widersprechen und fragte mich in derselben Sekunde, was ich an seiner Stelle getan hätte? Wäre ich auch so weit gegangen oder hätte ich die sechsjährige Taja zur Seite genommen und ihr erklärt, dass ihre Mutter jetzt eine andere Familie und eine andere Tochter hatte, bei der sie viel lieber war?

»Und wieso zahlst du ihr noch Geld?«, wollte ich wissen.

»Damit sie dir nicht zu nahe kommt.«

Ich lachte, ich lachte meinen Vater aus und konnte spüren, wie die Droge mein Gehirn im Griff hatte und mir zurief, ich sollte ihm nicht glauben und ihn einfach nur auslachen und mich verabschieden und für immer in meinen eigenen Gedanken verschwinden, denn da war ich sicher, denn da konnte mir keiner was.

»Bist du high?«, fragte mein Vater.

»Bist du ein Arsch?«, fragte ich zurück und legte auf.

Und zählte bis zehn.

Und zählte bis zwanzig.

Und rief wieder an.

»Leg doch nicht andauernd auf«, sagte mein Vater müde.

»Ich habe sie gesehen«, sagte ich.

Das brachte ihn zum Schweigen.

»Darian war so nett und hat mich hingefahren.«

»Darian ist ein Idiot.«

»Tust du mir einen Gefallen, Papa?«

»Natürlich.«
»Gib ihr kein Geld mehr.«
»Okay.«
»Du musst mich nicht mehr beschützen.«
»Kleines, ich---«
»Und sag nie wieder Kleines zu mir.«

Dieses Mal unterbrach ich die Verbindung nicht wütend. Ich war todtraurig und schob das Handy zu dem Geldumschlag unter das Sofakissen, dann lag ich da und starrte an die Zimmerdecke. Da war ein Knirschen. Ich lauschte, das Knirschen kam wieder, ich legte eine Hand über meinen Mund, es waren meine Zähne, sie gaben keine Ruhe und malmten vor sich hin. Ich versuchte meinen Kiefer zu entspannen, dann gefiel mir das Knirschen und ich nahm die Hand von meinem Mund und lachte laut. Wie auch immer PCP wirkt, die Wirkung gefiel mir. Die Droge löschte meine Gefühle, sie löschte mein Denken und glättete die Kanten. Alles Tiefernste wurde leicht, sodass sich die dunklen Gedanken wie Schneeflocken von meinem Kopf lösten und zur Zimmerdecke hochschwebten. Ich sah ihnen dabei zu. Ein ganzer Kosmos verließ meinen Kopf. Es fühlte sich an, als wären damit alle Probleme gelöst.

Ich wusste, nichts war gelöst.

Aber es fühlte sich so an und manchmal will man nicht mehr.

Ich war schwerelos.

Ich stieg langsam zur Zimmerdecke auf.

Ich war ein Schwarzes Loch, das in sich selbst verschwand.

Als ich wieder zu mir kam, brannte die Sonne auf mein Gesicht herab. Ich war schweißgebadet und stank furchtbar. Meine Knie fühlten sich an wie Knete und ich war mir sicher, dass ich nicht einen Meter weit kommen würde. Ich schaffte es bis in die Dusche, wo ich zehn Minuten unter dem Strahl stand und die Hitze so weit hochtrieb, dass es brannte. Danach zog ich mich an, um zur Kurfürstenstraße zu fahren. Ich schaffte es nicht bis zur Tür. Ich machte auf halbem Weg einen Schlenker und zog die Schublade aus dem Kamin. Ich sah keine Drogen. Ich sah etwas, was mich beruhigte und meine Gedanken ausschalten konnte. Ich wollte nicht denken, ich wollte handeln. Und so fing ich an, die Drogen meines Vaters querbeet zu probieren. Ich fand ein Tütchen Meskalin und tunkte den Finger ein und verzog das Gesicht, weil das Pulver so bitter war. Ich probierte eine grüne Pille, und als ich nicht schnell genug eine Wirkung verspürte, schluckte ich eine der schwarzen Pillen dazu. Ich kannte ihre Wirkung. Ich wollte diese Wirkung.

Irgendwann schrak ich vom Sofa auf.

Drei Stunden waren vergangen.

Ich kam auf die Beine. Ich hatte plötzlich Flügel auf dem Rücken und mein Herz ratterte so laut, dass es wie eine Trommel in meinen Ohren hallte. Alles rauschte auf mich zu, alles wich mir aus, alles war ich und ich war alles. Auf der Straße nahm es an Intensität zu und in der U-Bahn wurde es dann um einiges schlimmer: Die Leute starrten, ich starrte zurück, die Leute senkten die Blicke, ich lachte sie aus und kein einziger Bettler wagte es, mich um einen Euro anzuhauen. Kurfürstenstraße stieg ich aus und nahm direkten Kurs auf den Strich. Nichts und niemand konnte mich bremsen. Ich hatte eine Mission und war mir sicher, ich würde jetzt auf Alex treffen und sie umarmen und mich entschuldigen und dann wäre alles gut und besser.

Aber Alex war nicht da.

An der Stelle, an der sie Darian gestern Nacht aufgegabelt hatte, stand ein dickes Mädchen mit löchrigen Netzstrümpfen und einem knallroten Mund, der wie der Lichtschalter in Schnappis Hausflur leuchtete. Ich fragte, ob sie Alex gesehen hätte. Ich ging von einer zur anderen und fragte jede Nutte einzeln, doch keine wusste, wo Alex abgeblieben war. Eine meinte, ich sollte später kommen.

»Elf Uhr früh ist keine gute Fickzeit«, sagte sie.

»Es ist erst elf?!«, rutschte es mir raus.

»Willkommen im Jetzt«, sagte die Nutte.

Als ich nach Sabrina fragte, schickte sie mich um die Ecke zur *roten Laus*. Sie meinte, Sabrina hätte dort jetzt für eine Weile ihr Büro aufgemacht. Ich fand sie in einer Nische des Cafés. Sabrina hatte ein blaues Auge, ein Vorderzahn fehlte und die Unterlippe war aufgeplatzt.

»Mit dir will ich echt nicht reden« war das Erste, was sie sagte.

Ich fing sofort an zu heulen. Ich hatte gedacht, ich wäre über alle Emotionen hinweg, doch das Schwarze Loch streikte. Ich schwankte zwischen Lachen und Heulen und jetzt war das Heulen an der Reihe. Ich setzte mich Sabrina gegenüber an den Tisch und vergrub mein Gesicht in den Händen. Sabrina schob mir eine Serviette zu und meinte, ich hätte echt keinen Grund zum Heulen. Nachdem ich mich beruhigt hatte, begann sie mir Stück für Stück zu erzählen, was passiert war, nachdem Alex und sie von den zwei Typen in den Plattenbau geführt worden waren.

»Sie brachten uns ins 7. Stockwerk. Als wir die Wohnung betraten, war überhaupt nichts von wegen Party und so. Ich wurde von Alex getrennt. Eine der Lederjacken führte mich in eins der Zimmer. Als ich fragen wollte, was das jetzt sollte, kam ein anderer Typ rein und packte mich am Kinn. Er drehte meinen Kopf von links nach rechts und sagte, ich wäre zu alt und zu hässlich. Darauf hat mich Lederjacke aus der Wohnung geschleppt und meinte, ich sollte verschwinden. Ich wollte den Fahrstuhl nehmen, er sagte, den bräuchte ich nicht, und dann hat er mich Stockwerk für Stockwerk die Stufen runtergestoßen. Bis zum Erdgeschoss. Sieben Stockwerke, verstehst du? Ich habe jede Stufe gespürt. Es ist ein Wunder, dass ich überhaupt noch lebe. Vier Rippen sind angeknackst und mein rechtes Bein hat so viele Beulen, dass es fast blau ist. Und alles nur, weil du blöde Schlampe uns in den Wagen geholt hast.«

»Sorry«, sagte ich.

»Und wehe, du flennst wieder!«

»Ich flenn schon nicht.«

»Gut.«

»Und Alex?«

Sabrina sah mich an, als hätte ich mich in eine hohle Nuss verwandelt.

»Sag mal, hast du mir überhaupt zugehört?!«

»Schon.«

»Dann frag doch nicht so blöde.«

»Aber---«

»Alex ist nicht dein Problem, Kleines«, unterbrach sie mich.

»Nicht?«

»Kein bisschen.«

Ich kann es nicht erklären, aber ihre Worte waren wie eine Absolution. Sie waren genau das, was ich hören wollte. Als wäre ich nur gekommen, damit sie das zu mir sagte. Ich verließ das Café, zog die Schultern hoch und lief zur U-Bahn. Dabei grinste ich ohne Pause. Auf dem ganzen Heimweg wiederholte ich Sabrinas Worte in meinem Kopf wie ein Mantra.

Alex ist nicht dein Problem, Kleines.

Kein bisschen.

Ich wusste, es war eine Lüge, aber ich wollte nicht, dass es eine Lüge war. In der Villa fand ich genau die richtigen Mittel, um die Zweifel auszulöschen. Ich räumte die Schublade leer und wanderte mit dem Finger über die Liste meines Vaters, als wäre ich in einem Restaurant und dürfte mir die besten Leckereien aussuchen. Ich fing mit Koks an und schickte ein wenig

Speed hinterher. Die Drogen machten die Lüge so leicht, dass sie wie Rauch aus meinen Ohren aufstieg und zur Wahrheit wurde. Alex war nicht mehr mein Problem. Ich hatte genug andere Probleme. Und dann entdeckte ich dieses gelbe Pulver. Es war die Krönung, es kickte meinem Unterbewusstsein die Beine weg und ließ mich schweben. Und wann immer ich ein wenig absackte, warteten die anderen Drogen auf mich.

    Nach dem zweiten Tag vergaß ich, wer ich war. Ich habe mich von Drogen und Pizza ernährt. Ich habe mich jeden Tag bis zu den Wimpern zugeknallt und die Zeit glitt mir weg und plötzlich war eine Woche vorbei und die Tür ging auf und mein Vater kam reinspaziert und da bin ich durchgedreht. Da waren plötzlich wieder all die Lügen, da war plötzlich mein kleiner Wahnsinn und ich habe ihm freien Lauf gelassen und auf meinen Vater eingedroschen, und dann stand ich genauso plötzlich barfuß auf der Straße und lief durch Berlin und wollte unbedingt auf die Siegessäule, doch irgendwas ging schief und ich landete stattdessen in einer Klinik und versuchte meinen Mädchen eine Nachricht zu schreiben, aber mittendrin wurde ich auf einem Bett festgebunden und bekam eine Spritze verpasst.

RUTE

Ich bewege mich unruhig, mein Hintern schmerzt höllisch. Wir sitzen seit einem gefühlten Jahrhundert auf dieser Terrasse und Taja ist am Ende ihrer Geschichte verstummt, als wären ihr die Worte ausgegangen. Sie kratzt mit einem Fingernagel auf der Kante der Tischplatte herum. Ich bete, dass sie nicht wieder den Kopf auf die Arme legt und sagt, sie könnte nicht mehr. Während sie erzählt hat, sind wir unmerklich zurückgewichen. Zwar nur einen Millimeter, aber ein Millimeter ist in einer Freundschaft wie ein Kilometer auf der Landkarte.

Plötzlich haut Schnappi mit der flachen Hand auf den Tisch und schreckt uns damit alle auf.

»Das erklärt noch immer nicht, wieso du uns kein einziges Mal angerufen hast?«, sagt sie.

»Ich wollte nicht«, antwortet Taja.

Wir starren sie an, als hätte sie uns den Stuhl unterm Hintern weggezogen. Der Unterschied zwischen *wollen* und *können* ist enorm. Wenn du nicht auf eine Party gehen kannst, sagen alle, wie schade das ist, wenn du aber nicht auf eine Party willst, ist das ein anderes Problem. Nur wer will, der kann.

»Warum wolltest du nicht?«, fragt Nessi.

»Weil ich mich geschämt habe, weil ich das nicht mit euch teilen wollte.«

Taja sieht uns flehend an.

»Ich habe keine Ahnung, wo Alex jetzt steckt«, spricht sie weiter, »und diese Schuld liegt mir so schwer auf der Brust, dass ich keine Luft bekomme. Ich weiß einfach nicht weiter.«

Wir Mädchen wechseln einen Blick. Ich bin keine Skeptikerin und auch kein Depri, aber ich traue Leuten nicht, die überall Hoffnung aus dem Boden wachsen sehen und glauben, dass alles gut wird. Nichts wird gut, wenn wir es nicht gut machen. So sehe ich das. Dasselbe gilt auch für die Fehler, die wir machen. Wir Mädchen lügen nicht, wir täuschen nicht, und wenn wir einen Fehler machen, dann bezahlen wir dafür. Darum ist diese Situation unerträglich für mich, denn ich habe keine Ahnung, wie Taja das alles wiedergutmachen will. Plötzlich steht sie draußen und gehört nicht mehr dazu. Und wie ich das denke, weiß ich, dass es Unsinn ist. Wenn sie nicht dazugehört, müssen wir sie wieder dazugehörig machen. Wir halten nicht zusammen, weil wir uns so lange kennen. Es ist nicht das Gelaber, es ist nicht der Spaß und es sind definitiv nicht alberne Popsongs oder irgendwelche Stars im Fernsehen, die uns verbinden. Es ist unsere Art und diese eigenartige Liebe, die uns zusammenhält und aus fünf Mädchen eine Clique macht, die nichts und niemanden fürchtet. Wir sind chaotisch, wir sind durchgeknallt, aber wir kommen immer wieder zu unserem Kern zurück. Und dieser Kern macht alles möglich und hebt jeden Fehler auf und macht jede Dummheit wieder gut. Deswegen sage ich:

»Dann bleibt uns nichts anderes übrig und wir holen Alex da raus.«

Meine Mädchen sind verwirrt.

»Wo raus?«, fragt Nessi.

»Na, aus diesem Plattenbau.«

Taja sieht mich erschrocken an.

»Ich bin dabei«, sagt Stinke.

»Ich nicht«, sagt Schnappi. »Das ist ja ein vollkommen bescheuerter Plan. Wir wissen nicht mal, ob Alex noch da ist. Außerdem kennen wir sie nicht, Alex ist eine Fremde. Wir sind doch keine Samariter. Und wie soll das überhaupt gehen?«

»Mensch, denk doch mal nach«, sagt Stinke. »Wir haben Taja aus der Klapse rausgeholt, da wird es doch ein Klacks sein, Alex aus diesem Plattenbau rauszuholen.«

Tajas Stimme ist nur ein Flüstern.

»Aber ich weiß doch nicht einmal, wo das Ding steht.«

»Wir könnten Sabrina fragen«, sagt Stinke.

»Wir könnten auch eine Bank überfallen«, sagt Schnappi.

»Was?!«, rutscht es uns allen raus.

»Denn eine Bank überfallen ist genauso dämlich, wie Alex aus diesem Plattenbau rauszuholen«, spricht Schnappi weiter. »Das klappt nie und niemals.«

Bevor ich mich aufregen kann, seit wann sie so pessimistisch ist, piept eins der Handys. Meins ist es nicht, Schnappi und Nessi schauen kurz nach, Tajas Handy liegt auf dem Tisch vor ihr und das Display ist dunkel. Stinke ist natürlich die Einzige, die vollkommen ignorant dasitzt und sich nicht rührt.

»Es ist deins«, sage ich.

»Blödsinn.«

»Schau doch mal nach.«

Stinke verdreht die Augen und kramt genervt in ihrer Jacke. Sie wirft einen Blick auf das Display, liest die SMS und macht ein überraschtes Gesicht, dann kommt sie auf die Beine.

»Mensch, ich hab doch ein Date«, sagt sie und rennt davon.

DRITTER TEIL

*»Ich will jemand sein, der ein Leben führt,
das niemand durchschauen kann.«*

Nessi

MIRKO

Ich überlege, wer mir die Medikamente für Stinke besorgen kann. Ich könnte bei Mehmed im Wedding anfragen oder bei Ruminov, der jetzt in Schöneberg wohnt. Ich könnte es auch bei Carsten probieren, der ist nur ein paar Straßen entfernt, aber ich weiß, dass das so nicht funktioniert. Ich muss den korrekten Weg gehen.

Darian nimmt meinen Anruf nach dem zweiten Klingeln an.
»He, Alter«, begrüßt er mich, »du hast also dein Handy wiedergefunden!«
»Es lag im Pizzastand.«
Darian lacht.
»Wahrscheinlich hat dein Onkel es eingesackt und die ganze Nacht lang mit einer bosnischen Sex-Line telefoniert.«
»Wir sind aus Slowenien, Darian.«
»Sag ich doch.«
Ich höre mir zehn Minuten lang an, welches neue Energiefutter er im Internet entdeckt hat, wie gut das Business läuft und dass sich sein Nacken von der Schlägerei anfühlt, als hätte ihn ein Presslufthammer bearbeitet, dann frage ich wie nebenbei, wer einen Draht zu verschreibungspflichtigen Medikamenten hat.
»Was hast du denn vor? Willst du eine Apotheke aufmachen?«
Ich lache übertrieben, als wäre der Witz richtig gut, dann sage ich, die Medikamente wären nicht für mich. Darian durchschaut mich sofort. Er stellt sich gerne dumm, dabei ist er wie ein Fuchs, der sich das Fell einer Bulldogge übergezogen hat.
»Mirko, alter Casanova, wie heißt sie denn?«
Natürlich werde ich sofort rot.
Manche denken, dass ich ein Laufbursche bin, andere halten

mich für einen modernen Sklaven, der alles tut, was sein Boss von ihm verlangt. Ich sehe mich als Lehrling. Ich zahle meine Schuld ab. Darian hat mich in Schutz genommen, da war ich elf Jahre alt und ein paar Jungen haben mich auf dem Schulhof in die Mangel genommen. Er trat ihnen in den Arsch und sagte, ich würde aussehen, als bräuchte ich einen Kumpel. Seitdem sind wir Freunde und er beschützt mich. Auch nachdem Darian von der Schule gegangen ist, hat sich daran nichts geändert, denn ein Kumpel ist in diesem Viertel für immer ein Kumpel. Ich erledige kleine Jobs für ihn und arbeite mich seit einem Jahr langsam die Leiter hinauf, kaufe für Partys ein, fülle Gläser auf, drehe Joints und bin Laufbursche und bester Freund in einem. Ich sehe darin keine Ungerechtigkeit, ich kenne meine Stärken und Schwächen, aus dem Grund weiß ich auch, dass ich es in der normalen Welt nie weit bringen werde. Deswegen wähle ich die Welt, die von Typen wie Darian regiert wird. An seiner Seite werde ich aufsteigen, an seiner Seite werde ich jemand sein. Eines Tages.

Darian weiß, dass er mit mir reden kann, anders als mit den Jungs aus der Clique. Einmal stellte er fest, wir würden dieselbe Sprache sprechen, und er meinte damit nicht Deutsch. Manchmal wünsche ich mir, dass ich ihm zeigen könnte, wie loyal ich wirklich bin. Natürlich nicht, indem ich mich unter einem Auto verstecke. Ich denke da eher an einen Kugelhagel und ich werfe mich vor ihn, um sein Leben zu retten.

»Ist doch klar, dass es um ein Mädchen geht«, sagt er und lacht. »Du hörst dich dann immer an, als würde dir jemand die Zunge ins Ohr stecken.«

Ich lache verlegen, es gab noch nicht so viele Mädchen in meinem Leben.

»Ich darf noch nichts verraten«, sage ich.
»Seid ihr ein Paar?«
»Klar sind wir ein Paar, aber ich darf noch nichts verraten.«

»Ist sie süß?«

»Zuckersüß.«

»Wart mal eine Minute.«

Ich höre Darian herumkramen und fluchen, dass die Nummer vom Deppen irgendwo hier herumliegen müsste.

»Er hat jetzt einen Job im Klinikum Westend«, sagt er. »Zur Zeit kommt er an alles ran. Ah, hier ist sie.«

Darian gibt mir die Nummer durch, danach entsteht eine unangenehme Pause.

»Ich mach das wieder gut«, sage ich und Darian weiß sofort, was ich meine.

»Zerbrich dir nicht den Kopf.«

»Doch, ich hab dich hängenlassen, ich mach das wieder gut, geschworen.«

»Alles klar.«

Darian fragt, ob ich heute Abend in den Club komme.

Einfach so bin ich wieder in der Clique aufgenommen.

Einfach so.

Ich kann vor Erleichterung nicht antworten.

»Ab zehn«, sagt Darian.

Ich verspreche, da zu sein. Auch wenn ich heute arbeiten muss, diesen Abend werde ich mir nicht entgehen lassen. Mein Onkel wird es verstehen, und falls nicht, dann hat er Pech gehabt.

Wir verabschieden uns und ich rufe den Deppen an. Sein richtiger Name ist Holger und er ist ein begnadeter Musiker, der zwei Aufnahmeprüfungen vergeigt hat und zum Ende hin Altenpfleger wurde. Wir nennen ihn den Deppen, weil er einen IQ von 170 hat und nichts damit anfängt. Er ist vor einem halben Jahr mit seiner Freundin nach Spandau gezogen. Sie will ein Kind und Spandau ist billiger als Charlottenburg.

»Ich arbeite«, sagt der Depp zur Begrüßung.

»Ich bin's, Mirko.«

»He, Mirko. Ich arbeite noch immer.«

Er lacht, ich lache mit ihm.

»Ich bin gerade dabei, einem Opa einen Esslöffel Erbsenbrei in die Nase zu schieben, weil er seinen Mund nicht aufmachen will. Ja, dich meine ich, Opa. Willst du den Scheiß in der Nase haben? Willst du das? Also mach die Klappe auf oder ich hol 'nen Schlauch. Ja, so ist gut. «

»Depp?«

»Ich hör dich, was brauchst du?«

Ich lese ihm die Liste vor.

»Bist du auf Entzug, oder was?«, fragt er danach.

»Nein, das ist nicht für mich.«

»Lies nochmal vor.«

Ich lese nochmal vor. Er sagt, er könnte mir alles besorgen, aber zwei von den Medikamenten reichen völlig aus.

»Ich brauche alles«, sage ich.

»Alles soll es sein.«

Ich bin sehr froh, dass er nicht wissen will, ob ich vorhabe, eine Apotheke zu eröffnen, oder für wen die Medikamente sind. So einer ist der Depp nicht. Wir machen aus, dass ich das Zeug um drei bei ihm in der Wohnung abhole. Mir bleiben noch zwei Stunden. Die Adresse ist im Norden von Spandau. Der Depp sagt, was er dafür haben will.

»Sie ist schwanger, verstehst du?«

Ich sage, das bekomme ich hin.

Punkt drei klingel ich an seiner Tür. In der linken Hand habe ich eine Papiertüte, der Duft ist schwer und süß. Die Tür öffnet sich. Die Freundin des Deppen ist barfuß und trägt nur einen Slip und darüber eines von diesen ärmellosen Shirts, das so eng anliegt, dass ich sehen kann, wie sich das Ungeborene in ihrem Bauch bewegt.

»Was ist?«, fragt sie.

Ich reiche ihr die Tüte. Vierundzwanzig Donuts, von jeder Sorte zwei. Sie schaut rein und nickt zufrieden.

»Gina, nicht wahr?«, sage ich.

»Nee, Manja.«

Sie lässt mich im Hausflur stehen. Ich höre ein Rascheln aus dem Inneren, ich höre aus dem oberen Stockwerk eine Tür schlagen, dann wimmert aus einer der Wohnungen ein Kind, leise und traurig. Manja lässt mich geschlagene zehn Minuten warten, dann kommt sie wieder zur Tür. Um ihren Mund herum ist Puderzucker. In der einen Hand hat sie einen Kaffeebecher, mit der anderen reicht sie mir eine kleine Tüte mit Medikamenten und sieht mich so lange an, bis ich mich umdrehe und gehe.

Und da bin ich jetzt mit einem unruhigen Magen, der auch nicht besser wird, als mich der Geruch von heißen Waffeln umweht. Es ist brütend heiß, die Leute stehen Schlange vor der Eisdiele, Kinder und Wespen, ab und zu ein Hund, der die Nase am Boden kleben hat und auf Reste hofft. Es ist zwanzig nach sieben und sie ist noch nicht da. Um acht schließt die Eisdiele und dann habe ich ein Problem. Zweimal bin ich versucht gewesen, sie anzurufen. Ich weiß, das ist stillos. Ich will Stil zeigen, ich bin ja nicht mehr zwölf Jahre alt. Also schicke ich ihr eine kurze Nachricht. *Probleme?* Mehr schreibe ich nicht rein.

Bernie fährt mit dem Fahrrad vorbei und sagt Hallo. Jojo kauft sich ein Eis und fragt, ob ich auf besseres Wetter warte. Die Zwillinge lassen sich natürlich auch blicken. Tisa und Mel. Keiner glaubt, dass sie Zwillinge sind. Sie tragen nie dasselbe, haben verschiedene Frisuren und sehen aus wie gute Freundinnen. Tisa fragt mich nach 50 Cent. Mel hat Schwierigkeiten mit dem Bügel ihrer Sonnebrille und will wissen, ob ich nicht zufällig einen von diesen kleinen Schraubenziehern dabeihätte. Ich gebe Mel das Geld und sage zu Tisa, nein, ich habe keinen Schraubenzieher dabei. Kolja taucht mit seiner neuen Flamme auf und hat eine Hand in ihre hintere Jeanstasche gequetscht. Die Flamme hat ein Tattoo unter dem linken Auge und schielt ein wenig. Milka kommt mit Gero im Schlepptau. Sie fragen, ob ich heute Abend auch in den Club komme. Langsam werde ich ernsthaft nervös. Die halbe Clique geht Eis essen und hat Spaß, während ich rumhocke und warte. Ich hätte mir einen besseren Treffpunkt aussuchen sollen. Einen, wo nichts los ist.

»Hier.«

Sie reicht mir ein Eis. Schokolade, zwei Kugeln und bunte Streusel obendrauf. Ich verschlucke mich an der Luft und huste los. Natürlich habe ich in die falsche Richtung geschaut. Sie steht da, als würde sie auf mich warten, als wäre ich zu spät. *Stinke.* Ich spüre, wie mein Gesicht weich wird und ich blöde lächle.

»Mhm, lecker, Schokolade«, sage ich wie ein Junge, der den ganzen Sommer nur von zwei Kugeln Schokoeis geträumt hat.

»Und?«

Sie tippt mit ihrem Stiefel gegen meinen Turnschuh.

»Hast du's?«

»Ich hab's.«

Wir spazieren die Straße runter. Wir reden nicht, lecken von unserem Eis und stoßen ab und zu mit den Ellenbogen aneinander. In einem Hauseingang setzen wir uns auf die oberste Stufe und ich nehme die Tüte mit den Medikamenten aus der Jacke und wiederhole, was der Depp mir am Telefon erzählt hat.

»Zwei der Medikamente reichen völlig. Der Depp hat dir einen Zettel geschrieben, wie du sie verabreichen sollst. Die Beipackzettel kannst du ignorieren.«

»Heißt er wirklich Depp?«

»Nicht wirklich.«

»Und du vertraust ihm?«

»Wir sind Kumpel, er weiß, was er tut.«

Stinke nickt, sieht auf die Medikamente und verstaut sie in ihrem Rucksack.

»Was schulde ich dir?«

»Ist geschenkt.«

»Wirklich?!«

»Wirklich. Falls du mehr brauchst …«

Ich lasse die drei Punkte am Ende meines Satzes stehen. Ich will ihr sagen, dass sie mich wiedersehen muss, dass ihr restliches Leben sonst sinnlos und sie todunglücklich sein wird. Aber wer sagt schon so was? Bevor ich den Mund aufmachen kann, beugt sich Stinke vor und gibt mir einen Kuss auf die Wange. Etwas Eis läuft an meinen Fingern herunter. Ich atme schnell ein und rieche sie. Sie duftet.

»Ich bin dir was schuldig«, sagt sie und steht auf und ich bin mir sicher, das war es, ich sehe sie nie wieder, und das alles nur, weil ich meine Klappe nicht richtig aufmachen konnte, weil ich nicht sage, was ich will.

Nach vier Schritten dreht sie sich um, kommt zurück und nimmt wieder neben mir Platz.

Mein Herz spielt ein Trommelsolo.

»Hast du auch einen Kumpel, der Muckis hat?«, fragt sie.

»Jeder hat so einen Kumpel«, sage ich.

»Wir könnten Hilfe gebrauchen.«

»Wir?«

»Meine Mädchen und ich.«

»Okay.«

Sie kaut auf ihrer Unterlippe, ich muss einfach fragen.

»Wollt ihr eine Bank ausrauben, oder was?«

Sie lacht und stößt mich mit der Schulter an.

»Danach vielleicht«, sagt sie.

»Und davor?«

»Wir wollen ein Mädchen retten.«
»Wann?«
»Morgen oder übermorgen.«
»Übermorgen bekomme ich hin.«
»Wirklich?«
»Klar. Ich besorg dir Muckis.«

Ihr Mund trifft meinen Mund. Es ist ein Kuss. Sie steht auf. Sie nimmt den Kuss nicht mit, er klebt an meinen Lippen, er schmeckt nach Waldmeistereis und einem Mädchen, das davonschlendert und sich nicht umsieht.

Ich bleibe zurück und habe keine Ahnung, in was ich da reingerasselt bin.

DARIAN

Ich tanze. Oh Mann, wie ich tanze. Es ist gutes Koks und gutes Koks lässt mich tanzen. Ich, mein Körper und kein Gehirn. Das ist das Beste. Kein Gehirn, das fragt: *Was hast du getan?* Kein Gehirn, das meckert: *Wie kommst du da wieder raus?* Kein Gehirn, das sich wundert: *Bist du irre, oder was?*

Ich denke nicht an Bebe.

Vor zwei Tagen haben mir seine Männer aufgelauert und seitdem ist alles durcheinander. Ich gehe nicht ans Handy, wenn er durchklingelt. Ich bin dabei, die Verbindung zu kappen. Mir liegt das alles sehr auf dem Magen – Taja und die Nutten, der Plattenbau und das fiese Licht der Straßenlaternen. Ich brauche das nicht, das Geld kann ich mir auch anders besorgen, ich will nicht zurückschauen und ich will kein fieser Zuhälter sein, der einen Stall führt. Ich will das, was ich jetzt bin, und jetzt bin ich nur mein Körper und der stellt keine Fragen, der will nur tanzen und ab und zu eine Line ziehen.

Und dann ist da die Kleine.

Natürlich ist sie mir sofort aufgefallen. Es ist nach zehn, ich bin seit einer Weile hier und seit einer Weile hat sie mich voll im Blick. Ihre Augen suchen meine Augen, ihre Augen finden meine Augen. Es ist eng hier, der Club ist überfüllt, sonst wäre sie längst an meiner Seite. Die Kleine aus dem Imbiss. Mann, wie lange ist das her? Eine Woche, ein Jahr oder ein Jahrhundert? Es ist neun Tage her und ihr Lipgloss glänzt im flackernden Licht, als hätte sie einen Kernreaktor geküsst. Ich habe sie nicht vergessen. Sie wusste, dass ich hier bin. »Schau vorbei«, habe ich zu ihr gesagt, »ich bin immer hier.« Gute Frage, wie sie mit ihrem Puppengesicht an dem Türsteher vorbeigekommen ist, aber da ist sie jetzt und hat einen Strohhalm zwischen den leuchtenden Lippen und zieht sich ein Bier rein. Ich will lachen, ich lache. Bier durch einen Strohhalm, so was können doch nur Mädchen machen. Ich lasse sie jetzt noch ein wenig zappeln, dann …

»Darian?«

Ich spüre den Griff am Arm, zucke zurück und will zuschlagen. Paranoia pur. Mirko steht neben mir. Ich bekomme mich wieder unter Kontrolle und der Schreck vergeht. Mirko hat sich schick gemacht, er sieht aber noch immer aus wie ein Serbe, der in einem Schlauchboot über den Jordan gepaddelt ist.

»Ich bin kein Serbe«, sagt er.

»Ich habe nur laut gedacht«, sage ich.

»Können wir reden?«

»Klar, rede.«

»Nicht hier, es ist zu laut.«

»Okay. Nur noch der eine Song.«

Ein Song klebt sich an den nächsten und zum Schluss sind es sechs und ich bin platt. Das Koks ist zwar primo, aber es verbrennt schneller als ein Porsche auf Vollgas. Ich gehe vor und Mirko folgt. Wir verschwinden aufs Klo. Mirko will nichts. Ich ziehe zwei Lines, ja, jetzt kann es weitergehen. Ich schaue auf und da steht Mirko und für einen Moment habe ich vergessen, dass er mit mir auf dem Klo ist, also erschrecke ich schon wieder. Mirko bekommt das mit.

»Du solltest kürzertreten«, sagt er.

»Ich tret dich gleich kürzer«, sage ich und umarme ihn, wie man einen Kumpel umarmt, nachdem ein Spiel gewonnen wurde und sich alle freuen. Als ich ihn wieder loslasse, grinst er. Das hat ihm wohl gefallen.

»Homo, oder was?«, frage ich.

Mirko wird rot.

»Ich mach nur Witze, Mann«, sage ich und boxe ihm in den Bauch. Er knickt ein und braucht danach ein paar Minuten, ehe er sich wieder erholt hat. Das Koks findet diese Zeitverschiebung gar nicht witzig und will, dass ich das Klo verlasse und auf die Tanzfläche renne und ihm zeige, was für Moves ich draufhabe.

Mirko atmet schwer, beugt sich über das Waschbecken und trinkt einen Schluck Wasser.

Drei Typen kommen rein, ich schmeiße sie raus.

»Alter, alles okay?«, frage ich.

»Mir ist übel, Darian.«

»Ich wollte nicht so hart zuschlagen.«

Mirko lehnt an der Wand, eine Hand auf dem Magen.

»Ich brauche Hilfe«, sagt er und beginnt zu erzählen.

Ich höre nur halb zu, ich muss pissen, ich muss tanzen, ich sage:

»Überspring mal die Vorgeschichte. Was genau brauchst du?«

»Muckis.«

Ich lache.

»Es wurde aber auch Zeit, dass du mit mir ins Sportstudio kommst, denn---«

»Nicht solche Muckis«, unterbricht er mich.

»Nicht?«

»Ich brauche jemanden, der diesem Mädchen hilft.«

»Deine neue Flamme?«

»Vielleicht.«

»Vielleicht ist gut!«

Beinahe hätte ich ihm wieder in den Magen geboxt. Ich muss wirklich aufpassen. Ich bin wie der Typ, der nicht der Hulk sein will.

»Ich brauche jemanden, der Eindruck macht«, sagt Mirko, »und ich dachte …«

Er verstummt und hebt die Schultern. Ich lache. Ich kapier's.

»Nee«, sage ich, »nicht iche.«

»Aber---«

»Mirko, Alter«, unterbreche ich ihn, »ich kann in meiner Position doch keinen Macker schieben. Was stimmt denn nicht mit dir? Du fragst doch auch nicht den Paten, ob er bei der Blutspende mitmacht.«

»Welchen Paten?«

»Na, den aus dem Film. Aber ich besorg dir jemanden. Wie wäre es mit Lupo?«

»Lupo ist nicht richtig im Kopf.«

»Du sollst ja auch nicht Schach mit ihm spielen.«

»Denkst du, er macht das?«

»Klar macht er das.«

»Ich kenne ihn kaum.«

»Wenn ich sage, er soll dir helfen, dann hilft er dir.«

Ich hole mein Handy raus, suche Lupos Nummer, rufe ihn an.

»He, du Kackbratze, was treibst du?«

»Nischt.«

»Nischt ist gut. Mirko braucht dich.«

»Wer?«

»Mirko, meine rechte Hand.«

»Okay. Wann?«

»He, Mirko, wann brauchst du Lupo?«

»Morgen oder übermorgen.«

»Was?! Genauer geht es nicht?«

Mirko hebt die Schultern.

»Alter«, sage ich zu Lupo, »hast du gehört?«

»Hab's gehört.«

»Genauer geht es nicht.«

»Okay.«

»Wenn er dich anruft, bist du bereit?«

»Ich arbeite morgens ab fünf Uhr in der Bäckerei.«

»Seit wann denn das?«

»Seit drei Wochen.«

»Und wie ist es?«

»Scheiße. Aber ich backe Croissants.«

»Croissants sind cool.«

»Ich weiß. Also frühmorgens geht nicht.«

»Gut, er wird dich nicht frühmorgens brauchen. Oder, Mirko?«

»Ich denke, nicht.«

»Er denkt, nicht.«

»Dann ist ja gut.«

»Alles klaro, du Kackbratze?«

»Alles klaro.«

»Na, dann mach's mal gut.«

»Du auch, Darian.«

Ich stecke das Handy weg.

»Alles paletti«, sage ich.

»Danke, Darian.«

»*Danke, Darian?*«

Ich sehe Mirko erschrocken an.

»Jetzt mal ehrlich, mehr gibt es nicht?! Nur ein *Danke, Darian*?«

Ich schaue so traurig wie ein Baby, dem der Schnuller weggenommen wurde.

»Mensch, Mirko, ich dachte, du bläst mir jetzt einen.«

»Was?!«

Ich lache los.

»He, scheiß dich nicht ein. Später schick ich dir Lupos Nummer. Und jetzt ...«

Ich packe ihn an der Schulter und schieb ihn aus den Klos.

»... tanzen wir, bis uns die Arschbacken schwitzen.«

Sie flüstert, sie ist sechzehn und noch Jungfrau. Ich sage dazu nichts. Es törnt mich nicht an. Ich habe andere Probleme, ich bin siebzehn und bekomme ihn nicht hoch. Sie fummelt da unten rum. Nichts passiert. Ich mache einen auf Fantasie und kneife die Augen zu und denke an Porno, aber nichts geschieht. Sie gibt auf, gähnt und sagt, ihr ist langweilig. Ich beuge mich rüber und öffne die Beifahrertür. Das Oberlicht geht an. Ich kann sehen, dass sie wütend ist. Und auf keinen Fall sieht sie aus wie sechzehn. Die Schnalle ist viel älter. Wie konnte ich sie jemals für sechzehn gehalten haben?

»Was denn jetzt?«, fragt sie.

»Jetzt gehst du«, sage ich und schiebe sie aus dem Jeep.

Sie schmeißt die Tür zu.

Ich lehne mich zurück.

Es wird wieder dunkel im Wagen. Ich kraule mir die Eier. *Was ist da unten nur los?* Ich schließe die Augen und stelle mir vor, ich wäre auf Ibiza oder so. Mit Ingrid und Tamara zusammen. *Wo ist Ingrid jetzt hin? Was treibt Tamara?* Ich habe die zwei vor Augen. Wie sie im Bett aussahen. Wie sie unter der Dusche aussahen. Langsam regt sich da unten was. *Geht doch.* Die Beifahrertür öffnet sich. Jetzt bin ich bereit für die Kleine.

»Gut, dass du wieder …«

Ich verstumme.

Bebe setzt sich neben mich. Als wären wir verabredet, als hätte ich auf ihn gewartet.

»Fahr«, sagt er.

»Was soll das?«, frage ich.

»Wir haben ein Problem und ich brauche dich. Also fahr schon.«

Ich habe keine Ahnung, wie er mich gefunden hat. Ich starte den Wagen. Bebe schweigt eine Minute lang.

»Du ignorierst meine Anrufe«, sagt er schließlich, »und du wohnst nicht mehr bei deinem Vater.«

»Woher weißt du das?«

»Es spricht sich herum.«

»Ich bin mein eigener Mann.«

»Und wieso übernachtest du dann bei einem deiner Jungs?«
Ich beiße mir auf die Unterlippe. Weiß dieser Typ alles?
»Meine neue Wohnung wird renoviert.«
»Und dein Handy ist kaputt?«
»Bebe, du hast mir sechs Typen auf den Hals geschickt.«
»So was passiert, wenn man seine Quote nicht erfüllt.«
Er sieht mich von der Seite her an.
»Es ist dennoch kein Grund, nicht mehr ans Handy zu gehen.«
»Ich musste nachdenken.«
»Über was?«
»Über das Leben.«
»Und, was hast du über das Leben rausgefunden?«
Ich will ihm sagen, dass ich raus bin, ich kann es ihm nicht sagen. Einmal drin, für immer drin.
»Wenn du willst«, spricht Bebe weiter, »besorge ich dir eine Wohnung, die schon renoviert ist.«
Er zeigt mit dem Kinn nach vorne.
»An der Kreuzung links.«
Ich setze den Blinker.
»Wo geht es hin?«, frage ich.
»Was denkst du wohl, wo es hingeht?«
Ich schweige, ich habe so eine Ahnung und diese Ahnung ist wie ein Gewitter, das über der Stadt schwebt und es krachen lassen will. Ich hätte auf meine Skrupel hören sollen.
Ich mache das jetzt mit, denke ich, *und dann bin ich raus.*
Ich habe es seit letztem Dienstag tausend Mal gedacht.
Gut, dass Bebe meine Gedanken nicht lesen kann.

Vierzig Minuten später halten wir vor dem Plattenbau und steigen aus. Wir laufen die Treppen hoch und betreten eine der Wohnungen. Bebe sagt kein Wort. Die zwei Lederjacken stehen im Flur und nicken ihm zu. Ein Typ öffnet die Tür zur Küche. Er trägt eine Wollmütze, die seine Ohren verdeckt, und er hat ernsthaft ein Jagdgewehr auf seinem Rücken. Der Trageriemen spannt sich über seiner Brust. Ich habe das Gefühl, im falschen Film zu sein.

Wir treten in die Küche.

Ein Mann sitzt auf einem Stuhl. Hände gefesselt, eine Tüte von Lidl über dem Kopf. Ich kann sehen, wie sein Atem das Plastik bewegt.

»Was soll der Scheiß?«, frage ich.

»Ich will wissen, ob du den hier kennst.«

Bebe reißt die Plastiktüte weg. Ich sehe das Gesicht des Mannes. Ein Klebeband liegt über seinem Mund. Er atmet schwer. Sein Kopf ist schweißnass. Auf seinen Schultern liegen abgeschnittene Haare, als wäre er eben vom Friseur gekommen. Auch der Boden um ihn herum ist voller Haare.

»Ich habe keine Ahnung, wer das ist«, sage ich.

»Sicher?«

»Ganz sicher.«

»Er ist aus deinem Viertel.«

Ich lache.

»In Charlottenburg leben über hunderttausend Menschen, denkst du, ich kenne jeden?«

Bebe scheint mich nicht zu hören.

»Sieh ihn dir genau an«, sagt er.

»Ich sehe ihn gut und genau, aber ich kenn den Typen nicht.«

Der Mann auf dem Stuhl erwidert meinen Blick. Er hat Blut am Hals, ich kann aber keine Wunde sehen. Er betrachtet mich, als wüsste er ganz genau, wer ich bin.

»Gut, ich glaube dir«, sagt Bebe.

»Und wer soll das jetzt sein?«, frage ich.

»Sein Name ist Neil Exner.«

NEIL

Der Druck ist groß. Der Einsatz steht mir bevor und ich finde keinen Schlaf. Seit einer Woche summt mein Kopf und die Gedanken jagen sich. Der Druck war schon immer mein Problem. Schon in der Schule konnte ich ihm nicht widerstehen. Wenn eine wichtige Prüfung bevorstand, war ich Tage zuvor ein Wrack. Ich war nicht nervös oder ungeduldig, ich wollte einfach nur, dass es endlich geschah. Jetzt und sofort. Dasselbe Problem hatte ich mit dem Einstellungstest bei der Polizei. Bis Mitternacht lag ich im Bett und hoffte auf Schlaf. Zu der Zeit begann ich zu laufen. Ich drehte Runde um Runde, durch Parks und um Häuserblocks, egal bei welchem Wetter. Es war kein Joggen, es war ein Rennen und genau das richtige Ventil. Der Druck ließ nach, er verschwand aber nicht.

Vor meinem vierzehnten Einsatz ist es nicht besser.

Ich parke den Jaguar, strecke und dehne mich und atme ein paarmal tief durch. Ich trage Turnschuhe, eine Laufhose und eine Kapuzenjacke. Es ist elf Uhr abends, es ist der richtige Zeitpunkt, um sich mit der Gegend vertraut zu machen. Niemand wird was vermuten, wenn er mich hier laufen sieht. Ein Läufer, der nicht schlafen kann. Ich wünschte, ich hätte einen Hund.

Ein Hochhaus reiht sich an das nächste, ich laufe an Kneipen und Imbissbuden vorbei und überquere den schmalen Clara-Zetkin-Park, der es nicht wirklich verdient, als Park bezeichnet zu werden. Es geht über Höfe, die die Hochhäuser miteinander verbinden. Fernseher flackern in Wohnzimmern, vereinzelt blinkt eine müde Lichterkette vor sich hin. Ein Rentner mit einem Dackel an der Leine kommt mir entgegen und schüttelt den Kopf, als wäre es eine Unverschämtheit, dass ich hier herumlaufe. Ich werde nicht langsamer, ich werde nicht schneller. Niemand aus meinem Team weiß, dass ich hier bin. Es ist ein Egoding. Ich bin vierundzwanzig, ich bin in meiner Karriere weit gekommen. Mit Druck und viel Energie. Und dennoch kann ich mich nicht zurücklehnen. Ich muss immer wieder was drauflegen. So wie heute. Ich werde das Einsatzgebiet in einem Umkreis von zweihundert Metern scannen und wieder nach Hause fahren. Es ist mir wichtig, ein Gefühl für die Gegend zu bekommen. Ich kenne das Viertel nur von den Plänen, und es live zu erleben, ist etwas ganz anderes. Ich will wissen, welche Fluchtmöglichkeiten es gibt, welche Kellertüren offen stehen und welche Restaurants einen Hinterausgang haben. Übermorgen ist der Einsatz und nach heute Nacht werde ich informiert sein. Dieses Wissen wird mir Klarheit geben. Nichts kann schiefgehen, wenn ich klar im Kopf bin.

Vor einem der Hauseingänge steht eine Gruppe von Jugendlichen. Aus einem Handy dudelt Musik und einer der Jungen fährt mit seinem Rad Kreise um zwei Mädchen, die immer wieder nach ihm treten. Sie trinken Korn aus der Flasche und beobachten mich. Eines der Mädchen ruft was, ich winke und laufe weiter und denke an Stinke. Es ist vollkommen unlogisch. Für Sekunden haben meine Augen nach ihrem Gesicht gesucht. Sie hat überhaupt keine Ähnlichkeit mit den Mädchen vor dem Hauseingang. Außerdem hat sie hier nichts verloren.

Ein weiterer schmaler Park mit gedrungenen Bäumen und kargen Sträuchern. Hier will nichts wachsen oder es wird niedrig gehalten. Ich überquere Straßen, sehe alles und werde nicht langsamer. Die Hochhäuser unterscheiden sich nur im Anstrich, alles ist gleich und wirkt, als wäre es zu oft kopiert worden und hätte dabei seine Grundsubstanz verloren. Von einem der Balkons hängt die Deutschlandfahne, eine Frau steht daneben und raucht. Ich hebe nicht den Kopf, denn ich fühle, wie ich beobachtet werde.

Als mir die Männer auffallen, ist es schon zu spät und ich kann ihnen nicht mehr ausweichen. Die Straßen und Gebäude gleichen sich zu sehr. Ich habe den Überblick verloren. Es ist der Fehler eines Amateurs. Die Männer stehen nicht wie die Jugendlichen herum, sie sind nicht zufällig hier, sie erfüllen eine Aufgabe. Ich ziehe ich die Schultern hoch und halte mein Gesicht abgewandt.

Sie sind zu dritt. Ich erkenne keinen von ihnen von den Fotos und entspanne. Es ist ein gutes Zeichen. Es wäre ausgesprochen dumm, einer der Zielpersonen über den Weg zu laufen.

Ein Mann hebt die Hand und winkt mich zu sich. Er trägt eine von diesen amerikanischen Tarnhosen in Grau-Weiß, die er in seine Motorradstiefel gesteckt hat. Darüber ein langärmliges Hemd, das zu weit ist für seinen dürren Oberkörper. Auf seinem Kopf sitzt eine rote Wollmütze, die ihn blass erscheinen lässt. Ich werde langsamer. Ich kann nicht einfach weiterlaufen, es wäre zu offensichtlich. Ich ziehe die Ohrstöpsel raus. Gute sechs Meter trennen mich von den drei Männern, ich gehe nicht näher, ich bleibe auf dem Bürgersteig, Arme in die Seite gestemmt, ein Läufer, der durchatmet.

»Abend«, sage ich.

»Was machst du hier?«, fragt Wollmütze.

»Joggen.«

Sie lachen.

»Bist du behindert, oder was?«, fragt der Mann rechts von Wollmütze.

Er ist in meinem Alter. Schlank, O-Beine und eine Fleece-Jacke mit dem Logo eines Autohauses, auf das sein Name draufgestickt ist. *Rüdiger.* Seine linke Pupille zuckt und rutscht weg, er kneift die Augen zu und öffnet sie wieder, die Pupille kehrt an ihren Platz zurück. Als er spricht, hebt er das Kinn ein wenig, als würde er auf Zehenspitzen stehen und mich über eine Mauer hinweg anschauen.

»Hier wird nicht gejoggt«, sagt er.

Ich atme durch und lege den Kopf schräg.

»Wieso nicht?«

»Wieso nicht?!«, spielt Wollmütze das Echo.

Der Mann links von ihm zeigt mir einen Vogel. Er erinnert mich an ein Wiesel, das in die Ecke gedrängt ist. Er ist der Einzige von den dreien, um den ich mir keine Gedanken mache. Wollmütze ist mein Problem.

»Weißt du überhaupt, wo du bist?«, fragt er.

»Marzahn«, antworte ich.

»Was macht denn einer wie du in Marzahn?«

»Ich bin vor drei Wochen hergezogen.«

»Wohin denn?«

»Havemannstraße.«

»Neben Aldi, was?«

»Neben Lidl«, korrigiere ich ihn.

»Also«, sagt Rüdiger, »hier wird nicht gejoggt, egal, wo du wohnst.«

»Oder ich hau dir eins in die Fresse«, sagt das Wiesel.

»Marco, halt die Klappe«, sagt Wollmütze.

Das Wiesel wirft mir einen fiesen Blick zu, dann wendet er sich an die anderen beiden.

»Habt ihr schon mal jemanden in Marzahn joggen gesehen?«

»Nur die Hunde, wenn sie kacken müssen«, antwortet ihm Rüdiger.

»Kacken ist gut«, sagt das Wiesel und macht mit dem Mund ein Furzgeräusch.

Sie lachen, ich lache mit ihnen.

»Und wieso joggst du?«, will Wollmütze wissen.

»Ich will nicht wie mein Alter werden.«

»Was ist mit deinem Alten?«

»Er ist vier Zentner schwer.«

»Was sind denn Zentner?«, fragt das Wiesel.

»Halt die Klappe, Marco«, sagt Wollmütze.

»Vier Zentner ist viel«, sagt Rüdiger.

»Ich weiß«, sage ich.

Wollmütze sieht mich von unten nach oben an.

»So wie du aussiehst, musst du nicht joggen.«

»Ich sehe so aus, weil ich jogge.«

Er tritt auf mich zu, einen Schritt nur, aber es ist wie eine Drohung.

»Was stemmst du?«

»Gewichte sind nicht mein Ding.«

»Bist du schwul, oder was?«, fragt das Wiesel und lacht.

Ich sehe ihn nur an.

»Was ist denn dein Ding?«, hakt Wollmütze nach.

»Ich bin ein Läufer.«

»Marathon und so?«

»Marathon und so.«

Er wedelt mich weg.

»Na, dann lauf mal weiter, und grüß mir den Alten mit seinen vier Zentnern.«

»Was sind denn Zentner?«

»Marco, halt endlich die Klappe!«, sagen Rüdiger und Wollmütze gleichzeitig.

Ich stecke mir die Stöpsel wieder in die Ohren und setze mich in Bewegung. Ich mache alles, wie ich es immer mache. Kein Zögern, entspannt geht es weiter mit meinem Lauf. Ich bin der Meinung, ich habe das sehr gut gemeistert. Es war eine unnötige Konfrontation, aber ich bin mir sicher, dass sie keine Folgen haben wird.

Morgen werden sie mich vergessen haben, denke ich und spüre keine Sekunde lang die Gefahr. Einer von ihnen ist wie eine Katze. Oder wie ein Wiesel. Vielleicht sind es Rüdiger und das Wiesel zusammen. Wollmütze würde sich nie die Arbeit machen.

Ich komme keine zehn Schritte weit, als mich der Schlag im Nacken trifft. Ehe ich mich umdrehen kann, wird erneut zugeschlagen.

Ich stürze.

Als ich wieder zu mir komme, halten mich das Wiesel und Rüdiger unter den Armen fest und schleifen mich durch eine Wohnung. Ich bin benommen und hänge zwischen ihnen wie ein Sack nasser Wäsche. Um meine Handgelenke liegen Kabelbinder, das Plastik schneidet in mein Fleisch und drückt mir die Zirkulation ab. Ich bin froh, dass sie mir die Hände nicht auf dem Rücken gefesselt haben.

Langsam komme ich wieder zu mir.

In der Luft liegt der schale Geruch von Essen und Zigaretten. Mein Nacken ist nass und ich kann spüren, wie das Blut meinen Rücken runterläuft. Sie schleifen mich einen Flur hinunter, meine Turnschuhe quietschen auf den Fliesen. An einer Wandseite stehen zwei Futternäpfe auf dem Boden, ich sehe die Hunde nicht, ich kenne sie aber von den Fotos. Das Wiesel und Rüdiger bringen mich in eine Küche und setzen mich vor dem Spülbecken auf einen Stuhl. Das Wiesel verschwindet, Rüdiger baut sich vor der Tür auf und verschränkt die Arme vor der Brust.

»Was soll das?«, frage ich.

»Du wirst schon sehen«, antwortet er.

Seine Pupille rutscht weg, er kneift die Augen zu und öffnet sie wieder.

»Das kann man operieren«, sage ich.

Er lacht.

»Ich glaube nicht an Ärzte«, sagt er.

»Los, rein da«, höre ich Wollmütze aus dem Flur sagen.

Zwei Bullterrier kommen in die Küche. Kein Gramm Fett an ihren Körpern, Muskeln pur. Ihr Fell ist schneeweiß, nur um die Augen haben sie einen schwarzen Fleck. Genau da hört die Niedlichkeit auch auf. Ihre Gesichter sind vernarbt, ihre Flanken mit verheilten Wunden bedeckt und bei beiden zittert das Maul, als wären sie nervös.

»Wir füttern sie mit Speed«, sagt Wollmütze, »damit sie spitz bleiben. Das hier ist Links.«

Er ruckt an der rechten Leine

»Und das ist Rechts, kapiert?«

Er ruckt an der linken Leine.

»Kapiert«, sage ich.

»Sieh sie schief an und sie fressen dich.«

Wollmütze beugt sich vor und löst die Leinen.

Rüdiger und er weichen zurück und schließen die Küchentür.

Die Bullterrier sehen mich an und beginnen zu knurren.

»Es ist okay«, sage ich ruhig.

Ein Beben wandert durch ihre Körper, als würde ihnen eine Stromladung über den Rücken kriechen, dann senken sie die Köpfe und kommen an meine Seite, stoßen mit ihren Schnauzen gegen meine Beine und schauen zu mir auf. Sie tun mir leid. Wir haben einen Draht. So was lernt man nicht, so was hat man oder man hat es nicht. Während meiner Ausbildung arbeitete ich für ein halbes Jahr mit der Hundestaffel zusammen und war überrascht. Anscheinend verstehe ich Tiere besser als Menschen. Furchtlosigkeit ist wichtig, aber auch Respekt und Sympathie. Hunde jagen mir keine Furcht ein, selbst wenn sie auf Speed sind.

»Links und Rechts«, sage ich.

Die Bullterrier seufzen und setzen sich auf den Boden zu meinen Füßen. Wir warten zusammen.

Nach einer Viertelstunde kehrt Wollmütze in die Küche zurück.

»Verdammt, was ist denn das?!«

Die Bullterrier kommen erschrocken auf die Beine und haben keine Ahnung, wohin sie laufen sollen. Ihre Schwänze wedeln nicht, es ist offensichtlich, dass sie sich fürchten. Sie wissen, dass ihr Herrchen auch ihr Feind ist. Wollmütze greift sich eine Werbezeitschrift von der Küchenablage, rollte sie zusammen und drischt damit auf die Hunde ein. Sie jaulen, sie ducken sich und weichen ihm aus. Ihr Urin besprenkelt den Boden. Rechts versucht in einem Moment der Verzweiflung nach seinem Herrchen zu schnappen. Wollmütze packt ihn an der Kehle und zieht ihn zu sich ran.

»Du kleiner Wichser zeigst mir deine Zähne, was!?«

Er spuckt dem Hund ins Maul und lässt ihn los.

Rechts sinkt auf den Bauch und hat die Schnauze zwischen den Vorderpfoten.

»Raus, ihr Scheißer!«, brüllt Wollmütze. »Los, raus hier!«

Er verjagt die Hunde mit Tritten aus der Küche, dann wendet er sich mir zu.

»Alter, wenn du mir meine Tölen versaut hast!«

»Ich sitze hier gefesselt, wie soll ich dir deine Tölen versauen?«, frage ich zurück.

Sein Gesicht kommt meinem so nahe, dass ich die Mitesser auf seiner Nase zählen kann. Für einen Moment denke ich, dass er mir in den Mund spucken wird, wie er es bei dem Hund getan hat.

»Also, was bist du für ein Pisser?«, will er wissen.

»Ich war nur joggen«, sage ich.

»Ach, und das hier?«

Er hält meinen Wagenschlüssel hoch.

»Ein Pisser, der Jaguar fährt und neben Lidl wohnt und nachts durch die Gegend joggt, echt jetzt?«

»Genau so einer.«

Er überlegt, dann zischt er:

»Verarschst du uns?«

Sein Speichel landet auf meinem Gesicht, sein Atem stinkt nach Pommes, ich antworte ihm nicht. Er tritt wieder zurück und ruft nach Rüdiger und dem Wiesel. Sie tauchen im Türrahmen auf.

»Findet seine Karre.«

Er wirft ihnen meinen Wagenschlüssel zu und die beiden verschwinden. Danach ignoriert er mich völlig, lehnt mir gegenüber an der Küchentheke und starrt aus dem Fenster. Ich sehe an ihm vorbei auf die Küchentür und bereue es, so unvorsichtig gewesen zu sein. Ich hätte meine Autoschlüssel auf das Hinterrad legen sollen.

Hätte ich nur.

Niemand muss mir sagen, was als Nächstes geschieht. Ich habe es vor Augen – Rüdiger und das Wiesel werden durch die Gegend fahren und alle paar Sekunden den elektrischen Impuls meines Autoschlüssels bedienen. Es wird nicht lange dauern, über kurz oder lang werden sie einen Treffer landen und den Jaguar finden. Ich sehe das Aufleuchten der Blinklichter. Ich sehe sie die Türen öffnen und den Wagen durchsuchen. In der Ablage werden sie meine Brieftasche und mein Handy finden.

So oder ähnlich wird es ablaufen.

Als hätte Wollmütze meine Gedanken gehört, sieht er mich an und sagt:

»Ich mag Typen nicht, die lange Haare haben.«

»Trägst du deswegen eine Wollmütze?«, frage ich zurück.

Er antwortet nicht, nur sein Mundwinkel zuckt, als wollte er ein Lächeln unterdrücken. Er zieht eine Küchenschublade auf und kramt darin herum.

»Irgendwo hier muss das Ding liegen. Es war ein vollkommener Fehlkauf, da kannst du nichts machen, wenn das Fell zu kurz ist ... Ah, da ist er ja.«

Wollmütze zieht einen Trimmer aus der Schublade. Er drückt auf dem Ding herum und es erwacht zum Leben.

»Ein bisschen Akku haben wir noch«, sagt er und stellt sich hinter mich, »mal sehen, ob das reicht.«

»Tu das nicht«, sage ich.

»Oder was?«, fragt er.

Ich weiß nicht, womit ich ihm drohen soll.

»Damit du mich nie vergisst«, sagt er und beginnt mir den Kopf zu scheren.

Rüdiger betritt eine halbe Stunde später das Zimmer und bleibt erstarrt im Türrahmen stehen. Wollmütze wirft ihm meinen Zopf zu. Rüdiger weicht zurück, als wäre es eine Schlange. Der Zopf landet mit einem dumpfen Laut auf dem Boden. Rüdiger tritt ihn weg.

»Wieso hast du das getan?«, fragt er.

»Mir war danach«, sagt Wollmütze und wedelt mit der Hand herum. »Gib schon her.«

Rüdiger reicht ihm meine Brieftasche. Wollmütze zieht die Papiere raus.

»Exner? Cooler Nachname. VISA haste auch, aber hier wohnen tust du nicht, nee, das ist aber peinlich. Vielleicht hast du ja vergessen, dich umzumelden? Und was haben wir …«

Wollmütze verstummt, er hat meinen Dienstausweis gefunden.

»MEK?!«

Er sieht mich an.

»Alter, sitzt du in der Scheiße!«

»Was ist MEK?«, fragt Rüdiger.

»Einsatzkommando«, antwortet Wollmütze. »Mobiles.«

Er wedelt mit meinem Ausweis in der Luft herum.

»Du bist also ein Bulle, der joggt?!«

Ich zucke mit den Schultern.

»Ich will fit bleiben.«

»Und wieso in Marzahn?«

»Ich bin eben hergezogen.«

»Was du nicht sagst. Nur hast du dich ...«

»... noch nicht umgemeldet«, spreche ich für ihn zu Ende.

»Richtig.«

Ich sehe von Wollmütze zu Rüdger.

»Könnte ich jemanden sprechen, der hier was zu sagen---«

Die Schelle unterbricht mich, ich falle beinahe vom Stuhl. Wollmütze wedelt wieder mit meinem Ausweis in der Luft herum.

»Du sprichst mit mir, ich habe hier das Sagen, verstanden?«

Ich antworte ihm nicht.

»Was soll ich noch mit dir machen, hm?«, will er wissen. »Soll ich dir die Eier abschneiden, oder was?«

Ich schweige. Er gibt Rüdiger ein Zeichen.

»Stopf ihm die Schnauze.«

Rüdiger zieht ein Isolierband aus der Jacke und verklebt mir den Mund.

»Reicht das?«, fragt er.

»Noch nicht ganz«, antwortet Wollmütze und geht zu der Schublade, aus der er den Trimmer geholt hat. Es knistert und er zieht eine Einkaufstüte raus.

»Wenn er schon neben Lidl wohnt«, sagt er.

Die Plastiktüte wird mir über den Kopf gestülpt.

Sie lassen mich allein.

Kontrolle ist wichtig. Es ist egal, in welche Situation ich gerate, Kontrolle steht immer im Vordergrund. Das wurde uns während der Ausbildung eingebläut, es wurde uns immer vorgehalten, dass wir ohne Kontrolle versagen würden. Damit ist aber nicht die Kontrolle der Situation gemeint, es geht um die Kontrolle in einem selbst. Wenn ich Kontrolle ausstrahle, bringe ich meine Umgebung unter Kontrolle. Ich fürchte mich nicht vor dem Versagen, ich fürchte mich davor, die innere Kontrolle zu verlieren und die falschen Signale zu senden.

Aufzugeben und einzuknicken.

Nichts ist aussichtslos. Auch das haben sie uns eingebläut.

Wer sich der Aussichtslosigkeit hingibt, verliert die Kontrolle. Genau so denke ich.

Was kann mir passieren?

Sie werden mich gehen lassen.

Sie werden mir drohen.

Sie werden sagen, es war ein Missverständnis.

Sie wissen jetzt, wer ich bin.

Sie wissen, niemand legt sich freiwillig mit dem MEK an.

Sie wissen nichts von dem geplanten Einsatz.

Dessen bin ich mir sicher.

Dessen muss ich mir sicher sein.

Ich bin ein Idiot, weil ich es so weit kommen ließ.

Auch das weiß ich.

Ich bereite mich auf die Konfrontation vor.

Und bis dahin behalte ich die Kontrolle.

Keine Arroganz, keine Unruhe.

Kontrolle.

Der Schweiß läuft mir am Gesicht herunter und juckt auf der rasierten Kopfhaut. Er läuft über meinen verklebten Mund und tropft vom Kinn auf meine Trainingshose. Die Plastiktüte ist wie ein Gewächshaus. Ich denke nicht an Ersticken. Ich atme den Frust, die Erniedrigung und Wut aus; ich atme die Ruhe, das Wissen und die Kraft ein. Ich schwitze wie ein Schwein.

Nach einer Weile höre ich, dass die Küchentür geöffnet wird.

»Was soll der Scheiß?«, fragt eine Stimme

»Ich will wissen, ob du den hier kennst«, antwortet eine zweite Stimme.

Die Plastiktüte wird von meinem Kopf gerissen.

Darian Desche sieht mich an.

»Ich habe keine Ahnung, wer das ist«, sagt er.

»Sicher?«

»Ganz sicher.«

Ich schaue an Darian Desche vorbei. Die zweite Stimme gehört einem Mann, der neben Rüdiger steht. Er trägt Bermudashorts und ein rot-grünes Hawaiihemd, seine Beine sind rasiert und an den Füßen hat er offene Sandalen. Er sieht albern aus, als hätte er sich von Mallorca nach Berlin verirrt. Er zeigt mit dem Kinn auf mich.

»Er ist aus deinem Viertel«, sagt er.

Darian Desche lacht.

»In Charlottenburg leben über hunderttausend Menschen, denkst du, ich kenne jeden?«

»Sieh ihn dir genau an.«

»Ich sehe ihn gut und genau, aber ich kenn den Typen nicht.«

Darian Desche nimmt den Blick nicht von mir. Irgendwas verbirgt sich in seinen Augen, als würde er mich durchschauen, als wüsste er ganz genau, wer ich bin. Ich blinzel nicht, ich zeige keine Reaktion, denn er darf nicht sehen, dass ich ihn erkannt habe. Desche Junior ist ein kleiner Fisch, der von Charlottenburg bis Spandau einen auf Macker macht, dabei aber in Wahrheit nur im Schatten seines Vaters Ragnar Desche existiert. Mein Team weiß, wer er ist. Wir sahen aber bisher keine Verbindung zu dem Mann, der hinter ihm steht.

»Und wer soll das jetzt sein?«, fragt Darian Desche.

»Sein Name ist Neil Exner.«

»Nie gehört.«

»Er fährt einen Jaguar und er ist ein Bulle.«

Darian Desche weicht einen Schritt vor mir zurück.

»Kripo?«

»MEK.«

»Scheiße.«

»Ja, richtige Scheiße.«

Der Mann im Hawaiihemd tritt vor und hockt sich vor mich hin. Er reißt mir das Isolierband vom Mund und sagt:

»Weißt du, wer ich bin?«

Sein Name ist Bebec Verraki, sie nennen ihn Bebe. Er kommt aus Rumänien und ist seit fünfzehn Jahren in Deutschland, davor hat er sich in Skandinavien aufgehalten. Die Schweden und Norweger kennen ihn, die Dänen haben ihn ausgewiesen. Er ist die oberste Zielperson meiner Sondereinheit und ich Idiot sitze ihm in dieser Küche gegenüber. Was für ein Mist! Ich darf seine Frage nur auf eine Weise beantworten. Ich schüttel den Kopf, nein, ich weiß nicht, wer er ist.

»Habt ihr uns im Visier?«, fragt er.

»Was für ein Visier?«, frage ich zurück.

»Du weißt genau, was ich meine.«

»Ich war nur joggen.«

»Also warst du zufällig in der Gegend?«

Ich nicke.

»Ich glaube nicht an Zufälle«, sagt er. »Ich weiß, dass ihr uns beobachtet. Die Stimmung im Viertel hat sich schon seit einer Weile verändert. Ihr seid zwar nicht sichtbar, aber ihr seid zu spüren, verstehst du? Aber vielleicht täusche ich mich auch. Vielleicht ist alles harmlos.«

Bebec Verraki schaut auf die Haare zu meinen Füßen, dann kehrt sein Blick zu mir zurück.

»Weißt du, was ich sehe, wenn ich dich ansehe?«

Ich weiß, er erwartet keine Antwort.

»Ich sehe ein Paket, das falsch zugestellt wurde«, spricht er weiter.

Darian Desche schaut genauso verwirrt wie ich.

»Wovon redest du?«, fragt er.

»Wir können ihn nicht hierbehalten, davon rede ich.«

»Willst du ihn etwa laufen lassen?«

Bebec Verraki wendet sich von mir ab und lacht.

»Natürlich nicht«, sagt er. »Ein Bulle bleibt ein Bulle, selbst wenn er nichts weiß. Wir regeln das auf unsere Art, nicht wahr, Rüdiger?«

»Klar, Boss«, meldet sich Rüdiger von der Tür.

»Und was heißt das?«, fragte Darian Desche nervös.

»Es heißt, wir verschicken den Bullen nach Polen.«

Darian Desche runzelt die Stirn.

»Das kannst du nicht machen.«

»Ich kann machen, was ich will.«

»Aber ... er ist MEK.«

Bebec Verraki zuckt mit den Schultern.

»Er könnte auch CIA sein, das juckt mich nicht.«

Und damit ist es beschlossen.

Ich werde nach Polen verschickt.

Der Wagen steht in der Tiefgarage, der Kofferraum ist offen. Sie warten nicht ab, dass ich von mir aus einsteige. Rüdiger greift mir unter die Arme, das Wiesel packt meine Füße und so heben sie mich rein. Es wird dunkel um mich herum, als der Kofferraumdeckel zufällt. Meine Hände sind noch immer gefesselt und das Isolierband klebt wieder über meinem Mund. Zumindest haben sie mir die Plastiktüte nicht über den Kopf gezogen.

Zeit vergeht.

Zeit vergeht.

Die Kontrolle will mir entgleiten, ich kralle mich an ihr fest.

Nach einer gefühlten Stunde startet der Wagen.

Nach einer gefühlten Ewigkeit hält er an

Ich höre, wie Benzin in den Tank läuft.

Ich höre das Klacken der Zapfsäule.

Schritte entfernen sich, Schritte kommen zurück.

Der Kofferraum wird geöffnet.

»Musst du pissen?«

Ich schaue zu Rüdger hoch und nicke.

»Wehe, du pisst mir in den Wagen«, sagt er. »Ich zahl den noch ab.«

Der Kofferraum fällt zu, wir fahren weiter.

Zeit vergeht.

Vielleicht eine Viertelstunde.

Der Wagen hält, der Kofferraum geht auf.

»Bau mir keinen Scheiß, ja?«

Rüdger packt mich am Arm und zieht mich raus. Meine Beine sind eingeschlafen, die Muskeln steif. Er reißt mir das Isolierband vom Mund und sagt, das würde ich nicht mehr brauchen.

»Hier kannst du schreien, wie du willst.«

Seine Pupille wandert nach außen, er kneift die Augen zusammen, sein Blick beruhigt sich. Ich sehe mich um. Wir stehen auf einer Landstraße, dichter Laubwald und kein Haus und kein Mensch zu sehen. Ich schreie nicht, ich kämpfe nicht, die Kontrolle ist wieder an meiner Seite. Ich bin froh, das Klebeband los zu sein.

»Du siehst echt scheiße aus«, sagt Rüdiger.

»Das wächst nach«, sage ich.

»Dennoch. Würde mir einer den Kopf rasieren, dann wäre er ein toter Mann.«

Rüdiger kramt in seiner Jacke und holt einen Taser raus. Er hält ihn wie einen Revolver.

»Das Ding ist voll aufgeladen«, sagt er.

»Ich versuche nichts«, verspreche ich und klinge wie jemand, der aufgegeben hat.

Rüdiger zeigt hinter mich.

»Siehst du den Baum da?«

»Ich sehe ihn.«

»Du pisst und ich steh hier und warte.«

Ich gehe zum Baum, dabei kribbelt mein Rücken. Vor zwei Jahren wollte ich wissen, was für eine Wirkung ein Taser hat. Ein Kollege schoss auf mich. Wir waren in der Sporthalle der Polizeiakademie und ich stand auf einer Turnmatte. 50 000 Volt haben mich umgepustet und ich lag eine Weile zitternd in meinem eigenen Urin. Ich wünsche niemandem, dass er das erlebt.

»Viel kommt da ja nicht heraus«, höre ich Rüdiger hinter mir sagen.

»Das ist die Anspannung«, erwidere ich.

Rüdiger lacht.

»Anspannung ist gut.«

Ich wende mich ihm wieder zu. Wir haben die Autobahn verlassen und rumpeln seitdem über eine Straße, die zum größten Teil aus Schlaglöchern besteht.

»Wohin bringst du mich?«, frage ich.

»Krakau.«

»Diese Straße führt doch nicht nach Krakau.«

»Du bist ja ein ganz Schlauer, was? Wir machen einen kleinen Umweg. In ein paar Kilometern kommt ein verlassener Grenzpunkt. Da stellt niemand Fragen oder schaut in den Kofferraum, verstehst du?«

»Und in Krakau? Was passiert da?«

»Du wirst arbeiten.«

»Für wen?«

»Für den, dem jetzt deine Papiere gehören.«

Er grinst, seine Pupille ist ruhig, er ist zufrieden mit seiner Antwort.

»Du kannst jetzt schon mal deine Ärmel hochkrempeln«, spricht er weiter, »wahrscheinlich stecken sie dich in den Bergbau. Hast du schon mal Kohle gekloppt? Das geht voll auf den Rücken. Du wirst dich daran gewöhnen, man gewöhnt sich ja an alles. Zwei, drei Jahre, dann hast du dir deinen Ausweis zurückverdient und kannst wieder gehen. Vielleicht bekommst du sogar dein Handy zurück.«

Wie er das sagt, weiß ich, dass ich Berlin nie wiedersehen werde.

»Also die gleiche Masche, die ihr mit den Mädchen abzieht«, sage ich.

Rüdiger zuckt unmerklich zusammen. Seine Augen gehen zu, seine Augen gehen auf. Die Pupille ist am Durchdrehen. Sein Kinn ruckt hoch.

»Was ... was weißt du davon?«, will er wissen.

»Ich bin Bulle, vergiss das nicht.«

»Aber Bebe hat gesagt, dass du keine Ahnung hast.«

»Vielleicht hat sich Bebe getäuscht.«

»Bebe täuscht sich nie.«

»Glaubst du das wirklich?«

Rüdiger zögert. Ich streue mehr Zweifel.

»Die Frage ist, was du denkst.«

»Ich?!«

»Ja, du. Einer wie du macht sich doch auch seine Gedanken, oder?«

Rüdiger hebt das Kinn höher und versucht mich zu lesen, wie es sein Boss getan hat.

»Ich denke, du weißt eine Menge«, sagt er.

»Dann bist du klüger als dein Boss«, sage ich.

Sein Kinn kommt runter, er fühlt sich geschmeichelt, die Kontrolle in mir wächst und wächst.

»Danke«, rutscht es Rüdiger raus, dann kratzt er sich ernsthaft mit dem Lauf des Tasers am Kopf und ich denke: *Lass das Ding losgehen, bitte, lass es losgehen!* Der Taser geht nicht los, aber Rüdigers Blick ändert sich. Er hat kapiert, dass er sein eigener Boss ist. Er hat das Sagen. Und er wurde gelobt. Er ist also klug. Diese Erkenntnis lässt ihn lächeln. Sein Pupille ist für einen kurzen Moment vollkommen ruhig.

»Was genau weißt du?«, fragt er.

»Ihr holt euch Mädchen aus der Tschechei, aus Slowenien, Polen und Ungarn«, antworte ich. »Mit Russland habt ihr nichts zu tun. Zu kompliziert, da haben andere ihre Finger drin und deswegen haltet ihr euch raus.«

Sein Mund klappt auf.

Ich mache weiter.

»Ihr versprecht den Mädchen einen Neuanfang in Deutschland. Als Kellnerinnen, Putzkraft oder Au-pair. Ihr bucht ihnen einen Flug, bringt sie über die Grenze und nehmt ihnen nach der Passkontrolle die Papiere weg. Von da an gehören sie euch. Ihr sagt ihnen, dass sie sich ihre Pässe zurückverdienen müssen. Nichts in diesem Leben ist umsonst. Ihr besorgt ihnen die ersten Freier. Erst ist es einer, dann sind es vier und zum Schluss sind es bis zu fünfzehn Männer am Tag. Wenn sie ihre Quote nicht erfüllen, schlagt ihr sie. Irgendwann sind die Mädchen nicht mehr zu gebrauchen. Zu alt, zu benutzt. Ihr bringt sie zurück in ihr Heimatland oder lasst sie in einer anderen Stadt am Straßenrand stehen oder spurlos verschwinden.«

Rüdiger ist blass. Er richtet den Taser auf mich. Sein Arm zittert.

»Alter, wer ... wer hat dir das alles erzählt?«

»Das ist Allgemeinwissen.«

Rüdiger sieht sich um, als hätte sich das Allgemeinwissen angeschlichen und wäre bereit, ihn niederzumähen. Wäre ich nicht mit dem Kabelbinder gefesselt, wäre es der richtige Moment, um ihn zu entwaffnen.

»Glaubst du wirklich, dass das MEK mich zufällig durch eine Gegend wie Marzahn joggen lässt?«, frage ich ihn. »Rüdiger, ich bin ein verdeckter Ermittler. Ihr steht alle unter Beobachtung. Dein Boss, alle deine Kollegen, auch die Kunden haben wir im Blick. Mit Namen und Adressen. Selbst in diesem Moment hat mein Team ein Auge auf euch. Und auf mich. Mein Einsatzleiter weiß, wo sich jeder seiner Ermittler befindet, was wir tun und wann wir es tun. Es ist egal, ob du mich nach Krakau oder Katmandu bringst, sie werden mich finden.«

»Das … das ist dann nicht mein Problem«, sagt Rüdiger schwach.

»Sie werden es zu deinem Problem machen.«

Ich schau hoch in den Nachthimmel.

»Sie haben Satelliten und Drohnen, sie sehen alles.«

Rüdiger folgt meinem Blick.

»Aber ich mag dich«, spreche ich weiter. »Ich habe das Gefühl, du bist eine ehrliche Haut. Soll ich dir erzählen, wie du aus dieser Scheiße rauskommst?«

Kaum habe ich die Frage ausgesprochen, weiß ich, dass ich zu schnell war.

»Nee, bloß nicht!«, sagt Rüdiger und zeigt mit dem Taser auf das Auto. »Los, rein in den Kofferraum!«

»Als Informant könntest du---«

»Bulle, halt jetzt die Klappe!«, unterbricht er mich laut.

Sein rechtes Auge reagiert jetzt so heftig, als hätte er einen epileptischen Anfall. Ich halte den Mund und gehe auf den Wagen zu. Ich setze mich auf den Rand des Kofferraums, schwinge die Beine rein und liege wieder auf meinem Platz.

»Kein Wort mehr!«, zischt Rüdiger.

Er verklebt mir nicht den Mund, das ist ein gutes Zeichen.

Der Kofferraumdeckel wird mit einem Knall geschlossen.

Rüdiger fährt weiter.

Er hält nach ein paar Minuten.

Nichts geschieht.

Der Motor läuft.

Ich weiß, was er tut. Ich muss es nicht sehen. Ich habe die Kontrolle.

Rüdiger hält das Handy in der Hand und denkt nach.

Er will den Anruf machen, er muss den Anruf machen, er

wird den Anruf nicht machen, denn er kann es nicht fassen, dass sich sein Boss getäuscht hat: Ich *bin* eine Gefahr, sein Boss hat das *nicht* gesehen. Zweifel sind wichtig. Sein Boss hat ihn losgeschickt und jetzt hat Rüdiger einen Bullen im Kofferraum, der über Satelliten beobachtet wird. Nichts ist, wie es sein sollte. Das gesamte MEK schaut auf Rüdiger herab. Ein Wort hallt in seinem Kopf nach, ich habe es ausgeworfen wie einen Köder. *Informant.* Rüdiger will retten, was zu retten ist. Jeder Mensch ist ein Opportunist.

Der Kofferraum geht auf.

»Ich hol dich auf den Rücksitz und du erzählst mir mehr, okay?«

»Okay.«

»Und wehe, du lügst!«

»Ich werde nicht lügen.«

Ich belüge ihn so sehr, dass es beschämend ist. Ich schüre Panik und Furcht. Ich erwähne die Kripo, das BKA und Europol, die seit Jahren Verrakis Organisation im Auge haben. Ich bringe Fakten über Menschenhandel ins Spiel und erwähne am Ende sogar al-Qaida, was Rüdiger vollkommen verwirrt. Nach wenigen Minuten macht er sich die erste Zigarette an, nach der vierten verstumme ich plötzlich. Er fragt, ob es das gewesen wäre.

»Mehr kann ich nicht verraten«, sage ich.

Er hämmert auf das Lenkrad.

»Was für ein Mist!«, ruft er. »Was für ein verdammter Mist!«

Er fährt weiter und sieht immer wieder in den Rückspiegel.

Und immer wieder begegne ich seinem Blick.

»Wie komme ich da raus?«, fragt er schließlich.

»Dreh den Wagen um und bring mich zurück.«

»Nee, Bebe würde mich killen.«

»Niemand wird dich killen, Rüdiger, denn wenn du mich zurückbringst, bist du einer von uns.«

Er überlegt, sein Mund zuckt, er fragt sich, wie es wohl wäre, einer von uns zu sein. Der Gedanke behagt ihm nicht. Ich spüre, wie ich ihn wieder zu verlieren beginne. Ich brauche einen anderen Plan, wenn ich hier rauskommen will. Neben mir auf dem Rücksitz liegt ein Stapel mit Klamotten. Zwei Pullover, eine Jacke, ein paar T-Shirts. Alles gebügelt und fein gefaltet. Obendrauf befindet sich eine Packung Mon Chéri mit einer Schleife drum herum, unter die Schleife ist ein Fünfzigeuroschein geklemmt. Wahrscheinlich macht seine Mutter noch immer die Wäsche für ihn.

»Ich kann nicht umdrehen«, sagt Rüdiger, »ich ...«

Er sieht in den Rückspiegel.

»Ich will, aber ich kann das nicht, okay?«

Er fragt mich wirklich, ob das für mich okay ist.

»Überhaupt nicht okay«, sage ich.

Rüdiger geht vom Gas.

»Sorry«, sagt er.

»Sorry was?«, frage ich.

Er dreht sich um und richtet den Taser auf mich. Auch wenn ich es schon einmal erlebt habt, trifft mich die Stromladung vollkommen unvorbereitet. Vor so was kann man sich nicht mental wappnen. Es fühlt sich an, als würde ein massiver Krampf durch meinen Körper wandern. Ich falle in die Rückbank zurück und sacke zusammen, ich bin nur noch rohe, brennende Nerven. Auch wenn der Schmerz nur Sekunden anhält, fühlen sich diese Sekunden wie eine Ewigkeit an. Danach liege ich da und bin bei Bewusstsein und sehr erleichtert, dass sich dieses Mal meine Blase nicht entleert hat. Ich habe die Augen geschlossen und den Mund auf. Was auch immer Rüdiger sieht, es stimmt ihn zufrieden. Der Wagen fährt weiter. Ich höre, wie Rüdiger auf seinem Handy herumtippt. Ich weiß, was das heißt. Mir bleibt nicht mehr viel Zeit. Ich bewege mich. Es fühlt sich an, als wäre ich unter Wasser. Jetzt liege ich hinter dem Fahrersitz, Rüdiger kann mich nicht mehr sehen. Ich nehme mir eines der T-Shirts, rolle es längs zusammen und halte die zwei Enden mit beiden Händen fest. Es ist nicht ideal, es wäre einfacher, wenn meine Hände nicht gefesselt wären. Jede Bewegung ist mühsam.

»Geh schon ran«, höre ich Rüdiger ins Handy sagen, »geh schon ...«

Weiter kommt er nicht. Das zusammengerollte T-Shirt rutscht über seinen Kopf und legt sich um seinen Hals. Rüdiger kreischt auf. Ich lehne mich zurück und ziehe das T-Shirt straff, Rüdigers Hinterkopf wird gegen die Lehne gedrückt, seine rechte Hand mit dem Handy hängt in der Schlinge fest. Ich hoffe, er nimmt den Fuß vom Gas, doch er denkt nicht daran und der Wagen wird schneller. Rüdiger reißt am Lenkrad herum und kommt auf der holprigen Straße ins Schleudern und schert nach links aus. Er verliert den Griff am Handy und lässt es fallen. Ich werde zur Seite geworfen, behalte aber den Griff am T-Shirt. Rüdigers Körper bäumt sich auf und ich halte mit meinem Körpergewicht dagegen. Das Auto landet mit einem dumpfen Knall in einem Graben, der Airbag entfaltet sich und ich werde nach vorne geworfen und bekomme von dem Fahrersitz einen Schlag gegen die Brust. Eine Weile lang liege ich auf der Rückbank und kann nicht atmen, dann reagieren meine Lungen wieder und ich schnappe keuchend nach Luft.

Der Motor läuft noch immer.

Ich stoße die Hintertür auf und falle aus dem Auto, ich richte mich wieder auf und gehe um den Wagen herum, öffne die Beifahrertür auf und beuge mich rein. Rüdiger hängt reglos im Airbag, die Finger seiner rechten Hand sind noch immer in dem T-Shirt verkrallt, sein Kopf ist zur Seite geneigt, die Pupillen schauen starr an mir vorbei, keine Nervosität mehr. Ich checke seinen Puls. Nichts. Ich hebe sein Handy auf, entferne den Akku und werfe ihn mitsamt dem Handy in die Landschaft.

Für einige Minuten sitze ich auf dem Beifahrersitz und starre einfach nur vor mich hin. All das hätte nicht sein müssen. Ich dachte, ich hätte Rüdiger überzeugt. Aber manchmal reicht nackte Furcht nicht. Der Fehler liegt bei mir. Ich habe meine Schritte nicht bis zum Ende durchdacht. Deswegen wurde ich beim Joggen niedergeschlagen, deswegen sitzt ein Toter in diesem Auto.

Deswegen habe ich wahrscheinlich den Einsatz morgen vermasselt.

Ich will das nicht denken und drücke den Zigarettenanzünder rein und warte, bis er wieder rausspringt. Ich verbrenne mich an zwei Stellen, an denen das Plastik auf meine Haut runterschmilzt, und streife den Kabelbinder ab. Im Handschuhfach finde ich meine Brieftasche und mein Handy. Die Autoschlüssel fehlen, doch das trifft mich nicht besonders. Ich habe ein ganz anderes Problem: Mein Dienstausweis ist aus der Brieftasche verschwunden.

Ich steige aus dem Wagen und lasse mir auf dem Handy anzeigen, wo ich mich befinde.

Die Information ist ernüchternd.

Bis zu dem verlassenen Grenzübergang Budoradz sind es noch 3 Kilometer. Bis nach Berlin sind es 150 Kilometer.

Ich schaue die Straße runter.

Es ist vier Uhr früh.

Morgen um diese Zeit wird der Einsatz vorbei sein.

Ich schließe die Beifahrertür und jogge die Straße runter.

Es ist an der Zeit, dass ich nach Berlin zurückkehre.

VIERTER TEIL

*»Echtes Versagen ist, wenn du dich für unantastbar hältst
und dann berührt dich jemand und du fällst zusammen
wie ein beklopptes Soufflé und kapierst,
dass du nie unantastbar gewesen bist.«*

Stinke

STINKE

Es ist sechsunddreißig Stunden später und nichts ist, wie es sein sollte. Wir liegen auf unseren Bäuchen in einem gammeligen Zimmer, Arme und Beine ausgestreckt, als würden wir uns sonnen. Aber hier scheint keine Sonne, hier ist es mitten in der Nacht und das einzige Licht kommt von einer Lampe über uns, die an eine gammelige Avocado erinnert, der jemand eine 40-Watt-Glühbirne in den Hintern geschoben hat.

Ich wünschte, wir wären noch immer bei Taja in der Villa.

Ich wünschte, ich hätte meine Füße stillgehalten, denn ich allein bin der Grund, warum wir hier auf dem Boden liegen.

Ich habe versagt, ich habe komplett versagt.

Weißt du, was echtes Versagen ist?

Wenn dir jemand ein Baby zuwirft und du lässt es fallen.

Wenn alle was von dir wollen und du hast nichts zu geben.

Echtes Versagen ist auch, wenn du dich für unantastbar hältst und dann berührt dich jemand und du fällst zusammen wie ein beklopptes Soufflé und kapierst, dass du nie unantastbar gewesen bist.

Genau das ist hier passiert.

Ich dachte, wir sind unantastbar, ich dachte, keiner kann uns was, und jetzt liegen wir auf dem Boden und ich kann die Augen nicht von meiner Hand nehmen. Die Kugel hat in dem weichen Fleisch zwischen Daumen und Zeigefinger ein 5 Cent großes Loch hinterlassen. So was passiert, wenn jemand mit einem Gewehr auf dich schießt und du versuchst, die Kugel mit der Hand aufzuhalten. Mach das mal lieber nicht nach.

Die Wunde ist an den Rändern ausgefranst und erinnert an einen Vulkankrater, aus dem statt Lava mein Blut sickert. Ich kann nicht aufhören zu zittern. Es schmerzt so sehr, dass mein

Körper kurz davor ist, runterzufahren wie ein Computer, der von einem Update überfordert ist.

»Na, fängst du an zu heulen?«

Die Stimme gehört einem Arschloch und dieses Arschloch trägt eine Wollmütze, obwohl es draußen mindestens dreißig Grad sind. Keine von uns rührt sich, keine antwortet ihm. Ich nehme den Blick von meiner Hand und sehe Schnappi an. Sie liegt zwei Schritte von mir entfernt auf dem Boden und ihre rechte Wange ist tief in den Teppich gepresst, weil der Mann seinen Stiefel auf ihr Gesicht gestellt hat. Schnappis Mund ist aufgeklappt wie ein Fischmaul. Ich kann die Tränen sehen, die ihr über die Wange laufen.

»Sag schon, wie fühlt sich das an?«, fragt Wollmütze.

»Löck müsch«, antworte Schnappi.

»Was?! Ich verstehe dich nicht.«

Wollmütze hebt den Fuß.

»Ich sagte *Leck mich*«, wiederholt Schnappi.

Wollmütze lacht und setzt seinen Fuß auf ihren Rücken und presst ihr die Luft raus. Er sieht jetzt aus wie ein Jäger aus der Savanne, der eine Löwin erlegt hat. Nur dass diese Löwin noch lange nicht tot ist. Schnappi heult zwar, aber ihre Hände sind Fäuste.

»Wisst ihr, was wir mit euch machen werden, wenn das alles vorbei ist?«, fragt Wollmütze.

Wir antworten nicht. Wir sind seit einer gefühlten Ewigkeit in diesem Zimmer und dieser Arsch kann einfach nicht aufhören zu quasseln. Aber sein Gerede ist um einiges besser, als wenn er uns den Gewehrlauf an den Kopf drückt.

»Wir werden euch verschicken«, spricht er weiter. »Urlaub in Bulgarien oder vielleicht gleich direkt nach Abu Dhabi, was meint ihr? In der Wüste brauchen sie immer Frischfleisch. Dort wird es euch gefallen. Da werdet ihr nie wieder wegwollen.«

Keine von uns reagiert.

Schnappi links und Rute rechts von mir.
Du fragst dich jetzt, wo Nessi und Taja sind.
Du fragst dich sicher eine Menge.

Ich weiß, du bist jetzt verwirrt, und es tut mir leid, denn es ist nicht nett von mir, mittendrin mit dem Erzählen anzufangen. Wer will schon ohne Vorwarnung in der Hölle landen, richtig? Eben saßen wir noch bei Taja auf der Terrasse und hatten den Plan, die Adresse in Marzahn herauszufinden, um dann Alex schwuppdiwupp zu befreien. Sechsunddreißig Stunden später sieht alles anders aus. In sechsunddreißig Stunden kann nichts passieren oder es passiert alles auf einmal und du wirst von der Zeit überrollt wie von einem Panzer. Genau so fühlen wir uns. Und alles begann damit an, dass ich die Medikamente für Taja abgeholt habe.
Erinnerst du dich an Mirko?

Mein Treffen mit Mirko verlief flott und ohne Probleme. Ich musste nur ein wenig mit den Augen klimpern und das war es auch schon gewesen. Mirko versprach mir, sich um die Muckis zu kümmern, denn jedes Kind weiß, wer ohne Muckis nach Marzahn fährt, ist entweder ein Tourist oder weich in der Birne. Es war perfekt und ich fühlte mich wie ein Organisationstalent. Danach kehrte ich mit den Medikamenten in die Villa zurück. Eine Pause war angesagt, wir machten auch eine Pause, aber sie war zu kurz.
Einen Tag lang atmeten wir durch.
Nessi fuhr nach Hause, um sich frische Klamotten zu holen und um ihren Eltern zu erzählen, wir müssten uns alle um Taja kümmern. Rute telefonierte mit ihrer Mutter und sagte, dass wir Mädchen zusammen in der Villa herumhingen und alles wäre picobello. Auch sie hatte keine Probleme. Nur Schnappi und mir wurde das Leben mal wieder schwer gemacht. Meine

Tante konnte es nicht fassen, dass ich die letzten Tage kein einziges Mal an mein Handy gegangen war. Sie hat mir das Ohr abgekaut und gefragt, ob ich jetzt vollkommen durchdrehen würde, nur weil die Schule vorbei ist? Ich gab ihr die nackte Wahrheit und erzählte von dem Kletterunfall, den Tajas Vater gehabt hatte, und dass er jetzt gelähmt im Krankenhaus lag und ich da ja wohl meine beste Freundin nicht im Stich lassen konnte, oder? Meine Lüge war so gut, dass meine Tante mir doch glatt einen 50-Euro-Schein in die Hand drückte. Nur Schnappi hätten wir an dem Tag beinahe nicht wiedergesehen. Als sie nach Hause kam, gab es erstmal einen fetten Streit mit ihrer Mutter, die sie nicht mehr gehen lassen wollte und die Wohnungstür von außen abschloss. Aber jemand wie Schnappi lässt sich nicht einsperren. Sie ist über den Balkon auf den Nachbarbalkon geklettert, wo Frau Simmers sie reinließ. So kam Schnappi zeitgleich mit Nessi wieder zu uns in die Villa zurück. Und so huschte der Samstag an uns vorbei, als wäre nichts gewesen.

Wir futterten Risotto und schauten Filme, wir pflegten Taja mit den Medikamenten und waren durch und durch wir.

Am Sonntagmorgen holte uns dann die Realität ein.

Taja konnte nach dem Aufwachen nicht mehr still sitzen. Sie hatte in der Nacht von Alex geträumt. In ihrem Traum stand Alex mit hochgestreckten Armen auf einem Berg und winkte. Taja hat ihr zugerufen, sie sollte die Arme runternehmen, sonst würde sie der Wind wegtragen. Da tauchte Nessi neben Alex auf und machte genau dasselbe.

»Und dann habe ich sie gerettet«, sagte Taja zum Schluss.
»Wie denn das?«, fragte Schnappi.
»Ich bin die Treppe hochgelaufen.«
Wir lachten, denn Träume konnten echt nervig sein, wenn man zu lange über sie nachdachte.

»Seit wann führen Treppen einen Berg hoch?«, wollte ich wissen.

»In meinem Traum war das so«, sagte Taja. »Glaubt ihr mir nicht?«

»Doch, schon«, logen wir.

Alles ging damit weiter, dass wir Mädchen zur Kurfürstenstraße fuhren, um Sabrina aufzusuchen. Nessi machte einen auf Pussy und weigerte sich mit Händen und Füßen, den SUV zu fahren, also blieb uns nichts anderes übrig, als die U-Bahn zu nehmen. Unser Plan war recht simpel: Mirko kümmerte sich um die Muckis und jetzt musste uns Sabrina nur noch verraten, in welcher Straße der Plattenbau zu finden war, dann würden wir uns Mirko und seine Muckis schnappen und dorthin fahren und Alex rausholen.

Einfacher ging es nicht.

Und da bringe ich dich jetzt hin.

Es ist vor dreizehn Stunden.

Wir spazieren die Kurfürstenstraße runter und Nessi sagt zu Taja:

»Vielleicht solltest nur du mit Sabrina sprechen.«

»Wieso das?«, fragt Taja zurück.

»Weil wir alle zusammen schlecht für das Business sind.«

Schnappi schaut überrascht an sich herab.

»Meinst du, man hält uns für Nutten?«, fragt sie.

»Nicht für Nutten, aber für Konkurrenz.«

Ich sehe von einer zur anderen. Wir fünf sind schon der Traum der Träume, Nessi hat vollkommen recht, wir sind deftige Konkurrenz, weswegen die Nutten auch sofort loskotzen, als sie uns die Kurfürstenstraße hochschlendern sehen. Sie kotzen natürlich nicht wirklich, aber du weißt schon, wie ich das meine. Sie verziehen die Gesichter und zeigen uns die kalte Schulter. An ihrer Stelle hätte ich genauso reagiert. Wir

Mädchen sind, was sie nie mehr sein werden – sechzehn und unantastbar. Du kennst dieses Gefühl, so unantastbar und verrückt zu sein, dass alle einen Bogen um dich herum schlagen, oder? Würdest du es nicht kennen, würdest du das hier nicht lesen. Also schau dir an, wie wir die Kurfürstenstraße runtergehen: Der Verkehr verlangsamt sich, die Freier machen große Augen, es wird uns hinterhergepfiffen und ein Idiot hält sogar ein paar Geldscheine aus dem Autofenster, sodass sie im Wind flattern. Ein Schein wird ihm dabei aus den Fingern gerissen und weht über den Bürgersteig.

Vor Sabrina bleiben wir stehen.

Sie trägt eine Fransenjacke und hat ihre blonden Haare zu irgendwas Japanischem zusammengeknotet. Ihr blaues Auge ist fast ganz verschwunden, nur ein fahler Schatten schimmert unter der Schminke hervor. Sabrina sieht nicht sehr fit aus, aber auf jeden Fall fitter als Taja. Seit gestern haben wir die Medikamente voll im Einsatz und unser Mädchen ist etwas dröge davon. Doch das nehmen wir in Kauf, denn es ist allemal besser, als wenn sie andauernd über dem Klo hängt oder ins Bett macht.

»Was soll das denn?«, fragt Sabrina.

»Das sind meine Mädchen«, sagt Taja.

»Und?!«

»Wir sind wegen Alex hier.«

Sabrina reißt die Augen auf, als wären wir ihr auf ihre lackierten Zehenspitzen getreten.

»Nicht das schon wieder«, sagt sie und wendet sich ab, als wären wir nur ein Furz im Wind. Sie macht diesen Fehler, ohne zu wissen, dass es ein Fehler ist. Schnappi tritt vor, packt sie am Ellenbogen und dreht sie wieder um. Unsere Süße ist zwar einen halben Kopf kleiner als Sabrina, sie fühlt sich aber, als wäre sie einen Meter größer. Ein Pekinese tritt gegen einen Collie an.

»Hast du gar keinen Respekt?«, will Schnappi wissen.

»Respekt vor was?«

»Vor der Würde des Menschen.«

Sabrina lacht. Ich würde auch gerne lachen, aber das geht natürlich nicht. Also mache ich ein Pokergesicht. Manchmal haut Schnappi Sachen raus, die keine von uns kapiert und die auch im Nachhinein wenig Sinn machen, aber dennoch haut sie sie raus und wir zerbrechen uns den Kopf, was sie uns wohl sagen will. Lachen geht da gar nicht.

»Die Würde des Menschen?«, wiederholt Sabrina.

»Du hast schon richtig gehört«, sagt Schnappi.

»Kleine, lass mich los, sonst brech ich dir den Arm.«

»Nee, die Kleine hier macht, was sie will.«

Dazu fällt Sabrina nichts mehr ein. Die zwei starren einander an.

»Alex hat sich noch immer nicht blicken lassen, okay?«, sagt Sabrina schließlich.

Schnappi ist zufrieden und lässt sie los.

»Mit Würde geht doch alles«, sagt sie.

»Du mich auch«, sagt Sabrina.

»Weißt du, wo dieser Plattenbau in Marzahn steht?«, fragt Taja.

Sabrina sieht sie schief an.

»Was fragst du mich denn? Frag doch deinen Cousin. Außerdem warst du doch selbst dort.«

»Ich war …«

Taja verstummt, ich übernehme.

»Taja war an dem Tag so high, dass sie nicht mehr weiß, wo sie überall gewesen ist.«

»Und mit ihrem Cousin redet sie nicht mehr«, schiebt Schnappi hinterher.

Sabrina nickt, als würde das Sinn machen, dann holt sie eine Zigarette aus ihrer Handtasche und tut, als wäre es jetzt sehr sehr wichtig, dass sie eine raucht. Ihre Hände zittern. Ich würde ihr am liebsten Feuerzeug und Zigarette aus der Hand schlagen. Sie gibt sich selbst Feuer, pustet den Rauch über unsere Köpfe hinweg und fragt:

»Wieso wollt ihr wissen, wo ...«

Sie verstummt, sie hat es kapiert.

»Scheiße, Mädchen, ihr könnt da nicht hinfahren, die machen euch platt.«

»Lass das mal unser Problem sein«, sagt Nessi.

»Ja, lass das mal unser Problem sein«, sagt auch Schnappi.

Sabrina wendet sich an Taja.

»Du hast doch gesehen, was sie mir angetan haben?«

»Genau deswegen sind wir hier«, sagt Taja. »Damit das nicht wieder passiert. Alex ist seit zehn Tagen verschwunden. Stell dir vor, was sie ihr in der Zeit alles angetan haben könnten. Ich bin es Alex schuldig, sie da rauszuholen.«

»Das ist Unsinn«, widerspricht ihr Sabrina. »Du bist ihr überhaupt nichts schuldig. Wie oft muss ich dir das sagen? Alex ist von sich aus in das Auto eingestiegen, sie wäre auch eingestiegen, wenn du nicht da gewesen wärst, kapiert?«

»Ich weiß.«

Taja hebt die Schultern.

»Dennoch«, schiebt sie hinterher.

Sabrina sieht uns eine nach der anderen an.

»Vielleicht ist sie längst zu Hause«, sagt sie vage. »Habt ihr schon mal daran gedacht?«

Wir haben. Rute hat gestern rumtelefoniert und bei Boris nachgefragt, der in der 8. Klasse mit Alex zusammen war. Boris wusste nicht nur die Adresse der Eltern, er hatte auch ihre Telefonnummer. Doch Alex' Eltern interessierte es nicht, wo ihre Tochter abgeblieben war. Sie hatten seit über einem Jahr keinen Kontakt mehr zu ihr und waren recht froh, wenn sie nie wieder was von Alex hörten.

»Oh Mann, ihr nervt wirklich«, sagt Sabrina mit einem Seufzer und schnippt die Zigarette weg, dann kramt sie in ihrer Handtasche und plappert dabei die ganze Zeit vor sich hin: »Ich hasse diesen Scheiß. Ich wusste, das war es noch lange nicht gewesen. Ich habe es in der Blase gespürt. Als müsstest du aufs Klo, es kommt aber nichts raus. Warum war ich an dem Tag nicht krank? Aber wer sagt schon nein zu drei Scheinen.«

Sie findet ihr Handy und tippt darauf herum.
»Danach lasst ihr mich in Ruhe, versprochen?«
Wir nicken.
»Denn ich habe genug Ärger mit meinem blöden Manager. Und meine Rippen fühlen sich an, als hätte man sie gegrillt. Wenn ich ... Ah, da ist es. Okay, gebt mir eine Nummer.«
Schnappi rattert ihre Nummer runter.
Sabrina tippt mit.
Schnappis Handy hustet zweimal. Sie holt es raus und schaut drauf.
»Was ist denn das?«, fragt sie.
Sabrina lässt das Handy in ihrer Tasche verschwinden.
»Ich mache Fotos von jedem Auto, in das ich einsteige. Zu meiner Sicherheit. Ich will ja nicht in irgendeinem Müllcontainer aufwachen und keiner weiß, wie ich da hingekommen bin.«
Sie wendet sich an Taja.
»Auch das Kennzeichen von deinem Cousin habe ich fotografiert. Erst wollte ihn sich mein Manager vorknöpfen, als er dann aber erfahren hat, wer dein Cousin ist, hat er es sich anders überlegt. Einem Desche kommt man nicht quer.«
Sie winkt uns weg.
»Und jetzt verpisst euch, ihr seid echt schlecht fürs Business.«

Kennst du das, wenn du auf einem Hügel stehst und eine Wiese runterschaust, die wie eine Rodelbahn vor dir liegt, und dann setzt du dich in Bewegung und läufst los und kreischst dabei wie ein Kind und wirst schneller und schneller und kreischst noch mehr, weil du nicht anhalten kannst?

Natürlich kennst du das.

Bald schon läufst du nicht mehr, du rennst wie eine Blöde und bist so schnell, dass das Gras und die Bäume und der Himmel nur so an dir vorbeizischen, und du kapierst, wenn du jetzt versuchst stehen zu bleiben, wirst du voll auf der Schnauze landen.

Und weißt du, was das Beste daran ist?

Das Beste daran ist dieser prachtvolle Rausch, die Kontrolle zu verlieren. Niemand kann dich halten, selbst du nicht, denn so schnell, wie du jetzt bist, kannst du nicht sein, selbst wenn du willst.

Genau so geht es uns.

Wir sind berauscht davon, dass wir alles machen können, was wir wollen. Wir fahren eine ganze Nacht lang mit einem Range Rover durch die Gegend und niemand kann was dagegen tun; wir holen einander aus der Klapse und niemand stellt sich uns in den Weg, und wir retten ein Mädchen, das wir kaum kennen, einfach weil wir es können.

Das ist unser besonderer Rausch, und wir sind in voller Fahrt und nichts und niemand kann uns aufhalten.

Wir hören auf Sabrina, denn wir wollen ja nicht schlecht für das Business sein. Also laufen wir die Kurfürstenstraße in Richtung Gedächtniskirche runter und bleiben vor dem Café Einstein stehen. Hier stören wir keinen, hier schauen wir auf Schnappis Handy und verstehen nicht, was wir sehen.

Das Foto zeigt eine Straßenecke mit einer Straßenlaterne und einem Baum.

»Was soll das?«, fragt Nessi

Da ist auch ein Taxi, es steht am Straßenrand, das Nummernschild ist deutlich zu erkennen.

»Was soll uns das helfen?«, frage ich.

Es hilft uns nicht viel. Im Hintergrund des Fotos ragen zwei Plattenbauten auf, mehr gibt es nicht zu sehen. Denken wir. Aber dann entdeckt Rute links am Bildrand, warum Sabrina uns das Foto geschickt hat: Das Straßenschild ist verblichen und hängt ein wenig schief.

»Ittenberger Straße?!«, sagt Taja.

»Mach mal größer«, sage ich.

Schnappi zieht das Straßenschild größer. Die Pixel beginnen vor unseren Augen zu zerfallen.

»Es bleibt Ittenberger Straße«, sage ich.

»So eine Straße gibt es nicht, oder?«, sagt Nessi.

»Wieso steht das dann da?«

»Und wieso ist das i klein geschrieben?«, will Schnappi wissen.

»Mensch, Schnecke, woher soll ich das wissen?«

»Mädchen«, sagt Rute, »seht ihr das nicht?«

Sie tippt auf das Straßenschild.

»Da vorne fehlt ein Buchstabe.«

Wir beugen uns weiter vor. Schnappi kichert los.

»Vielleicht ist es die Tittenberger Straße?«, sagt sie.

»Eher die Mittenberger Straße«, sagt Nessi.

Ich nehme Schnappi das Handy weg, öffne den Browser und tippe *Ittenberger Straße Marzahn* ein.

»Google weiß es immer besser«, sage ich und genauso ist es. Die Korrektur kommt sofort.

Wittenberger Straße Marzahn.

Wir sehen Taja an.

»Klingelt da was?«, fragt Rute.

»Da klingelt nichts«, sagt Taja.

»Gut«, beschließe ich, »dann fahren wir da jetzt hin und lassen es klingeln.«

SCHNAPPI

Natürlich fahren wir da jetzt nicht hin. Stinke hat zwar eine große Klappe, aber sie ist nicht blöde. Wir wissen, was für Typen uns in Marzahn erwarten. Wir würden da nur mit Personenschutz aufkreuzen, aber da wir noch keinen haben, ruft Stinke erstmal Mirko an, um zu fragen, wie das denn mit den Muckis aussieht.

Es sieht gut aus.

Mirko will sich gegen Mitternacht mit uns am Kottbusser Tor treffen. Bis dahin haben wir noch einen halben Tag lang Zeit, deswegen geht es erstmal zurück in die Villa, denn Taja muss sich hinlegen und dringend duschen. Sie schwitzt ohne Pause, die Medikamente scheinen den ganzen Dreck aus ihr herauszuspülen. Wenn man ihr in die Augen schaut, schaut man gleich wieder weg. Sie sind blutunterlaufen und erinnern an den Blick eines Serienkillers, der nicht genug vom Morden bekommt. Aber es geht ihr schon besser. Sagt sie zumindest. Wenn ich könnte, würde ich sie ins Bett packen und dort so lange festbinden, bis alles vorbei ist. Aber dann würde sie mir den Kopf abreißen und was mache ich bitte schön ohne meine Birne?

»Niemals würde ich dir den Kopf abreißen«, sagt Taja, als ich ihr nach der Dusche ein Glas Wasser ans Bett bringe.

»Niemals würde ich dich festbinden«, sage ich.

Wir sind beide zufrieden mit unserer Lüge.

Taja trinkt das Glas brav leer, sinkt in das Kissen zurück und ist innerhalb von Sekunden weggeschlafen.

Wir versammeln uns in der Küche.

Nessi kommt auf die Idee, Pizza zu backen, wir zeigen ihr einen Vogel, draußen ist Hochsommer und sie will den Backofen anschmeißen, nee, danke. Außerdem haben wir ja *carte blanche,* was den Lieferservice angeht, und wer das nicht skrupellos ausnutzt, der ist zu spät geboren.

Wir wählen Mexikanisch. Eine halbe Stunde später wird das Essen geliefert und wir sitzen am Pool und blinzeln durch die Äste der Bäume und zeigen der Sonne den Mittelfinger, während die Nachos vor sich hin dampfen und der Käse meterlange Fäden zieht. Irgendwann mache ich ein Nickerchen, irgendwann werde ich wach, weil Stinke ihr nasses Haar über mir ausschüttelt und dazu fies lacht. Ich trete nach ihr, sie springt in den Pool, ich schaue in den Himmel. Es ist schon dämmerig und die ersten Fledermäuse flitzen durch die Luft, als würden sie für Hermes arbeiten. Taja ist auch schon wach. Sie sitzt in ihrem schicken Watercult-Bikini am Beckenrand, knabbert an einer kalten Empanada und sieht so dürr aus, dass es schmerzt.

»Ich werd schon zunehmen«, sagt sie.

»Nicht, wenn du nur eine Empanada futterst«, sage ich.

»Wann wollen wir los?«, fragt Rute.

»Gegen elf«, sagt Stinke vom anderen Ende des Pools.

Und ich kann mal wieder nicht die Klappe halten.

»Und du bist dir sicher?«, frage ich Taja.

Sie zögert nicht eine Mikrosekunde lang.

»Ganz sicher.«

Mist auch, denke ich, denn unser Plan ist wackelig, aber leider bin ich die Einzige, die das denkt.

»Wir können nicht so tun, als wäre Alex nie in diesen Plattenbau gegangen«, sagt Nessi.

»Aber sie ist nicht mal unsere Freundin«, sage ich.

Nessi sieht mich lange an, ich habe das Gefühl, ich muss mich entschuldigen.

»Alex muss nicht mit uns verwandt sein, damit wir ihr helfen«, sagt sie. »Kein Mensch darf einfach so verschwinden, ohne dass jemand was tut. Das geht nicht, Schnappi, so sind wir nicht. Entweder holen wir sie da raus oder wir sind feige.«

Ich verziehe das Gesicht, ich hasse es, wenn uns jemand als feige bezeichnet. Und ich hasse es, wenn Nessi recht hat.

»Süße, das wird schon werden«, sagt Rute zu mir. »Außerdem haben wir ja Mirko und seine Muckis an unserer Seite.«

»Und wir sind unschlagbar«, erinnert mich Stinke.

»Mirko & seine Muckis klingt nach einer Band, die wir niemals hören würden«, sage ich.

Wir kichern und ich kann spüren, dass noch mehr darüber zu reden wenig bringt, also gleite ich wie ein Krokodil in den Pool und tauche, bis ich Stinkes Beine über mir sehe. Rache ist süß.

Zwei Stunden später steigen wir am Kottbusser Tor aus und stehen eine Weile lang vor dem U-Bahn-Eingang herum, aber das ist keine gute Idee, denn alle zwei Minuten kommt irgendein Typ angeschlendert und fragt, ob wir Haschisch, Pillen oder vielleicht eine Cola haben wollen. Irgendwann ist genug genug. Wir setzen uns ein paar Meter vom U-Bahn-Eingang weg auf das Straßengeländer und sehen dem Verkehr zu, wie er zwanzig Zentimeter von unseren Kniescheiben entfernt vorbeizischt. Es ist nach Mitternacht, doch in Kreuzberg interessiert das keine Sau. Nachts sind hier mehr Leute unterwegs als tagsüber. Touris und Junkies und all die Irren, die es bei der Hitze in ihrer Wohnung nicht aushalten und Kontakt suchen.

Es fällt mir schwer, die Klappe zu halten. Der Plan ist so blöd, dass selbst ein Fünfjähriger sich weigern würde, da mitzumachen. Außerdem wissen wir ja nicht einmal, ob sich Alex überhaupt noch in dem Plattenbau befindet.

»Sie *ist* da«, sagt Taja.

»Hör mal auf, meine Gedanken zu lesen«, sage ich.

»Nur wenn du aufhörst, so offensichtlich zu denken.«

Ihr Arm legt sich um meine Schultern.

»Du weißt, was dein Problem ist, oder?«

»Miese Laune.«

»Miese Laune«, stimmt mir Taja zu.

Stinke und ich haben ein Abo auf miese Laune. Stinke wurde so, weil sie als Baby einmal zu oft aus dem Kinderbett gefallen ist, und seitdem klebt die miese Laune wie eine zweite Haut an ihr. Sagt sie zumindest. Bei mir ist es mein Hunger. Es ist nicht dieser komische Hunger, der Rute plagt. Nee, es geht bei mir wirklich ums Futtern, denn mein Stoffwechsel ist ein Problem. Auch meine Mutter plagt sich damit. Wir sind beide dürr und können fressen, was wir wollen, ohne dass wir dicker werden. Ein Arzt war der Meinung, es wäre typisch für Vietnamesen, aber das ist Quatsch. Als wären in Vietnam alle Leute dürr. Sind sie nicht. Meine Verwandten mütterlicherseits sind aufgepumpte Ballons, die von Banh Xeo und Ca Kho To träumen und viermal am Tag aufs Klo rennen. Das ist kein Hunger, das ist Gier. Ich dagegen kann mich vollstopfen und eine Stunde später knurrt mein Magen. Ich kann zwei Schokoladen essen und außer Pickeln bleibt nichts zurück. Die Mädchen beneiden mich darum, während ich manchmal mitten in der Nacht aufwache, weil ich ein Steak und einen Becher Eis runterschlingen will. Spaß ist was anderes und das mexikanische Essen ist nur noch eine blasse Erinnerung in meinem Magen.

»Medizeit«, sagt Nessi von links außen und reicht Stinke die Medikamente und eine Wasserflasche, Stinke reicht sie an Rute weiter und Rute drückt sie mir in die Hand. Ich tippe gegen Tajas Kinn und in dem Moment erwachen die Straßenlaternen entlang der Skalitzer und es ist wie ein Feuerwerk ohne Funken oder Geknalle.

»Mach mal Aah«, sage ich.

Taja macht Aah, ich ploppe drei Tabletten rein und sie spült sie mit einem Schluck Wasser runter.

»Wie fühlst du dich?«, frage ich.

»Wie jemand, der von Heroin träumt und Zuckerwatte bekommt.«

»Haschisch?!«

Der Dealer ist direkt hinter mir aufgetaucht und hat mir ins Ohr gehaucht, als wollte er mir einen Antrag machen. Ich puller mich vor Schreck beinahe ein. Wieso sucht er gerade mich aus? Mensch, wir sind doch zu fünft. Er rückt mir so nah auf die Pelle, dass ich ihm am liebsten meinen Ellenbogen in den Magen rammen möchte. Er redet nicht normal, keiner dieser Dealer spricht normal. Sie flüstern und zischeln vor sich hin, als wären sie heiser oder als hätte ein Drogenfahnder sein Mikro auf sie gerichtet. Der Dealer ist Afrikaner. Winterboots an den Füßen und Hosen auf Halbmast. Ich muss an Indi denken, beide riechen gleich schlecht. Ich sehe den Dealer nur an, mein Blick sagt ihm alles und er verzieht sich. Rute beugt sich vor. Ein Taxi rast so nah an ihrem Kopf vorbei, dass das Gesicht des Fahrers für den Bruchteil einer Sekunde wenige Zentimeter von ihrem Gesicht entfernt ist.

»Der hat mit dir geflirtet«, sagt sie.

»Hahaha«, mache ich.

Stinke beugt sich auch vor.

»Schwarz würde dir stehen«, sagt sie.

»Hahaha zum Quadrat«, sage ich und zeige mit dem Kinn nach vorne. »Und da kommt genau der richtige Typ für euch.«

Sie schauen über die Straße, und was ein Witz sein sollte, wird plötzlich ernst, denn der Typ nimmt direkten Kurs auf uns, als hätte er mich gehört. Er ist gebaut wie ein Wandschrank und sieht aus wie ein Sumoringer, der zwei Sumoringer auf den Schultern tragen kann. Im Licht der Autoscheinwerfer wird er zu einem muskulösen Schattenspiel. Er marschiert über die Straße, als würde es keine Ampeln und keinen Verkehr geben. Wir Mädchen lehnen uns automatisch ein wenig zurück und sind wie Kanarienvögel auf einer Stange.

»Wetten, das ist ein Mongole«, sagt Stinke.

»Nee, das ist ein Sumoringer«, sagt Nessi.

»Ein Mongole kann auch ein Sumoringer sein«, sage ich.

Er bleibt einen Schritt von uns entfernt auf der linken Fahrspur stehen und die Autos fahren rechts um ihn herum, als wäre er ein Polizist, der den Verkehr regelt. Niemand hupt, niemand meckert oder fährt ihn einfach um. Seine Schultern verdecken die ganze Nacht. *Einen wie den hupst du nicht an*, denke ich. Sein Schädel ist kahl und braungebrannt und der Typ selbst sieht so wohlig aus, als hätte er eben zwei von meinen Lieblingspizzen weggefuttert. Es klickert und klackert in mir drin. Ich mag ihn vom ersten Augenblick an, und das geht mir doch ein wenig zu schnell. Zu meiner Überraschung hat er nur Augen für Stinke.

»Du bist Stinke«, sagt er.

»Und du?«, fragt Stinke. »Wer bist du?«

»Lupo.«

»Nie gehört.«

»Ich bin eure Muckis.«

»Oje«, rutscht es Nessi heraus.

»Keine Angst«, sagt Lupo und lässt sein Gebiss aufblitzen – kleine Zahnlücke und zwei Grübchen auf der Wange. Ich erwarte, dass er knurrt, aber nee, er lächelt und beruhigt Nessi.

»Ich bin auf eurer Seite.«

»Weißt du denn, was unsere Seite ist?«, fragte Taja.

Lupo hebt seinen Berg von Schultern kurz an und lässt ihn wieder sinken, sodass der ganze Kotti erbebt.

»Mir egal. Ich habe einen Job, ich mache meinen Job. Zen, versteht ihr?«

Wir verstehen es nicht, wir haben Zen noch nie verstanden.

Lupo reicht uns einer nach der anderen die Pfote. Seine Hand ist weich und überhaupt nicht bedrohlich. So was mag ich. Und sein Lächeln ist wirklich gut. Als wäre er richtig happy, uns endlich begegnet zu sein. Dennoch muss ich daran denken, was Rute einmal gesagt hat: »Hinter jedem Lächeln verbergen sich

Zähne.« Wenn ein Tier seine Gebiss bleckt, dann ist das nicht, weil es freundlich sein will, nee, sondern weil es droht und einen Angriff ankündigt. So machen es die Tiere, wir Menschen dagegen lächeln, um einander zu entwaffnen. *Oh, schau mal, wie nett ich bin. Oh, schau, wie ich mich freue.* Genau das macht Lupo auch, dennoch gefällt es mir. Er ist der richtige Typ für mich. Wer steht nicht gerne im Schatten eines Berges, wenn es gewittert und kracht? Aber der Gedanke, wie er sich auf mich legt und dabei Schnappipesto aus mir macht, oh nee, der gefällt mir gar nicht. Und wie ich das denke, sieht er mich an. Aber richtig.

»Du bist ja was ganz Süßes«, sagt er.

»Das kann man von dir nicht gerade behaupten«, pfeffer ich zurück.

Und da wird er rot.

Und genau da, glaube ich, habe ich mich mal flott verknallt.

NESSI

Ich lache los. Da taucht dieser Kleiderschrank aus dem Nichts auf und Schnappi fängt doch ernsthaft an, mit ihm zu flirten. Mit Augengeklimper und feurigen Blicken. Vielleicht ist es die asiatische Verbindung, vielleicht fließt da eine Energie, die keine von uns sehen kann. Zen und so. Ich weiß es nicht, ich weiß nur, dass Schnappi vier Mal in den Typen reinpasst, und deswegen muss ich lachen. Stinke stößt mich in die Seite, sodass ich beinahe vom Geländer falle. Aber es ist zu spät. Schnappi beugt sich vor und fragt:

»Was lachst du so blöde?«

»Nur so.«

»Und was ist mit Mirko?«, will Stinke wissen.

»Gute Frage«, sagt Lupo und holt sein Handy raus.

Ein Lastwagen rollt auf ihn zu, bremst und setzt den Blinker, um nach rechts auszuweichen. Lupo stört das überhaupt nicht, er sieht nicht einmal zur Seite, sondern konzentriert sich auf sein Handy.

»Eigentlich wollte Mirko schon vor zehn Minuten …«

Er verstummt und sieht zum U-Bahn-Eingang.

»… und da kommt er auch schon.«

Wir schauen über unsere Schultern. Für einen Moment habe ich keine Idee, wen er meint, denn ich erkenne den schlaksigen Jungen nicht wieder. Bisher habe ich Mirko immer nur hinter der Theke des Pizzastandes gesehen. Schürze. Lächeln. Schüchternheit. Außerhalb des Standes sieht er jünger und zerbrechlicher aus. Seine Schultern sind schmal und er hat einen Flaum auf der Oberlippe, den er dringend abrasieren sollte. Und dann dieser Gang. Als hätte er keine Ahnung, was er hier verloren hat. Er fühlt sich eindeutig fremd in seinem Körper. Ich kenne dieses Gefühl. Ich hatte es, als ich elf war und meine Brüste anfingen zu wachsen. Ich dachte, ich dreh durch.

»Sorry«, sagt Mirko, »die U-Bahn hat eine Viertelstunde im Tunnel gestanden.«

Er sagt es nicht zu uns, er sieht dabei nur Stinke an.

Schon wieder einer, der verknallt ist, denke ich, und wie ich das denke, passiert es.

Als würde ein Licht in meinem Kopf angehen.

Klick!

Seitdem mich Schnappi nach dem Kino verschleppt hat und ich auf dem Klo den Test gemacht habe, denke ich auf einer geheimen Spur pausenlos über meine Schwangerschaft nach. Niemand soll davon wissen, niemand soll mit mir darüber reden. Sosehr ich meinen Mädchen vertraue, will ich diese Entscheidung für mich allein treffen. Alle Zweifel und Hoffnungen habe ich gedreht und gewendet. Doch erst in dieser Nacht, wo Mirko in seiner Unsicherheit vor uns steht, weiß ich, dass ich das Kind nicht behalten will. Nicht, weil Henrik ein Idiot ist oder ich mit siebzehn Jahren keine Mutter sein will. Nein. Der Grund ist ein anderer: Es ist nicht meine Zeit. Mein Leben war bisher eine klare Linie, der ich brav gefolgt bin – Schule und nochmal Schule, meine Freundinnen und ich. Jetzt aber kommt das wahre Leben. Ich kann es schon seit einer Weile spüren, dass eine Veränderung bevorsteht, und ich will diesem wahren Leben meine ganze Aufmerksamkeit schenken. Es wird keine Linie mehr sein. Es wird Kurven machen und Haken schlagen, es wird zwischendurch einfach einknicken und dann wieder hochschießen. Genau so stelle ich mir das Leben vor. Unberechenbar. Es geht nicht darum, mir irgendeinen Job zu suchen. Ich will herausfinden, was es heißt, ein Teil dieser Welt zu sein. Nicht jemand, der einer Linie folgt, sondern jemand, der sich seinen eigenen Weg bahnt. Schon seit einer Weile fühlt es sich für mich so an, als wäre die Pausentaste gedrückt. Nichts geht voran, alles steht still. Würde ich Mirko fragen, ob er das Gefühl kennt, würde er bestimmt nicken. Auch er verhält sich so, als wäre seine Zukunft unsicher. Genau das will ich nicht. Keine Unsicherheiten, die mir Angst machen. Ich brauche auch keine Sicherheiten, ich brauche nur das Gefühl, dass alles möglich ist. Das ist der Treibstoff, der mich jeden Morgen aus dem Bett steigen lässt. Meine Zukunft wartet und sie ist stark und hungrig und alle Möglichkeiten stehen offen, und sie jetzt mit der Geburt eines Kindes aus der Hand zu geben, wäre ausgesprochen dumm. Ich bin zwar nicht so helle wie Rute, so weltgewandt wie Taja oder so schlagfertig wie Schnappi, auch habe ich keinen unsichtbaren Schutzpanzer wie Stinke, aber ich bin so fit im Kopf, dass ich sehe, was mich erwartet – ein Haus auf dem Land, in dem wir alle leben, ein Zusammensein, das uns wachsen lässt, dazu ein großer Garten und eine Weite, an deren Ende kein blödes Leben wartet, das uns zu dem macht, was alle anderen sind. Ich weiß, ich bin eine Träumerin, doch das stört mich nicht, denn ich mag meine Träume und glaube an sie, und wer an seine Träume glaubt, der kann sie auch verwirklichen. Und in meine Träume gehört erstmal kein Baby rein.

»Süße, was hast du denn?«

Stinke drückt ihre Schulter gegen meine.

»Was soll ich haben?«

»Du heulst.«

»Quatsch.«

Sie streicht mir über die Wange und zeigt mir ihren nassen Finger.

»Oh.«

Als hätten sie mein *Oh* gehört, beugen sich Rute und Taja vor und sehen mich an.

Es ist genau das, was ich nicht wollte.

Lupo rettet mich, indem er in die Hände klatscht.

»Okay, dann sind wir ja komplett. Auf geht es.«

Wir springen vom Geländer und überqueren die Skalitzer. Wir müssen nicht auf den Verkehr achten, denn der Verkehr friert ein, weil Lupo die Hand hebt, als wäre er ein Schülerlotse. Und wieder hupt keiner und wieder beschwert sich niemand.

»Wo geht es hin?«, höre ich Schnappi fragen.

»Ich habe uns einen Tisch reserviert«, antwortet Lupo.

Er lässt es so klingen, als hätte er die Reservierung nur für Schnappi gemacht.

Wir trinken Eistee aus Dosen und sitzen an einem Tisch im Freien. Alle Plätze sind besetzt und aus einer Baumkrone meckert eine Nachtigall auf uns runter. Wenn ich die Augen zukneife und lausche, fühlt es sich an, als wären wir am Strand und der Verkehr ein Meer, das uns umrauscht.

Taja erzählt von unserem Plan und erwähnt dabei mit keinem Wort ihren Cousin und die Nacht vor über einer Woche. Wir haben das einstimmig beschlossen, denn wir wollen ja nicht, dass unsere Muckis einen Rückzieher machen. Als Taja zu Ende gesprochen hat, wechseln Mirko und Lupo einen kurzen Blick.

»Gibt es ein Problem?«, fragt Stinke.

»Eins?«

Lupo hebt die Augenbrauen und wirkt fast schon amüsiert.

»Ihr könnt das nicht machen«, sagt er.

Schnappi schlägt mit der flachen Hand auf den Tisch, dass wir alle zusammenzucken.

»Endlich sagt es mal einer!«, sagt sie.

»Wieso können wir das nicht machen?«, fragt Rute.

»Weil das wahrscheinlich ein Puff ist.«

Taja schüttelt den Kopf.

»Das ist kein Puff.«

»Was macht dich so sicher?«

»Ich weiß doch wohl, wie ein Puff aussieht.«

»Am Stuttgarter Platz gibt es zwei«, sagt Stinke. »Kein Plattenbau ist ein Puff.«

Lupo nickt ein paarmal hintereinander, als müsste er darüber nachdenken, dann wendet er sich an Schnappi.

»Du findest den Plan nicht gut?«

»Ich finde ihn bodenlos dämlich«, antwortet Schnappi.

»Selbst wenn es ein Puff wäre«, sage ich, »so macht es doch keinen Unterschied, oder? Sollte Alex dort festgehalten werden, müssen wir sie rausholen.«

»Und woher wollt ihr wissen, ob sie dort festgehalten wird?«, fragt Lupo trocken.

Wir sehen ihn an, als wäre er vollkommen bescheuert. Es ist ein wenig unheimlich, dass er dieselben Punkte anbringt wie Schnappi. Stinke denkt dasselbe und sieht Schnappi an.

»Habt ihr euch abgesprochen?«, fragt sie.

Schnappi macht große Augen.

»Ich sehe den Typen zum ersten Mal«, sagt sie, »wie sollen wir uns da abgesprochen haben?«

»Per Skype oder so.«

»Ich skype dich gleich mal.«

»Mädchen, holt mal Luft«, sagt Rute.

Stinke und Schnappi holen Luft. Lupo spricht weiter.

»Ihr habt gesagt, Alex geht auf den Strich, das heißt, dass sie sich für Sex bezahlen lässt. Wenn es also ein Puff ist, vielleicht hat es ihr dort gefallen, von der Straße runterzukommen.«

Taja schüttelt entschieden den Kopf.

»Ich glaube das nicht.«

»Jetzt mal ehrlich«, sagt Rute zu Lupo, »hilfst du uns jetzt oder nicht?«

»Ich helfe euch, natürlich helfe ich euch, aber was ihr plant, geht nicht.«

Ein Flaschenverschluss prallt von Lupos Stirn ab.

»Alter, was ist eigentlich dein Problem?«, will Stinke wissen.

Lupo ist so perplex, dass er nicht antworten kann. Er hebt den Verschluss vom Boden auf und legt ihn auf den Tisch. Ich kann sehen, dass er sich fragt, wo er hier nur reingeraten ist. Dann beginnt er die Probleme an den Fingern abzuzählen.

»Ihr wollt da einfach so reinmarschieren, fünf Mädchen mit einem Mongolen und einem Slowenen an ihrer Seite, richtig? Ihr habt keine Ahnung, ob eure Freundin in dem Haus steckt, auch richtig?«

»Alex ist nicht unsere Freundin«, rutscht es Schnappi raus.

»Umso schlimmer«, sagt Lupo und macht weiter und hält den dritten Finger in die Luft: »Und falls was schiefgeht, wollt ihr den Typen dort mit der Polizei drohen, sollten sie euch eure Alex nicht zurückgeben. Und *wenn* ihr sie dann befreit habt ...«

Er hält Finger Nummer vier hoch.

»... wollt ihr davonspazieren und das ist es gewesen?«

Außer Schnappi nicken wir alle, das ist der Plan.

»Mädchen, schaut ihr keine Krimis?«

»Blöde Frage«, sagt Rute.

»Denkt ihr denn wirklich, ihr könnte das so durchziehen *und* es gibt auch nur den Krümel einer Chance, dass es klappt?«

»Wir haben ja dich«, sagt Taja.

»Ich bin auch nur ein Mensch«, gibt Lupo zu. »Egal, wo du hinkommst, niemand reagiert gut auf eine Drohung. Besonders nicht Typen, wie du sie mir eben beschrieben hast. Ihr müsst ein wenig Feingefühl ins Spiel bringen.«

»Du kannst doch unser Feingefühl sein«, zwitschert Schnappi.

»Ich könnte es probieren«, sagt Lupo und lächelt sie an.

»Schnappi, ich glaube, das ist es nicht, was er meint«, sagt Taja und wendet sich an Lupo. »Du meinst Geld, nicht wahr?«

»Zum Beispiel.«

»Und wie würdest du das Ganze angehen?«

Lupo überlegt, doch ehe er antworten kann, meldet sich Mirko das erste Mal zu Wort, seitdem wir vor diesem Café sitzen.

»Ihr geht da nicht rein«, sagt er.

Wir wollen uns gerade aufregen, niemand sagt uns, was wir tun dürfen und was nicht, da spricht Mirko weiter:

»Lupo und ich erledigen das im Alleingang. Ihr solltet euch nicht zeigen, das wäre falsch und gefährlich. Wir werden mit den Leuten dort reden und …«

Er dreht die Dose Eistee auf dem Tisch von links nach rechts und sieht uns nicht an.

»… wir werden sagen, dass Alex Lupos Mädchen ist.«

»Mein Mädchen?!«, sagt Lupo überrascht.

»Sein Mädchen?!«, sagen wir überrascht.

Mirko schaut von der Dose auf.

»Jede Nutte hat ihren Zuhälter, denke ich mal, warum also nicht auch eure Alex?«

»Du meinst, ich spiel den Zuhälter?«, fragt Lupo.

Für Sekunden bin ich mir sicher, dass Lupo ausholen und Mirko eine reinhauen wird. Etwas in seinem Gesicht ist anders als zuvor. Hart und kalt. Mein Magen verkrampft sich. Ich habe keine Ahnung, was hier genau geschieht, aber die Alarmglocken in meinem Inneren schrillen los. Dann verschwindet das Gefühl genauso schnell und Lupo ist wieder pures mongolisches Lächeln. Er schlägt Mirko auf die Schulter, sodass der seinen Eistee verschüttet.

»Das ist ja brillant! So machen wir das!«

Wir sind genauso verblüfft wie Mirko.

»Wirklich?«, rutscht es ihm raus.

»Traust du mir das nicht zu?«

»Schon.«

»Auf jeden Fall passt die Rolle besser auf mich als auf dich.«

»Da sagst du was Wahres«, sagt Stinke und grinst Mirko an, der natürlich feuerrot wird.

»Hier.«

Taja legt einen Umschlag auf den Tisch. Lupo runzelt die Stirn.

»Das Geld war also schon immer ein Teil des Plans?«, sagt er.

Taja nickt und schiebt ihm den Umschlag zu. Schnappi macht ein Gesicht, als hätte ihr jemand auf den Fuß getreten. Sie ist dagegen, dass wir für Alex bezahlen, denn wenn solche Typen erst einmal Geld sehen, wollen sie mehr. Taja hat sich durchgesetzt. Sie will das Geld von ihrem Onkel nicht behalten. Zu viel Dummheit hängt an den Scheinen.

»Falls die Typen Probleme machen«, sagt Taja, »dann kauf Alex bitte frei.«

»Wie viel ist es?«

»2000.«

Lupo pfeift durch die Zähne und nimmt den Umschlag.

»Und wo genau soll es hingehen?«

Wir sagen ihm die Adresse und dass wir die Hausnummer nicht wissen. Als Lupo das hört, lehnt er sich zurück, als müsste er uns auf Abstand betrachten. Ich bin mir sicher, er lacht gleich los und macht, dass er wegkommt.

»Marzahn? Nette Gegend«, stellt er fest.

»Du kennst dich da aus?«, fragt Schnappi.

»Ich bin im Nachbarviertel aufgewachsen. Die Wittenberger Straße also. Geht es nicht genauer?«

»Auf der Fassade ist ein Hakenkreuz zu sehen«, sagt Nessi.

»Es ist mit einem Smiley Face übermalt«, sagt Stinke.

Lupo steht auf und grinst.

»Dieses Haus finden wir doch mit links«, sagt er.

Ich erinnere mich nicht an die Fahrt nach Marzahn oder an den klapprigen VW-Bus mit dem Schriftzug *Dunjas Fußpflege,* den sich Lupo von einer Freundin ausgeliehen hat. Ich erinner mich auch nicht, was im Wagen geredet wurde. Ich habe aus dem Fenster gestarrt und es war das erste Mal, dass ich mir wünschte, wir wären in der Villa geblieben. Ein komisches Gefühl ist in mir aufgekommen, seitdem uns Lupo abgeholt hat. Ich spüre eine Gefahr. Ich spüre sie durch und durch und schwanke zwischen Alex helfen und wie eine Blöde davonrennen. Aber ich halte die Klappe.

Wir finden die Kreuzung und das Straßenschild von dem Foto. Wir fahren die Straße im Schritttempo runter und da entdecken wir den Plattenbau mit dem überstrichenen Graffiti neben der Eingangstür. Taja klappt der Mund auf. Anscheinend hat sie bis eben nicht geglaubt, dass wir das Haus finden werden.
Nummer 67.
»Da ist es«, sagt sie.
»Bingo«, sagt Lupo und fährt an dem Haus vorbei.

Eine Viertelstunde später sitze ich am Ende einer Parkbank und Tajas Kopf liegt in meinem Schoß. Die Wirkung der Medikamente, die sie am Kottbusser Tor eingenommen hat, zeigen jetzt erst ihre Wirkung. Sie ist völlig ausgeknockt und schläft, als hätte sie die letzten Nächte durchgemacht. Schnappi und Rute haben sich eine zweite Bank rangezogen und neben unsere gestellt. Nur Stinke ist so aufgeladen, dass sie nicht sitzen kann. Sie umkreist uns wie eine empörte Tigerin.
»Das ist doch kein Park«, sagt sie zum wiederholten Mal.
»Das wissen wir jetzt aber langsam alle«, sagt Schnappi.
Nachdem Lupo den Wagen drei Seitenstraßen entfernt abgestellt hat, haben wir uns dem Komplex der Plattenbauten über die Hinterhöfe genähert und sind hier gelandet. Der Park ist von vier Hochhäusern eingeschlossen. Es fühlt sich an, als würden wir in einem Science-Fiction-Film festhängen und jeden Moment heben die Plattenbauten ab und fliegen zu den

Sternen.

Vor ein paar Minuten sind Mirko und Lupo durch einen der Hintereingänge verschwunden und jetzt heißt es warten.

»Glaubt ihr echt, dass Alex da drin ist?«, flüstert Schnappi.

»Du musst nicht flüstern«, sagt Rute, »Taja schläft wie ein Stein.«

»Wo soll Alex sonst sein?«, fragt Stinke.

Schnappi zuckt mit den Schultern.

»Vielleicht macht sie Urlaub? Teneriffa oder so.«

Rute lacht.

»Süße, ich denke nicht, dass sie Urlaub macht. Und du denkst das auch nicht.«

»Ich denke, was ich will.«

Sie kneift die Augen ein wenig zusammen.

»Und jetzt denke ich, wie hässlich das hier ist.«

Wir schauen an dem Plattenbau hoch. Einundzwanzig Stockwerke, Balkone und Fenster.

»Wer zieht denn da freiwillig ein?«, fragt Stinke.

»Leute, die so was mögen«, sagt Rute.

»Also Assis.«

»Schnappi, das ist den Leuten gegenüber nicht fair«, sage ich.

»Es ist auch nicht fair, so was zu bauen, aber schau mal, Nessi, da steht es.«

Schnappi seufzt ungeduldig.

»Was glaubt ihr, wie lange das jetzt dauert?«

»Keine Sorge, dein Lover kommt da bald wieder raus«, beruhigt sie Stinke.

Schnappi springt von der Bank und jagt ihr hinterher. Nach acht Runden gibt Schnappi auf und setzt sich wieder.

»Da ist ja meine Oma schneller«, sagt Stinke.

»Deine Oma trägt ja auch nicht solche Boots.«

Rute schaut auf ihr Handy.

»Wie lange geben wir ihnen?«

»Ich klingel Mirko in zehn Minuten an«, beschließt Stinke.

»Mach mal lieber jetzt schon«, sagt Schnappi. »Mir ist echt langweilig.«

Stinke lässt sich nicht zweimal bitten. Sie drückt das Handy an ihr Ohr und kickt einen Stein von sich weg. Sie wartet und wartet. Mirko nimmt den Anruf nicht an.

»Wir haben wohl ein Problem«, sagt Stinke und legt den Kopf in den Nacken.

Wir folgen ihrem Blick und schauen an der Fassade hoch.

Wir sehen den Vorhang an einem der Fenster im siebten Stock aufgehen.

Mirko schaut zu uns runter.

Wir schauen zu Mirko hoch.

Er schüttelt den Kopf.

Der Vorhang geht wieder zu.

MIRKO

Die Hintertür ist verschlossen. Lupo sagt, wir müssen vorne rum. Wir gehen an den Mülltonnen vorbei und laufen durch einen langen Tunnel, der uns unter dem Plattenbau auf die Straße führt. Und da stehen zwei Typen und sehen genauso aus, wie Taja sie beschrieben hat. Schwarze Lederjacken, fiese Gesichter, Hände vor dem Schritt verschränkt. Nichts hier passt zusammen: Es ist kurz vor ein Uhr morgens und die Typen bewachen den Hauseingang, als gehörte er zum Schloss eines Adligen.

»Was wollt ihr?«, fragt der eine.

»Wir suchen ein Mädchen«, antwortet Lupo.

»Und?«

»Nichts und. Bring uns hoch.«

Lupo hat sich eine Sonnenbrille aufgesetzt, Wrap-Around und verspiegelt, wahrscheinlich sieht er keine zwei Meter weit, aber die Brille tut ihre Wirkung. Seine Augen verschwinden vollkommen dahinter, er hat das Kinn vorgestreckt und der kahle Kopf ist eine polierte Bowlingkugel. Die zwei Typen wechseln einen Blick, dann drückt der eine sich sein Handy ans Ohr und stellt sich unter eine der Straßenlaternen, als wäre der Empfang dort besonders gut. Er sagt was ins Handy, er hört zu, er sagt noch was, dann unterbricht er die Verbindung und kommt zu uns zurück.

»Folgt mir.«

»Was ist mit dem Fahrstuhl?«, fragt Lupo, als wir das erste Stockwerk hinter uns haben.

»Keine Ahnung«, antwortet der Typ.

Im 7. Stockwerk klingelt er an einer der Wohnungstüren, dann tritt er zurück und geht die Treppe wieder runter. Ich schnappe nach Luft, Lupo ist nicht einmal rot im Gesicht. Er sieht mich nicht an, er starrt auf die Tür, wir warten. Ein Mann öffnet. Über seiner Brust liegt quer ein lederner Waffengurt, der Lauf eines Gewehres ragt über seine Schulter. Er hat eine rote Wollmütze auf dem Kopf, der nur der Bommel fehlt und dann wäre es lustig. Er bemerkt meinen Blick und tippt sich an den Kopf, als würde er mir einen Vogel zeigen.

»Chemo«, sagt er.

»Mirko«, sage ich.

Wollmütze runzelt die Stirn.

»Bist du zurückgeblieben, oder was?«, fragt er.

Ich werde rot.

»He, Alter, mach mal keine Witze über meinen Jungen«, sagt Lupo.

Wollmütze sieht ihn an.

»Was hast du gesagt?«, zischt er.

»Du hast mich schon gehört.«

Wollmütze legt den Kopf schräg, seine Auge werden zu Schlitzen, dann grinst er plötzlich.

»Scheiße, Lupo, bist du das?«

»Und ich dachte, du erkennst mich überhaupt nicht wieder!«

Lupo grinst zurück.

»Mir kam die Adresse sofort bekannt vor«, sagt er, »aber dich habe ich hier nicht erwartet. Wie geht es dir?«

»Beschissen, Mann. Sieh mich doch an.«

Wollmütze nimmt die Mütze ab, auf seinem Kopf liegen nur ein paar Strähnen.

»Erst haben sie mich bestrahlt, bis ich nicht mehr klar denken konnte, jetzt machen sie Chemo und ich habe selbst am Sack Haarausfall. Ich dachte, ich komme nie wieder aus dem Krankenhaus.«

Wollmütze setzt sich die Mütze wieder auf.

»Echt schön, dich zu sehen, Lupo.«

Sie begrüßen sich mit Handschlag.

»Ihr kennt euch?!«, rutscht es mir raus.

Wollmütze sieht mich verwirrt an.

»Natürlich kennen wir uns.«

Er wendet sich wieder an Lupo.

»Was für ein Idiot ist das?«

»Mein Kollege.«

»Du hast einen Kollegen?!«

»Andere haben einen Hund, ich habe einen Kollegen.«

»Cool.«

»Ist aber nur temporär.«

»Bloß nicht fest binden, was?«

»Richtig.«

Sie lachen.

»Aber was quatsche ich hier«, sagt Wollmütze und schlägt sich gegen die Stirn. »Komm rein, Mann, komm schon rein. Da hast du dir ja den richtigen Tag ausgesucht. Hier geht bald die Sau los. Wir wollten gerade bei McDonald's bestellen. McDonald ist doch cool oder bist du auf Diät?«

»Sehe ich aus wie einer, der auf Diät ist?«

»Nee, nicht wirklich. Komm schon, Bebe wird sich freuen, dich wiederzusehen.«

Lupo geht an ihm vorbei in die Wohnung, Wollmütze sieht mich an.

»Bebe ist hier?«, sage ich.

»Hast du ein Problem mit Bebe?«, fragt Wollmütze und lässt seine Frage wie eine Drohung klingen

Ich schüttel schnell den Kopf.

»Dein Glück, Wuffi«, sagt er und lässt mich eintreten.

Wir sitzen auf einem Ledersofa und sehen auf einen Kalender für Motoröle, auf dem sich eine nackte Frau über die Motorhaube eines Mercedes beugt. Auf einer Kommode steht ein Fernseher, das Deckenlicht ist grell und wir spiegeln uns in dem dunklen Bildschirm. Neben Lupo sehe ich aus wie ein Zwerg, den man vergessen hat zu gießen. Als wir an einer blauen Zimmertür vorbeigingen, hörten wir dahinter Musik und Stimmen. Der Rest der Wohnung ist totenstill. Seitdem ich Bebes Namen gehört habe, dröhnt mir der Kopf.

»Ich verstehe nichts mehr«, sage ich.

»Was gibt es nicht zu verstehen?«, fragt Lupo zurück.

»Du kennst diesen Typen?«

»Du meinst Robbie? Klar, ich kenne eine Menge Leute.«

»Und Bebe?«

»Wer kennt Bebe nicht?«

Lupo sieht sich um.

»Aber mal ehrlich«, sagt er, »unter einem Stall habe ich mir nicht so ein Loch vorgestellt.«

Mir klappt die Kinnlade runter.

»He, Alter, was machst du für ein Gesicht?«, fragt Lupo.

»Stall?«, sage ich.

»Stotter ich?«

»Nein, ich ... ich dachte nur, du hilfst mir.«

Lupo schaut verdutzt.

»Wie meinst du das? Ich helfe dir doch, wir haben ...«

Lupo zieht den Umschlag aus seiner Jacke und wedelt damit herum.

»... 2000 Euro! Davon bekommst du 500, weil du den Fisch an Land gezogen hast.«

Er zupft fünf Scheine aus dem Umschlag, als ich sie nicht nehme, runzelt er die Stirn.

»Was ist mit dir los?«

»Deswegen habe ich Darian nicht um Hilfe gebeten«, sage ich.

Und da begreift er, dass wir beide auf den falschen Sender eingestellt sind.

»Du *wolltest* diese Alex hier rausholen?«, fragt er und lacht, als wäre das die dümmste Idee, die er je gehört hat. »Jetzt echt, Mirko?«

»Das war der Plan.«

»Und ich dachte, Darian hätte dich wegen der Kohle zu mir geschickt.«

Ich reagiere nicht. Er durchschaut mich sofort.

»Weiß Darian überhaupt, warum du hier bist?«

Ich schüttle den Kopf. Lupo stößt mich mit der Schulter an, sodass ich beinahe vom Sofa falle.

»Das erklärt einiges.«

»Und was passiert jetzt?«, frage ich kläglich.

»Jetzt machst du dich mal locker. Wir trinken was und futtern Burger und machen es uns gemütlich. Bis wir hier wieder rausgehen, haben sich die Mädchen längst verdrückt.«

»Aber Alex ... «

Ich verstumme, denn plötzlich wird Lupo ernst, plötzlich beugt er sich vor und sein Gesicht ist meinem so nahe, dass es unangenehm ist.

»Mirko, die Geschichte ist eine Woche her. Was denkst du, wo diese Alex jetzt steckt? Glaubst du wirklich, die behalten eine Deutsche so lange hier? Alter, das ist wie mit dem Erdöl. Es muss flott aus dem Land raus, sonst verliert es seinen Wert.«

Er lehnt sich wieder zurück, als hätte er das Statement des Jahres abgegeben.

»Du meinst, sie ist nicht mehr hier?«, frage ich.

»Es würde mich wundern.«

»Aber warum sind wir dann hier?«

Lupo schaut verdutzt.

»*Du* hast uns hergebracht, Mann, erinnerst du dich nicht?«

Er grinst mich an, ich starre auf den Boden und kann nicht

anders und vergrabe mein Gesicht in den Händen. So sitze ich eine Weile reglos da. Als ich die Hände runtergenommen habe, hat sich in dem Zimmer nichts verändert, nur Lupo schaut auf sein Handy und steckt es wieder weg.

»Was erzähl ich den Mädchen?«, frage ich.

Lupo zuckt mit den Schultern.

»Was auch immer du willst. Sag ihnen, dass man uns ausgeraubt hat oder so. Sie werden dir glauben, sie können ja eh nichts machen. Unser Wort steht gegen ihres. Also entspann dich.«

»Und du?«

»Was ich?«

»Was erzählst du ihnen?«

Lupo lacht.

»Mirko, ich habe nicht vor, sie jemals wiederzusehen. Wenn die fünf so dämlich sind, jemandem wie uns zwei Riesen in die Hand zu drücken, dann sollte ihnen das eine Lehre sein.«

Er boxt mich gegen die Schulter.

»Und ich dachte, du und ich wären auf einem Nenner, Junge, wie ich mich getäuscht habe. Wart's ab, wenn Darian das hört, der packt sich weg vor Lachen.«

Mein Mund ist ausgetrocknet, und als mein Handy klingelt, schrecke ich zusammen. Genau in dem Moment kommt Wollmütze mit einer Flasche Kombucha und zwei Gläsern herein. Ich sehe auf mein Handy. Es ist Stinke. Wollmütze steht einfach nur da und betrachtet mich, als hätte ich ihn beleidigt.

»Geh schon ran, Wuffi«, sagt er, »das Bimmeln nervt. Aber nicht hier. Such dir 'ne Ecke, wo du uns nicht störst. Und bleib der blauen Tür fern, hast du verstanden? Sonst mache ich Schaschlik aus dir.«

Ich trete aus dem Zimmer und stehe im Flur. Ich sehe die blaue Tür an und bleibe ihr fern. In der Küche stelle ich mich ans Fenster und schaue durch einen Spalt im Vorhang. Das

Fenster geht auf den Park raus. Durch die kargen Baumkronen hindurch sehe ich zwei zusammengeschobene Parkbänke, die in dem schwachen Laternenlicht wie Bleistiftzeichnungen wirken. Stinke hat sich einen Schritt von ihren Mädchen entfernt und den Kopf gesenkt, als würde sie nachdenken. Mein Handy klingelt und klingelt. Ich drücke den Anruf weg, es geht nicht anders. Als ich wieder rausschaue, sieht nicht nur Stinke, sondern auch ihre Mädchen sehen zu mir hoch. Als wüssten sie genau, wo ich stehe, als wüssten sie genau, dass ich den Anruf weggedrückt habe.

Ich schiebe den Vorhang weiter auf. Ich will mich nicht verstecken.

»Es tut mir leid«, sage ich halblaut und lasse den Vorhang wieder zufallen.

RUTE

Der Vorhang schließt sich und Mirko ist nicht mehr zu sehen.
»Ich weiß, was du denkst«, sage ich.
»Ich denk nischt«, sagt Stinke.
»Wir gehen da jetzt nicht hoch, oder?«, sagt Nessi.
»Natürlich gehen wir da jetzt hoch«, widerspricht ihr Stinke.
»Ich sagte doch, ich weiß, was du denkst«, sage ich.
Stinke macht große Augen.
»Habt ihr denn gesehen, wie Mirko geschaut hat?«
»Das sind sieben Stockwerke«, sagt Schnappi. »Niemals konntest du sein Gesicht sehen.«
»Natürlich konnte ich das, ich habe Adleraugen. Er hat den Kopf geschüttelt.«
»Ich habe das auch gesehen«, sagt Nessi. »Die kommen bestimmt gleich runter.«
Stinke bohrt sich die Hände in ihre Jackentasche und zieht die Schultern hoch.
»Also ihr könnt hier versauern, wenn ihr wollt, aber ich geh da jetzt rein. Wir hätten das von Anfang an so machen sollen. Wir haben mehr Power als zehn Mongolen. Wer zweimal zögert, der hat beim dritten Mal Pech.«
In diesem Augenblick klingt Stinke so sehr wie Schnappi, dass Schnappi beeindruckt sagt:
»Guter Spruch.«
Ich sehe sie verwirrt an.
»Wann hast du denn das Lager gewechselt?«, will ich wissen. »Bisher fandest du den Plan bescheuert.«
»Er ist noch immer bescheuert«, sagt Schnappi, »aber noch bescheuerter ist es, nichts zu tun. Ich bin doch keine Trockenpflaume.«

Sie kommt auf die Beine und hakt sich bei Stinke unter.

»Und was genau wollt ihr zwei da oben ausrichten?«, frage ich.

Stinke zuckt mit den Schultern. Schnappi verdreht die Augen.

»Na, alles klären«, sagt sie.

Ich sehe Taja an, wie sie da auf Nessis Schoß schläft. Ich wünschte, sie wäre wach. Kaum jemand kann Stinke so gut aufhalten wie sie. Wenn Taja sagt, hier geht nichts mehr, dann geht hier nichts mehr. Wann immer ich es versuche, knurrt Stinke nur und macht, was sie will.

»Taja würde nicht wollen, dass wir hochgehen«, sage ich.

Stinke knurrt prompt.

»Sie muss ja nicht mitkommen«, sagt sie.

»Ich gehe auf jeden Fall mit«, meldet sich Schnappi.

Nessi zeigt den beiden einen Vogel.

»Wir können Taja doch nicht allein hier lassen.«

»Dann bleib bei ihr«, sagt Stinke.

»Genau das mache ich auch.«

Nessi sieht mich an.

»Und du?«

Ich hasse diese Position. Ich gerate da immer rein.

»Würdest du die beiden allein gehen lassen?«, frage ich zurück.

»Mach dich mal locker«, sagt Stinke und zieht mich mit Schnappi von der Parkbank hoch. »Wir sind unantastbar, vergiss das nicht.«

Ich weiß, ich sollte Stinke widersprechen, ich weiß, dass wir nicht unantastbar sind, doch ein Teil von mir will es nicht leugnen. Ein Teil von mir will diesen unsichtbaren Schutzschild nicht hergeben, der keinen Namen hat und aus unserer Naivität gemacht ist.

Nessi wirft einen Blick auf ihr Handy.

»Wenn ihr nicht in einer Viertelstunde zurück seid, rufe ich die Polizei.«

»Bestell lieber eine Pizza«, sagt Schnappi.
»Viertelstunde«, verspricht Stinke, »keine Minute mehr.«
»Bis gleich, Süße«, sage ich.
»Bis gleich«, sagt Nessi.

Es ist überhaupt kein gutes Gefühl, Nessi mit Taja allein auf der Parkbank zurückzulassen. Doch Stinke machen zu lassen, was sie will, endet meistens in einem Chaos und Schnappi an ihrer Seite ist wie ein Schluck Nitroglycerin obendrauf.

»Wieso ist denn diese Tür zu?«, will Stinke wissen und rüttelt an der Klinke.

»Weil sie vielleicht abgeschlossen ist«, sagt Schnappi.

»Vielleicht sollten wir vorne herum gehen«, sage ich. »Mirko und Lupo sind---«

»Und was ist mit dieser Treppe?«, unterbricht mich Schnappi.

Sie zeigt auf eine Betontreppe, die nach unten führt.

»Was willst du denn im Keller?«, frage ich.

»Vom Keller gibt es bestimmt einen Zugang zu dem Plattenbau.«

Stinke muss nicht mehr hören, sie trottet die Treppe runter, aber auch diese Tür ist verschlossen.

»Ich glaub's ja nicht!«, meckert sie und rüttelt an der Klinke. »Heute geht aber auch alles schief.«

Schnappi schiebt sie zur Seite.

»Lass mich mal ran.«

Sie hebt den rechten Fuß und tritt gegen die Tür. Es sieht nicht aus wie Karate, es fühlt sich für die Tür aber genau so an. Der Rahmen knackt, die Klinke bricht ab und die Tür schwingt nach innen auf.

»Mit meinen Boots kann ich einen Tresor auftreten«, sagt Schnappi zufrieden und geht vor.

Wir kommen nicht in den Keller, wir kommen auf einen langen Flur, der nach zwei Biegungen zu den Tiefgaragen führt.

»Ich wusste nicht mal, dass die hier Tiefgaragen haben«, sagt Stinke.

»Wo sollen sie denn ihre Autos abstellen?«, fragt Schnappi

»Straße und so.«

Schnappi lacht.

»In dieser Bude hier wohnen bestimmt vierhundert Menschen.«

»Und?«

»Weißt du, wie viele Autos das macht?«

»Nee. Du?«

»Ich auch nicht.«

Sie kichern und ich wünschte, ich wäre bei Nessi geblieben.

Wir laufen an den Autos vorbei und begegnen keinem einzigen Menschen, aber auch keiner Treppe, die nach oben führt. Adlerauge Stinke sieht es natürlich als Erste und zeigt auf das Leuchten eines Notausgangs. Daneben hängt ein Schild, das in zwei Richtungen zeigt.

TREPPE links, FAHRSTUHL rechts.

»Oh nee«, sage ich.

Schnappi hakt sich links und Stinke rechts bei mir unter.

»Keine Sorge, wir stützen dich«, sagt Stinke.

Ich befreie mich aus ihrem Griff.

»Mädchen, ich habe einen Schwur abgelegt.«

»Nessi hat das doch längst vergessen«, sagt Schnappi.

»Nessi hat ein Elefantengedächtnis«, sage ich.

»Sie hat zwar ein Elefantengedächtnis«, stimmt mir Stinke zu, »aber so ein Schwur läuft auch mal ab.«

»Ich sehe das anders. Wir wären damals fast gestorben. So ein Schwur bleibt immer ein Schwur.«

Es gibt kaum was, was wir Mädchen nicht miteinander teilen. Dieser Schwur gehört nur Nessi und mir. Wir waren dreizehn, als wir im Fahrstuhl eines Kaufhauses für fünf Stunden festhingen und beinahe abgestürzt wären. Nessi brach in der Zeit ernsthaft von Kopf bis Fuß in kalten Schweiß aus. Nachdem uns die Feuerwehr aus dem Fahrstuhl rausgeschnitten hatte, war Nessi eine Woche lang krank. Wir legten einen Schwur ab, nie wieder mit einem Fahrstuhl zu fahren. Auch Skilifts und Gondeln und selbst Rolltreppen sind tabu.

»Spring über deinen Schatten, Rute«, sagt Stinke.

»Ja, spring drüber, wir erzählen es auch nicht weiter«, sagt Schnappi.

Wir gehen weiter und quetschen uns an den parkenden Autos vorbei und bleiben stehen, als uns die offene Hintertür eines Autos den Weg versperrt. Wir schauen in den Wagen rein. Ein Typ liegt ausgebreitet auf der Rückbank und pennt. Seine Füße hängen aus der Tür raus.

»Armer Alki«, sage ich.

»Ich würde auch saufen, wenn ich hier wohnen müsste«, sagt Schnappi.

»Soll er doch pennen«, sagt Stinke und hebt die Füße von dem Typen an und schiebt sie in den Wagen, dann drückt sie die Hintertür sanft zu und stellt zufrieden fest: »Manchmal bin ich ein guter Mensch.«

Am Fahrstuhl ist ein Zettel angebracht. Handgeschrieben und so unecht, dass wir loslachen.

AUSER BETRIEP

»Neue Rechtschreibung, oder was?«, fragt Stinke.

»Niemals ist der außer Betrieb«, sagt Schnappi und drückt auf den Knopf.

»Hoffentlich ist der außer Betrieb«, sage ich.

Es rattert, es knarrt, wir warten.

Die Fahrstuhltüren gleiten auf. Wir sehen einen zerkratzen Spiegel und überall Graffitis, die sich so oft überlagern, dass keine Form zu erkennen ist. In einer Ecke steht ein leerer Bierkasten und in der anderen Ecke liegt eine zerbrochene Wodkaflasche. Es stinkt nach Döner und Schnaps. Meine Mädchen zerren mich rein. Ich beginne sofort zu schwitzen.

»Das wird mir Nessi nie verzeihen«, sage ich.

»7. Stock?«, fragt Stinke.

»7. Stock«, sagt Schnappi.

Die Türen schließen sich und der Fahrstuhl fährt hoch.

»Siehst du«, sagt Schnappi, »kaputt ist der Kasten nicht, der schnurrt wie 'ne Katze.«

»Ja, wie eine Katze mit Asthma«, sage ich.

Im 7. Stockwerk hält der Fahrstuhl und die Türen öffnen sich. Schnappi tritt nach draußen und sieht sich um.

»Freie Bahn«, sagt sie

Bevor ich den Fahrstuhl verlasse, stelle ich den leeren Bierkasten zwischen die Türen, damit sie offen bleiben.

»Falls wir schnell wegmüssen«, sage ich.

»Brillante Denke«, sagt Stinke.

»Links oder rechts?«, fragt Schnappi.

Es fühlt sich an, als wären wir in einem Hotel. Zwei Flure gehen links und rechts vom Fahrstuhl ab und eine Glastür führt direkt vor uns zum Treppenhaus, aber da wollen wir nicht hin. Wir nehmen den linken Flur und laufen an Wohnungstüren vorbei, die alle gleich aussehen – Fußmatten mit Sprüchen drauf, Schuhe und hier und da schwarze Mülltüten, die an der Flurwand lehnen. Wir biegen viermal um die Ecke und kommen wieder zum Fahrstuhl. Zwölf Wohnungstüren und wir sind kein bisschen schlauer.

»Wir können doch nicht an jeder Tür klingeln«, sagt Stinke.

»Vielleicht hören wir sie ja«, sagt Schnappi.

»Also ich habe bisher nichts gehört«, sage ich.

Wir drehen erneut eine Runde und lauschen dieses Mal an den Türen. Wir hören das Murmeln von Fernsehern und einmal das Jammern eines Babys. Die Namen auf den Türschildern sagen uns nichts. Wir sind kurz davor, die zweite Runde zu beenden, als Schnappi feststellt, was für eine Entenaktion das ist.

»Vielleicht ist es doch das falsche Stockwerk«, sagt sie.

»Es war nicht meine Idee, hier hochzufahren«, sage ich.

Da hat Stinke mal wieder einen Geistesblitz.

»Lasst uns doch laut Feuer rufen«, schlägt sie vor, »dann sehen wir ja, wer sich …«

Stinke verstummt mitten im Satz, als am Flurende ein Typ um die Ecke biegt. Er ist muskelbepackt bis zum Gehtnichtmehr, Trainingshose, Trainingsjacke und darunter ein schickes Hemd voller Blutflecken. Er hält eine Knarre in der Hand und sein Gesicht ist zu einer wütenden Grimasse verzogen, was aber auch an den Schmerzen liegen kann, denn er ist wirklich übel zugerichtet. Ich bin dem Typen zwar noch nie begegnet, erkenne ihn aber an seinen Turnschuhen wieder. Er war es, der vorhin in dem offenen Auto gepennt hat. Der Typ erstarrt, als er uns sieht. Die Hand mit der Waffe zittert. Genau in dem Moment geht rechts von uns eine der Wohnungstüren auf.

Und da steht wahr und wirklich Mirko im Türrahmen.

»Shit!«, sagt Stinke erschrocken.

»Was ist das hier?!«, fragt das Muskelpaket.

»Shit«, sagt auch Mirko.

»Alter«, wendet sich Schnappi an ihn, »habt ihr Alex gefunden?«

Alle haben was zu sagen, nur mir fällt nichts ein, also halte ich die Klappe und widerstehe dem Drang, mich umzudrehen und wegzurennen.

Ich kann das nicht tun, ich kann meine Mädchen nicht allein lassen. Außerdem will ich keine Kugel in den Rücken bekommen.

NESSI

Ich streichel Taja über den Kopf, sie zuckt im Schlaf, sie träumt schlecht.

Vielleicht bringe ich sie einfach nach Hause, denke ich und hole mein Handy raus.

Es ist kurz nach eins, meine Mädchen haben noch acht Minuten und ich weiß nicht wirklich, was ich machen werde, sollten sie bis dahin nicht wieder zurück sein. Ich lege den Kopf in den Nacken und schaue an dem Plattenbau hoch und beginne die Stockwerke zu zählen. Einundzwanzig. Mir wird schwindelig, also senke ich den Blick wieder und sehe im selben Moment zwei Kinder am anderen Ende vom Park. Ein Junge und ein Mädchen. Sie rennen zwischen den Bäumen herum und sind dabei ganz lautlos, sodass ich für einen Moment denke, es könnten auch Geister sein, die sich nach Mitternacht hier herumtreiben. Dann kommt ein winziger Hund angesprintet. Er pinkelt gegen eine der Laternen und rennt weiter.

Keine Geister haben Chihuahua mit denen sie spielen, denke ich.

Das Mädchen verschwindet um die Hausecke, der Hund japst ihr hinterher und auch der Junge will folgen, kommt aber ins Stolpern und fällt auf den Boden. Er beginnt sofort zu weinen. Es ist mehr ein Wimmern, das mir beinahe das Herz zerreißt. Ehe ich weiß, was ich da tue, hebe ich Tajas Kopf von meinem Schoß und renne rüber.

»Alles in Ordnung?«, frage ich.

Der Junge schaut sein Knie an, es ist zerkratzt und dreckig.

»Soll ich dir helfen?«

Er streckt die Arme hoch, ich packe ihn unter den Achseln, im nächsten Moment habe ich ein Äffchen auf den Armen.

»Dann wollen wir doch mal deine Schwester finden«, sage ich und gehe um die Hausecke.

Das Mädchen steht neben einer Frau vor einem der Hauseingänge. Der Chihuahua sieht mich kommen und bellt los. Jetzt klingt er bedrohlich und sein Bellen hallt laut zwischen den Plattenbauten wider.

»Schon gut«, sage ich und lasse den Jungen runter.

Der Chihuahua hört sofort auf zu bellen. Der Junge rennt zu der Frau und klammert sich an ihre Beine. Die Frau betrachtet mich abschätzend und nuckelt dabei an einer E-Zigarette. Weiße Wolken steigen aus ihrem Mund auf, als würde sie Rauchsignale senden.

»Du klaust doch keine Kinder«, sagt sie.

»Ich wollte nur helfen«, sage ich.

»Wenn du willst, verkaufe ich sie dir.«

Das Mädchen macht eine Grimasse und zeigt mir ihre Zunge, die Frau bekommt das mit und schlägt ihr mit der flachen Hand auf den Kopf. Das Mädchen drückt sich jetzt auch an ihre Beine. Der Chihuahua legt sich auf den Rücken und zeigt mir seinen Bauch. Ich wende mich ab und beschließe, zu Taja zurückzukehren. Ich komme gerade mal fünf Schritte weit, da sagt eine Stimme über mir:

»Da bist du ja nochmal knapp davongekommen.«

Ich schaue hoch. Ein Mann steht auf einem der Balkone im ersten Stock. Er ist ein Schatten im Schatten.

»Normalerweise fängt sie sofort an rumzuschreien«, sagt er.

»Sie wollte mir ihre Kinder verkaufen«, sage ich.

»Oh, das ist neu. Von Montag bis Samstag raubt sie die Leute vor dem Supermarkt aus. Meistens nur die Ausländer, weil die kein Wort verstehen. Wenn du ihr zu nahe kommst, zieht sie ein Filetmesser und bittet dich um eine kleine Spende. Wir nennen sie Messerrita. In einem Wort.«

Er hebt die Schultern, als würde er sich entschuldigen.

»Willkommen in Marzahn.«

»In Charlottenburg haben wir auch solche«, sage ich.

»Wirklich? Ködern sie auch mit Kindern?«

»Das nicht. Aber sie tun, als wären sie Beamte oder Handwerker. Manchmal sind sie auch besorgte Mitbürger, die von Wohnung zu Wohnung gehen und die Rentner ausrauben.«

»Und du? Was bist du für eine?«

»Ich raube auf jeden Fall keine Rentner aus.«

»Dann bist du vielleicht ein Spitzel.«

Ich lache.

»Was für ein Spitzel soll ich denn sein?«

»Na, undercover oder so.«

»Wirklich jetzt?«

»Wirklich jetzt. Hier wimmelt es gerade von Bullen.«

Ich schaue mich um.

»Gesehen habe ich noch keinen«, sage ich und schaue wieder zu ihm hoch. »Du könntest genauso undercover sein.«

»Sehe ich so aus?«

»Ich seh nicht viel von dir«, gebe ich zu.

Er beugt sich runter, und als er sich wieder aufrichtet, hat er sich eine Lichterkette um den Hals gelegt. Er schaltet sie ein. Erst blinkt sie hektisch, dann findet er den richtigen Modus und aus dem Blinken wird ein leichtes Pulsieren, das ihn von der Brust aufwärts beleuchtet. Der Mann ist ein Junge.

»Na, was meinst du?«, fragt er.

»Schick«, sage ich, »aber definitiv nicht undercover.«

Er ist in meinem Alter, er sieht ehrlich aus.

»Und du?«, fragt er. »Zeigst du dich auch?«

Ich krame in meiner Tasche und finde mein Handy. Ich weiß, er sieht mich auch so, aber ich will mitspielen. Ich gebe ihm mein bestes Lächeln und schalte die Taschenlampe an.

»Aua«, sagt er.

»So schlimm?«

»Nee, so schön.«
»Sehr romantisch.«
»Nein, sehr ehrlich.«
Ich schalte die Taschenlampe aus.
Wir betrachten einander eine ganze Minute lang.
Ein Typ mit Lichterkette und eine Nessi, die grinst.
»Wenn ich dich wiedersehen will«, sagt er, »wo in Charlottenburg finde ich dich?«
»Irgendwo zwischen der Kantstraße und dem Kudamm.«
»Da war ich noch nie.«
»Da musst du unbedingt hin.«
»Dann sehen wir uns dort?«
»Falls du mich findest.«
»Lässt du dich denn finden?«
Ich nicke, nur ein wenig, aber es ist ein Nicken.
»Dann mach mal ein Foto von mir«, bittet er.
Ich hebe mein Handy und mache ein Foto.
Er sagt mir seine Handynummer.
Ich tippe sie ein.
»Dann weißt du gleich, wer ich bin, wenn wir uns wiedersehen.«
»Bis dann«, sage ich.
»Bis dann«, sagt er.
Ich wende mich ab und schaue nicht über die Schulter, die Sonne in meinem Bauch tanzt. Ich biege um die Hausecke und laufe zwischen den Bäumen hindurch und hoffe sehr, dass Taja schon wach ist, damit ich ihr von …
Genau da fällt mir auf, dass ich seinen Namen nicht weiß.
Genau da bleibe ich stehen, denn Taja ist von der Bank verschwunden.

TAJA

Ein Hund sitzt auf meiner Brust. Ich kann spüren, wie er mir die Luft rausdrückt. Eine unfassbare Panik überkommt mich. Als hätte ich meine Mädchen verloren, als wäre ich wieder vollkommen allein auf dem ganzen Planeten. Ich versinke in diesem Wissen, es ist wie ein Sumpf, der mich nicht gehen lassen will. Ich versinke tiefer und tiefer und der Hund sitzt auf meiner Brust und beugt sich vor und bellt mir ins Gesicht, sodass ich die Augen öffne und mich aufsetze.

Es ist Nacht. Rechts von mir schimmert eine Laterne. Über mir ragen Hochhäuser auf. Das Hundebellen ist noch dreimal zu hören, dann verstummt es.

Ich sehe mich um, ich bin allein.

»Mädchen?«

Sie kommen nicht hinter den Bäumen hervor, sie haben sich in keinem Hauseingang versteckt. Ich bin allein und schwinge die Beine von der Parkbank. Die Medikamente wirken wie ein in Watte eingepackter Hammer, der jede Minute einmal auf meinen Hinterkopf einschlägt. Mir ist schwindelig und ich muss mich mit beiden Händen auf der Bank abstützen, um zu mir zu kommen.

Sie haben mich zurückgelassen, denke ich, *sie sind weg.*

Ich will es nicht glauben.

»Mädchen?!«, wiederhole ich.

Keine Antwort. Ich taste meine Jacke ab. Ich habe nichts bei mir, alle meine Sachen liegen bei Nessi im Rucksack – Handy und Medikamente, Geld und die Schlüssel für die Villa. Ich bin ohne alles.

Als hätte ich geträumt, als wäre ich---

Und dann kapiere ich, was meine Mädchen getan haben. Ich

sehe es direkt vor mir: Sie konnten nicht warten, Stinke wurde nervös, Schnappi zog mit und Rute ist ihnen gefolgt, weil sie das Schlimmste verhindern wollte. Von Nessi weiß ich, dass sie mich nie allein gelassen hätte.

Wo also ist Nessi?

Ich komme auf die Beine und warte, dass sich der Schwindel legt, dann mache ich mich auf die Suche. Ich weiß zwar nicht, wo genau Nessi abgeblieben ist, aber ich weiß, wo ich meine anderen drei Mädchen finden werde.

Die Hintertür ist verschlossen. Ich rüttel daran, sie bleibt verschlossen. Eine schmale Treppe führt in den Keller runter, diese Tür steht halb offen, aber in den Keller will ich nicht. Also gehe ich an den Mülltonnen vorbei, wie es Mirko und Lupo vorhin getan haben, und treffe auf einen schwach beleuchteten Tunnel, der bestimmt dreißig Meter lang ist. Am anderen Ende kann ich die Straße erkennen.

Was soll es, denke ich und betrete den Tunnel.

Der Gestank von Urin ist überall, ich kann an den dunklen Stellen sehen, wo die Idioten gegen den Beton gepinkelt haben. Aus einem vergitterten Kellerfenster höre ich das Rattern von Waschmaschinen, der künstliche Geruch von Waschmittel steigt mir in die Nase und ist fast schlimmer als der Uringestank. Ich halte die Luft an und erreiche die Straße.

Hier ist nichts los.

Kein Mensch ist zu sehen, kein Auto fährt.

Ich kann spüren, dass etwas nicht stimmt.

Ich spüre es von allen Seiten. Nur nicht hinter mir.

Ein Handschuh legt sich über meinen Mund, ein Arm legt sich um meine Hüfte.

»Ganz ruhig«, sagt eine Stimme in mein Ohr hinein.

Dann werde ich langsam rückwärts in den Tunnel zurückgeführt.

DARIAN

Ich erwache von dem Geräusch einer zuschnappenden Tür.
Ich erwache mit einem Kopf, der mir nicht gehört.
Ich bin nur Schmerzen. Jede Bewegung, jeder Gedanke, alles Schmerzen.
Ich schlucke und schmecke Blut, ich beuge mich vor und spucke Zahnsplitter aus.
Ich lehne mich zurück und heule.
Ich höre auf zu heulen und schaue an die Decke meines Jeeps. Ich sitze ganz still und versuche nicht nachzudenken, aber die Verzweiflung wird immer schlimmer. Machtlosigkeit pur.
Ich spule ein paar Stunden zurück und sehe mich selbst im Jeep vor dem Club sitzen. Die Erinnerung ist bitter – ich bekam ihn nicht hoch, die Kleine stieg aus und dann stieg Bebe ein und wir fuhren nach Marzahn.
Alles verlangsamt sich, alles wird Zeitlupe.
Und dann war da die Wohnung und da saß dieser Mann in Trainingssachen mit einer Lidl-Tüte auf dem Kopf.
Bebe zog sie weg.
Ich sah den Mann an und erkannte ihn sofort wieder.
Ich ließ mir nichts anmerken.
Ich sah ihn an und ließ mir nichts anmerken.
Ich spule weiter zurück.
Sieben Jahre weit.

Ein Sommer am Lietzensee. Mein bester Kumpel Flo und ich. Wir saßen auf der Lehne einer Parkbank und hatten die Füße auf dem Sitz und ein dickes Eis in der Hand. Wir waren zehn Jahre alt, uns gehörte der ganze Park. Natürlich hatte ich Flo zum Eis eingeladen. Mein Vater schwamm im Geld, ihm gehörte ganz Charlottenburg. Ich bekam, was ich wollte, ich hatte, was ich wollte, ich war der King in der 4. Klasse.

Sie tauchten hinter uns auf, packten uns an den Jacken und zogen uns von der Parkbank. Ich landete auf dem Rücken und der Aufprall verschlug mir den Atem. Ich lag da und schnappte nach Luft, und ehe ich reagieren konnte, zerrten sie mir meine Jacke über den Kopf und drückten mich auf den Boden. Ich hörte Flo neben mir kreischen und jammern, dann entfernten sich seine Schritte. Sie waren nicht hinter ihm her, sie wollten mich. Damit kam ich klar. Ich war zwar erst zehn, aber ich war kein kleiner Scheißer.

»Wenn du uns siehst, machen wir Brei aus dir«, sagte eine Stimme.

Ich sah unter der Jacke hindurch ihre Turnschuhe, sie waren zu viert. Auf einen der Turnschuhe waren mit einem Edding rosane Herzen gemalt. Ich ahnte, wer uns da angegriffen hatte. Sie kamen von derselben Schule, waren aber eine Klasse über mir. Ich wusste auch, warum sie nicht wollten, dass ich sie erkannte. Wenn ich wusste, wer sie waren, wären sie geliefert. Sie hatten Angst vor mir. Trotz der blöden Situation gefiel mir das. Macht. Sie wussten, wer mein Vater war. Es gab mir Kraft. Und Wut. Also versuchte ich sie abzuschütteln.

»Lass ihn doch gucken«, sagte eine Mädchenstimme.

»Okay, was soll's.«

Sie ließen mich los, ich streifte die Jacke zurück, stand auf und sah sie an.

»Na, Arschloch, heute schon geheult?«, fragte das Mädchen.

Ich kannte die vier vom Sehen, ich kannte ihre Namen nicht.

»Ich heule nie«, sagte ich.

»Wir haben gehört, du schwimmst in Kohle«, sagte einer der Jungen.

»Gib uns 100 Euro und du kannst gehen«, sagte ein anderer Junge.

Ich lachte, mein Herz raste, dennoch lachte ich.

»Wisst ihr denn, wer ich bin?«, fragte ich.

»Der große Darian«, sagte das Mädchen und trat mir zwischen die Beine.

Ich knickte ein, ich landete auf dem Gras und lag da und war wie tot. Ihre Hände durchwühlten meine Taschen. Sie nahmen mir das Handy und das ganze Geld weg. Ich wusste nicht, was schlimmer war – der Tritt oder das Wissen, dass sie keine Furcht vor mir hatten, dass es ihnen vollkommen egal war, mit wem sie sich anlegten. Schon mit zehn hatte ich solche Gedanken. Mein Vater hatte sie mir eingepaukt: *Ein Desche gibt nie nach. Ein Desche duckt sich auf keinen Fall.* Ich wollte immer, dass alle wussten, mit wem sie sich anlegten.

»30 Euro?! Mehr hast du nicht?«

Sie kickten mich in die Seite, dann sagte einer:

»Lass uns die Parkbank auf ihn werfen.«

Dann sagte ein anderer:

»Dann bricht er sich aber was.«

Und das Mädchen sagte natürlich:

»Genau das ist der Plan.«

Die Parkbank war eine von diesen alten Bänken mit gusseisernen Beinen und dunkelgrünem Anstrich, die man im ganzen Lietzenseepark finden kann. Sie werden von Leuten gestiftet und dann mit Namensplaketten versehen. Die hier kam von *Gertrude & Anton Grotzke, 1984*. Flo und ich wählten immer diese Bank, weil wir den Namen Grotzke so klasse fanden. Und dann auch noch von 1984. Da gab es uns nicht einmal. Und jetzt sollte ich dieses Ding auf den Kopf kriegen.

»Was soll der Scheiß?«

Ich sah nicht, wer das sagte, ich sah nur die Wirkung der Worte: Die Parkbank knallte runter, ein Metallbein bohrte sich Zentimeter von meinem Gesicht entfernt in den Boden.

»Was willst *du* denn hier?«, fragte einer der Jungen.

»Ja, was willst du?«, fragte das Mädchen. »Fahr mal schön weiter.«

Ich hörte das Bremsen, ich hörte, wie die Reifen über den Kiesweg knirschten.

»Ihr seid zu viert«, sagte die Stimme. »Er ist einer.«
Die vier lachten.
»Zählen kannste, was?«
»Komm ruhig her, dann treten wir ...«

Ein pfeifendes Geräusch erklang, dann gab es einen Aufschrei, ich drehte mich um. Mein Retter stand da wie ein Superheld. Er war älter, vielleicht achtzehn oder neunzehn. Sein Fahrrad lag auf dem Kiesweg und er selbst hielt ein Kettenschloss in der Hand, das er wie eine Peitsche rumflitzen ließ. Einer der Jungen lag auf dem Boden und hielt sich den Ellenbogen, die zwei anderen drehten sich um und rannten davon, das Mädchen war blass vor Wut.

»Ich bin elf, du Penner«, sagte sie.

»Mir egal, wie alt du bist«, sagte mein Retter und die Kette machte *wooosch wooosch wooosch*.

Das Mädchen gab nicht so leicht auf, sie stellte sich auf meine linke Hand. Der Grasboden war weich, sonst hätte sie mir die Finger gebrochen. Meine Hand wurde tief in die Erde gedrückt.

»Komm näher, dann spiel ich Fußball mit seiner Fresse«, sagte das Mädchen.

Mein Retter kam näher, die Kette machte *wooosch wooosch wooosch* und dann ließ er sie fallen und stand plötzlich mit drei Schritten vor dem Mädchen und stieß es einfach weg. Das Mädchen landete auf dem Hintern, riss die Augen auf und fing an zu heulen. Dann sprang sie auf und rannte in den Park.

»Alles okay?«

Mein Retter reichte mir die Hand und zog mich auf die Beine. Ich konnte nicht einmal Danke sagen, ich war so wütend auf mich selbst, dass ich kein Wort rausbrachte. Ich stellte mir vor, mein Vater hätte das alles gesehen.

»Wichser«, hörte ich den dritten Jungen hinter mir sagen.

Er hatte sich aufgerappelt und hielt seinen kaputten Ellenbogen, er wandte mir den Rücken zu und spazierte davon, als wäre nichts gewesen. Da sah ich rot. Da begriff ich, wenn dir so was passiert, dann musst du alles tun, damit es nie wieder passiert, sonst passiert es wieder. Ich kann mich glasklar an diesen einen Gedanken erinnern.

Nie wieder.

Diese zwei Worte haben mich bis ins Heute begleitet.

Ich sah rot und sprintete dem Jungen hinterher. Ich sprang ihm auf den Rücken, und als er auf der Erde landete, habe ich sein Gesicht in das Gras gedrückt.

»FRISS SCHEISSE!«, habe ich gebrüllt, und wer weiß, wie das ausgegangen wäre, wenn mich mein Retter nicht unten den Armen gepackt und einfach weggehoben hätte. Er machte eine Kehrtwende und stellte mich wieder auf den Boden. Ich wollte um ihn herumrennen und mir den Jungen schnappen, da hat mich mein Retter am Jackenkragen gepackt und nahe an sich herangezogen.

»Genug ist genug«, sagte er.

»Aber---«

»Da gibt es kein Aber, es ist genug!«

Wir waren fast Nase an Nase.

»Sie haben verloren, du hast gewonnen«, sagte er.

»*Du* hast gewonnen«, widersprach ich ihm, »ich bin der Verlierer.«

Ich stieß ihn weg, er ließ mich los, ich versuchte an ihm vorbeizurennen, er trat mir die Beine weg, sodass ich mit Wucht im Gras landete. Als ich aufschaute, war der dritte Junge verschwunden.

»Ich sagte doch, es ist genug«, erinnerte mich mein Retter.

Er reichte mir wieder die Hand. Ich hasste ihn dafür. Ich hasste ihn für alles. Als wäre er der Grund für den Überfall. Es war das Merkwürdigste, was mir bisher passiert war. Ich sah mich plötzlich von außen: ein Zehnjähriger, der vor Zorn und Scham bebt und nicht Danke sagen kann. Ich schlug seine Hand weg. Ich war von diesem Moment an kein Kind mehr. Etwas in mir zerbrach. Ich wollte die drei Jungen zerstückeln und das Mädchen vor einen Zug stoßen. Der Hass wurde meine zweite Identität. Er schlüpfte unter meine Haut und machte es sich in meinem Herzen bequem. Ich wusste, ich war das nicht, aber genau so wollte ich sein. Wütend. Meine Hände waren geballt und die Zähne so fest zusammengebissen, dass mir die Ohren klingelten. Ich stand auf, ich ging ein paar Schritte und blieb stehen.

Mein Retter ließ mich noch immer nicht gehen.

Er tauchte hinter mir auf und legte mir eine Hand auf die Schulter.

Ich schüttelte ihn ab.

Er baute sich vor mir auf.

Da schlug ich auf ihn ein.

Es war lächerlich. Er war zwei Köpfe größer, meine Schläge taten ihm nichts. Und als ich nicht mehr schlagen konnte, sank ich gegen ihn und er hielt mich, als wären wir die besten Kumpels, als hätten wir uns gestritten und jetzt war alles gut. Ich heulte alles aus mir heraus. Ich heulte, bis ich keine Luft bekam. Dann erst ließ er mich gehen.

Ich habe nie seinen Namen erfahren.

Sieben Jahre später saß er in dieser Küche vor mir.

»Ich habe keine Ahnung, wer das ist«, sagte ich.

»Sicher?«, fragte Bebe.

»Ganz sicher.«

»Er ist aus deinem Viertel.«

»In Charlottenburg leben über hunderttausend Menschen, denkst du, ich kenne jeden?«

»Sieh ihn dir genau an.«

»Ich sehe ihn gut und genau, aber ich kenn den Typen nicht.«

Noch nie ist mir eine Lüge so schwergefallen.

Sie schleppten ihn aus der Wohnung.

Meinen Retter.

Ich stand da und sah zu, wie sie ihn aus der Wohnung schleppten.

Meinen verdammten Retter.

Ein mieses Gefühl überflutete mich. Als hätte ich einen Verrat begangen. Ich verstand nicht, was mit mir passierte. Ich war doch keine Lusche, ich war doch keiner, der heult, wenn ihm das Eis aus der Waffel fällt. Der Typ bedeutete mir nichts, dennoch verspürte ich einen Druck in der Brust, als würde da ein Schrei lauern.

Natürlich schrie ich nicht, ich war ja nicht vollkommen bekloppt.

Bebe und ich standen immer noch in der Küche. Ich starrte auf die abgeschnittenen Haare meines Retters, die den Boden bedeckten, dann starrte ich aus dem Fenster auf den Hinterhof runter, als würde ich erwarten, dass Bebes Männer ihn durch den Park wegführten. Niemand ließ sich blicken. Da waren nur karge Baumkronen und ein beleuchteter Weg, da waren nur zwei Parkbänke und ein verbeulter Mülleimer, der schief an einer Laterne hing. Ich war wie der Mülleimer. *Was tust du nur hier?*, fragte ich mich, und wie ich mich das fragte, kannte ich die Antwort. Vielleicht war es das Koks, das sich aus meinem System ausschlich; vielleicht war es der Anblick meines Retters oder etwas, das ich bis eben beharrlich verdrängt hatte. Ich habe keine Ahnung, ich weiß nur, dass mir mein Vater plötzlich fehlte. Aus dem Nichts heraus. Wie ein verschwundenes Körperteil. Wie ein Schlag in die Fresse, den du nicht erwartest. Phantomschmerz. Ich wollte, dass mich mein Vater an sich drückte, wie es mein Retter vor sieben Jahren getan hatte. Ich wollte, dass er mich mit seiner Kraft zur Ruhe brachte.

Und mir sagte: *Alles ist gut.*

Und versprach: *Alles wird gut.*

Und zugab: *Du bist gut.*

Ich wollte hier weg.

»War es das?«, fragte ich.

»Das war's«, sagte Bebe.

Ich glaubte ihm nicht.

»Du hast mich also nur geholt, damit ich einen Polizisten identifiziere?«

»Natürlich nicht. Ich habe mich gefragt, was würdest du tun, wenn ein Bulle in deinem Revier auftaucht und rumschnüffelt?«

»Ich würde die Zelte abbrechen.«

»Die Zelte abbrechen? Wie so ein Beduine?«

»Wie ein Beduine, der vorsichtig ist, richtig.«

»Vielleicht war es ja nur ein Zufall.«

Ich lachte, ich wusste, dass er mich testete.

»Ich glaube nicht an Zufälle«, sagte ich.

»Genau das habe ich auch gedacht, aber Robbie behauptet, solche Zufälle kommen vor.«

»Wer ist Robbie?«

»Der mit der Wollmütze.«

»Robbie sieht aus wie ein Idiot«, sagte ich. »Er denkt auch wie einer.«

Bebe wiegte den Kopf von links nach rechts, als würde es ihm schwerfallen, mir zu widersprechen.

»Robbie war mal ein Hippie«, sagte er, »aber dann haben ihn die Skinheads ein paarmal zu oft aufgemischt und seitdem hatte er genug davon, dass ihm regelmäßig die Fresse poliert wurde. Jetzt ist Robbie alles gleichzeitig – rechtsradikal und linksradikal, superfreundlich und ein geborenes Arschloch. Er ist der ideale Terrorist, falls du mal einen brauchst, der alles macht, dann ist er genau der Mann für dich.«

»Ich wusste nicht, dass du solche Idioten um dich herum hast.«

Bebe winkte ab.

»Keine Sorge, ich nehm das nicht persönlich. Robbie ist mein privater Wachhund, der sich um die Hunde kümmert.«

Er lachte über seinen Sprachwitz und schlug mir auf die Schulter.

»Und jetzt verpiss dich.«

Bebe schob mich in den Flur und ich ging, wie der letzte Idiot, den man vom Hof scheucht. Ich kam bis zur Wohnungstür, meine Hand lag schon auf der Klinke, da hörte ich Bebes Stimme aus der Küche. Er sagte meinen Namen. Dann hörte ich die Stimme eines anderen Mannes. Sie lachten zusammen, sie lachten über mich. Ich musste nicht verstehen, was sie sagten. Wenn jemand über einen lacht, weiß man, was das heißt.

Bebe konnte nicht mal abwarten, dass ich die Wohnung verließ.

Fuck.

Alles überflutete mich gleichzeitig. Wut und Gerechtigkeitssinn, Verzweiflung und die Scham vor meiner eigenen Feigheit. Ich hatte meinen Retter im Stich gelassen. Ich hätte einfach sagen müssen: *Mann, den kenne ich, der ist okay.* Aber das ging nicht. Niemand sollte einen Bullen kennen. War ich ein Niemand? Durfte ich nicht machen, was ich wollte? Und was hatte ich mir dabei gedacht, mich auf jemanden wie Bebe einzulassen? Mirko hatte gesagt, es sei der falsche Kurs für mich, und ich hatte nicht auf ihn hören wollen. Und weswegen? Wegen der Kohle. Ernsthaft? Dabei brauche ich kein Geld, ich brauche die Macht, die mit dem Geld einhergeht. Aber jetzt mal ehrlich, sechzehn Riesen an einem Tag! Wer ist denn so dämlich und sagt da nein? Dafür arbeiten andere ein ganzes Jahr. Ich verstand mich selbst nicht mehr. Ich war aufgegeilt und impotent zugleich. Ich wollte alles und ich wusste, dass es falsch war. Auch wenn ich mich dagegen wehrte, war mein Retter ein Zeichen gewesen. Wenn ich diese Wohnung verließ, sollte es endgültig sein.

Und so kehrte ich in die Küche zurück.

Bebe sah überrascht auf. Er saß auf der Küchentheke und aß eine Bockwurst. Auf dem Boden hockte der Typ mit der Wollmütze und kehrte mit einem Handbesen die Haare zusammen. Es sah albern aus – ein Mann mit einem Gewehr auf dem Rücken spielt Putzfrau.

»Ich bin raus«, sagte ich.

Wollmütze lachte.

»Du bist nicht wirklich raus«, sagte er. »Du stehst in der Küche.«

Bebe leckte sich Senf vom Daumen.

»Humor ist nicht so Robbies Sache«, entschuldigte er sich.

»Ich arbeite daran«, sagte Wollmütze.

Bebe biss von der Wurst ab und betrachtete mich.

»Was ist nur in dich gefahren?«, wollte er wissen.

»Meine Skrupel.«

»Ich dachte, die wären weg.«

»Vielleicht haben sie eine Pinkelpause eingelegt«, sagte Wollmütze.

»Ja, so was kommt vor«, stimmte ihm Bebe zu. »Den Skrupeln ist alles zuzutrauen, wenn sie---«

»Ich will das nicht mehr«, unterbrach ich Bebe. »Es ist der falsche Kurs, ich bin raus.«

Die beiden hörten auf rumzualbern. Sie wechselten einen Blick, dann stellte Bebe fest:

»Das kommt etwas überraschend, findest du nicht? Macht dir der Polizist Sorgen?«

»Das auch.«

»Der ist jetzt auf dem Weg nach Polen.«

»Das macht es nicht besser.«

»Gut, Darian.«

Bebe schob sich den Rest der Wurst in den Mund und kaute. Er wischte sich die Finger an einem Taschentuch sauber und ließ mich warten, bis er die Wurst runtergeschluckt hatte.

»Robbie wird dich rausbegleiten. Kannst du das für mich tun, Robbie?«

»Klar, Boss.«

Wollmütze warf die Haare in den Mülleimer und stellte den Besen und die Schaufel in eine Ecke. Dann nahm er das Gewehr von seiner Schulter und richtete es auf mich.

Ich lachte nervös.

»Was willst du tun?«, fragte ich. »Willst du mich erschießen?«

»Keine Sorge, so einer bin ich nicht«, antwortete Wollmütze.

Er muss die Bewegung oft geübt haben, sie geschah so fließend und schnell, dass ich nicht reagieren konnte. Plötzlich hielt er das Gewehr am Lauf und schlug mir den Kolben ins Gesicht. Ich kam zu nichts – kein Ducken, kein Ausweichen. Ich taumelte und fiel gegen die Flurwand. Wollmütze folgte mir und schlug erneut zu. Gegen die Stirn, auf die Augen. Als ich die Arme hochbekam, rammte er mir den Kolben in den Magen; und als ich einknickte, traf er mein Knie. Schlag auf Schlag scheuchte er mich den Flur runter zur Wohnungstür.

»Öffne sie«, befahl er.

Ich bekam die Tür auf, Wollmütze trat mir in den Hintern, ich fiel in den Flur und lag auf dem kalten Boden. Als ich aufschaute, war Wollmütze verschwunden und Bebe lehnte im Türrahmen.

»Darian, Darian, erinnerst du dich, was ich dir gesagt habe? Einmal drin, nie mehr raus, klingelt da was? Ja, ich kann sehen, du erinnerst dich. Und dann willst du einfach so gehen? Du musst meine Lage verstehen, Junge. Sollte jemand erfahren, dass das, was ich sage, keine Gültigkeit mehr hat, dann verliere ich mein Gesicht, dann ist mein Wort wertlos und das willst du doch nicht, oder? Also fahr jetzt nach Hause und pflege deine Wunden. Morgen früh suchst du dir einen Zahnarzt, denn deine Fresse sieht ganz schön mitgenommen aus. Und wenn ich das nächste Mal nach dir rufe, will ich dich innerhalb von einer Stunde auf der Matte stehen sehen, kapierst du?«

Er schüttelte den Kopf, als könnte er es noch immer nicht glauben.

»Da gehst du doch ernsthaft nicht ans Handy, wenn ich mich melde. Wie konnte ich mich nur so in dir täuschen? Dachtest du wirklich, dein Vater wäre hart zu dir? Wart's ab. Ich bin so hart, da ist dein Vater ein Witz dagegen.«

»Mein Vater ist kein Witz«, brachte ich hervor.

»Und wieso hat er dann so einen Waschlappen gezeugt?«

Mit dieser Frage wandte sich Bebe ab und schloss die Wohnungstür.

Ich weiß nicht, wie ich es die Treppe runtergeschafft habe.

Ich weiß nicht, wie ich in die Tiefgarage kam.

Meine nächste Erinnerung war, dass ich auf dem Boden saß und am Hinterreifen meines Jeeps lehnte. Manchmal fuhren Autos an mir vorbei, manchmal blickte ich auf. Niemand hielt oder stieg aus, niemand half mir.

Ich dachte an meinen Retter und mir war zum Heulen.

Und so kam ich irgendwann wieder auf die Beine und zog mich in meinen Wagen. Da ich in meinem Zustand nicht fahren konnte, ließ ich mich auf die Rückbank fallen. Ich brauchte eine Auszeit. Ich war so platt, dass ich nicht einmal die Tür schließen konnte. Durch mein linkes Auge sah ich kaum noch was und die Unterlippe war eine einzige Wunde, die vor sich hin suppte.

Es ist nichts gebrochen, dachte ich.

Er hat gesagt, mein Vater wäre ein Witz, dachte ich.
Er hat mich einen Waschlappen genannt.
Ich werde ihn ...
Danach kam kein Gedanke mehr.

Und da bin ich jetzt und ich bin nur Schmerzen.
 Jede Bewegung, jeder Gedanke, alles Schmerzen.
 Wie lange habe ich geschlafen?
 Ich schaue auf mein Handy und lache los. Mein Lachen wird zu einem Husten. Ich war fünfundzwanzig Stunden lang ohnmächtig. Der Samstag ist ein Sonntag, der Sonntag ist ein Montag geworden. Es ist nach Mitternacht, ein neuer Tag ist angebrochen.
 Was tue ich jetzt?
 Jemand muss meine hintere Autotür geschlossen haben, die Luft im Jeep ist stickig. Ich komme kaum zu Atem, und dann kapiere ich, dass es nicht die Luft ist, die mir fehlt, ich bin in Panik. Das Damals wird zum Jetzt, und ich weiß, wenn mir so was passiert, was mir in der Wohnung passiert ist, dann muss ich alles tun, damit es nie wieder passiert, sonst passiert es wieder. Mein Vater würde jetzt sagen: *Dreh dich um und geh weg, sammel deine Kräfte und dann komm wieder mit voller Wucht.* Aber das ist nicht mein Stil. Ich weiß, wenn ich weggehe, werde ich nicht wiederkommen. Ich bin nicht mein Vater. Ich hasse die Vergangenheit. Ich bekomme meine Kraft aus der Gegenwart. Ich kenne nur die Bewegung nach vorne und kann mich nicht sammeln, ich kann mich nur verstreuen und verlieren. Ich werde feige, wenn ich zu lange nachdenke, ich werde ...
 Mein Handy klingelt.
 »Hast du dich erholt?«
 Ich schweige. Es überrascht mich, wie ruhig ich mit einem Mal bin.

»Ich brauche dich hier«, spricht Bebe weiter, »damit du siehst, was ... Warte einen Moment, Robbie quatscht rein.«

Ich höre Stimmengemurmel, dann ist Bebe wieder dran.

»Robbie sagt, dass du wahrscheinlich nicht durch die Absperrungen kommen wirst.«

»Was für Absperrungen?«

»Hier im Viertel wimmelt es von Bullen. Bleib mal lieber zu Hause. Und ...«

Bebe lacht.

»... schick ein Foto, Robbie will wissen, wie schlimm er dich zugerichtet hat, okay?«

Ich bin noch immer ruhig. Ich bin die Arktis und der Südpol in einem. Ich frage mich, wie Bebe reagieren würde, wenn er wüsste, wo ich jetzt bin.

Acht Stockwerke unter dir, du Arsch.

»Okay«, sage ich und unterbreche die Verbindung.

Die Ruhe bleibt. Ich warte, doch da kommt nichts hinterher, keine Furcht, keine Skrupel und keine Panik mehr.

Ich bin cool und setze mich vorsichtig in Bewegung.

Mein Vater ist kein Witz.

Ich brauche gute fünf Minuten, um aus dem Jeep zu steigen. Jeder Knochen schmerzt. Ich öffne die Fahrertür und falle dabei beinahe um. Ich greife unter den Sitz und finde meine Knarre. Ich wünschte, ich hätte ein Schulterholster. Es ist albern, mir die Waffe hinten in die Hose zu stecken, also behalte ich sie in der Hand und mache mich auf den Weg nach oben.

Ich bin kein Waschlappen.

Der Fahrstuhl ist noch immer außer Betrieb.

Ich stoße die Tür zum Treppenhaus auf und knirsche bei jeder Stufe mit den Zähnen.

Stockwerk für Stockwerk.

Im 7. Stock humpel ich den Flur runter und biege um die Ecke.

Und da stehen doch wahr und wirklich drei Mädchen und sehen mich erschrocken an.

Im selben Moment wird die Wohnungstür geöffnet.

Es ist Mirko und er schaut genauso erschrocken wie die Mädchen.

SCHNAPPI

»Wer seid ihr denn?«, zischt der Muskelmann und richtet seine Knarre auf uns.

»He, ruhig, das sind meine Mädchen«, antwortet ihm Mirko.

»Wir sind nicht deine Mädchen, du Arsch«, sage ich.

Mirko zuckt zusammen, der Muskelmann sieht verwirrt aus.

»Deine Mädchen?!«, fragt er. »Was für Mädchen?«

»Die mich um Hilfe gebeten haben, die---«

»Alter«, unterbricht ihn der Muskelmann, »ich kapier nichts mehr.«

Er schüttelt den Kopf, als müsste er die Gedanken neu ordnen, dann richtet er die Knarre auf Mirko.

»Was tust *du* überhaupt hier?«

»Ich ...«

Mirko beginnt ernsthaft zu stottern.

»... ich helfe ihnen.«

»Wem?!«

»Na, den Mädchen.«

Der Muskelmann hat eindeutig mehr Muskeln als Gehirnzellen. Irgendwie kommt er mir bekannt vor, als wäre er mir schon mal über den Weg gelaufen. Typen wie den vergisst man ja nicht so schnell. Als hätte er meine Gedanken gehört, schwenkt er die Knarre von Mirko auf uns zurück und ich erwarte, dass er losballert. Genauso sieht er nämlich aus. Wie einer, der alles niedermäht, was ihm in den Weg kommt. Er hat auch guten Grund dazu. Wenn ich so aussehen würde, hätte ich auch keine Gnade.

»Wer hat dir denn in den Arsch getreten?«, frage ich.

»Was?!«

Muskelmann kommt zwei Schritte näher.

»Schnappi, lass mal«, sagt Rute.
»Ich darf doch wohl mal fragen.«
»Schnappi?!«, spielt der Muskelmann das Echo.
»Besser als Vin Dussel oder wie auch immer du heißt«, sage ich.
Stinke kommt mir zu Hilfe.
»Steck mal die Knarre weg oder ich krieg 'nen Schreianfall«, sagt sie.
Der Muskelmann ist vollkommen überfordert von uns.
»Was?!«
Genau da taucht Lupo hinter Mirko auf. Muskelmann hat Muskeln, aber Lupo hat Masse. Und natürlich sein Sumoringer-Grinsen. Ich freu mich echt, ihn zu sehen.
»He, Süße«, sagt er zu mir.
»He, Süßer«, sage ich und spüre, wie ich ganz weich werde.
»Wo ist Alex?«, fragt Rute.
»Na ja, da gibt es ein Problem«, sagt Lupo.
Muskelmann beugt sich vor, um zu sehen, wer da spricht.
»Lupo?!«, sagt er.
Anscheinend kennt hier jeder jeden, denke ich.
»He, Mann, was tust du denn hier?«, fragt Lupo überrascht.
»Genau dasselbe wollte ich dich fragen«, sagt der Muskelmann.
Und plötzlich lacht Lupo los. Das Lachen ist mehr ein Kichern. Als hätte er sich selbst bei einem verbotenen Gedanken erwischt. Es passt überhaupt nicht zu ihm und klingt ein wenig fies, sodass ich denke: *Moment mal, was passiert denn hier?*
»Wir gehen mal wieder«, sagt Rute.
»Ja, wir müssen weiter«, sagt Stinke.
Lupo schüttelt den Kopf.
»Ihr könnte nicht gehen«, sagt er und sieht dabei nur mich an und lächelt nicht mehr.
Seine Worte klingen wie eine Feststellung, sie klingen aber auch ein wenig wie ein Befehl. Ich will ihn gerade fragen, was

er damit meint, da verwandelt sich der Muskelmann vor unserer Nase in eine Schlange. Und zwar eine von den ganz schnellen. Kobra oder so. Er lässt die Knarre hinten in seinem Hosenbund verschwinden, tritt vor und packt Rute und Stinke an den Handgelenken. An mich kommt er nicht ran, denn ich stehe zwischen meinen Mädchen wie ein windgeschützter Bonsai. Und der Bonsai nimmt seine Wurzeln in die Hände, macht auf dem Absatz kehrt und flitzt davon. Bumm, bumm, bumm, machen meine Boots, dass es durch den ganzen Plattenbau hallt. Ich weiß, mutig ist das nicht gerade, aber wer mutig ist und deswegen von einem Muskelmann zerquetscht wird, der ist selbst schuld daran.

Ich flitze den Flur runter und links um die Ecke.

Natürlich folgen mir Schritte und natürlich weiß ich, wem die Schritte gehören, denn kein Balletttänzer läuft so. Aber ich bin nicht blöde und drehe mich um. Ich habe nur ein Ziel und da wartet es auch schon hell leuchtend und offen, weil die clevere Rute einen Bierkasten zwischen die Türen gestellt hat.

Ich sprinte in den Fahrstuhl, mache einen Bodycheck mit der Wand und trete auf die Scherben der Wodkaflasche, dabei lege ich mich beinahe auf die Fresse. Die Scherben knirschen, sie können mir aber nichts, denn ich habe ja meine Boots, aber meine Schulter fühlt sich an, als hätte ich versucht, ein Loch in den Fahrstuhl zu bohren.

Und so sehen meine Gedanken aus: *Ich hole jetzt Taja und Nessi und dann machen wir so richtig Ärger.*

Und ich denke auch: *Jetzt haste doch wirklich Stinke und Rute im Stich gelassen, du blöde Nuss, du.*

Wer in Momenten wie diesen solche Gedanken hat, ist wirklich eine blöde Nuss.

Ich kicke den Bierkasten weg und schlage auf den Knopf für das Erdgeschoss.

Ich bin zappelig und könnte loskreischen.

Die Türen schließen sich natürlich gaaanz langsam.
Ich rufe: »Yeah, Baby!«
Ich lehne an der Rückwand des Fahrstuhls und atme schwer.
Da quetscht sich eine Hand in den Spalt und es ist genau wie im Film – die Türen gehen gaaanz langsam wieder auf und Lupo steht vor mir, als würde er auf eine Pizzalieferung warten
»Komm da am besten raus«, sagt er.
»Wieso sollte ich das tun?«
»Damit wir alles in Ruhe klären.«
»Ich muss nichts klären, ich hab's schon kapiert.«
»Was hast du denn kapiert?«
Die Türen schließen sich wieder, Lupo hält sie auf.
»Du hast uns bewusst hergeführt«, sage ich.
»Nein, so ist das nicht.«
»Wie ist es dann?«
Lupo hebt bedauernd die Schultern.
»Es war nicht geplant, aber als deine Freundin das Geld auf den Tisch gelegt hat, konnte ich nicht widerstehen. Jetzt mal ehrlich, 2 000 Euro sind nicht zu verachten.«
»Und was ist mit Alex?«
»Wer ist Alex?«, fragt er zurück.
Ich sehe ihn an, als wäre er das hässlichste Wesen der Welt. Die Türen schließen sich wieder, Lupo hält sie auf und hebt beide Hände, als könnte er meinen Blick abwehren.
»Das war nur ein Scherz«, beruhigt er mich. »Ich habe keine Ahnung, wo eure Freundin ist.«
»Sie ist nicht unsere Freundin.«
»Dann sollte es doch einfach sein, sie zu vergessen.«
Wie er das sagt, erinner ich mich, was ich gestern zu Sabrina gesagt habe.
»Hast du gar keinen Respekt?«, frage ich.
»Respekt vor was?«
»Vor der Würde des Menschen.«

Sabrina hat darüber gelacht, Lupo lacht nicht.
»Die Würde eines Menschen ist einen Dreck wert«, sagt er. »Jeder kämpft für sich, so war es schon immer. Aber für dich, weißt du, für dich würde ich in den Krieg ziehen.«
Er lächelt mich ernsthaft an.
Er hat mir ein Kompliment gemacht und lächelt deswegen.
Die Türen schließen sich wieder, Lupo hält sie auf.
»Und ich habe dich mal gemocht«, sage ich.
»Das spricht für deinen guten Geschmack.«
»Nee, das spricht dafür, wie dämlich ich bin.«
Lupo hört auf zu lächeln.
»Nun komm schon da raus. Oder muss ich dich holen?«
Ich antworte ihm nicht, ich quetsche mich in eine Ecke des Fahrstuhls und rutsche an der Wand runter, bis ich in der Hocke bin. Als würde ich aufgeben, als würde ich in mir selbst verschwinden. So hocke ich dort, klein wie ein Bonsaibaum. Unerreichbar.
Die Türen schließen sich wieder, Lupo hält sie auf.
»Ich verspreche, ich werde dir nicht wehtun«, sagt er.
»Und ich glaube dir nicht«, sage ich. »Einem Arsch, der für 2000 Euro das Lager wechselt, glaubt niemand.«
»Gut, dann komme ich jetzt rein.«
Lupo betritt den Fahrstuhl.
Die Türen schließen sich hinter ihm.

MIRKO

Das Leben ist eine Ampel, die nicht umschalten will. Ich stehe da und sehe Stinke an und Stinke steht da und sieht mich an und die Ampel will einfach nicht umschalten. Sie ist auf Rot und bleibt auf Rot und alles steht still und wartet. Okay, das ist gelogen. Es geschieht das, was keiner von uns will – Darian schnappt sich Stinke und Rute, während Schnappi wegrennt, während Lupo die Verfolgung aufnimmt und ich warte, dass mir jemand sagt, was ich tun soll.

»Lass uns gehen!«, verlangt Rute von Darian und versucht sich loszureißen.

»Alter, verpiss dich!«, sagt Stinke und tritt nach ihm.

Darian zieht die beiden mit einem Ruck näher an sich heran.

»Ganz ruhig«, sagt er.

Eine Hand legt sich auf meine Schulter und schiebt mich zur Seite. Für einen Moment bin ich mir sicher, dass es Lupo sein muss, obwohl er eben Schnappi hinterhergesprintet ist. Das Gefühl der Gefahr ist dasselbe.

»Da ist ja mein bester Mann zurück von der Front und das auch noch schneller, als es die Polizei erlaubt.«

Stinke und Rute vergessen Darian für einen Moment und sehen Bebe an, der neben mir steht, als würden wir uns seit Jahren kennen. Ich wusste nicht einmal, dass Bebe in der Wohnung ist. Ich wünschte, er würde die Hand von meiner Schulter nehmen. Es sieht aus, als wären wir die besten Kumpels.

»Wen hast du uns da mitgebracht?«, fragt er Darian.

»Sie gehören nicht zu mir.«

»Und was sagen die Damen dazu?«, fragt Bebe weiter.

»Die Damen sagen: Du kannst uns mal«, antwortet ihm Stinke.

»Wir sind hier nur zu Besuch«, sagt Rute.

»Zu Besuch bei wem?«

Sie geben Bebe keine Antwort, sie stehen da und sehen ausgerechnet mich an.

»Sie … sie wollten mich abholen«, bringe ich hervor.

Bebe betrachtet mich abschätzend und knetet meine Schulter, sein Daumen bohrt sich tief in mein Fleisch.

»Du bist wohl der Mädchenschwarm hier«, sagt er.

»Er ist mein Freund«, sagt Stinke.

Bebe lächelt, aber ich kann sehen, er glaubt Stinke kein Wort. Er nimmt seine Hand von meiner Schulter und wendet sich Darian zu.

»Zwei Mädchen haben gefehlt«, sagt er, »jetzt fehlen sie nicht mehr. Bravo, du hast deine Quote wiedergutgemacht, das lob ich mir. Schaff sie rein und du …«

Er sieht mich an.

»… mach Platz.«

Automatisch weiche ich zurück, während Darian die Mädchen am Nacken packt. Sie ducken sich unter seinem Griff. Darian schiebt sie vor sich her in die Wohnung. Rute kreischt auf und Stinke schlägt Darian klatschend ins Gesicht. Er stößt sie von sich, sodass Stinke auf mich zutaumelt. Ich fange sie auf.

»Mirko, was soll der Scheiß?«, zischt sie mir zu.

»Ich habe keine Ahnung«, antworte ich.

Rute ruft laut um Hilfe, da rammt ihr Darian die Faust in den Magen. Sie knickt ein und taumelt in die Wohnung. Die Tür wird mit einem Knall zugeworfen. Rute lehnt an der Wand und hält sich den Magen, Stinke hockt sich zu ihr und legt die Arme um sie. Wir stehen jetzt alle in dem engen Flur und ich kann uns riechen – Schweiß, Parfum und Angst.

»Du siehst schlimmer aus, als ich es erwartet habe«, wendet sich Bebe an Darian, als wären die Mädchen und ich nicht anwesend. »Warst du überhaupt zu Hause? Du trägst dieselben

Klamotten wie gestern. Wenn du willst, leih ich dir eins von meinen Hemden, aber wahrscheinlich wird es dir---«

»Und ich dachte, das Fressen von McDonald's ist da«, unterbricht ihn eine Stimme. »Aber das ist ja viel besser. Frischfleisch ist immer besser.«

Wollmütze ist aus dem Zimmer mit der blauen Tür getreten. Das Jagdgewehr ragt wie eine Fahne über seine Schulter.

»Ich dachte, das wäre ein Männerabend«, spricht er weiter und rückt sich seine Mütze zurecht.

Durch die offene Zimmertür sind Stimmen und Musik zu hören. Es stinkt nach Zigarren. Ich habe keine Idee, wie viele Leute noch in der Wohnung sind. Die blaue Tür wird von Wollmütze zugezogen und die Geräusche ausgesperrt.

»Gut, dass du kommst«, sagt Bebe. »Sei ein guter Junge und schaff diese Mädchen weg.«

»Wir gehen nirgendswohin«, sagt Stinke. »Was denkt ihr, was ihr hier macht, wir hauen jetzt wieder ...«

Sie verstummt, als Wollmütze sich an Bebe und mir vorbeischiebt und vor ihr aufbaut.

»Du denkst, du hast was zu sagen?«, fragt er und hat plötzlich ein Messer in der Hand.

»Robbie, he, mach mal langsam«, sagt Bebe.

Wollmütze drückt Stinke das Messer an den Hals.

»Haben wir ein Problem?«, zischt er.

Stinke duckt sich, ich sehe ihre Augen, ihre Augen sehen mich, sie senkt den Blick.

»Ist schon gut«, sagt sie.

»Was?!«, blafft Wollmütze sie an. »Ich habe dich nicht gehört!«

»Ich sagte, ist schon gut.«

»Und du?«

Wollmütze wechselt zu Rute. Für einen Moment bin ich versucht, ihm das Gewehr vom Rücken zu reißen. Aber wie ich mein Glück kenne, löst sich der Waffengurt nicht und am Ende stehe ich mit leeren Händen da und bekomme eins in die Fresse. Ich weiß, ich sollte was tun, aber ich tue nichts, nur meine Hoden ziehen sich zusammen, mehr geschieht nicht.

Wollmütze drückt Rute die flache Seite der Messerklinge auf den Mund.

»Willst du mal kosten?«

Rutes Blick ist anders als der von Stinke. Keine Angst, nur blanke Wut. Sie dreht den Kopf zur Seite und sagt zu Wollmütze, er soll das Messer wegnehmen. Zu meiner Überraschung hört er auf sie.

»Mann, was werden wir drei für einen Spaß haben«, sagt er und richtet seinen Fokus auf Darian. »Und du? Hast du noch nicht genug? Willst du mehr? Bist du deswegen zurückgekommen?«

Ich kann sehen, wie Darian die Fäuste ballt.

Wollmütze sieht das auch und lächelt.

»Okay, das reicht«, geht Bebe dazwischen. »Nimm den Mädchen ihre Handys ab.«

»Alles klar, Boss, alles klar.«

Wollmütze streckt die Hand aus. Stinke und Rute wechseln einen Blick, dann reichen sie ihm ihre Handys.

Wollmütze zeigt den Flur runter.

»Das Zimmer hinter der Küche.«

Stinke legt einen Arm um Rute.

»Nun macht schon, macht schon!«, pfeift Wollmütze sie an.

Sie gehen an mir vorbei den Flur runter und in das Zimmer neben der Küche.

»Und du«, sagt Bebe zu Darian, »ohne dich wären wir jetzt am Arsch, weißt du das? Also komm schon mit, das Feuerwerk geht gleich los und ich will, dass dich die Jungs kennenlernen.«

Er schlägt Darian auf die Schulter.

»Wir haben doch keine *hard feelings,* oder?«

Darian schüttelt den Kopf, sein Blick findet meinen.

Ich denke an die Knarre, die er sich in den Hosenbund geschoben hat. Ich kann sehen, dass er mehr als nur *hard feelings* hat. Darian kocht innerlich.

Was tust du nur?, denke ich.

Wart's ab, sagt sein Blick.

»Was für ein Feuerwerk?«, fragt Darian.

»Das Feuerwerk des Jahres!«, antwortet Bebe und führt Darian in das Zimmer. Die blaue Tür schließt sich hinter ihnen.

Wollmütze kommt mir vom anderen Flurende entgegen.

»Den Flaum musst du dir abrasieren«, sagt er. »Du siehst aus wie eine Muschi.«

Ich fahre mir unbewusst über die Oberlippe.

»Und, Wuffi?«, fragt er. »Was machen wir jetzt mit dir?«

Ich zucke mit den Schultern. Als Darian und die Mädchen vor der Tür aufgetaucht sind, war ich gerade dabei, die Wohnung zu verlassen. Ich könnte jetzt auf der Straße stehen, ich könnte in einer Stunde in meinem Bett liegen und die Zimmerdecke anstarren.

»Ich denke mal, ich geh nach Hause«, sage ich schwach und wie der geborene Feigling, der ich bin.

Wollmütze macht eine einladende Geste zur Wohnungstür. Ich soll an ihm vorbeigehen. Ich kann spüren, dass er mich niemals gehen lassen wird. Er weiß es, ich weiß es und deswegen rühre ich mich nicht von der Stelle. Der Fluchtgedanke ist groß, aber selbst wenn er mich gehen lassen würde, kann ich hier nicht weg. Ich bin zwar ein Feigling, ich bin eine Pfeife, aber ich bin kein Verräter. Stinke und Rute sitzen in dem Zimmer fest. Es wäre für mich der schlimmste Verrat, sie hier zurückzulassen. Ich habe ihnen Lupo untergejubelt, ich bin für all das hier verantwortlich, was auch immer all das hier ist.

Es klopft an der Wohnungstür.

Wollmütze zögert nicht und reißt sie mit einem Ruck auf. Ich hoffe auf Nachbarn, die sich beschweren, oder auf die Polizei, die aus Verdacht mal anklopft. Es sind die zwei Lederjacken, die Lupo und mich vor dem Hauseingang abgefangen haben. Unter ihren Armen haben sie Tüten von McDonald's und vor ihnen steht ein Mädchen. Sie ist blass im Gesicht und blutverschmiert, sie starrt an Wollmütze vorbei und hat nur Augen für mich, als wäre ich an allem schuld. Ich brauche einen Moment, bevor ich erkenne, wer sie ist.

NESSI

Er zeigt sich nach dem vierten Steinchen, das ich gegen die Scheibe werfe. Die Balkontür gleitet quietschend auf. Dieses Mal hat er keine Lichterkette um den Hals.

»Das ging aber flott«, sagt er.
»Sorry, aber ich brauche Hilfe.«
Ich zeige in Richtung Park.
»Meine Freundin ist in einem der Häuser verschwunden, denke ich zumindest.«
»Welches Haus?«
»Nummer 67.«
Er schüttelt den Kopf.
»Ich glaube nicht.«
»Nicht?«
»Da kommst du von der Parkseite aus nicht rein.«
»Oh.«

Mir ist zum Heulen, denn mehr als ein *Oh* fällt mir nicht ein. Ich wende mich ab. Ich weiß nicht, wohin, ich weiß nur, ich muss Taja finden. Wir können sie nicht schon wieder verlieren. Die Angst ist aus dem Nichts aufgetaucht und hat sich um meinen Hals geschlungen. Sie drückt mir die Luft ab, sodass ich keine Stimme mehr habe. Auch wenn ich es nicht will, fange ich an zu heulen.

»Oh nein«, höre ich den Typ sagen, dann gibt es einen dumpfen Aufprall und seine Stimme spricht direkt hinter mir weiter.
»He, so schlimm kann es nicht sein.«

Ich drehe mich um. Er muss von dem Balkon gesprungen sein. Das sind gute fünf Meter. Er ist barfuß und trägt Shorts und sieht aus, als hätte er bis eben auf dem Sofa gelegen. Ich bin so erleichtert, dass er vor mir steht, dass ich ihn umarmen möchte.

»Ich *muss* sie finden«, sage ich. »Taja hat eine furchtbare Woche hinter sich und kann nicht schon wieder verschwinden. Meine Freundinnen würden mich killen.«

Er nickt ein paarmal, als würde er über meine Worte nachdenken, dann schaut er zum Park.

»Eine Möglichkeit wäre es, durch die Tiefgarage reinzugehen«, sagt er. »Die Wohnblöcke hier sind unterirdisch miteinander verbunden. Wenn du in die 67 rein willst, wäre das der schnellste Weg. Warte, ich hol die Schlüssel.«

Bevor er sich abwenden kann, halte ich ihn am Arm zurück.

»Danke«, sage ich.

Er lächelt und reicht mir die Hand.

»Akim.«

»Nessi.«

Er lässt meine Hand wieder los.

»Nessi, rühr dich nicht von der Stelle.«

»Versprochen. Und du, zieh dir Schuhe an.«

Er schaut an sich herab und lacht.

Die Tiefgarage ist enorm. Sie ist eine ganz eigene Welt aus Betonpfeilern, Autodächern und flackernden Neonröhren. Ich kann kein Ende sehen. Wir bleiben vor einer Glastür stehen, die zu einer Treppe führt. Gegenüber ist ein Fahrstuhl. Auf dem Beton steht zwei Meter groß mit grüner Farbe geschrieben: 67.

»Fahrstuhl oder Treppe?«, fragt Akim.

»Treppe.

Er sieht mich schief an.

»Du misstraust Fahrstühlen?«

»Ich habe einen Schwur abgelegt.«

»Da bin ich aber gespannt.«

»Rute und ich nehmen keinen Fahrstuhl.«

»Weil?«

»Sonst eine von uns stirbt.«

»Ernsthaft jetzt?«
»Nein, wir machen es aus Prinzip.«
»Und was ist mit Rolltreppen?«
»Auch keine Rolltreppen. Wir sind da sehr strikt.«
»Ich verstehe.«
Er grinst und zieht die Tür zum Treppenhaus auf.
»In welches Stockwerk willst du?«, fragt er.
»Ins siebte.«
Akim lacht.
»Das wird ja ein Spaß«, sagt er und wir laufen los.

Er hat keinen Spruch gemacht, weil ich Fahrstühlen und Rolltreppen misstraue, und er ist nicht darüber hergezogen, weil ich sieben Stockwerke hochlaufen wollte. Ich glaube, ich könnte ihn fragen, ob er mich die Stufen hochträgt, und er würde es machen.

Im 7. Stockwerk angekommen, atmen wir schwer und verlassen das Treppenhaus. Wir stehen jetzt vor dem Fahrstuhl und plötzlich bin ich ratlos, was ich als Nächstes tun soll.

»Ich habe keine Ahnung, was ich jetzt tun soll«, sage ich.
»Wo wollte deine Freundin hin?«
Ich sehe nach links und rechts.
»7. Stockwerk. Mehr weiß ich nicht.«
»Hast du denn schon versucht, sie anzurufen?«
Ich betrachte Akim, als wäre er ein Genie, was auch daran liegt, dass ich eine Idiotin bin.
»Du bist nicht mal darauf gekommen, bei ihr durchzuklingeln?!«, fragt er überrascht.
»Ich ... Ich war so panisch«, gebe ich zu und nehme das Handy aus meiner Tasche und wähle Tajas Nummer.
Ihr Handy klingelt in meiner Tasche.
»Upps«, sage ich und unterbreche die Verbindung und wähle Schnappis Nummer.

SCHNAPPI

Der Fahrstuhl hält im Erdgeschoss und steht still. Ich bin aus Stein gehauen. Ich hocke nicht mehr auf dem Boden, ich lehne an der Wand und sehe in den Spiegel und sehe schnell weg, denn das bin nicht mehr ich. Die Türen öffnen sich, nach einer Weile schließen sie sich wieder. Ich vermeide es, erneut in den Spiegel zu sehen. Mir ist kalt, mir ist warm, ich atme zu schnell und starre auf die geschlossenen Türen und weiß, wie mein Leben weitergehen wird – gleich öffnen sich die Türen, gleich stehen meine Mädchen davor und sind bereit, mit mir um die Häuser zu ziehen. Rute wird Klamotten dabeihaben und sagen: *So kannst du ja nicht rumlaufen, Schnappi.* Und dann werden wir von Club zu Club spazieren und Nessi und Stinke werden sich bei mir unterhaken und Taja wird uns auf die Tanzfläche führen und die Musik wird aus den Boxen und durch unsere Körper strömen und uns vibrieren lassen, als wäre Erdbeben in Berlin und wir sind die Ursache. Danach werden wir an der Bar stehen und Cocktails trinken, die nach Minze schmecken und unsere Augen zum Leuchten bringen. Rute wird ihr Glas heben, wir alle werden unser Glas heben und anstoßen und die Cocktails wegschlürfen und dabei laut gröhlen, als wären wir verrückt, sodass sich kein Junge in unsere Nähe wagt, so verrückt werden wir sein und dabei kein einziges Mal darüber reden, dass mich meine Mädchen in diesem Fahrstuhl gefunden haben. Keine von ihnen wird sagen: *Schnappi, du bist nicht mehr du.* Denn das ist das Schlimmste, was eine Freundin zu dir sagen kann. Und so werden wir den nächsten Tag zu einem Jahr machen, in dem wir immer sechzehn sind und es keine Fahrstühle mehr gibt, die sich schließen und einen allein lassen mit …

Schritte.
Dumpf und entfernt.
Sie kommen näher.
Eine Stimme sagt:
»Ich dachte, der Fahrstuhl geht nicht.«
Eine andere Stimme sagt:
»Er geht wohl doch.«
Es sind nicht die Stimmen meiner Mädchen.

Ich höre ein Klacken, jemand hat den Fahrstuhlknopf gedrückt, jemand will rein, im nächsten Moment gleiten die Türen auf und zwei Typen in Lederjacken stehen davor. Jeder hält eine Papiertüte von McDonald's im Arm, in der anderen Hand haben sie einen Milchshake, aus dem ein Strohhalm rausragt. Als sie mich sehen, weichen sie erschrocken zurück. Dem Typen links rutscht die Papiertüte aus der Armbeuge und landet auf dem Boden.

»Wer … Wer bist du denn?«, fragt er.

»Lass die Flasche fallen«, sagt der andere Typ und klingt dabei hysterisch. »Los, lass die Flasche fallen!«

Ich will ihm sagen, dass das keine Flasche ist, sondern nur ein Flaschenhals, dann denke ich: *Schnappi, du hast echt andere Probleme.* Der Flaschenhals rutscht mir aus der Hand und zerbricht auf dem Boden. Ich wünschte, die Türen würde sich schließen und nie wieder aufgehen.

»Mensch, Mädchen, wie siehst du überhaupt aus?«, fragt der eine Typ.

Der andere reckt den Hals, um besser in den Fahrstuhl zu schauen.

»Was ist dir passiert, dass du …«

Er spricht nicht zu Ende.

Er hat mehr gesehen, als er wollte.

Er weicht wieder zurück.

Der Milchshake in seiner Hand beginnt zu zittern.

Ich weiß, er wird ihn gleich fallen lassen.
Er lässt ihn fallen.

Sie nehmen nicht den Fahrstuhl, denn sie wollen sich ihre Schuhe nicht noch mehr einsauen. Es reicht, dass ihnen pinkfarbene Spritzer von dem Milchshake bis zu den Knien hochreichen. Sie lassen mich vorgehen und folgen mir die Treppe hoch. Sie führen mich zu der Wohnung im 7. Stock, vor der ich eben noch mit Rute und Stinke gestanden habe.

Sie klopfen.

Ich denke nicht. Ich bin nicht mehr. Ich bin wie ein Lied, das man zu oft kopiert hat. Am Ende ist da nur Rauschen.

Ein Typ mit roter Wollmütze reißt die Tür auf. Mirko steht hinter ihm und sieht mich an, als hätte er mich noch nie gesehen.

»Scheiße, wo habt ihr denn die aufgegabelt?«, fragt Wollmütze.
»Sie war im Fahrstuhl.«
»Ich dachte, der ist kaputt.«
»Dachten wir auch.«
»Und Lupo?«

Die zwei Typen wechseln einen Blick.

»Der ... der ist noch im Fahrstuhl«, sagt der eine halblaut.

Wollmütze fragt nicht weiter nach. Er packt mich am Arm und zieht mich in die Wohnung, er reißt mir den Rucksack von der Schulter und lässt ihn auf den Boden fallen. Ich wusste, dass das passiert. Ich wusste, wohin mich die Typen bringen. Niemand soll im Nachhinein behaupten, Schnappi wäre nicht vorbereitet gewesen.

Wollmütze schiebt mich an Mirko vorbei den Flur runter in eines der Zimmer. Er stößt mich rein und brüllt was, dann entfernen sich seine Schritte und die Zimmertür fällt hinter ihm zu. Ich bin willenlos und lasse es geschehen. Es stinkt hier nach nassen Lappen und Zigarettenrauch. Das Zimmer ist vollkommen ohne Möbel. Vor dem einzigen Fenster hängen halbdurchsichtige Gardinen und von der Decke baumelt eine Lampe, die an eine faulige Avocado erinnert. Eine Tür führt in ein winziges Badezimmer ohne Fenster. Sie steht halboffen und ich sehe ein Klo und eine Dusche. Ich sehe das alles und noch viel mehr, ich versuche aber nicht zu sehen, was mir am meisten Sorgen macht – Stinke und Rute stehen vor dem Fenster und starren mich an.

Und ich denke: *Sie erkennen mich nicht.*

Und ich denke: *Gleich fragen sie, wer ich bin.*

»Süße, was ist dir denn passiert?«, fragt Rute.

»Weißt du, wie du aussiehst?«, fragt Stinke.

Ich schau an mir herab.

»Shit«, sage ich und schaue wieder auf und sage so leise, dass ich es kaum selbst höre: »Ich bin ich.«

»Wer willst du sonst sein?«, fragt Stinke, ohne dabei zu lachen.

»Du bist für immer Schnappi«, sagt Rute.

»Leb damit«, schiebt Stinke hinterher.

Es ist die schönste Aussage, die ich jemals gehört habe.

Leb damit.

Rute tritt an mich heran, sie wagt es aber noch nicht, mich zu berühren. Ich kann sehen, wie die Wut in ihr hochsteigt und ihre Wangen rot färbt.

»War das Lupo?«, fragt sie

Ich nicke, ja, das war Lupo.

Auch Stinke kommt näher.

»Schnappi ...«

Rute legt mir eine Hand auf die Wange.

»... wo genau bist du verletzt?«

Sie will die Hand wegnehmen, aber ihre Finger kleben an dem Blut fest. Es fühlt sich an, als würde sie ein Pflaster von meinem Gesicht abziehen. Ich wünschte, ihre Hand würde für immer auf meiner Wange bleiben.

»Das ist nicht mein Blut«, sage ich.
»Ich will nicht darüber reden«, sage ich.
Und ich sage auch:
»Nicht jetzt und nicht später.«

Im Bad wasche ich mir das Blut vom Gesicht und den Händen. Meine Klamotten werde ich nicht retten können, da hat kein Fleckenentferner eine Chance, dabei mochte ich das T-Shirt sehr. Ich trockne mir das Gesicht mit Klopapier ab, die Handtücher will ich nicht benutzen, wer weiß, wer die schon unter seinen Achseln hatte. Als ich das Bad verlasse, haben sich meine Mädchen keinen Millimeter von der Stelle gerührt.
»Was ist?«, frage ich.
»Drehst du uns jetzt durch?«, fragt Stinke zurück.
»Nee, keine Sorge, ich bin doch ich.«
Rute breitet die Arme aus.
»Dann komm mal her.«
Und ich falle in ihre offenen Arme, als wären sie eine Wanne randvoll mit Schaum.
»Ich umarme dich erst, wenn du kein Blut mehr auf den Klamotten hast«, sagt Stinke und umarmt mich dann doch, und da stehen wir dann im ekligsten Zimmer der Welt und halten uns zu dritt fest und könnten auch Hunderte von Kilometern entfernt sein. Auf einem Strand an der Ostsee oder lass es Norwegen sein, denn da wollten wir schon immer hin.
Zwei Minuten vergehen, die sich wie zwei Jahre anfühlen.
»Wir müssen hier schnell raus«, stellt Stinke schließlich fest.
Sie löst als Erste die Umarmung.
Auch Rute lässt mich los.
Es ist gut so, ich bin wieder stark.

Der Flur ist verlassen. Aus dem Nebenzimmer hören wir Stimmen und laute Musik. Das Wummern eines Basses, das Kreischen einer Sängerin. Die Tür ist blau angestrichen und passt überhaupt nicht in die Wohnung. Sie müsste kackbraun sein. Wir schleichen an ihr vorbei zur Wohnungstür und Stinke kichert plötzlich los, weil es so einfach scheint.

Die Wohnungstür ist natürlich verschlossen.

Wir stehen da und lehnen uns dagegen. Die Verzweiflung kommt und kratzt an unseren Seelen.

»Mädchen, wir heulen jetzt nicht los«, sagt Rute.

Wir hören auf sie und schleichen zurück, vorbei an der blauen Tür und weiter den Flur runter.

»Hier rein«, flüstert Stinke.

»Super«, sage ich und sehe mich um, »jetzt sind wir also in der Küche.«

»Besser, als in irgendeinem stinkenden Zimmer festzuhängen«, sagt Stinke und zieht Schubladen auf und kramt herum. »Außerdem finden wir hier bestimmt Waffen.«

»Was bist du jetzt?«, fragt Rute. »Eine Amazone oder so was?«

»Oder so was«, erwidert Stinke. »Ich habe auf jeden Fall keine Lust, mit bloßen Händen gegen diese Idioten anzutreten. Ihr etwa?«

Wir ziehen alle Schubladen auf und öffnen die Schränke. Unsere Ausbeute ist nicht groß. Wer auch immer hier lebt, hält wenig vom Kochen. Aber er mag Konserven. Wir finden neun Dosenöffner, eine Menge Gabeln und Löffel und stumpfe Buttermesser, die sich bei Druck verbiegen. Ich fühle mich überdreht und gleichzeitig wie in einem Traum. Alles wirkt unecht – wie wir hier rumschleichen und flüstern, wie wir in einer Wohnung sieben Stockwerke über dem Boden festhängen und nicht rauskommen.

Wir entdecken einen Haartrimmer und ein Brotmesser.

»Ich nehme den«, sage ich.

Der Korkenzieher ist so groß wie meine Hand, also echt nicht groß.

»Damit bedrohst du doch niemanden«, sagt Stinke.

»Ich will auch niemanden bedrohen, ich will mich schützen.«

»Dann nimm das Brotmesser, ich nehme deinen blöden Korkenzieher.«

Wir tauschen die Waffen.

»Schaut mal hier«, sagt Rute.

Die Schublade ist voll mit Ausweisen. Wir blättern sie auf. Sie gehören durchweg Frauen und keine von ihnen ist älter als zwanzig. Nur ein Ausweis gehört einer Deutschen.

»Zumindest wissen wir jetzt, dass Alex definitiv hier war«, sage ich und betrachte ihr Foto. Zahnspange und Mittelscheitel. Nichts deutet darauf hin, dass dieses Mädchen eines Tages ein Tattoo auf dem Unterarm und ein Piercing in der Oberlippe haben wird, wie auch nichts darauf hindeutet, dass sie irgendwann auf den Strich gehen und einfach so verschwinden wird.

»Glaubt ihr, Alex und die Frauen sind in den anderen Zimmern?«

»Wir können ja mal schauen«, sagt Stinke. »Zwei Türen haben wir noch.«

»Ihr verdammten Schlampen!«, sagt eine Stimme hinter uns.

Wir schrecken zusammen und lassen die Ausweise fallen.

Wollmütze steht im Türrahmen der Küche und ist fassungslos, dass wir nicht in dem Zimmer geblieben sind. Er wird noch ein wenig fassungsloser, als Stinke mit dem Korkenzieher in der Hand zum Angriff übergeht. Sie kommt drei Schritte weit, da reißt Wollmütze sein Gewehr vom Rücken und richtet es auf sie. Der Schuss ist so laut, dass es in meinen Ohren klingelt. Rute und ich ducken uns. Stinke lässt den Korkenzieher fallen und schaut erschrocken auf das blutige Loch in ihrer Hand.

Wollmütze dreht durch.

Er drischt mit dem Gewehrkolben auf uns ein, packt uns an den Haaren und schleift uns wieder in das Zimmer zurück. Wir sind vollkommen perplex. Er brüllt, er würde es uns zeigen, was wir denn wohl denken, wer er sei. Er rast wie ein Tsunami über uns hinweg und wir können uns nur ducken und gehorchen. Zurück im Zimmer, müssen wir uns mit den Bäuchen auf den Boden legen und da liegen wir dann, während Wollmütze laut meckernd rausrennt und die Tür hinter sich zuwirft.

Es macht zweimal klack und wir sind eingeschlossen.

»Aua, meine Hand!«, jammert Stinke los.

Und dann hustet mein Cousin.

»Du hast noch dein Handy?«, zischt Rute.

»Denkst du echt, ich geb mein Handy her?«, frage ich zurück.

Mein Cousin hustet ein zweites Mal. Ich wage es nicht, mich aufzusetzen, also lege ich mich auf die Seite und mache spitze Finger, um das Handy aus meinem Slip zu fischen. Wie ich schon sagte, niemand soll im Nachhinein behaupten, ich wäre nicht vorbereitet. Kaum hatten mich die Typen aus dem Fahrstuhl geholt, habe ich mein Handy sicher verstaut.

Auf dem Display grinst mich Nessis Foto an.

»Es ist Nessi«, flüster ich.

Mein Cousin hustet erneut.

»Geh schon ran!«, pfeift mich Rute an.

»Jaja, mach mal keinen Terror«, sage ich und drücke mir das Handy ans Ohr und kann spüren, wie ich mehr und mehr ich werde, wie das Vergessen mich zurechtgeklopft hat, als wäre ich ein Schnitzel, das in die Pfanne soll.

»He, Nessi«, sage ich halblaut.

»Wo seid ihr?«, fragt sie.

»In der Wohnung.«

»Und Taja?«

»Was soll mit Taja sein?«

»Ist sie bei euch?«

»Nee, sie war doch bei dir, als wir---«

»Schnappi, Taja ist abgehauen.«

»Was?!«

»Ich habe keine Ahnung, wo sie ist, eben war sie noch da und dann---«

»Nessi, beruhige dich mal.«

»Ich *bin* ruhig.«

»Du klingst, als wärst du schwanger.«

»Hahaha«, macht Nessi.

»Stinke lacht auch«, sage ich.

»Schnappi lügt«, knurrt Stinke.

»Okay, ich lüge«, gebe ich zu. »Stinke kann nicht lachen, denn sie hat ein Loch in der Hand.«

»Sie hat *was*?!«

»Mach mal auf laut«, sagt Rute.

Ich leg das Handy auf den Teppich und mache auf laut.

»Nessi, wo steckst du?«, will Rute wissen.

»Im Haus.«

»In welchem Haus?«

»Ich bin euch gefolgt.«

»Du bist *was*?!«

»Was sollte ich denn machen? Taja ist abgehauen und ich war voller Panik.«

»Frag sie, wo wir klingeln sollen«, sagt eine Stimme aus dem Hintergrund.

»Wer ist denn das?«, fragt Rute.

»Er heißt Akim und ist supernett. Er hat mich in das Haus reingebracht, und wenn ihr mir sagt, wo ich euch finden kann, dann---«

»Nessi, mach, dass du wegkommst«, unterbricht Stinke sie.

»Was?! Wieso denn das?«

»Weil ich das sage.«

»Aber ...«

Ich habe genau vor Augen, wie Nessi die Augen zukneift.

»... ich geh hier nicht weg. Ich bin doch schon im 7. Stock, ich stehe direkt vor dem Fahrstuhl. Wo seid ihr?«

»Nessi, du darfst nicht herkommen«, sagt Rute.

»Wieso nicht?«

»Hat dein neuer Kumpel vielleicht ein Maschinengewehr?«

»Nee, wieso?«

»Weil hier lauter irre Typen herumhängen.«

»Und sie haben Knarren«, schiebt Stinke hinterher.

»Hahaha«, macht Nessi wieder.

»Nee, nischt mit *hahaha*«, mische ich mich ein. «Sie haben uns eingesperrt, Nessi, wir liegen hier mit dem Bauch auf dem Boden, als wären wir Geiseln.«

Meine Worte lassen die Süße eine ganze Minute lang schweigen, dann platzt es aus ihr heraus:

»Ach, du meine Kacke!«

»Da sagst du was.«

»Aber was ist denn mit Lupo und---«

»Vergiss Lupo«, unterbreche ich sie scharf.

»Aber ... was tue ich jetzt?«

»Mach, das du wegkommst.«

»Ich lass euch doch nicht im Stich!«, regt sich Nessi auf.

»Süße, bitte, verzieh dich.«

Nessi hört mich nicht.

»Ich brüll das Haus zusammen, wenn ihr mir nicht sagt, wo ihr seid!«

Rute wechselt einen Blick mit mir und sagt dann zu Nessi:

»Wenn ich dir verrate, wo wir sind, versprichst du mir, dass du vorher die Polizei anrufst?«

Nessi zögert gute drei Sekunden zu lang mit ihrer Antwort:

»Okay.«

»Schwör es!«

»Ich schwöre es.«

»Sie lügt«, flüster ich Rute zu.

»Schnappi, ich kann dich flüstern hören«, sagt Nessi. »Und ich lüge nicht!«

»Gut«, sagt Rute, »ich glaube dir. Nimm vom Fahrstuhl aus den linken Flur. Wenn du um die Biegung kommst, ist es die erste Tür auf der linken Seite, aber – und das ist ein dickes Aber mit Soße obendrauf – ruf vorher die Polizei an, hörst du?«

»Warum macht ihr das nicht selbst?«, fragt Nessi zurück.

Rute sieht mich verblüfft an, ich kicher los, auch Stinke kichert, wir Mädchen können manchmal so dumm sein, dass es dümmer nicht geht. Wir wollen Nessi gerade sagen, dass wir die Polizei selbst anrufen werden, da schaltet Rute das Handy aus und schiebt es mir über den Teppich zu.

Der Boden bebt, Schritte kommen näher.

Ich lasse das Handy verschwinden und in der nächsten Sekunden klackt es zweimal und Wollmütze stürmt in das Zimmer. Wir drei liegen da wie zuvor. Opfer durch und durch. Der Typ hat nur ein Ziel. Er hockt sich vor mich hin und betrachtet mich, als wollte er sichergehen, wer ich bin. Es fühlt sich an, als würde ich nackig unter einem Mikroskop liegen. Ich wage es nicht, aufzuschauen.

»Sieh mich an«, verlangt er.

Ich schiele hoch. Er schreit los:

»LUPO WAR MEIN KUMPEL, DU SAU, ER WAR MIR WIE … WIE EIN BRUDER!«

Und ich schiele weiter zu ihm hoch und kann meine Klappe einfach nicht halten.

»Du siehst aber nicht sehr mongolisch aus«, sage ich.

Seine Augen treten hervor, sein Gesicht läuft rot an. Er glaubt nicht, was er da hört. Er schwebt wie ein Geier über mir und streift das Gewehr von seiner Schulter, dann drückt er mir den Lauf an die Stirn, sodass nichts mehr in diesem Zimmer übrig bleibt, sodass sich alles auflöst und verschwindet, außer seinem schweren Atmen über mir und meinem lauten Herzen in mir und dem Gefühl von Metall auf der Haut und der Erinnerung an Lupo und wie er den Fahrstuhl betritt und die Türen sich hinter ihm schließen. Immer hat er dieses Lächeln im Gesicht, immer diese Zuversicht. Dann entdeckt Lupo den Flaschenhals in meiner Hand, den ich wie eine Fackel nach vorne halte, sodass er ihn echt nicht übersehen kann, aber Lupo lacht nur, er lacht mich einfach aus und fragt, ob ich denke, so eine Scherbe würde ihn aufhalten. Ich denke nicht, ich bin einfach nur in die Ecke des Fahrstuhls gepresst und brauche keine Denke, denn über mir ragt dieser Berg auf und begräbt mich unter sich und seine Hände sind überall und packen mich an den Schultern und finden meinen Hals und zerren an meinem Kopf, als wollten sie ihn abreißen, also kreische ich los, also steche ich zu und spüre seine Haut nachgeben und dann regnet Blut auf mich herab und Lupo schiebt mich weg von sich und hält sich die Kehle und lächelt nicht mehr und ist auch nicht mehr zuversichtlich, sondern sinkt mir gegenüber gegen die Fahrstuhlwand und sieht mich an und sieht mich an und sieht mich an, als hätte ich ihn beleidigt, während seine Bewegungen langsamer und langsamer werden. Und genau da hört die Erinnerung auf und wird zur Gegenwart, und für einen Moment wünsche ich mir, Wollmütze würde abdrücken, denn dann würde diese Erinnerung für immer verschwinden und ich wäre frei und müsste sie nie mehr durchleben.

Wollmütze hat keine Gnade mit mir.

»Du bist nicht mal eine Kugel wert«, sagt er und richtet sich wieder auf.

Und steht einfach nur da und schaut auf mich herab.

»Du denkst, du bist unantastbar? Ihr denkt das alle, nicht wahr?«

Er hebt den rechten Fuß.

Und jetzt tritt er mich tot.

Er drückt mir den Stiefel aufs Gesicht.

»Wie schmeckt dir das, hm? Wie unantastbar fühlst du dich jetzt?«

Meine rechte Wange wird in den Teppich gepresst.

»Na, fängst du an zu heulen?«

Mein Mund geht auf. Wahrscheinlich sehe ich aus wie ein Guppi.

»Sag schon, wie fühlt sich das an?«

»Löck müsch.«

»Was?! Ich versteh dich nicht.«

Wollmütze hebt den Stiefel an.

»Ich sagte, leck mich«, wiederhole ich.

Wollmütze setzt seinen Fuß auf meinen Rücken. Er presst mir die Luft aus den Lungen und kann einfach nicht die Klappe halten.

»Wisst ihr, was wir mit euch machen werden, wenn das alles vorbei ist?«

Keine von uns will die Antwort hören.

»Wir werden euch verschicken. Urlaub in Bulgarien oder vielleicht gleich direkt nach Abu Dhabi, was meint ihr? In der Wüste brauchen sie immer Frischfleisch. Dort wird es euch gefallen. Da werdet ihr nie wieder wegwollen.«

Er lacht auf, als hätte er einen grandiosen Witz gemacht.

»Wenn ich erstmal---«

»Hey«, unterbricht ihn eine Stimme.

Wollmütze schaut auf, Mirko steht im Türrahmen.

»Ich ... ich soll dir sagen, es geht gleich los«, sagt er.

»Na endlich.«

Wollmütze verstärkt den Druck auf meinen Rücken.

»Und wehe, ihr rührt euch!«

Er verlässt mit Mirko das Zimmer und verriegelt die Tür hinter sich.

STINKE

Und so schließt sich der Kreis.
Und so liegen wir auf diesem stinkenden Teppich und können uns nicht rühren.
Sechsunddreißig Stunden sind vergangen, seitdem wir auf die Idee gekommen sind, Alex mal so eben aus diesem Plattenbau zu befreien. Ich habe dir das schon einmal gesagt, ich sage es nochmal: In sechsunddreißig Stunden kann nichts passieren oder es passiert alles auf einmal und du wirst von der Zeit überrollt wie von einem Panzer.
Genau das ist uns passiert. Wir wurden überrollt und liegen jetzt platt auf diesem stinkenden Teppichboden, und ich denke, du kapierst jetzt, warum ich dir das alles nicht sofort erzählt habe: Ohne meine große Klappe wäre es nie so weit gekommen.

Schnappi liegt auf der einen Seite und starrt mich an, als wäre sie schon zweimal gestorben, Rute liegt auf der andere Seite und ihre Augen sind ein eiskaltes Feuer, und wenn ich nach vorne sehe, liegt da meine Hand und hat ein Loch, aus dem träge Blut fließt. Es gibt keine schönen Worte dafür: Wir stecken wirklich fest.
Und Nessi steht jetzt im Hausflur vor der Wohnungstür und hat hoffentlich die Polizei angerufen.
Und Taja ist mal wieder verschwunden.
Und du liest das und denkst: *Oje.*
Du Oma, du.
Es gibt Schlimmeres, lass dir das gesagt sein.
Zum Beispiel so was wie ein Loch in der Hand.
»Mädchen, meine Hand macht mich fertig!«, jammer ich und setze mich auf.

Rute kommt an meine Seite und dreht meine Hand hin und her, als wollte sie sehen, wo das Loch ist. *Biste blind?*, will ich fragen, da verschwindet Rute ins Badezimmer und kommt mit einem Handtuch zurück.

»Nessi könnte das bestimmt besser machen«, sagt sie und reißt das Handtuch in Streifen. »Schnappi, halt mal ihren Arm still.«

Schnappi packt meinen Arm und Rute umwickelt meine Hand mit dem Handtuch. Zweimal zucke ich zurück und will ihr eine runterhauen. Es ist ganz gut, dass mich Schnappi gepackt hat. Rute zieht den Verband fest und das Blut braucht keine zehn Sekunden, da suppt es auch schon an zwei Stellen durch.

»Denkst du, das wird wieder?«, frage ich und versuche die Finger zu bewegen.

»Die Kugel hat keinen Knochen getroffen«, antwortet Rute, »sonst würde deine Hand anders aussehen.«

Schnappi lässt mich los.

»Ich dachte, der bläst mir den Kopf weg«, sagt sie.

»Und ich dachte, du reißt ihm die blöde Wollmütze runter und lässt sie ihn futtern«, sage ich.

Durch die Wand des Nebenzimmers hören wir Jubelschreie, jemand lässt einen Sektkorken knallen.

»Na toll«, sagt Schnappi, »wir sitzen hier fest und die machen Party.«

»Gib mir dein Handy«, sage ich. »Jetzt rufen wir die Bullen an und---«

»Mädchen«, unterbricht mich Rute, »da draußen gibt es ein Feuerwerk.«

Über die Fassade des gegenüberliegenden Plattenbaus flackern bunte Lichter. Wir schieben die Gardinen auf und sehen auf die Straße runter. Ich bekomme vor Schreck einen Schluckauf. Rute hat sich getäuscht. Es ist kein Feuerwerk.

»Wow«, sagt Schnappi, »das ging aber schnell.«

»Wenn Nessi was macht, dann macht sie es aber richtig«, sagt Rute anerkennend.

»Ich glaube, das da unten ist nicht Nessi gewesen«, sage ich.

»Wer dann?«, fragen Rute und Schnappi zugleich.

MIRKO

Ich bin ein Schluck Wasser. Ich war mal eine Kellerassel, aber jetzt bin ich nur noch ein Schluck Wasser, der im Flur herumsteht und nicht weiß, was er tun soll. Wollmütze hat die blutbeschmierte Schnappi den Flur runter und in das Zimmer geführt, danach ist er in der Küche verschwunden.

Und ich stehe da, und ich stehe da.

Die zwei Lederjacken tragen an mir vorbei die McDonald's-Tüten in das Zimmer mit der blauen Tür. Sie klopfen nicht, sie gehen einfach rein. Stimmengemurmel und Musik schwappen heraus, dann fällt die Tür wieder zu und und ich stehe noch immer da und weiß, ich muss die Wohnungstür nur aufziehen, dann bin ich weg.

»Mach Platz«, sagt Wollmütze.

Ich blinzel, ich habe keine Ahnung, wie er vor mir aufgetaucht ist. Er geht an mir vorbei, um die Wohnungstür abzuschließen. Den Schlüssel zieht er ab und verstaut ihn in seiner Tarnhose.

»Du hast deine Chance gehabt, Wuffi«, sagt er und schiebt mich auf die blaue Tür zu.

Das Zimmer ist im Halbdunkel, irgendein Technobeat hämmert aus den Boxen und die Luft stinkt nach Zigarren und Schweiß. Eine Gruppe von Männern steht vor einem großen Fenster und sieht raus. Außer Darian und Bebe kenne ich hier niemanden. Bebe hat einen Arm um Darians Schultern gelegt und ich kann sehen, wie angespannt mein Kumpel ist. Die Männer haben Ferngläser in den Händen oder um den Hals hängen, sie beobachten die Straße und lachen und stoßen einander an. Wodkaflaschen werden herumgereicht, Zigarrenspitzen glühen auf. Wollmütze schiebt sich nach vorne vor und ruft Bebe was ins Ohr. Bebe ruft zurück. Der Lärm ist furchtbar. Die Männer überbrüllen einander und starren auf die Straße, als ob das das Beste wäre, was man sich an einem Montagmorgen ansehen kann.

Die Straße ist vollkommen verlassen.

Ich weiß nicht, wie lange ich da stehe und rausstarre.

Ein Windzug trifft mich im Nacken. Ich dreh mich um, die blaue Tür wurde geöffnet und Wollmütze kommt herein. Er ist rot im Gesicht, ich habe nicht einmal mitbekommen, dass er rausgegangen ist.

»Wo ist Lupo?«, fragt er mich.

»Keine Ahnung«, sage ich.

Wollmütze schnappt sich die zwei Lederjacken und brüllt auf sie ein. Er wirkt völlig durchgeknallt – Augen weit, Mund halb offen. Vielleicht macht das die Chemotherapie, ich weiß es nicht, aber normal ist anders.

»Was?!«, brüllt er die Lederjacken an. »Was?!«

Er rennt aus dem Zimmer und knallt die Tür hinter sich zu.

»Die Kleine wird er sich jetzt aber vornehmen«, sagt die eine Lederjacke.

»Die macht er fertig«, sagt die andere.

Die zwei Typen bemerken, dass ich sie beobachte.

»Bedien dich, du Spacko!«, sagt der eine und zeigt nach rechts.

An der Wandseite sind Kisten gestapelt. Zwei davon stehen offen und sind mit weißen Päckchen angefüllt. Die Päckchen erinnern mich an die Mehlbeutel, die meine Mutter immer aus Slowenien mitbringt, wenn sie zu Weihnachten rüberfährt – direkt eingepackt vom Müller Sasa, auf dessen spezielles Weizenmehl meine Mutter in Deutschland nicht verzichten will, weil ihre *pivný chlieb* sonst nichts werden. Ich weiß, dass hier in Marzahn niemand vorhat, Bierbrot zu backen, so wie ich auch weiß, dass sich in den weißen Päckchen kein Mehl befindet. Ich wirke zwar manchmal so, aber ich bin nicht dumm. Neben den Kisten voller Drogen stehen Kübel mit Eis, aus denen Champagner- und Wodkaflaschen rausragen.

»Mach Platz.«

Ein Junge in meinem Alter schiebt mich zur Seite. Seine linke Wange ist voller Pickel, die Hose ist ohne Arsch und an seiner linken Hand sind mehr Ringe als Finger. Er schaut mich misstrauisch an und ich muss an ein Wiesel denken.

»Was glotzt du?«, fragt er.

»Ich glotze nicht«, sage ich.

»Marco, mach mal«, ruft einer der Männer.

Er schnappt sich drei Wodkaflaschen und bringt sie zum Fenster, nicht ohne mich vorher anzurempeln.

Niemand scheint mich zu beachten.

Es sind mehr als zehn Männer, sie haben nur Augen für die Straße. Ein fetter Kerl steht in der einen Zimmerecke und telefoniert. Seine kurzen Haare sind in die Stirn gekämmt, sodass er aussieht, als wäre er aus einer Klinik ausgebrochen.

Sie reden, sie lachen, sie schauen raus.

Ich wünschte mir, Darian würde sich umdrehen.

Dann ruft der fette Kerl irgendwas in den Raum, das ich nicht verstehen kann.

Alle werden mit einem Schlag still, nur die Musik hämmert weiter.

»Hol Robbie«, ruft mir Bebe zu.

Ich sehe ihn nur an.

»Bist du taub?«, will er wissen. »Hol Robbie her und sag ihm, es geht gleich los.«

Ich trete in den Flur. Ich wünschte, ich hätte eine Waffe. Die Zimmertür, hinter der die Mädchen verschwunden sind, steht offen. Ich sehe Wollmütze mit dem Fuß auf Schnappis Rücken. All meine Energie verschwindet, ich kann regelrecht spüren, wie der Mut meinen Körper durch den Scheitel verlässt und durch die Zimmerdecke verschwindet. Stinke starrt mich an. Auch sie liegt auf dem Boden. Ihre Hand blutet, ihre Augen sind flehend.

Tu was.

»Hey«, rutscht es mir raus.

Wollmütze schnellt herum.

Schlag ihn nieder.

»Ich ... ich soll dir sagen, es geht gleich los«, bringe ich hervor.

»Na endlich«, sagt Wollmütze und zischt den Mädchen zu: »Und wehe, ihr rührt euch!«

Er verlässt mit mir das Zimmer und verriegelt die Tür hinter sich.

Wir stehen alle am Fenster, keiner spricht, keiner brüllt. Wir sind aufgereiht, als würde es eine Gegenüberstellung geben. Die Musik hämmert und hämmert. Ich stehe in der zweiten Reihe und fühle mich wie der größte Versager, der je existiert hat. Ich komme gegen meine Feigheit nicht an. Sie macht mich zu einer Marionette, ich habe nichts zu sagen.

An den Schultern der Männer vorbei schaue ich auf die verlassene Straße und sehe die Autos kommen. Vier Einsatzwagen aus der einen, vier Einsatzwagen aus der anderen Richtung. Sie halten so, dass die Straße von beiden Seiten abgesperrt ist. Gute fünf Minuten stehen sie einfach nur da mit laufendem Motor und nichts weiter geschieht, dann gleiten die Türen auf und Polizisten in voller Montur steigen aus. Die Schrift auf ihren Rücken leuchtet weiß.

POLIZEI.

Ich habe so was noch nie live erlebt, es ist beeindruckend – keiner der Polizisten bewegt sich ungeschickt, keiner stolpert oder sieht sich um. Sie sind so was von fokussiert, dass ich spüre, wie mein Herz schneller schlägt. *Denen will ich nicht querkommen,* denke ich und im selben Moment beginnen die

Männer um mich herum zu tanzen. Sie werden laut, strecken die Arme hoch und umarmen einander, sie reißen die Champagnerflaschen aus den Kübeln und lassen die Korken knallen.

Ich kann sehen, dass Darian genauso ratlos ist wie ich.

»Was passiert hier?«, fragt er.

»Wir werden abgeholt!«, brüllt ihm Bebe zu.

Und alle brechen in Lachen aus.

Darian dreht sich um. Er ist kalkweiß im Gesicht. Er tritt auf mich zu, greift hinter sich und drückt mir seine Knarre in die Hand.

»Schaff sie weg«, sagt er.

»Was? Bist du irre?«

»Mirko, mach schon.«

»Ich fass das Ding nicht an!«

»Ich hab noch was gut bei dir«, erinnert er mich. »Also nimm das Scheißding. Wenn mich die Bullen damit erwischen ...«

Er spricht nicht weiter. Sein Blick wechselt von Panik zu Eis.

»Tu's«, sagt er.

Ich schiebe mir die Knarre in den Hosenbund. Meine Hose beginnt sofort zu rutschen.

»He, Darian, du verpasst alles!«, ruft Bebe.

Darian boxt mir gegen die Schulter und stellt sich wieder zu ihm.

»Jetzt sind wir am Arsch!«, ruft Bebe.

Die Männer lachen, sie heben Gläser und Flaschen und prosten dem Polizeieinsatz zu und brüllen im Chor:

»JETZT SIND WIR AM ARSCH!«

NEIL

Ich sitze im Einsatzwagen und bin Konzentration pur. Ich atme durch die Sturmhaube und höre und lausche und reagiere nicht. Noch bin ich kein Wir. Mein Kopf rebelliert, der Körper ist mit einem Schweißfilm bedeckt. Es ist Nacht, es sind 29 Grad und die Fenster innerhalb des Einsatzwagens sind von unserem Atem beschlagen. Keiner von uns spricht.

Ich wische eine Stelle am Fenster frei und schaue raus.

Die Straßen ziehen vorbei wie ein Gedanke, den man nicht greifen kann. Die Stadt ist dunkel und wirkt gefährlich. Ab und zu erklingt das Funkgerät aus der Fahrerkabine. Einsatzleiter Fink sagt was, wir nicken, einer von uns antwortet, ich gebe mir Mühe, nicht auf die Uhr zu sehen. Das Headset in meinem Ohr juckt. Ich kratze nicht, ich bleibe konzentriert und angespannt, ich bin nicht nervös. ich bin erwartungsvoll.

Anders als heute Morgen.

Nachdem ich Rüdiger und sein Auto kurz vor der polnischen Grenzen zurückgelassen hatte, brauchte ich über eine Stunde, ehe ich auf eine Landstraße traf. Zehn Minuten später hielt ein Ford Tourneo. In dem Wagen saßen neun Frauen, die täglich zwischen Polen und Deutschland pendelten, um in Berliner Büros zu putzen. Sie machten mir Platz und der Fahrer sagte, es würde fünfzehn Euro kosten. Ich reichte ihm zwei Zehner.

Sie ließen mich am Alexanderplatz raus.

Ich erwischte die erste S-Bahn und fuhr nach Hause. Mein Vater saß schon am Fenster und fragte, wo ich den Jaguar gelassen hätte und wo ich die ganze Nacht nur gewesen sei. Dann sah er meinen geschorenen Kopf und verstummte.

Ich nahm eine Dusche und rasierte mir die Stoppeln. Danach

lag ich auf dem Bett und begann mich zu sammeln. Ich wusste, ich hatte Mist gebaut, ich wusste, ich hatte Mist gebaut, ich wusste es, niemand musste es mir sagen.

Und ich hatte eine Entscheidung zu treffen.

Entweder wurde der gesamte Zugriff abgebrochen und die Arbeit von über einem halben Jahr war für die Katz. Oder niemand musste davon erfahren. Alles konnte bleiben, wie es vorher war, wenn ich mich zusammenriss.

Oder auch nicht.

Ich starrte an die Zimmerdecke.

Ich spürte meinen kahlen Kopf.

Ich traf eine Entscheidung.

Jetzt ist es so weit. Der Wechsel geschieht unmerklich.

Ich schaue nach links, sehe meine Kollegen an und verliere in diesem Moment mein Ich und werde zu einem Wir.

Alles ändert sich in dieser Sekunde.

Der Blickwinkel, die Reaktionen, das Denken.

Wir sind an den Absperrungen vorbeigefahren. Seit einer halben Stunde sind die umliegenden Straßen von der Schutzpolizei gesichert. Niemand kommt mehr rein, niemand kommt mehr raus. Noch sind wir unsichtbar.

Die Wagen halten vor dem Zielobjekt, wir warten, wir warten und warten, dann kommt der Befehl und wir steigen aus.

Wir haben es so oft geübt, dass wir für einen Moment verwirrt sind, nicht auf dem Übungsgelände zu stehen. Wir bewegen uns lautlos über den Bürgersteig auf das Haus zu. Es fühlt sich an, als würde ganz Marzahn von den unbeleuchteten Fenstern auf uns herabschauen. Wir fühlen uns beobachtet. Niemand von uns schaut auf. Fokus.

Wir begegnen keinem Menschen.

Der Sonntag ist zum Montag geworden. Es ist 1 Uhr 25.

Es ist an der Zeit.

NESSI

Die Verbindung wird mittendrin abgebrochen, ich starre auf mein Handy,

»Und?«, fragt Akim. »Wo sind deine Mädchen?«

»Den Flur runter«, sage ich, »nach der Biegung ist es die erste Tür links.«

Ich weiß, ich muss ihm von den bewaffneten Typen in der Wohnung erzählen, ich muss ihm auch sagen, dass ich Rute geschworen habe, dass ich die Polizei rufe, aber ich befürchte, dass Akim auf dem Absatz kehrtmacht, wenn er all das hört.

»Du hast keine Waffe dabei, oder?«, frage ich

»Eine Waffe?«

Akim lacht.

»Wozu brauche ich eine Waffe?«

»Nur so.«

Ich gehe den Flur runter, biege um die Ecke und bleibe vor der ersten Tür links stehen. Akim taucht neben mir auf.

»Jetzt mal ehrlich, wozu brauche ich eine Waffe?«

»Vielleicht wird es gefährlich«, sage ich.

Akim sieht mich so konzentriert an, dass ich die Schmetterlinge in meinem Bauch spüre.

»Gefährlich stört mich nicht«, sagte er und drückt den Klingelknopf.

Johanna Schubert steht auf dem Klingelschild.

Wir lauschen.

Niemand reagiert.

Akim hebt die Hand und will anklopfen, da erstarrt er in der Bewegung, weil ein lauter Knall durch den Plattenbau wandert und wie ein Donnergrollen nachklingt.

»Bombe?«, frage ich.

»Hoffentlich nicht«, sagt Akim.

Ich wünschte, die Wohnungstür würde aufgehen, ich wünschte, meine Mädchen wären da.

»Warte hier«, sagt Akim. »Ich schaue schnell nach, was das war.«

Ich denke nicht daran zu warten und folge ihm zum Fahrstuhl. Er zieht die Glastür zum Treppenhaus auf. Das Donnern ist verstummt, dafür hören wir das Stampfen von Stiefeln. Wir beugen uns über das Geländer und schauen runter.

Und da sind sie.

Schwarze Uniformen, Handschuhe, Helme, Waffen.

Sie sind erst im zweiten Stockwerk. Sie kommen näher. Es sind so viele, dass ich sie nicht zählen kann.

»Bullen«, sagt Akim.

Ich renne zum Fahrstuhl und schlage auf den Knopf.

»Nessi, was tust du?«

»Ich dachte---«

»Vergiss den Fahrstuhl.«

Akim nimmt mich bei der Hand und ich stelle mir vor, wie wir die Wohnung von Johanna Schubert auftreten und meine Mädchen finden und uns verstecken. Dann denke ich: *Warum willst du dich verstecken? Du hast nichts getan.* Und dann denke ich: *Du musst nichts getan haben, denn wenn du der Polizei mitten im Einsatz über den Weg läufst, ist es egal, weswegen du hier bist, die nehmen dich fest.*

Ich habe keine Ahnung, woher diese Furcht kommt. Vielleicht aus irgendwelchen Reportagen. Meine Mädchen denken genauso. Wir weichen der Polizei immer aus und wechseln sogar die Straßenseite, wenn wir sie kommen sehen. Ganz besonders, wenn so ein Einsatztrupp vermummt ist und fiese Sturmhauben aufhat. Das sind dann keine Menschen mehr, das sind dann Maschinen, die immer was von einem wollen. Ob schuldig oder nicht.

Akim zieht mich in den Hausflur.
Das Hämmern der Stiefel kommt näher und näher.
Wir rennen die Treppe rauf.

Nach fünf Stockwerken schnappe ich nach Luft.
»Wie ... wie viele sind es noch?«
»Frag nicht.«
Ich lehn mich an die Wand.
»Akim, wie viele Stockwerke sind es noch?«
»Neun.«
»Was?! Niemals, das schaffe ich ...«
Er drückt mir die Hand auf den Mund.
»Wenn ich es schaffe, dann schaffst du es auch«, sagt er.

NEIL

Das ist die Mathematik – 21 Etagen und 260 Wohnungen, 1 Aufzug, 1 Treppenhaus, 1 Tiefgarage.

Auch das ist die Mathematik – im 7. Stockwerk erwarten uns 12 Wohnungen, 9 Zielobjekte, 16–20 Mädchen/Frauen und 2 Bullterrier.

Von unserer Seite kommen dazu – 8 Einsatzwagen, 48 Kollegen von der MEK, 8 Kollegen von der Kripo, 37 Schutzpolizisten, 2 Krankenwagen, 1 Feuerwehrwagen, 6 Motorräder.

Wir betreten den Plattenbau durch den Hauseingang.

Wir sind fließende Bewegungen und das Rascheln von Kleidung. Fast jeder von uns atmet durch die Nase, wir haben den Vordermann im Blick, wir lassen uns nicht ablenken. Die Funkverbindung steht, jeder von uns ist mit einem Headset ausgerüstet, keiner spricht. Die Sturmgewehre in unseren Händen sind so selbstverständlich, dass wir sie kaum spüren. Sie sind ein Teil von uns, wir sind ein Teil von ihnen.

Wir rennen das Treppenhaus hoch.

Sieben Stockwerke in voller Montur.

Wir kommen kein einziges Mal ins Straucheln.

Wir zögern nicht, denn wir wissen, was uns erwartet.

Im 7. Stockwerk ist es still.

Kein Nachbar schaut raus, niemand beschwert sich, dass wir die Eingangstür aufgebrochen haben. Der Flur und der Schnitt der Wohnungen sind uns von Lageplänen her bekannt. Über das letzte Jahr wurde das gesamte Stockwerk von Bebec Verraki und seinen Männern aufgekauft. Unseren Zielpersonen gehören alle zwölf Wohnungen, aber natürlich nicht namentlich. Es ist immer eine Organisation dahinter. Import/Export. Der übliche Unsinn, der schon vom Titel her vollkommen falsch klingt. Doch wenn niemand hinschaut, sieht es auch niemand.

Uns hat eine Tote hergeführt.

Einundzwanzig Jahre alt. Ankica Barnum. Sie wurde erwürgt am Ufer des Rummelberger Sees gefunden. Ihre Schwester hat zwei Tage zuvor eine Anzeige gemacht, sie wusste, dass sich Ankica zuletzt in diesem Hochhaus aufgehalten hat: Nummer 67.

Das ist jetzt ein Dreivierteljahr her.

Die Mühlen der Justiz mahlen langsam, besonders, wenn es um organisiertes Verbrechen geht. Wir arbeiten seitdem täglich an diesem Einsatz. Wir haben nicht nur Fotos von den Zielpersonen, wir haben auch Fotos von den Frauen, die hier gefangen gehalten werden, selbst von den Bullterriern gibt es Aufnahmen.

Wissen ist Macht.

Dabei ist dieser Zugriff heute nicht der einzige. Wir denken groß. Wir zupfen kein Unkraut. Wir sorgen dafür, dass das Verbrechen entwurzelt wird. In diesen Minuten finden in vier anderen Großstädten die gleichen Zugriffe statt. Köln, Stuttgart, Hamburg und Hannover. Dieselbe Organisation, dasselbe Vorgehen. Wenn wir nicht zeitgleich eingreifen, werden die anderen Häuser gewarnt. Das Timing muss stimmen. Alles muss stimmen.

Wir postieren uns und warten auf das Signal.

Es ist still um uns herum.

Alle im Haus scheinen zu schlafen.

Der Zugriff wird freigegeben.

Zwölf Türen. Drei Mann pro Tür.

Wir hämmern gegen jede einzelne, es klingt wie ein einzelnes dröhnendes Hämmern. Wir sind immer laut.

»POLIZEI, HÄNDE HOCH! NEHMEN SIE DIE HÄNDE HOCH, POLIZEI!«

Wir rufen nicht, wir brüllen, denn wir machen Angst, wir schüchtern ein, wir sind so präsent, dass man sich ducken muss, wir verlangen Respekt. Jede Spur von Schwäche kann uns schaden. Niemand darf uns schaden. Wir lassen keine Diskussionen zu, wir verlangen Kapitulation, hier und jetzt und sofort.

Wir brechen die Türen auf.

Und stürmen rein.
Und stürmen rein.

Durch die Wände hindurch hören wir Blendgranaten hochgehen. Der dumpfe Laut der Explosionen und dann die Stimmen der Kollegen. Das hier ist kein Spaziergang, das ist ein Spurt, und wer zögert, verliert innerhalb von einer halben Sekunde seinen Fokus und ist raus.

Mein Team setzt keine Blendgranate ein.

Wir teilen uns auf und bewegen uns durch die Zimmer.

Die Wohnung fühlt sich an wie eine Falle.

Es stinkt nach Lufterfrischer und der gebrauchten Luft eines Staubsaugers.

Wir schauen unter die Betten und finden nicht einmal Wollmäuse. Keine heruntergefallenen Haarspangen, kein einziges Haar und kein Hinweis, wer bis eben in diesen Zimmern gefangen gehalten und vergewaltigt wurde. In den Schränken hängt keine Kleidung, in den Ecken stehen keine Koffer, der Boden in der Dusche ist trocken, es gibt nicht einmal Toilettenpapier. Der einzige Hinweis, dass hier jemand gelebt hat, sind vier Reißnägel an einer Wand. Was auch immer dort für ein Poster gehangen hat, es wurde grob heruntergerissen und nur Papierfetzen sind zurückgeblieben.

Keine Mädchen, keine Frauen, keine einzige Zielperson.

Wir denken, wir sind hier falsch.

Wir wissen, wir sind hier richtig.

Die Enttäuschung breitet sich aus wie eine Druckwelle. Wir spüren, wie sie das ganze Stockwerk entlangwandert und jeden von uns durchflutet. Aus der Enttäuschung wird nackte Frustration. Wir treten zurück in den Hausflur und schauen nach links und rechts. Wir sehen unsere Kollegen die anderen Wohnungen verlassen. Ihre Blicke begegnen unseren Blicken. Es ist gut, dass niemand durch die Sturmhauben die Mimik des anderen sieht. Die Blicke genügen. Überall dasselbe Kopfschütteln. Keine Opfer, keine Zielperson, nicht einmal die Hunde haben wir gefunden.

Wir stehen unter enormem Druck.

Über das Headset erfahren wir, dass der Eingriff abgebrochen ist.

Es ist wie ein Sturz.

Das Wir löst sich langsam wieder auf.

Ich atme durch die Nase und wünschte, ich könnte irgendeine Regung zeigen.

Ein Kollege winkt mich zu sich.

Ich gehe den Flur runter, er wartet vor einer der Wohnungen auf mich.

»Wir haben ein Problem.«

Ich trete ein.

Vier meiner Kollegen stehen in dem Wohnzimmer, das zur Straße rausgeht. Sie sind nicht allein. Auf einem Stuhl ist eine Sexpuppe platziert. Sie starrt mich an, ihr Mund ist ein O, ihr Blick auf die Zimmerdecke gerichtet und zwischen ihren Beinen ragt ein flaches Stück Plastik heraus.

»Wir haben nichts angefasst«, höre ich den einen Kollegen sagen.

»Wir wollten, dass du es selbst siehst«, sagt ein anderer.

Ich kann spüren, wie sie mich beobachten.

Ich kann spüren, wie wir alle beobachtet werden.

In dem Hochhaus gegenüber stehen die Mieter jetzt auf den Balkonen und an den Fenstern. Die Gaffer sind erwacht und sie sind überall. Ihre Blicke sind wie Säure auf der Haut. Ich hocke mich vor die Puppe. Eine Kollegin fragt mich:

»Hast du irgendeine Idee, was dein Dienstausweis hier verloren hat?«

Ich richte mich wieder auf und sehe sie an, als hätten sie mich beleidigt. Einen Kollegen nach dem anderen sehe ich an. Sie denken alle dasselbe und ich weiß, was ich tun müsste. Ich müsste ihnen sagen, dass es mir leidtut. Ich müsste ihnen sagen, dass ein Toter namens Rüdiger in einem Auto liegt und ein Lebender names Bebec Verraki dafür gesorgt hat, dass ich nicht ungeschoren davonkomme.

Ich habe mich verschätzt, müsste ich sagen.

Es ist mein Fehler, müsste ich gestehen.

Ich kann der Kollegin keine Antwort geben.

»Du gehst am besten runter«, sagt sie.

Es ist der schlimmste Moment in meinem Leben.

Ich wende mich ab, ich bin voller Scham.

TAJA

Der Mann hat mich im Rückwärtsgang hinter die Mülltonnen geführt. Als er mir die Hand vom Mund nimmt, drehe ich mich um und kann wegen der Sturmhaube nur seine Augen sehen. Er spricht nicht mit mir. Er hat die andere Hand fest auf meiner Schulter liegen.

»Polizei?«, frage ich.

Er nickt und hält sich einen Finger an den Mund.

Wir schweigen und warten.

Ich kann von hier die Parkbank sehen, auf der ich bis eben gelegen habe. Auf der anderen Seite des Durchganges stehen zwei weitere Polizisten. Nur Augen, nur Blicke. Uniformen und Waffen. Keiner von ihnen spricht. Ich warte gute fünf Minuten, dann beuge ich mich vor.

»Was soll das?«, flüster ich.

»Wo wolltest du hin?«, flüstert der Polizist zurück.

»In das Haus.«

»In welches Haus?«

»Die 67.«

»Das ist nicht die 67«, sagt er.

»Nicht?«

»Das ist die 25.«

Ich glaube ihm nicht, ich sage:

»Auf der Fassade ist ein Hakenkreuz mit einem …«

»… Smiley Face drüber?«

Ich nicke.

»Sorry, das ist das Haus gegenüber«, sagt er.

»Oh.«

»Zu wem wolltest du?«

Ich sehe ihn nur an.

»Du weißt nicht, zu wem du wolltest?«

»Zu ... zu einer Freundin«, lüge ich.

»Dann sei mal froh, dass du das falsche Haus erwischt hast.«

Ich kann an seinen Augen ablesen, dass er lächelt.

»Da drüben willst du jetzt nicht sein«, sagt er.

»Was passiert da drüben?«

»Darüber darf ich nicht reden.«

»Und wann kann ich gehen?«

Er schaut an mir vorbei zu seinen zwei Kollegen.

»Noch nicht«, sagt er.

Wir warten weiter.

Wir warten geschlagene fünfzehn Minuten, dann kommt Bewegung in die Straße. Ich sehe von unserem Platz zwischen den Mülltonnen nur das Ende des Tunnels, aber mehr muss ich nicht sehen – Einsatzwagen halten, Stiefel landen auf der Straße und dann sehe ich die Polizei das gegenüberliegende Haus stürmen.

Wir warten weiter.

Ich schwitze, ohne dass ich weiß, warum ich schwitze. Alles an dieser Situation ist falsch. Dann kommen die Polizisten wieder aus dem Haus und ich spüre, dass sich was verändert hat. Nicht nur an der Situation, auch an den drei Männern um mich herum. Sie wechseln einen Blick.

»Verdammt«, sagt der eine.

Der andere boxt mit der Faust wütend gegen die Mauer.

»Bitte, wiederholen Sie das«, sagt der Polizist vor mir in das Mikrophon vor seinem Mund.

Er lauscht, er schüttelt den Kopf.

»Du kannst jetzt gehen«, sagt er zu mir.

»Echt jetzt?«

»Nicht vorne raus. Geh durch den Park und bleib der Straße fern.«

»Aber---«

»Keine Fragen. Geh nach Hause, hörst du, es ist vorbei.«

DARIAN

Bebe zwingt mich, den Kopf nach hinten zu legen, dann gießt er mir aus der Flasche Champagner in den Mund. Über die Hälfte landet auf meinem Gesicht und brennt auf den Platzwunden. Ich fühle mich angesteckt von der Euphorie, auch wenn ich mir beinahe in die Hosen geschissen habe, als die Polizei wie ein Ameisenschwarm aus den Wagen stieg. Als sie dann aber den gegenüberliegenden Plattenbau betrat, kapierte ich überhaupt nichts mehr.

»Warum gehen sie ins falsche Haus?«, frage ich.

»Du musst den Blickwinkel ändern«, sagt Bebe. »*Sie* sind im richtigen, *wir* dagegen sind im falschen Haus.«

Er lacht, die Männer rufen laut seinen Namen, es klingt, als würden sie einen Fußballverein anfeuern. Bebe hebt die Arme und wartet, bis sie wieder schweigen, jemand stellt die Musik leiser, dann legt mir Bebe die Hände links und rechts auf die Schultern.

»Was denkst du, was ich gestern den ganzen Tag getan habe, während du deinen Schönheitsschlaf gemacht hast?«, fragt er und schüttelt mich ein wenig durch. »Ich habe auf dich gehört, Darian, ich bin ein Beduine geworden und habe meine Zelte abgebrochen.«

»Du hast was?!«, frage ich.

»Nachdem ich den Bullen nach Polen verschickt hatte, habe ich ein paar Kontakte geknüpft. Zehn Riesen hat mich das gekostet. So viel brauchst du heutzutage, wenn du einen Beamten schmieren willst. Aber das war es wert. Schon eine Stunde später habe ich von dem Zugriff erfahren und dachte, ich spinne. Das MEK hat mich seit einem halben Jahr im Auge! Seit einem halben Jahr, zieh dir das mal rein? Kannst du dir mein

Gesicht vorstellen? Ich war kurz vorm Durchdrehen. Am liebsten hätte ich mich verzogen, aber bin ich jemand, der wegrennt?«

»Nein!«, brüllen die Männer um ihn herum.

»Nein, das bin ich nicht«, spricht Bebe weiter. »Die Polizei wollte meinen Stall zerstören? Sie wollte meine Drogen haben? Sollten sie es doch versuchen!«

Langsam begreife ich.

»Du hast sie bewusst herkommen lassen«, sage ich ungläubig. »Aber wieso nur?«

»Weil ich sehen wollte, wie sie sich lächerlich machen. Weil ich sehen wollte, wie sie ein halbes Jahr Arbeit das Klo runterspülen. Und weil ich wollte, dass sie begreifen, dass sich niemand mit Bebec Verraki anlegt. Also habe ich die Mädchen und die Drogen aus der Wohnung weggeschafft. Meine Männer haben dann gründlich durchgeputzt, denn wenn ich was mache, dann aber richtig. Da kann die Bullerei jetzt suchen, wie sie will, die werden nichts finden, nicht einmal ein Schamhaar.«

Ehe ich fragen kann, wie er das angestellt hat und wo die Mädchen abgeblieben sind, spricht er auch schon weiter.

»Die Drogen haben wir durch die Tiefgarage transportiert. Es war eine Scheißschlepperei. Du fragst dich bestimmt, wo die Mädchen sind? Sie sind …«

Er macht eine Geste, die ihn wie einen billigen Zauberer aussehen lässt.

»… verschwunden. Hier ist ja nicht genug Platz. Ich habe diese Wohnung seit Anfang des Jahres angemietet. Robbie hat sich darum gekümmert. Nur wer blöd ist, hat keinen Ort, um sich zurückzuziehen. Wäre der joggende Bulle nicht gewesen, wäre ich nie zu einem Beduinen geworden. Das MEK hätte uns jetzt eingebuchtet und keiner von uns würde feiern. Aber jetzt kommt das Beste: Dieser Zugriff findet heute in fünf Großstädten statt, kapierst du? Simultan. Die Bullen sind ja nicht dumm. In genau diesen Minuten passiert es. Und was glaubst du, welche Stadt als einzige vorgewarnt ist?«

»Unsere!«, brüllen die Männer.

»Richtig, unsere goldene Scheißstadt«, stimmt ihnen Bebe zu. »So gehe ich mit der Konkurrenz um. Und jetzt ...«

Bebe packt mich am Nacken, wie ich vorhin die Mädchen gepackt habe, dann schiebt er mich zum Fenster.

»Jetzt sieh doch mal, sieh dir an, was passiert, wenn man mir querkommt!«

Er lässt mich los und tätschelt meinen Rücken.

Wir schauen auf das gegenüberliegende Haus, wo das MEK die Wohnungen durchkämmt. Jemand reicht mir sein Fernglas. Es ist eigenartig, mit der Polizei auf der gleichen Höhe zu sein. Es ist noch merkwürdiger, sie durch das Fernglas zu beobachten. Ich will mich immer wieder ducken oder die Vorhänge zuziehen. Alles da drüben ist wie eine Pantomime. Kein Ton ist zu hören, nur Bewegungen. Die Guten und die Bösen sind alle auf demselben Stockwerk und nur dreißig Meter Luftlinie trennen sie voneinander. Es tut gut, einer der Bösen zu sein.

»Was ist, wenn sie uns sehen?«, frage ich.

»Nichts«, sagt Bebe, »wir sind doch nur Zuschauer.«

»Oder was glaubst, wie viele Leute jetzt an den Fenstern stehen und gaffen«, fragt Wollmütze hinter mir.

Sein Atem stinkt nach Burgern und ich würde ihm am liebsten den Ellenbogen ins Gesicht schlagen.

Die Polizisten verlassen die Wohnungen.

Nach ein paar Minuten treten sie aus dem Plattenbau.

Es ist vorbei.

»Es ist vorbei«, sagt Bebe und seine drei Worte sind wie ein Schlusspunkt.

Die Männer um ihn herum applaudieren ihrem Boss. Ich muss zugeben, das MEK sieht wirklich elendig aus, wie es da unten rumsteht. Die Feuerwehr und zwei Krankenwagen kommen angerast und machen es nicht besser. Die Situation ist gnadenlos peinlich. Ein Polizist spürt das anscheinend auch, denn er setzt sich auf den Bürgersteig, als könnte er nicht mehr stehen. Er legt seinen Helm beiseite und reißt die Sturmhaube runter. Es fehlt nur noch, dass er sich eine Zigarette anzündet. Ich würde sein Gesicht gerne sehen, ich würde gerne sehen, wie enttäuscht er ist.

»Ich wünschte, wir hätten das gefilmt«, sagt einer der Männer.

»Da filmen genug Leute mit den Handys«, sagt Wollmütze, »die werden den Einsatz in den Nachrichten bringen.«

Ich spüre, wie ich mich entspanne und vor Erleichterung kaum noch stehen kann. Ich frage mich, ob nicht eine Prise Koks mir helfen könnte. Ich wende mich vom Fenster ab und laufe beinahe gegen Mirko.

»Irre, was?«, sage ich,

»Lass uns abhauen«, sagt er.

»Wieso? Wir sind doch die Gewinner.«

»Du bist kein Wir«, sagt Mirko. »Ich weiß doch, wer dir das angetan hat.«

»Was ... wovon redest du?«

»Hast du mal in den Spiegel geschaut?«

Ich spüre, wie der Frust in mir aufsteigt. Eben ging es mir echt gut und da muss mir dieser blöde Slowene querkommen.

»Dann hau doch ab, wenn du Schiss hast«, blaffe ich ihn an.

»Darian, das sind nicht deine Leute.«

»Ach, und du bist meine Leute?«

Er bekommt Tränen in die Augen.

»Was für eine Pussy bist du denn?!«, frage ich ihn.

»Ich bin dein Kumpel.«

»Nee, mein Kumpel ist keine Pussy.«

Ich wedel mit der Hand herum.

»Gib mir meine Knarre zurück«, sage ich.
»Ich denke nicht, dass du---«
»Ich sagte, gib mir meine Knarre zurück!«
Mirko reicht sie mir.
»Und jetzt verschwinde, du hast hier nichts verloren.«
Ich wende ihm den Rücken zu, nehm mir eine Prise Koks und atme sie tief ein.

Wir sind die Gewinner, denke ich und schicke eine zweite Prise hinterher.

NEIL

Es ist vorbei. Ich laufe die Treppe runter, ich schiebe mich an meinen Kollegen vorbei, keiner ist mehr in Eile, sie lassen mich durch. Noch wissen sie nicht, was ich getan habe. Es wird nicht lange dauern. Sie werden sehr schnell die Punkte verbinden, mein Ausweis erzählt die ganze Geschichte, niemand wird an einen Zufall glauben.

Meine Kollegen können eine Menge sein, aber dumm sind sie nicht.

Bei jeder Stufe spüre ich die Last der Verantwortung auf meinen Schultern. Das sind keine zwei, das sind zehn Zentner, die ich jetzt mit mir herumtrage. Und mit jeder Stufe trete ich vollkommen aus dem Wir heraus und werde zu einem elendigen Ich, das versagt hat.

Ich erreiche das Erdgeschoss.

Das war es mit dem Job, denke ich, *das war es mit der Ehre.* Ich weiß, dass mich Einsatzleiter Fink unten zur Seite nehmen und um eine Erklärung bitten wird. Ich habe keine Erklärung, ich habe nur neunzig Kilo Dummheit und diese neunzig Kilo treten durch die Eingangstür nach draußen.

Jemand fragt was, ich murmel eine Antwort und gehe weiter.

Aber wohin?

Nach ein paar Schritten bleibe ich mitten auf der Straße stehen und schaue am Plattenbau hoch. Wir wurden geschlagen, wir wurden verarscht und es liegt alleine an mir. Ich würde gerne wissen, wie Bebec Verraki das in der kurzen Zeit geschafft hat. Über Funk kommt eine Anfrage rein. Die Stimme in meinem Ohr ist monoton und ich kann sehen, dass alle Kollegen lauschen. Einige neigen den Kopf, andere runzeln die Stirn. Es ist ein Dialog, der von hier bis nach Schwaben reicht.

»Hamburg?«
»Zugriff erfolgreich.«
»Köln?«
»Zugriff erfolgreich.«
»Stuttgart?«
»Zugriff erfolgreich.«
»Hannover?«
»Zugriff erfolgreich.«
»Berlin?«
»Zugriff fehlgeschlagen.«
Eine kurze Pause, dann sagt die Stimme in derselben Tonlage: »Gratuliere.«
Einige Kollegen nicken, andere spucken aus, alle haben denselben Gedanken: *Zumindest haben die anderen nicht versagt.* Ich kann sehen, wie Einsatzleiter Fink mit den Kollegen von der Kripo spricht. Er hat mich noch nicht gesehen. Ich wende mich ab und starre auf den Asphalt und beobachte die farbigen Lichter. Krankenwagen und Feuerwehr sind unnötigerweise angerückt, weil jemand den falschen Befehl rausgegeben hat. Sie stehen ratlos in der Gegend herum und fragen sich, was das alles soll. Es wird gemeckert, jemand brüllt jemanden an, es ist nicht das Bild, das wir in die Welt rausschicken wollen. Das MEK im Frust. Meine Knie zittern, ich kann nicht mehr stehen. Ich verschiebe mein Gewehr und setze mich auf den Bordstein und sitze einfach nur da und reiße mir nach einer Minute Helm und Sturmhaube herunter. Ich kann kaum atmen, der Schweiß läuft mir in die Augen und brennt. Ich weiß, ich habe die Sturmhaube aufzubehalten, ich spüre die verwirrten Blicke der Kollegen und scheiße drauf. Dann höre ich über das Headset aufgeregte Stimmen:

»… kommen die denn her?«

»… kommen runter, verdammt, sie kommen …«

»… das sind die zwei!«

»... durch, lasst sie ...«
»... wir denn tun?«
»... die Knarre weg, hörst du nicht, weg mit der ...«
»... sie durch, bevor sie ...«
»... scheiße, die sind ja irre!«
»... kommen sie her? Aus welcher Wohnung sind ...«
»... nicht schießen, hört ihr, der Befehl lautet ...«
»... runter! Leute, Waffen runter!«
»... sind die schnell!«
»... Alter, geh aus dem ...«
»... die Tür unten auf?«
»... die Tür unten ...«

Im nächsten Moment schießen die zwei Bullterrier aus der Eingangstür des Hochhauses. Die Kollegen haben ihre Gewehre sofort im Anschlag. Niemand weiß, woher die Hunde kommen, jeder kann sehen, wie verwirrt sie sind – all die Lichter, all die Menschen, das Flackern der Blinkleuchten, der Lärm der Sirenen.

Ich weiß, dass Links und Rechts nicht mehr lange zu leben haben.

»Wir sollten sie abknallen«, sagt ein Kollege.

»Eine Kugel in den Kopf, dann ist Feierabend«, sagt ein anderer.

Sie zögern, ihr Zögern macht Sinn, denn irgendwie sind diese zwei Bullterrier der einzige Beweis, dass wir hier richtig sind. Es ist ein skurriles Bild. Mehr als dreißig Kollegen haben ihre Gewehre im Anschlag und warten, dass die zwei Hunde angreifen. Ich hoffe, dass niemand das filmt. Ich bete, dass dieser Moment nie veröffentlicht wird.

Und dann bemerken die Hunde mich, wie ich da auf dem Bordstein sitze.

Uns trennen vielleicht zehn Meter.

Links und Rechts setzen sich in Bewegung.

Die Waffen folgen jedem ihrer Schritte.
Ich will, dass die Hunde meinen Todeswunsch spüren.
Bitte, macht kurzen Prozess.
Aber sie spüren nichts und legen sich zu meinen Füßen nieder. Links legt seinen Kopf auf meinen rechten Stiefel, Rechts gähnt und ich kann tief in seinen Rachen reinsehen.
Und ich dachte, es könnte nicht schlimmer werden.
Die Hunde liegen still da.
Ich spüre die Blicke meiner Kollegen.
Ich fühle mich wie Judas.
Ich fühle mich wie der verdammte Judas.

NESSI

Im 21. Stockwerk liege ich neben Akim auf der Treppe und wir atmen schwer. Über uns führen die letzten Stufen zum Dach hoch, unter uns ist es gespenstisch still.

»Sie sind uns nicht gefolgt«, sage ich.

Akim hebt den Saum seines T-Shirts an und wischt sich damit den Schweiß vom Gesicht. Ich kann seinen gebräunten Bauch sehen.

»Bist du vielleicht vorbestraft?«, fragt er. »Terroristin oder so?«

Ich schüttel den Kopf und würde gerne lachen, aber ich habe keine Luft.

»Und deine Freundinnen?«

»Wir sind nur fünf Mädchen aus Charlottenburg ...«

»... die ausgerechnet heute in Marzahn aufgetaucht sind?«

Er sieht mich ungläubig an.

»Nessi, weißt du, wie das klingt?«

»Nicht wirklich wahr?«, frage ich zurück.

»Nicht wirklich wahr«, stimmt er mir zu.

Ich beginne mit einem kurzen Satz, dann kommt der Rest hinterher und ich erzähle ihm von Taja und ihrem Cousin, von Alex, die dreihundert Euro bekam, um an einer Party teilzunehmen, und seitdem verschwunden ist.

»Das war keine Party«, sagt Akim danach. »Eure Freundin ist in einem der Ställe gelandet.«

»Ställe?«

»Fickbuden.«

»Was?!«

»Du bist wirklich nicht von hier, oder?«

»Ich bin nicht doof, Akim, ich habe nur nichts von Fickbuden gehört.«

Er hebt entschuldigend die Hände.

»So war das auch nicht gemeint.«

»Was für Ställe sind das?«, will ich wissen.

»Sie schleppen Frauen aus den Nachbarländern ab, meistens sind es Teenager. Sie machen Sexsklaven aus ihnen und die Kunden stehen Schlange. Jeder weiß es, keiner macht was dagegen. Unten im Parkhaus sind sogar Parkplätze für die Freier reserviert. Immer nur für eine halbe Stunde, denn mehr Zeit brauchen diese Arschlöcher ja nicht. Ich habe mal mit einem Mädchen gesprochen, das sich nach drei Jahren freigekauft hat. Sie kam aus dem Kosovo. Zum Schluss hatte sie vierzehn Freier am Tag, das war die Quote, die von ihr verlangt wurde, sonst wurde sie geschlagen.«

Meine Kehle ist ganz eng. Ich denke an Lehrerin Berner, die im Sozialkundeunterricht ausführlich mit uns über das Verbrechen Menschenhandel gesprochen hat. In der Schule klang es wie eine erfundene Geschichte – Frauen und Kinder werden verschleppt und zu Sex und Arbeit gezwungen. *Das kann hier in Deutschland nicht möglich sein,* habe ich damals gedacht, *nicht im 21. Jahrhundert.*

Ich komme mir mit einem Schlag vollkommen weltfremd und naiv vor.

»Was tust du?«

Ich habe mein Handy rausgeholt. Ich muss das meinen Mädchen erzählen und sie warnen, dass der Plattenbau mit Polizei überflutet wird und wir hier flott wegmüssen. Der Gedanke, dass sie vielleicht in die Finger irgendwelcher Menschenhändler geraten sind, lässt mich beinahe kotzen. Was hier passiert, ist eindeutig zu groß für uns.

»Meine Mädchen sind in einer der Wohnungen eingesperrt«, sage ich. »Wenn ich nicht …«

Ich sehe verwundert auf mein Handy.

»Ich habe keinen Balken.«

»Hier im Hausflur ist der Empfang immer sehr mies«, sagt Akim und zeigt mit dem Kinn zur Treppe nach oben. »Auf dem Dach ist die Verbindung besser.«

Wir steigen die letzten Stufen hoch.

Kein Balken zeigt sich.

Wir stoßen die Tür zum Dach auf.

Eine eisige Windbrise trifft uns und ich atme tief durch, denn die Luft ist erschreckend klar im Vergleich zu dem stickigen Mief im Plattenbau. Hier oben ist kein Sommer, hier ist Herbst und die Hitze des Tages hat sich in der Kühle der Nacht aufgelöst. Und es ist dunkel, sodass Akim und ich nur eine schwarze Wand vor uns sehen, dann aber weichen die Wolken zurück und der Mondschein breitet sich aus, als hätte jemand ein Glas Milch ausgekippt.

Das Licht schwappt bis zum Dachrand, wo eine Gruppe von Frauen steht und uns anstarrt, als wären wir Außerirdische. Sie haben dünne Jäckchen übergeworfen und tragen Röcke und Blusen, an ihren Füßen sind Stilettos und Pumps. Sie wirken, als hätte man sie aus einem Club oder einer Bar rausgeschmissen. Ihre Gesichter sind heftig geschminkt, aber unter der Schminke wirken sie jung und ausgelaugt. Ich glaube, keine von ihnen ist älter als zwanzig. Sie erinnern mich schmerzhaft an meine Mädchen, wenn diese genug von einem miesen Tag haben und einfach nur nach Hause wollen.

Achtzehn Frauen und eine davon ist Alex.

»Alex?«, sage ich.

Sie legt den Kopf schräg, als sie ihren Namen hört. Für einen Moment trifft ihr Blick meinen, aber da ist kein Erkennen. Ihr Blick driftet an mir vorbei zu dem leuchtenden Rechteck des Türrahmens, in dem Akim und ich stehen.

Als würde sie mit den Augen nachmessen, ob sie da durchpasst, denke ich.

»Was ist denn hier los?«, fragt Akim.

Eine der Frauen zeigt auf die Schornsteine, die ein paar Meter von uns entfernt wie vier Wächter stehen. Ich kann sehen, dass da etwas liegt.

»Putzi«, sagt die Frau.

»Putzi?«, wiederhole ich.

»*Sobaky*«, zischt eine der anderen Frauen und es klingt wie ein Fluch.

»Was sind *sobaky*?«, frage ich Akim.

»Keine Ahnung«, sagt er. »Wollen wir nachschauen?«

»Nicht wirklich.«

Akim ist schon auf dem Weg und macht fünf Schritte auf die Schornsteine zu. Ich will ihn warnen, irgendwas stimmt hier nicht, aber es ist schon zu spät. Ein Knurren lässt ihn einfrieren. Aus den Schatten zwischen den Schornsteinen lösen sich zwei Tiere. Ich höre das Klacken von Krallen und das Tapsen von Pfoten. Die Bullterrier haben blutige Schnauzen und tiefschwarze Pupillen. Ich breche sofort in kalten Panikschweiß aus, denn ich hasse Hunde und misstraue ihnen, seitdem ich gesehen habe, wie ein Schäferhund einem Jungen im Buddelkasten das halbe Gesicht weggerissen hat. Die zwei Bullterrier spüren meine Angst auf die Entfernung hin sofort. Sie ducken sich und blecken die Zähne. Akim weicht Schritt für Schritt zurück, bis er wieder neben mir im Türrahmen steht. Ich packe ihn am Arm, ich will in den sicheren Plattenbau zurück und die Tür hinter mir zuziehen. Als hätten die Hunde meine Gedanken gehört, sprinten sie los und ich friere ein. Ich friere so sehr ein, dass ich aufhöre zu denken. Akim brüllt mich an, ich kann nicht reagieren, da stößt er mich zur Seite, sodass ich gegen die Mauer pralle und mein Handy fallen lasse. Die Hunde schlittern an mir vorbei und in den Treppenflur des Plattenbaus. Ehe sie sich umdrehen und zurückkehren können, hat Akim die Tür zugeworfen.

Für Sekunden scharren Pfoten über das Metall, ein paarmal

rammen die Hunde die Tür, dann ist es still.

»Das war nicht gut«, sage ich.

»Nee, das war nicht gut«, sagt Akim.

»Ich meinte die Tür«, sage ich.

»Oh.«

Er sieht, was ich sehe. Es gibt keine Klinke, es gibt nur einen Knauf mit einem Schlüsselloch.

Wir ziehen an dem Knauf, die Tür bleibt zu.

MIRKO

Ich sehe zu, wie sich Darian innerhalb von einer Minute so sehr zuknallt, dass er beinahe umfällt. Ich stehe hinter ihm und warte und fange seinen Sturz ab. Er schlägt meinen Arm zur Seite und sagt erneut, ich soll einen Abgang machen. Ich denke nicht daran, denn ich muss an die Schlüssel rankommen und die Mädchen befreien. Also folge ich Darian und stelle mich neben Wollmütze ans Fenster. Er beachtet mich nicht. Wir stehen Schulter an Schulter und schauen auf die Straße. Sie ist voller Polizisten, die alle in Bewegung kommen und von dem gegenüberliegenden Hauseingang zurückweichen. Jetzt sehe ich, was der Grund ist. Zwei Hunde rennen aus dem Plattenbau auf die Straße und bleiben zitternd stehen.

»Nee«, sagt Wollmütze und sieht durch sein Fernglas. »Oh nee.«

Bebe pfeift ihn an.

»Warum sind deine Tölen da unten?«

»Keine Ahnung.«

»Keine Ahnung?«

Bebe dreht sich um und schlägt Wollmütze ins Gesicht. Mit der Faust. Wollmütze verliert das Fernglas und taumelt nach hinten, die zwei Türsteher fangen ihn auf. Bebe spuckt auf den Boden.

»Wenn ich könnte, würde ich dich an deine Hunde verfüttern«, sagt er.

In der Zwischenzeit hat das Einsatzkommando auf der Straße die Gewehre im Anschlag. Die Hunde zittern und schauen sich verwirrt um, dann lassen sie sich neben dem Polizisten nieder, der auf dem Bordstein sitzt.

Die Männer im Zimmer lachen los.

»Die Tölen sind Sympathisanten!«, ruft einer.

»Die wurden falsch erzogen!«, ruft ein anderer.

Wollmütze sagt dazu nichts, Blut läuft aus seiner Nase und tropft auf den Boden.

»Hast du nichts zu sagen?«, fragt ihn Bebe. »Kannst du mir erklären, wie deine Tölen vom Dach auf die Straße gekommen sind?«

Wollmütze schüttelt den Kopf, nein, er hat keine Ahnung, wie das möglich ist.

»Das sind nicht mehr meine Hunde«, sagt er.

»Ich habe mal eine Frage«, sagt Darian laut.

Die Männer verstummen und wenden sich ihm zu.

»Frag schon«, sagt Bebe.

»Was macht euch so sicher, dass das MEK nicht auch dieses Haus stürmt?«

Und wieder brüllen sie los vor Lachen. Es ist wie eine Comedyshow im Fernsehen, bei der jeder lacht, weil er für das Lachen bezahlt wird.

»Check mal, wo du hier bist«, sagt Bebe und zeigt um sich. »Du bist in Deutschland, Darian. Da sind alle korrekt, da gibt es Gesetze.«

»Gesetze sind geil!«, ruft einer der Männer.

»Ich verstehe nicht«, sagt Darian.

»Alter, hast du Scheiße im Kopf?«, fragt Wollmütze und ich erwarte, dass er auf Darian einschlägt. »Was gibt es da nicht zu verstehen?«

»Das MEK darf hier nicht rein«, spricht Bebe weiter. »Sie haben über ein halbes Jahr gebraucht, um den Durchsuchungsbefehl für die Wohnungen da drüben zu bekommen. Sie dürften hier nicht einmal rein, wenn sie wollten. Sie brauchen einen Grund, verstehst du? Eine Anzeige oder einen Idioten, der mit der Waffe rumwedelt, dann vielleicht, aber so können sie nur draußen rumstehen und sich an den Pimmeln herumspielen.«

Ich kann sehen, dass die Antwort Darian nicht zufriedenstellt. Auch mir reicht sie nicht. Es ist ein komisches Gefühl, vor einem Fenster zu stehen, während unten über fünfzig frustrierte und bewaffnete Männer und Frauen herumlaufen und jemanden suchen, an dem sie sich abreagieren können.

»Mach mal locker«, sagt Bebe. »Wir sind im 7. Stockwerk, selbst wenn sie wollten, hier oben kann uns keiner sehen, hier ...«

Er verstummt. Der Polizist, vor dem sich die Hunde niedergelegt haben, ist eben aufgestanden und schaut zu uns hoch.

»Er sieht uns!«, rutscht es Darian raus.

»Er *kann* uns nicht sehen«, sagt Bebe gereizt. »Wir sehen ihn ja kaum.«

Und dann hebt der Polizist den Arm und zeigt uns den Mittelfinger.

Eine Sekunde vergeht, eine zweite Sekunde vergeht, dann brüllen die Männer vor Lachen los.

»Kein Bulle mag Gaffer«, sagt Wollmütze.

»Winkt ihm«, sagt Bebe, »sonst wird er traurig.«

Die Männer winken und entblößen ihre Ärsche. Einer greift mir von hinten zwischen die Beine.

»Haste dich eingepisst, was?«, fragt er.

Ich stoße seine Hand weg. Eine Champagnerflasche fliegt durch die Luft und zerbricht mit einem berstenden Laut an der Zimmerwand. Die Musik wird wieder aufgedreht. Bebe ruft was auf Rumänisch und hebt seine Flasche, alle heben ihre Flaschen und dann wird gesoffen und auf der Stelle getanzt und dann schnappen alle nach Luft, ich auch.

Es ist ein erschrockenes Luftschnappen.

Die Szene auf der Straße ist eingefroren.

Es ist nicht nur der eine Polizist, der jetzt zu uns hochschaut.

Es sind alle.

Die Feuerwehrleute schirmen ihre Augen ab.

Die Sanitäter zeigen.
Selbst die Nachbarn auf den Balkonen sehen uns an.
Alle.
Es gibt kein Missverständnis mehr.
Wir werden gesehen.
»Das ... das kann nicht sein«, stammelt Bebe.
Der Bann ist gebrochen. Die Männer reagieren in ihrem Rausch so schnell, dass es nicht zu glauben ist. Sie vergessen, dass sie in Deutschland sind, sie vergessen, was Bebe vor einer Minute gesagt hat, und schnappen sich Beutel mit Drogen, verstauen sie in ihren Jacken und machen, dass sie aus der Wohnung verschwinden.

Allen voran Bebe.
Nur Darian und Wollmütze bleiben zurück.
Und ich Idiot natürlich auch.

RUTE

Wir stehen am Fenster und schauen auf die Straße runter. Die Einsatzwagen sind überall, sie stehen einfach nur da, als würden sie eine Pause machen, und nichts weiter geschieht. Niemand steigt aus, nichts rührt sich. Stinke will das Fenster öffnen und um Hilfe rufen, bevor die Polizeiwagen auf die Idee kommen, wieder wegzufahren. Der Griff lässt sich nicht drehen. Der Fenster ist doch ernsthaft abgeschlossen. Stinke hämmert mit ihrer gesunden Hand dagegen, die Scheibe erzittert nicht mal.

»Panzerglas«, sagt Schnappi.

»Blödsinn«, sagt Stinke und haut noch einmal drauf.

Und dann bekommen wir alle drei vor Schreck einen Schluckauf, als die hinteren Wagentüren auffliegen und die Polizisten rausstürmen. Sie sehen nicht nach links oder rechts, sie nehmen direkten Kurs auf den gegenüberliegenden Plattenbau und verschwinden darin.

»Sind die denn doof?«, fragt Stinke.

»He, ihr Blödmänner«, ruft Schnappi, »hier sind wir! Hier!«

Aus dem Nebenzimmer hören wir Jubeln und Brüllen, dann kommen hintereinander ein paar Knallgeräusch.

»Ballern die etwa rum?« fragt Stinke.

»Das klang mehr nach Sektkorken«, sage ich.

Auf der Straße ist der Großteil der Polizisten in dem Plattenbau verschwunden, der Rest hat sich postiert und wartet. Auch wir warten und rütteln an dem Fenstergriff und fühlen uns richtig dämlich. Schnappi versucht Nessi zu erreichen, aber ihr Handy geht sofort auf Mailbox und Tajas Handy macht dasselbe. Und so stehen wir am Fenster wie drei Affen im Zoo und starren hilflos auf die Straße runter. Eine Viertelstunde vergeht, wir knabbern an unseren Fingernägeln und spüren jede Sekunde, dann kommen die Polizisten wieder aus dem Plattenbau.

»Die sehen ja nicht gerade happy aus«, sage ich.

»Die sehen aus, als wären sie alle beim Zahnarzt gewesen«, sagt Schnappi.

Stinke beginnt mit den Armen herumzuwedeln.

»Wieso schaut denn keiner nach oben?«, fragt sie.

Zwei Krankenwagen rollen die Straße hoch und aus der anderen Richtung nähert sich die Feuerwehr. Die Nachbarn sind in den Fenstern aufgetaucht, sie beugen sich von ihren Balkonen und glotzen auf die Straße runter. Natürlich hat jeder Dritte sein Handy in der Hand und filmt.

Aber uns sehen sie nicht.

Es gibt auch keinen Grund, denn unten geht die echte Action los – zwei Hunde sprinten aus dem Plattenbau und alle Polizisten heben die Waffen. Dann erstarren die Hunde und Schnappi sagt, das wär es gewesen, jetzt sind sie Leberwurst, und Stinke sagt, die bekommen sicher hundert Kugeln oder mehr ab, und ich sage nichts und hoffe, dass die Hunde nicht so blöd sind, die Polizisten anzugreifen. Sind sie zum Glück nicht. Sie trotten auf einen der Polizisten zu und lassen sich neben dem Typen nieder, als wäre er ihr bester Kumpel.

»Vielleicht sind das Polizeihunde«, sagt Schnappi.

»Und weswegen haben dann alle ihre Knarren gezückt und…« Stinke verstummt.

»Was ist?«, frage ich.

Stinke kneift die Augen zu Schlitzen zusammen.

»Gib mir mal dein Handy«, sagt sie.

Schnappi reicht es ihr.

Stinke richtet es auf die Straße, sie zoomt und zoomt heran und dann macht sie ein Foto.

»Was wird denn das?«, frage ich.

Stinke tippt auf dem Display herum.

»Seht ihr?«, fragt sie und hält uns das Handy entgegen.

Das Foto zeigt den Polizisten mit den zwei Hunden neben sich, aber Stinke ist nicht an den Tölen interessiert. Sie vergrößert das Bild, bis der geschorene Hinterkopf des Polizisten das Display füllt. Das Licht ist mies, dennoch sehen wir, was wir sehen sollen.

»Ein Tattoo?!«, sagt Schnappi.

Jetzt kann auch ich erkennen, was der Typ auf dem Nacken hat: ein Kreis, vier Spitzen.

»Ein Kompass«, sage ich.

»Das hier«, sagt Stinke und sie sagt es, als hätte sie eben aus Dreck Gold gemacht, »das hier ist Neil ohne Haare.«

»Und wer ist Neil?«, fragen Schnappi und ich gleichzeitig.

Stinke macht große Augen.

»Hört ihr mir denn überhaupt nicht zu? Das ist der Typ mit dem Jaguar.«

»Ach so«, sage ich.

»Und der ist Bulle!?«, fragt Schnappi.

»Anscheinend.«

Wir betrachten Stinke, als würden wir sie nicht kennen.

»Du warst ernsthaft mit einem Bullen tanzen?!«, sagt Schnappi ungläubig.

»Mädchen, ich bin für alles offen, das wisst ihr doch.«

Wir sehen von dem Handy wieder zur Straße, wo Neil der Polizist noch immer auf dem Bürgersteig sitzt.

»Und jetzt?«, frage ich.

Stinke kramt in ihre Cordhose und holt ein Kinoticket heraus.

»Jetzt rufen wir ihn an«, sagt sie.

NEIL

Es wird Entwarnung gegeben und die Kollegen senken ihre Waffen. Niemand kommt, um die Hunde von meiner Seite wegzuschaffen, niemand nähert sich mir. Es ist fast schon surreal: Die zwei Bullterrier liegen neben mir und ich fühle mich wie ein Ausgestoßener. Es vergeht keine Minute, dann höre ich über Funk, wie meine Kollegen über mich reden. Jetzt weiß jeder, was dort oben zwischen den Beinen der Sexpuppe gefunden wurde, so wie jeder weiß, dass der Eingriff wegen mir fehlgeschlagen ist.

Da gibt es keine Missverständnisse mehr.

Ich streife mir das Headset vom Kopf und hole mein Handy heraus. Es ist eine Übersprungshandlung. Ich schalte es ein und starre auf das Display, als würde ich meine Nachrichten checken. Es ist vorbei. Ich sollte einfach gehen. Ich kann nicht einfach gehen. Ich schaue auf. Einsatzleiter Fink tritt hinter einem der Einsatzwagen vor und sieht sich um. Eine Kollegin stellt sich neben ihn und sieht in meine Richtung. Ich will nicht, dass Einsatzleiter Fink mitbekommt, dass ich ihn beobachte, und starre wieder auf mein Handy.

Es vibriert.

Für einen Moment erwarte ich, dass FINK auf dem Display zu sehen ist. Es wäre typisch für den Einsatzleiter, mich per Anruf zu informieren, dass ich am Arsch bin, obwohl er zwanzig Schritte von mir entfernt ist.

Der Anruf ist nicht von ihm, er kommt von einer unbekannten Nummer.

Ich drücke ihn weg und schiebe das Handy …

Es vibriert erneut.

Dieselbe Nummer.

Ich drücke den Anruf weg und will mein Handy ausschalten, da ploppt eine SMS hoch.

drück mich doch nicht weg

Ich starre auf das Display, die nächste SMS ist deutlicher:

ich bin hinter dir

Ich schaue über meine Schulter, da stehen zwei Kollegen, sonst niemand, ich lache nervös auf. Die nächste SMS ist präziser:

nicht da, du blödmann, weiter oben

Ich schaue hoch in den Himmel. Er ist bleiern grau.

mann, bist du doof, in dem plattenbau hinter dir

Ich stehe auf, drehe mich um und schaue an dem Plattenbau hoch. Die Mieter stehen auf den Balkonen und schauen runter, ein paar Omas hängen aus den Fenstern und haben die verschränkten Arme auf Kissen gestützt. Sie starren alle, als hätten sie noch nie einen Polizeieinsatz gesehen. Die nächste SMS kommt:

siebter stock

Im 7. Stockwerk sehe ich eine Gruppe von Leuten nahe an einem großen Fenster stehen. Sie tanzen. In dem Fenster rechts daneben sehe ich drei Gestalten mit den Armen wedeln. Da oben scheint gute Stimmung zu sein.

ich winke dir

Ich weiß, es ist albern, ich habe keine Ahnung, was das soll, dennoch hebe ich die Hand und halte den Mittelfinger hoch. Die Reaktion kommt prompt:

arschloch

Was auch immer hier gespielt wird, es reicht mir.
Ich schalte mein Handy in den Flugmodus und stecke es weg.

RUTE

»Er steckt sein Handy weg«, sage ich.

»Mensch, Stinke, wieso schreibst du auch so einen Scheiß?«, regt sich Schnappi auf.

»Warum soll das ein Scheiß gewesen sein?«

»Du hast ihm nicht mal geschrieben, dass du das bist.«

Stinke erblasst.

»Oh, Schiete!«

»Und wieso sagst du ihm nicht, wo genau wir sind?«

»Habe ich doch.«

»Aber doch nicht auf Kryptisch.«

»Auf was?!«

Etwas knallt laut gegen die Zimmerwand links von uns, wir hören das Zerbrechen von Glas. Schnappi nickt, als wäre das Geräusch ein Startsignal, auf das sie gewartet hat.

»Ich trete jetzt das Fenster ein«, sagt sie entschieden, »dann wird dein Polizist ja wohl sehen, dass wir hier oben sind.«

Sie hebt das rechte Bein und versucht, gegen das Fensterglas zu treten, wie sie vorhin gegen die Kellertür getreten hat. Da Zwerge aber nicht für ihre langen Beine bekannt sind, erreicht sie nur das Fensterbrett, fällt hintenüber und landet auf ihrem Hintern.

»So eine Kacke!«, flucht Schnappi. »Ich komm nicht höher, meine Jeans ist zu eng.«

»Dann zieh sie doch aus.«

Schnappi zeigt mir einen Vogel.

»Ich zieh doch nicht meine Jeans aus! Bist du völlig bekloppt?!«

»Oder zieh deine Stiefel aus«, sagt Stinke, »dann dreschen wir damit auf das Glas ein.«

Schnappi sieht uns an, als wollten wir sie verarschen.

»Ihr verarscht mich doch, oder?«

»Was ist denn daran so schlimm, die Stiefel auszuziehen?«, will ich wissen.

»Zum einen sind das keine Stiefel, das sind Boots, okay?«

Wir nicken, okay, es sind Boots.

»Zum anderen, habt ihr mal den Teppich gesehen? Da gehe ich doch nicht barfuß drauf rum, davon bekommt man Krätze.«

»Es ist doch nur für eine Minute«, sagt Stinke.

»In einer Minute stürzen Flugzeuge ab.«

»So schnell geht das nicht.«

»Als wenn du schon mal abgestürzt wärst.«

Ich lasse die beiden quasseln und stelle mich vor die verschlossene Zimmertür, um die Entfernung bis zum Fenster abzuschätzen.

»Schnappi, komm mal her«, sage ich.

»Ich zieh mich nicht aus!«

»Du musst dich nicht ausziehen, komm einfach her.«

Schnappi stellt sich neben mich.

»Stinke, geh auf die andere Seite.«

»Was soll denn das werden?«, fragt Stinke. »Machen wir Ringelpiez, oder was?«

»Nein, wir machen aus unserer Süßen einen Rammbock«, antworte ich.

Schnappi kichert los.

»Denkst du, meine Birne ist aus Stahl?«, fragt sie.

»Eher aus Bambus«, sagt Stinke.

»Mach mal eine auf Superheldin«, sage ich.

Schnappi streckt ihre Minibrust raus und winkelt ihre Arme an. Ihre Hände werden zu Fäusten, die gerade nach vorne zeigen.

»Pack sie am Ellenbogen«, sage ich.

Stinke und ich packen zu. Langsam begreifen meine Mädchen, was mein Plan ist.

»Wehe, ihr lasst mich rausfallen«, sagt Schnappi.

»Wetten, wir bekommen nicht mal einen Riss ins Glas«, sagt Stinke.

»Klappe halten«, sage ich und zähle bis drei und dann rennen wir drei los.

Kurz bevor wir das Fenster erreichen, winkelt Schnappi die Beine an und streckt ihre Boots waagerecht nach vorne. Ihre Sohlen treffen auf das Glas, es zerbricht mit einem Knall und die Scherben regnen nach draußen. Leider ist unser Schwung recht groß.

»Ahhhh!«, kreischt Schnappi. »Lasst mich bloß nicht ...«

Mehr kann sie nicht sagen. Für Sekunden hängen ihren Beine aus dem Fenster und ich kann spüren, wie uns die Süße aus dem Griff zu rutschen beginnt, dann stemmt sich Stinke zurück und wir kippen alle nach links und landen auf dem Teppich. Wir müssen so sehr lachen, dass wir nicht aufstehen können. Wir sind high von unserer Genialität und liegen auf einem stinkenden Teppich, von dem man Krätze bekommt. Wir kommen auf die Beine, stellen uns an das zerbrochene Fenster und hängen die Köpfe raus.

Alle schauen sie zu uns hoch.

Es ist ein wunderbarer Moment.

Da soll mal einer sagen, wir schaffen nicht, was wir schaffen wollen.

Polizist Neil bekommt den Mund nicht zu.

»He, Neil!«, ruft Stinke nach unten und winkt ihm.

Und dann bricht das wahre Chaos aus.

TAJA

Ich gehe durch den Park und zwischen den Häusern hindurch und komme wieder auf die Straße. Ich verstehe gar nichts mehr. Vier Polizeiwannen versperren die Fahrbahn, da ist eine Feuerwehr und das hektische Flackern von zwei Krankenwagen und überall stehen vermummte Polizisten in Uniformen herum, als hätte es eben einen Terroranschlag gegeben. Vor den Hauseingängen haben sich die Mieter in Bademänteln und Schlafanzügen versammelt, sie tragen Latschen und einige sind barfuß. Niemand wagt es, auf die Straße zu treten. Ich quetsche mich zwischen den Krankenwagen durch und keiner hält mich auf. Ein wenig ist es, als wäre ich unsichtbar. So komme ich der 67 immer näher. Eine Frau mit zwei Kindern an ihrer Seite und einem Chihuahua auf dem Arm zischt mich an.

»Willst du zwei Kinder haben?«, fragt sie.

»Nein, danke«, sage ich und gehe weiter und genau in dem Moment juckt es mir oben auf dem Scheitel. Als hätte eine Hand runtergegriffen und mir über den Kopf gestrichen.

Ich bleibe stehen und schaue hoch.

Da ist die Fassade des Plattenbaus.

Da sind Balkone und Fenster.

Alles weiter oben verschwimmt in der Dunkelheit.

Ich sehe den Nachthimmel und habe das Gefühl, beobachtet zu werden.

Und dann bewegt sich etwas auf mich zu.

Es schwebt herab wie ein Geist, der langsam seine Flügel ausbreitet.

NESSI

Mein Handy hat den Sturz nicht überlebt. Ein fieser Riss zieht sich über das Display, das zweimal flackert, und dann ist das Ding tot. Ich schüttel mein Handy, wie es Stinke tun würde. Empört, verzweifelt und ratlos zugleich. Es nützt nichts.

»Wir müssen warten«, sagt eine der Frauen.

»Auf wen?«

Die Frauen schweigen, auch Alex weicht meinem Blick aus.

Ställe, denke ich, *Fickbuden.*

Akim fragt, seit wann sie hier oben festsitzen.

»Seit gestern Nacht«, sagt eine der Frauen.

»Kein Essen, kein Trinken, nichts«, sagt eine andere, »nur die Hunde.«

»Habt ihr denn nicht nach Hilfe gerufen?«, frage ich.

Sie zucken mit den Schultern.

»Da kannst du lange rufen«, sagt Alex.

Ihre Stimme ist brüchig. Ihr Blick weicht meinem aus. Ich bin mir jetzt sicher, dass sie keine Ahnung hat, wer ich bin.

»Habt ihr es denn versucht?«, frage ich,

»Nach wem willst du denn rufen?«, fragt Alex sarkastisch zurück. »Die Freier kennen die Adresse doch schon.«

Ich stelle mich an das Geländer und schaue runter. Es ist die Straßenseite und sie ist voller Leute. Ich sehe acht Polizeiwannen, ein Feuerwehrwagen schiebt sich über den Bürgersteig und zwei Krankenwagen kommen aus der anderen Richtung. Flackernde Lichter überall und viel Bewegung, aber hier oben ist nur ein Rauschen zu hören. Als ich mich weiter vorbeuge, um direkt runterzusehen, wird mir schwindelig und ich schrecke zurück. Das ist nicht hoch, das ist sehr sehr hoch.

»Helft mir«, sage ich zu den Frauen.

Erst kommt nur eine, dann kommen drei dazu und am Ende beugen sich achtzehn Frauen mit mir über das Geländer. Alex rührt sich als Einzige nicht von der Stelle. Ich lege die Hände um den Mund und rufe HILFE, HILFE und ich rufe HIER SIND WIR. Die Frauen steigen nach einem Moment des Zögerns mit ein. Ich weiß nicht, in wie vielen Sprachen wir da einen Notruf runterschicken, aber in meinen Ohren klingen wir wie dieser bulgarische Frauenchor, den mir mein Vater einmal auf CD geschenkt hat. Wir rufen und kreischen, wir sind rot im Gesicht und geben auf. Es ist sinnlos. Der Wind reißt uns die Worte von den Lippen, sodass sie über ganz Berlin verteilt werden, doch unten reagiert kein Mensch. Einundzwanzig Stockwerke ist zu hoch. Eine der Frauen spuckt wütend auf das Spektakel runter.

»Sie werden uns holen, wenn es vorbei ist«, sagt Alex.

»Und wer sind *sie*?«, frage ich.

»Die Arschlöcher«, antwortet Alex, »einfach nur die Arschlöcher.«

Ich spüre die Blicke der Frauen auf mir, ihre Augen sind kalte Asche, aber in dieser Asche lauert eine Wut, die mich regelrecht körperlich trifft. Es ist keine Wut auf mich, es ist Wut auf meine dämliche Frage. Als wenn ich nicht wüsste, wer die Arschlöcher sind, als wenn ich naiv wäre und noch nie von Männern gehört hätte, die Frauen zerstören und wie Ware behandeln, weil sie es können, weil sie niemand aufhält, weil keiner wirklich glaubt, wozu sie fähig sind.

»Zuhälter«, sage ich.

»Zuhälter«, stimmt mir eine der Frauen zu.

Sie nehmen die Blicke nicht von mir. Sie waren jetzt seit einem Tag hier oben und wurden von zwei Hunden bewacht. Sie haben die brütende Hitze des Tages und die Nachtkälte ertragen. Sie hatten nichts zu essen und zu trinken und jetzt sind sie müde und frustriert, aber ihre Wut glüht unermüdlich. Sie stehen da und ihre Hände sind Fäuste, sie stehen da und starren mich an und fordern mich heraus. Ich soll sie fragen, warum sie sich nicht gewehrt haben, warum sie nicht für ihre Freiheit gekämpft haben. Und wie sie auf meine Fragen warten, sehe ich ihre Arme, die mit Blutergüssen überzogen sind, ich sehe die Würgemale an ihren Hälsen und das nervöse Zucken ihrer Münder, die jeden Moment mit einem Schlag rechnen. Und ich sehe Alex und weiß, sie war mal stark und unantastbar und hatte eine große Klappe, genau wie meine Mädchen, aber jetzt ist sie nur noch eine Sechzehnjährige, die die Knie an die Brust gezogen hat und nichts mehr vom Leben erwartet. *Gebrochen,* denke ich und spüre meine Fingernägel, wie sie in das weiche Fleisch meiner Handballen schneiden. Jetzt mache ich auch eine Faust, jetzt will ich auch Krieg, denn ich verstehe, was das Schlimmste ist, was einem Menschen wiederfahren kann – gebrochen zu werden, auf die Knie zu gehen und die Hoffnung zu verlieren. Und das alles für den Spaß anderer Menschen. Das alles, weil jemand seine Macht ausspielt.

»Nichts«, sagt Akim hinter mir.

Ich drehe mich um.

»Nichts was?«

»Ich habe mich umgeschaut. Kein zweiter Ausgang, keine Dachfenster, rein gar nichts. Wir sitzen hier wohl für eine Weile fest.«

Ich sehe an ihm vorbei zu den Schornsteinen und mein Blick bleibt an dem Häufchen hängen, das dort liegt.

»Wer ist das?«, frage ich die Frauen.

»Putzi«, sagt eine von ihnen. »Mein Herz.«

Akim und ich gehen auf Putzi zu. Er ist ein frisierter Pudel mit Bommeln im Haar und langen Wimpern. Er ist ein Luxushund, der selbst um die Hinterpfoten herum eine Frisur hat. Seine Augen stehen offen und starren in die Nacht, seine Kehle ist aufgerissen und von seinem linken Schenkel fehlt die Hälfte, wo ihn die Bullterrier angeknabbert haben. Putzis Frauchen taucht neben mir auf. Ihre Haar ist mit farbigen Bändern hochgesteckt. Sie hat eine Narbe am Kinn und riecht nach Chanel No. 5.

»Ihr Putzi nicht essen, oder?«, fragt sie.

Ich schüttel den Kopf.

»Ich Abschied nehmen?«, fragt die Frau.

Ich nicke.

Sie löst ein rotes Band aus ihrem Haar und streichelt Putzi über den Kopf, dann dreht sie das Fell auf seiner Stirn zu einem kurzen Zopf zusammen und fixiert ihn mit dem Band. Putzi sieht jetzt aus wie ein frecher toter Hund.

»*Viszontlátásra, Putzi!*«, sagt die Frau und wendet sich ab.

»Was hast du vor?«, fragt mich Akim.

»Ich will ein Zeichen setzen«, sage ich und packe Putzi an den Vorderpfoten. »Ich will nicht warten, bis diese Zuhälter uns holen kommen. Nun greif schon zu.«

Akim nimmt die Hinterpfoten, wobei der eine Schenkel nur noch an den Knochen hängt. Wir gehen auf den Dachrand zu. Die Frauen weichen zurück und starren uns an, als wären wir die Ausgeburt des Bösen. Langsam kapiert Akim, was ich vorhabe.

»Das nennst du ein Zeichen setzen?«, fragt er.

»Hast du einen anderen Plan?«, frage ich zurück.

»Nicht wirklich.«

»Es ist immer besser, was zu tun, als nichts zu tun.«

»Sehr weise«, sagt Akim.

»Das ist nicht von mir, das ist von Schnappi.«

Wir schwenken Putzi vor und zurück, vor und zurück, dann lassen wir ihn fliegen.

NEIL

Eines der Fenster im 7. Stock zerbricht mit einem lauten Knall, der wie eine Bombe klingt. Mein Team reagiert sofort. Sie gehen in Deckung und richten ihre Waffen nach oben.

»RUNTER, RUNTER, RUNTER!«

Ich schaue an der Fassade hoch.

Ein paar Beine baumeln aus einem zerschlagenen Fenster, dann verschwinden sie wieder und kurz darauf sehen drei Mädchen raus und eine von ihnen winkt und ruft:

»He, Neil!«

Eine Bewegung am Fenster daneben lenkt mich ab. Die Leute dort haben aufgehört zu tanzen, sie starren reglos raus und plötzlich ducken sie sich und verschwinden.

Nur ein Mann bleibt stehen. Er trägt eine rote Mütze und ich muss mich nicht zweimal fragen, wer das ist.

Wir sehen uns an.

Ich weiß, dass das nicht möglich ist, dennoch passiert es – sieben Stockwerke und unsere Blicke treffen sich. Wollmütze. Auch er erkennt mich und salutiert mir.

Genau da erklingt der Aufprall.

Es hört sich an, als hätte jemand auf eine gewaltige Dose geschlagen.

Ein Autoalarm lärmt los und ein Pudel mit einer Schleife in seiner Frisur rollt über die Straße.

Die Panik ist perfekt, meine Kollegen wissen nicht, wen sie alles im Auge behalten sollen. Es ist ein Wunder, dass bisher kein Schuss gefallen ist.

Mein Blick kehrt zu Wollmütze zurück, er ist verschwunden. Da oben ist niemand mehr. Die Sekunden ticken weg, dann treten zwei Männer an das Fenster. Der eine ist Wollmütze, den anderen erkenne ich nicht. Wollmütze öffnet das Fenster, ich höre überlaut den Technobeat aus der Wohnung schallen, dann sehe ich, was die beiden Männer in den Händen halten.

»WAFFE!«, rufe ich.

MIRKO

Die Männer kommen nicht raus aus der Wohnung. Ich höre, wie sie gegen die Wohnungstür hämmern und fragen, wo der Scheißschlüssel ist. Bebe kehrt in das Zimmer zurück und stellt Wollmütze dieselbe Frage.
»Robbie, wo ist der Scheißschlüssel?«
»Das geht nicht«, antwortet Wollmütze.
»Wieso? Was geht nicht?«
»Wir können nicht abhauen.«
»Bist du irre? Beweg deinen Arsch und …«
Das Gewehr rutscht von Wollmützes Rücken und er richtet es auf Bebe.
»Wir rennen *nicht* weg«, sagt er.
Bebe hebt die Hände, als wäre das ein guter Western.
»Robbie, mach keinen---«
»Nimm die Waffe runter«, befiehlt Darian.
Mein Kumpel hat seine Knarre in der Hand, der Lauf ist Zentimeter von Wollmützes Schläfe entfernt. Wollmütze schielt zu ihm rüber und grinst.
»Denkst du, ich habe Angst?«, fragt er und wendet sich Darian zu. »Denkst du das wirklich? Dann sieh mir in die Augen. Siehst du das? Da ist keine Angst drin. Nichts und niemand kann mir was. Also tu mir den Gefallen und drück ab und du wirst sehen, was geschieht.«
Darians Mund zuckt, auch wenn er es mir nie gesagt hat, weiß ich, dass es Wollmütze war, der ihn so zugerichtet hat. *Bitte, drück nicht ab,* denke ich. Da senkt Darian die Waffe und ich kann den Wandel in seinem Blick lesen. Aus reinem Hass ist reine Bewunderung geworden. Mein Kumpel ist dämlicher als dämlich. Seine Reaktion ist vollkommen irrational. Er ist be-

eindruckt von Wollmützes Courage, wenn man das mal als Courage bezeichnen kann.

Wollmütze nickt zufrieden, die beiden sind jetzt eindeutig auf einem Nenner, er wendet sich Bebe wieder zu.

»Geh in den Flur!«, befiehlt er.

»Das wirst du bereuen, das---«

»Ich sagte, geh in den Flur!«

Bebe weicht zurück, Wollmütze folgt ihm, der Flur ist gestopft voll mit Männern, die alle nicht rauskönnen. Als Bebe über die Schwelle tritt, knallt Wollmütze die blaue Tür zu und schließt sie von innen ab.

»Memmen«, sagt er und sieht dann Darian an. »Bist du auch so eine Memme?«

»Ich bin ein Scheißheld«, sagt Darian und dabei funkelt das Koks in seinen Augen und seine Arme sind aufgepumpt, als hätte er eben Gewichte gestemmt.

Sie treten beide ans Fenster. Wollmütze legt einen Hebel um, das Fenster öffnet sich nach innen wie ein Tor. Die kühle Nachtluft ist erfrischend nach dem Schweißgestank und Zigarrenrauch. Darian und Wollmütze stehen Seite an Seite und haben mich vollkommen vergessen. Für eine Sekunde bereue ich, was ich getan habe. Aber es ist nur eine Sekunde, denn in Wahrheit bereue ich nichts. Ich habe meine Loyalität bewiesen, sie ist kein einziges Mal ins Schwanken geraten, für alles andere ist Darian selbst verantwortlich.

Ich sinke mit dem Rücken gegen die Wand, ich gehe in die Hocke und spüre die Patronen in meiner vorderen Jeanstasche, wie sie gegen meinen Oberschenkel drücken. Ich wollte meinen Kumpel schützen, jetzt schütze ich alle anderen.

Wollmütze und Darian richten ihre Waffen nach draußen.

Wollmütze und Darian eröffnen das Feuer.

Nur Darian macht ein überraschtes Gesicht, als seine Knarre nicht losgeht.

TAJA

Der Pudel rollt über den Asphalt und bleibt ein paar Zentimeter von meinem rechten Fuß entfernt liegen.

Ich schaue wieder hoch.

Ich spüre was.

Ich spüre eine Menge.

Ich werde gesehen, denke ich, *und es sind viele Augen, die mich sehen.*

So fühlt es sich zumindest an.

Und wie ich das denke, kommt mir der Traum von letzter Nacht in den Kopf.

Alex, die mit hochgestreckten Armen auf einem Berg steht und mir winkt.

Und Nessi, die neben Alex auftaucht.

Und dann die Treppe.

Und Stinke, die fragt:

»Seit wann führen Treppen einen Berg hoch?«

Seit heute, denke ich und renne auf den Hauseingang zu.

Der Fahrstuhl hält im 21. Stockwerk und ich laufe den Rest zu Fuß.

Die Tür zum Dach ist geschlossen.

Ich drücke die Klinke runter und ziehe die Tür auf.

Und da sind all die Augen, die mich angesehen haben.

Und zwei davon gehören Nessi.

STINKE

Ein Pudel fällt vom Himmel und rollt über die Straße.
    Taja rennt auf die Nummer 67 zu und hört nicht, wie wir nach ihr rufen.
    Neil richtet sein Gewehr auf uns und schießt.
    Schnappi kreischt und will mich vom Fenster wegziehen.
    Rute sagt, ich soll mich ducken.
    Ich kann nicht.
    Aus einem Schuss werden sechs werden acht werden elf.
    Ich zähle die Schüsse mit, als wäre das eine Prüfung.
    Keine Kugel trifft mich.
    Dann ist es vorbei.

RUTE

Wir stehen auf der Straße und irgendein Typ vom Rettungsdienst will uns diese goldenen Rettungsdecken umlegen, als hätte man uns eben aus dem Ozean gefischt und wir stünden unter Schock. Stinke fragt ihn, ob er nichts Besseres zu tun hätte, als uns zu belästigen. Nur Schnappi will eine der Decken, sagt aber zu dem Sanitäter, er müsste sie nicht auspacken.

»So eine habe ich mir schon seit Langem gewünscht«, erklärt sie ihm.

»Aber---«

»Willst du mich denn nicht retten?«, wirft ihm Schnappi an den Kopf.

Er gibt ihr die eingepackte Decke.

Das Chaos ist perfekt.

Aus dem Plattenbau wurde vor einer Minute eine ganze Kette von Männern abgeführt. Zwei Polizisten haben uns aus dem Zimmer befreit, sie mussten dazu die Tür aufbrechen. Wir waren die Heldinnen, die den ganzen Einsatz gerettet hatten. Stinke wurde die Hand verbunden und wegen dem vielen Blut auf ihren Klamotten konnte keiner glauben, dass Schnappi unverletzt war. Auch Muskelpaket und Wollmütze haben ein paar Kugeln abbekommen. Während man sie an uns vorbei in einen der Rettungswagen schob, konnten wir die gebrochenen Augen von Wollmütze sehen und keine von uns sagte was. Dann kam Polizist Neil zu uns. Und da steht er jetzt und weiß nicht, was er sagen soll. Stinke mag so was nicht.

»Wenn ich anrufe, solltest du rangehen«, sagt sie.

»Wenn ich gewusst hätte, dass du das bist, hätte ich es getan«, erwidert er und sieht Schnappi und mich an. »Was habt ihr hier überhaupt verloren?«

»Lange Geschichte«, sage ich.

Stinke zeigt mit dem Kinn zu einem der Einsatzwagen.

»Der Junge, dem noch kein Bart wächst, gehört zu uns. Er heißt Mirko und er hat echt nichts mit den anderen Idioten zu tun, okay?«

Neil schaut zu den Festgenommenen. Mirkos Hände sind auf dem Rücken gefesselt, er wirkt wie ein Kind zwischen den anderen Männern. Ein zweiter Polizist kommt zu uns. Neil und er reden kurz. Dann sehen wir, wie der Polizist Neil einen Ausweis reicht. Die Männer schütteln Hände, dann wendet sich Neil uns wieder zu.

»Ihr wisst es nicht«, sagt er, »aber ihr habt mich gerettet.«

»Darum sind wir ja hier«, sagt Stinke und klimpert mit den Wimpern, »damit wir---«

»Ich kann nicht mit dir flirten«, unterbricht sie Neil.

»Was?!«

»Du bist zu jung.«

»Okay, pöh, wie du willst. Können wir dafür Mirko wiederhaben?«

Neil grinst, Stinke grinst.

»Ich sehe mal, was ich machen kann«, sagt Neil.

Plötzlich kommt Bewegung in die Menge und eine Gruppe von Frauen verlässt die Nummer 67. Die Polizei glaubt nicht, was sie da sieht, und ist fast am Durchdrehen. Die Mieter applaudieren vom Bürgersteig und von den Balkonen aus, als wäre das ein Gimmik, als wäre das alles ein Teil der Show. Alex ist eine von den Frauen. Und wie es das Leben will, laufen Nessi und Taja an der Spitze.

»Huhu!«, ruft Stinke.

Wir laufen ihnen entgegen, wir fallen einander in die Arme.

»Was für eine Scheiße war das denn?«, fragt Taja.

»Ich habe keine Ahnung«, sage ich.

»Und ich dachte, ich hätte dich verloren«, sagt Nessi.

»Mich verliert man nicht so leicht«, sagt Taja.

»Wie wäre es mit Abhauen?«, fragt Stinke.

»Wie wäre es mit was zu futtern?«, fragt Schnappi.

»Wie wäre es mit Repeat und alles nochmal in Zeitlupe?«, frage ich.

»Nee, danke«, sagen meine Mädchen gleichzeitig.

Wir grinsen uns an und dann können wir nichts dagegen machen, es ist ein wenig, als würde bei uns fünfen ein und derselbe Schalter in ein und derselben Sekunde umgelegt werden. Wir heulen los, wir sind nur noch Schluchzer und Tränen und halten uns aneinander fest und heulen so lange, bis wir nur noch kichern können.

»Mensch, sind wir blöde«, sagt Stinke.

»Blöder geht es nicht«, sage ich.

»Du hast Rotz an der Nase«, sagt Taja.

»Du hast selber Rotz an der Nase«, schießt Schnappi zurück.

»Wisst ihr denn, was passiert ist?«, fragt Nessi.

»Du warst im falschen Haus«, sage ich. »Das ist passiert.«

»Oh, wie blöde von mir!«

Wir kichern.

»Habt ihr schon gesehen?«

Stinke hält ihre verletzte Hand hoch.

»Ich habe eine Kugel aufgehalten, die für Schnappi gedacht war.«

»Meine Heldin«, sagt Schnappi und knutscht Stinke.

»Und wer ist das da?«, will Taja wissen.

Ein Junge lehnt an einem der Autos und beobachtet uns.

»Das ist Akim«, sagt Nessi.

»Und wer ist der Typ da, der dich andauernd anschaut?«, fragt Taja weiter.

Stinke dreht sich um.

»Das ist mein Polizist«, sagt sie.

Schnappi klatscht in die Hände.

»Genug geplaudert, Mädchen, ich muss was futtern, sonst dreh ich durch.«

Stinke winkt ihren Polizisten zu uns rüber.

»Wir gehen dann mal«, sagt sie.

»Ihr könnt nicht einfach so gehen«, sagt Neil.

»Was?! Klar können wir das«, sagt Stinke.

»Ich brauche eure Aussagen und ... «

Stinke tritt auf ihn zu.

»Ich dachte, du kannst nicht mit mir flirten«, sagt sie.

»Ich will auch nicht mit dir flirten, ich---«

»Keine Sorge«, unterbricht ihn Stinke souverän. »Ich meld mich schon bei dir. Und lass mal dein Haar wieder wachsen, du siehst aus wie jeder andere. Aber jetzt müssen wir wirklich los, sonst verwandeln wir uns in Kürbisse.«

»Was?!«

Der arme Polizist ist vollkommen verwirrt. Stinke stellt sich auf die Zehenspitzen und drückt ihm einen Kuss auf die Wange, dann macht sie auf dem Absatz kehrt und hakt sich bei uns unter. So marschieren wir als Kette davon. Fünf Vögel mit angeschlagenen Flügeln.

»Ist das dein Blut?«, fragt Taja nach zehn Schritten.

»Nee«, antwortet Schnappi und mehr kommt da auch nicht.

Wir hören von links das Patschen von bloßen Füßen auf Asphalt, eine Frau läuft auf uns zu. Selbst mit der vielen Schminke und den schicken Klamotten ist sie keine wirkliche Frau. Alex ist übermüdet und kaputt. Sie bleibt vor uns stehen, links hat sie ihre Pumps in der Hand, rechts hält sie ihren Ausweis. Ich weiß, was jetzt kommt. Ein dickes Dankeschön oder so. Ich täusche mich.

»Nehmt ihr mich mit?«

Wir sind eine Kette, Alex steht außerhalb, sie passt nicht rein.

»Ich will da nicht zurück«, sagt sie und schaut zu den anderen Frauen, die von Polizisten umringt sie. Dann schaut sie über uns hinweg, als würde es irgendwo einen Notausgang geben, durch den sie verschwinden könnte.

»Die Bullen wollen eine Aussage von mir, aber ich will hier nur weg, versteht ihr?«

Ihr Blick kehrt zurück zu uns, sie sieht jetzt Taja an und Taja sagt das einzig Vernünftige:

»Klar, steig ein.«

Wir reißen ein Loch in die Kette auf und machen Platz. Es ist nur vorübergehend. Alex weiß das. Es ist eine Entschuldigung, die keine von uns aussprechen muss. Sie hakt sich zwischen Taja und mir ein, ihre Arme sind eiskalt. Wir finden einen gemeinsamen Rhythmus in unserem Schritt und marschieren weiter. Kein Polizist hält uns auf, niemand stellt sich uns in den Weg. So muss es sein.

»Wer an uns vorbeiwill, der muss sich warm anziehen«, sagt Schnappi.

»Irgendeine Idee, wo es hingeht?«, fragt Taja.

»S-Bahn oder so«, sagt Stinke.

»Mensch, Süße, um diese Zeit fährt doch keine S-Bahn«, reg ich mich auf.

»Klar fährt eine S-Bahn.«

»Wie wäre es mit einem Taxi?«, fragt Nessi.

»Taxi wär cool«, sagt Alex.

Wir laufen so lange, bis wir an eine Hauptstraße kommen, und da stehen wir dann und wissen genau, wie es weitergehen wird: Gleich kommt ein Taxi, rollt gemächlich an unsere Seite und wir steigen ein und quetschen uns ein bisschen und der Taxifahrer sagt: »Ist kein Problem, Mädchen, einfach rutschen.« Und dann fährt er uns durch ganz Berlin und lässt uns an der Krummen Lanke raus, während die Fledermäuse mal wieder unterwegs sind, während alle noch schlafen, steigen wir aus und gehen in die Villa und duschen eine nach der anderen so heiß, wie es nur geht, und danach sehen wir aus, als wären wir

aus einem Werbespot für das ewige Leben abgehauen, und weil wir so aufgedreht sind, bereiten wir uns ein dickes Frühstück und futtern Pancakes und Toast, trinken Tee und Kaffee und sitzen auf der Terrasse und schauen der Sonne zu, wie sie sich langsam über den Bäumen streckt und reckt, als wäre das ein ganz normaler Tag wie jeder andere, dabei denkt keine von uns an die vergangene Nacht oder dieses widerliche Zimmer, keine von uns fragt sich, warum Schnappi voller Blut war oder was Alex erlebt hat oder wie dämlich Stinke gewesen ist, uns in diesen Plattenbau zu führen, weil es wenig bringt, über das Gestern zu jammern, wenn das Heute an einem vorbeispaziert, weil es mehr bringt, wenn wir uns unterhaken und eine Kette bilden, durch die keiner durch kann, und wenn es jemand versucht, dann soll er sich mal warm anziehen.
    Sagt Schnappi zumindest.

    ENDE

NACHWORT

Alles nahm seinen Anfang 2010 mit der Veröffentlichung meines Thrillers *Du,* in dem Stinke, Rute, Taja, Schnappi und Nessi das erste Mal aufgetreten sind. Sie waren nicht die alleinigen Hauptpersonen, und ich glaube, das haben sie mir nie ganz verziehen. Elf Jahre lang nicht. Charaktere können wie im Leben so auch in der Literatur sehr nachtragend sein. Besonders wenn sie sechzehn sind und eine große Klappe haben. Diese Mädchen wollten mehr gehört werden, sie wollten mehr gesehen werden, sie wollten einfach mehr.

> Ich sagte: »Genügt euch das eine Buch nicht?«
> Sie sagten: »Nee wir haben viel mehr zu erzählen.«

Ein Schriftsteller hört auf seine Charaktere, also begann ich, erneut über sie nachzudenken. Mir kam die Idee, ihre Vorgeschichte zu schreiben. Es war keine gute Idee.

Meine Heldinnen meckerten und wollten mehr als nur eine Vorgeschichte. Sie denken immer nur an das Jetzt, das Davor interessiert sie wie kalter Kaffee.

> Ich sagte: »Wie wäre es dann mit einer Fortsetzung?«
> Sie sagten: »Wie wäre es mit einem Tritt in den Hintern?«

Auch wenn diese Worte recht unhöflich klingen, machten sie Sinn, denn eine Fortsetzung kam wirklich nicht in Frage. Alles, was diesen Mädchen in *Du* widerfahren war, war mehr oder weniger ein Albtraum. Niemand kommt in diesem Buch ungeschoren davon. Nein, so einen Albtraum kann man nicht fortsetzen. Dementsprechend war ich verzweifelt und wusste nicht weiter.

Ich sagte: »Mädchen, das geht so nicht.«
Sie sagten: »Dann mach, dass es anders geht.«

In meiner Verzweiflung blätterte ich erneut in *Du* hinein, insbesondere in die Anfangsszenen, in denen meine Heldinnen eingeführt wurden. Da war schon alles vorhanden, das konnte ich nicht besser schreiben. Dann kam mir ein Gedanke: Was wäre, wenn ich die Perspektive ändere? Was geschieht, wenn die Mädchen das Ruder in die Hand nehmen und von sich selbst erzählen?

Der Wandel war verblüffend. Die ursprüngliche Handlung teilte sich wie ein Fluss, der über die Ufer tritt und sich einen neuen Weg sucht. Ein neuer Kosmos entstand, der den Mädchen ganz allein gehörte. Für mich als Schriftsteller war es sehr spannend, verrückt und chaotisch diesen Weg zu gehen. Wer nicht für neue Wege offen ist, steht still. Im Leben wie im Schreiben. Und so entstand dieser Roman.

Wir, die süßen Schlampen und *Du* sind zwei Bücher, die unabhängig voneinander existieren und sich aus einem Grundgedanken nähren – fünf Mädchen, die in dieser Welt klarkommen wollen, die Fehler machen und einander zu helfen versuchen und dabei unfassbar stur, eigen und voller Liebe sind.

MEIN DANK GEHT AN

Gregor,
wo auch immer du jetzt bist,
ich warte auf deine Rückkehr

Christina,
die die Schultern hochzog
und meine Mädchen
bis zur letzten Seite beschützt hat

Matthea,
die den fiesen Kerlen die Faust gezeigt hat
und Klarheit in mein Chaos brachte

Corinna,
jedes Buch ist ein Teil von mir,
jedes Teil von mir bist du

Die süßen Schlampen,
die mit Fanfaren in mein Schreiben zurückkehrt sind,
Tische und Stühle umwarfen und sich kichernd
auf das Sofa fallen ließen und keine Sekunde
daran dachten, die Klappe zu halten